Brigitte Bühler, 1956 in Köln geboren, lebt seit 2005 in Boston, MA (USA). Sie ist promovierte Ethnologin und derzeit als freischaffende Autorin und Dozentin für deutsche Sprache und Literatur am Goethe-Institut tätig. In den USA entwickelte sie auch die Idee zu einem Kriminalroman. Die Ermittlungen in den Untiefen Bayreuther Lebens basieren auf intimer Kenntnis der Stadt, die die Autorin während ihrer Tätigkeit als Wissenschaftsmanagerin an der Universität erwarb.

Dieses Buch ist ein Roman. Handlung, Personen und manche Orte sind frei erfunden. Ähnlichkeiten mit lebenden oder toten Personen sind rein zufällig.

BRIGITTE BÜHLER

Tod in Bayreuth

KRIMINALROMAN

emons:

MIX
Papier aus verantwortungsvollen Quellen
FSC® C083411
FSC
www.fsc.org

Umschlagfoto: Bayreuth, Markgräfliches Opernhaus,
Foto: Bayerische Schlösserverwaltung
Umschlaggestaltung: Tobias Doetsch
Druck und Bindung: CPI – Clausen & Bosse, Leck
Printed in Germany 2011
ISBN 978-3-89705-792-0
Originalausgabe

EINS

Frank Landmann stellte seinen Opel als einer der Ersten auf dem Parkplatz der Eremitage ab. Je älter er wurde, desto wichtiger war ihm Pünktlichkeit. Gleich würde der Oberbürgermeister den Empfang eröffnen, und er, Landmann, sollte für die Bayreuther Nachrichten darüber berichten.

Die letzten Tage waren von der Meldung bestimmt gewesen, dass es der Stadt gelungen war, das landesweite Ringen um die Nominierung als Weltkulturerbe für sich zu entscheiden. Der heutige Festakt zur Auszeichnung seiner Heimatstadt ließ ihn nicht ungerührt, und so wurde seine letzte Reportage im sogenannten aktiven Berufsleben in gewisser Weise auch für ihn selbst zum krönenden Abschluss. Morgen würden ihn die Kollegen von der Zeitung feierlich verabschieden. Danach ging er offiziell in den Ruhestand.

Beim Gedanken daran schwindelte es ihm. Er sträubte sich dagegen, schon zum alten Eisen zu zählen. Die neue Freiheit, die das Alter bot, war bestimmt eine herrliche Sache, aber nur dann, wenn man es schaffte, immer wieder etwas Neues anzufangen. Für ihn bedeutete das: Er würde weitermachen – aber nicht mehr als fest angestellter Reporter, sondern als freier Journalist. Dann würde er sich endlich aussuchen können, worüber er berichten wollte, und mehr Zeit auf Hintergrundinformationen verwenden, die er oft schmerzlich vermisst hatte.

Einfach würde das nicht werden. Er dachte an seine Kollegin Emma Schiller, die noch ganz am Anfang ihrer Berufslaufbahn stand. Unter den jüngeren Journalisten wehte zuweilen ein recht scharfer Wind, und er fürchtete insgeheim, sich nicht mehr durchsetzen zu können.

Landmann hatte gründlich vorrecherchiert und war in seinem neuen Anzug angemessen gekleidet. Trotzdem fühlte er sich seltsam angespannt, fast so aufgeregt wie an seinem ersten Arbeitstag. Schon seit heute Morgen nagte etwas an ihm, eine vage Unruhe, die er nicht fassen konnte. Er konnte nur hoffen, dass er den Grund dafür rechtzeitig begreifen würde. Als er aus dem klimatisierten Wagen stieg, schlug ihm die Mittagshitze entgegen. Viel zu heiß für einen Tag im April, hatte der Wetterbericht festgestellt.

Eilig hastete er die Treppen hinauf. Am üppigen Gold der Fassade blitzten gleißend helle Lichtspitzen, er kniff die Augen zusammen und tastete in der Jacketttasche nach der Sonnenbrille. Sein Blick fiel auf eine Säule, die an der Innenseite der Arkaden mit Farbstiften beschmiert war. Das Gekritzel ähnelte Noten. Doch ohne die üblichen Hilfslinien waren die Symbole der Ordnung beraubt, die ihre Tonhöhe bestimmten. Seltsam, dachte er. Ein Spickzettel? Gestern hatte die Musikschule hier für das Konzert geprobt. Schade um die frisch renovierte Fassade. Er zwang sich zu Gelassenheit und schlenderte in den Schlossgarten. Gerade wurden die Fontänen der oberen und unteren Grotte nach dem langen Winter getestet. Die barocken Wasserspiele würden ein Teil des heutigen Festakts sein.

Als er zum Schlossplatz zurückkehrte, herrschte dort inzwischen geschäftiges Treiben. Der OB, wie die meisten den Oberbürgermeister kurz nannten, war eingetroffen und begrüßte die Gäste, die nach und nach die Stuhlreihen vor dem Sonnentempel füllten. Auch Landmann wurde von allen Seiten gegrüßt und antwortete stets mit einem freundlichen »Grüß Gott«. Die meisten der Anwesenden kannte er. Der Kreis der einflussreichen Persönlichkeiten in Bayreuth war überschaubar, und er genoss es, nach all den Jahren bei der Zeitung ein Stück weit dazuzugehören. Um sich auf die Arbeit zu konzentrieren, ließ er sich vor dem Terrassencafé nieder und holte seine Aufzeichnungen aus der Tasche. Mehr oder weniger stand der Artikel für die Samstagsausgabe schon, denn er hatte einen guten Draht zum Rathaus und die geplante Rede des OB bereits gelesen.

Ein kurzer Klingelton seines Handys riss ihn aus den Gedanken. Eine SMS war gekommen. Neugierig setzte er die Lesebrille auf und tippte linkisch auf die Tasten, um den Text aufzurufen. Diese Funktion nutzte er selten.

»Verkaufe Schlagzeile. 500.000 Euro, Interesse?«, hieß es da. So ein Unsinn, bestimmt ein Scherz von Emma, dachte er und lächelte. Gleich nach der Rede wollte er sie anrufen.

Ihm war heiß, Schweiß sammelte sich unter Kragen und Krawatte. Er zog sein Jackett aus und schob den Stuhl hinter eine schlanke Säule. Viel zu wenig Schatten, seufzte er und musterte den Boden der Arkaden, der eine angenehm feuchte Frische verströmte.

Bis eben war hier aufgewischt worden. Jetzt räumten zwei Arbeiter in blauen Overalls die Reinigungsutensilien zusammen und schütteten das restliche Wasser aus. Dabei stellten sie sich derart ungeschickt an, dass der Fußboden vor dem Wintergarten ein weiteres Mal vollständig durchnässt wurde. Kopfschüttelnd trat die Wirtin vor den Eingang und deutete auf ihre Armbanduhr, woraufhin die Arbeiter hastig ihren Kleintransporter beluden und verschwanden. Die Wirtin ließ das Büfett richten, und die Techniker aus dem Rathaus verkabelten das Mikrophon am Rednerpult.

Als endlich alles bereit war, trat der Oberbürgermeister hinzu und wurde vom Publikum mit freundlichem Beifall empfangen. Landmann war immer wieder aufs Neue fasziniert, wie sich der OB von seinem Manuskript nach und nach freisprach und trotzdem druckreif formulierte.

Er ließ seinen Blick über die ovalförmige Anlage schweifen, deren Mitte durch einen mächtigen Springbrunnen beherrscht wurde. Die Fontänen hatten Landmann schon immer gefallen. Früher hätte er bei einem Wetter wie heute seine Füße darin gebadet, doch das war lange her. Jetzt hielt er seine Notizen in Händen und fügte die ein oder andere Bemerkung hinzu. Plötzlich stutzte er. Am Büfett sah er Rauch aufsteigen. Brannte es da etwa? Er stand auf, um nachzusehen. In diesem Moment zuckte mit lautem Knall ein Blitz durch den Säulengang. Der Luftdruck schleuderte Landmann gegen eine Mauer. Dann war es still.

Als er wieder zu sich kam, sah und hörte er nichts. Das Atmen fiel ihm schwer. Der Rauch biss in seine Lunge, und er fühlte unerträgliche Hitze. Sein letzter Gedanke galt dem kühlen Wasser des Springbrunnens.

***

Kriminalhauptkommissar Georg Vandendaele presste sich den Hörer seines Diensttelefons ans Ohr. Er verstand kaum ein Wort. Durch das Fenster drang Verkehrslärm.

»Wie bitte? Was ist mit der Eremitage?«, fragte er in klarem Hochdeutsch und schloss das Oberlicht. Dank der neu eingesetzten Thermopenscheiben war es jetzt bedeutend leiser, und er konnte sich auf den Bayreuther Dialekt konzentrieren. Aber als er seine Frage wiederholte, war die Leitung bereits tot; der Kollege hatte aufgelegt. Kaum zu fassen. Vandendaele versuchte es mit der Rückruftaste, doch auch das klappte nicht. Die Symbole auf dem Display waren anders als auf seinem alten Apparat in München. Ungeduldig tippte er auf den Tasten des Hightech-Geräts herum. Es half nichts, er musste so bald wie möglich Zeit finden und sich durch das umfangreiche Handbuch arbeiten. Verärgert knallte er den Hörer zurück auf die Gabel. So einen unfreundlichen Umgang unter Kollegen war er nicht gewöhnt – anscheinend hatte er hier in Bayreuth noch viel zu lernen. Zwei der wichtigsten Dinge beherrschte er nicht: das Telefon und das Fränkische.

Er verließ sein Büro, um in Erfahrung zu bringen, was es mit dem Anruf auf sich hatte. Entschieden verdrängte er eine böse Vorahnung. Bloß kein weiterer Anschlag! Erst heute Morgen hatte ein Waldbrand in Sanspareil gewütet. Das Feuer im Felsengarten hatte eine einzigartige, etwa dreihundert Jahre alte Kulturstätte des Landkreises zerstört. Bislang waren nur Reste einer Wolldecke und Spuren eines Picknicks gefunden worden; ob es sich um Brandstiftung handelte, war noch nicht geklärt. Die Laboruntersuchungen liefen auf Hochtouren.

Als Vandendaele auf den Flur trat, war es so still, als hätte er den Betriebsausflug verpasst. Nur die bei den Kollegen unbeliebte Sekretärin Veronika Braun saß noch an ihrem Schreibtisch. Mit Kopfhörern transkribierte sie die Zeugenaussagen, die er am frühen Morgen aufgenommen hatte. Es war ihr anzusehen, dass sie keine Unterbrechung wünschte, aber ihr mürrisches Gesicht hellte sich auf, als sie ihn sah. Von Anfang an hatte er sie respektvoll behandelt und ihr offenbar mehr zugetraut als alle seine Vorgänger zusammen. Die neue Verantwortung ließ sie über sich hinauswachsen.

Bereitwillig schob sie die Kopfhörer beiseite und gab eine Erklärung im Telegrammstil ab. »Explosion in der Eremitage. Sind alle gerade weg. Bin bis siebzehn Uhr hier, dann kommt Ablösung.« Sie wandte sich wieder dem Diktiergerät zu.

Vandendaele schluckte. Erst vor ein paar Stunden der Großbrand und jetzt eine Explosion. Das war es also, was man ihm hatte mitteilen wollen. Er hustete und atmete tief durch, denn der Qualm von heute Morgen steckte noch in seiner Lunge.

»Danke, Frau Braun«, sagte er. Die Bürokraft schien die Einzige, auf die er sich wirklich verlassen konnte.

Als er die Leitung der Dienstgruppe übernahm, hatte man ihm einen ruhigen Job versprochen. Es hieß, er könne sich vom Arbeitsstress aus München erholen, denn in ganz Oberfranken gebe es weniger Verbrechen als auf dem Münchner Marienplatz. Ob die Statistiken diese Behauptung bestätigten, wusste er nicht, aber jetzt sah es jedenfalls ganz anders aus, und wenn es der oberfränkischen Polizei tatsächlich an Erfahrung mangelte, würde das die Ermittlungen sicher nicht leichter machen. Als Erstes war die interne Koordination zu verbessern. Anscheinend gab es vor Großeinsätzen bislang keine Absprachen. Vielleicht hatten ihn die Kollegen schonen wollen, weil er schon heute Morgen im Einsatz gewesen war? Aber eine derartige Arbeitsteilung war ihm neu. In München hätte man niemals auf seine Anwesenheit am Tatort verzichtet, galt er doch als gewiefter, mit allen Wassern gewaschener Ermittler.

Vor seiner Versetzung nach Bayreuth hatten ihn Münchner Freunde gewarnt, mit den Franken könne es zuweilen schwierig werden. Besonders die Oberfranken in Bayreuth galten als humorlos, stur und schwer zugänglich. Aber von solchen Vorurteilen ließ sich der frischgebackene Erste Hauptkommissar Georg Vandendaele nicht beeindrucken. Verallgemeinerungen mochte er nicht, und Schwierigkeiten gab es seiner Erfahrung nach überall. Er hielt sich an das Motto »Wer den Himmel auf Erden sucht, hat beim Erdkundeunterricht geschlafen«.

Vandendaele nahm das Jackett vom Haken. Anstatt auf den Aufzug zu warten, lief er die Treppen hinab. Nach dem mächtigen fränkischen Kloß zum Mittagessen würde ihm die Bewegung guttun. Aber schon auf halber Strecke wurde er atemlos und spürte seine Kniegelenke. Er musste schon wieder ein paar Pfund zugelegt haben. Im Erdgeschoss drückte der Pförtner auf die Entsicherung der Tür. Das Erstaunen über die unerwartete Eile des leitenden Beamten stand ihm ins Gesicht geschrieben.

Vandendaele machte ihm ein Zeichen, denn sein Dienstwagen war in der Werkstatt, und die anderen Polizeifahrzeuge hatten den Parkplatz bereits verlassen. Es musste ein Taxi her. Hastig griff der Mann zum Telefon, doch die Rufnummern der Bayreuther Unternehmen waren hoffnungslos überlastet. Als der Pförtner erneut den Kopf schüttelte und mit den Schultern zuckte, stürmte Vandendaele auf die Straße, um das Taxi anzuhalten, das gerade an der Kreuzung stand. Er winkte heftig, doch der Fahrer nahm keine Notiz von ihm. Kein guter Start in Bayreuth, dachte er und ließ die Arme sinken. Nichts klappte. Die Untersuchungen des Waldbrands von Sanspareil hatten keine schnellen Ergebnisse gebracht, der Kontakt zu den Kollegen ließ stark zu wünschen übrig, und die Begehung des neuen Tatorts würde wohl ohne ihn stattfinden.

Sein Blick fiel auf das Fahrrad, das am Geländer lehnte. Auf Anraten des Arztes fuhr er neuerdings damit zur Dienststelle. Leider half es in dieser Situation wenig. Bis zur Eremitage brauchte er mindestens zwanzig Minuten, auch wenn er kräftig in die Pedale trat. Außerdem war es seiner Autorität als Vorgesetzter wohl kaum förderlich, wenn er mit hochrotem Kopf auf dem Fahrrad am Tatort erschien. Ratlos kehrte er zur Pforte zurück und rückte sein Jackett zurecht, das ihm über der Brust spannte.

»Kann ich Sie mitnehmen?« Vandendaele drehte sich um und blickte in das Gesicht seines jungen Kollegen Reiner Niedermeier, der die Beifahrertür seines Privatwagens aufhielt. Ausgerechnet Niedermeier, dachte er. Der Polizist aus einer kleinen oberfränkischen Ortschaft war ihm heute Morgen zur Aufklärung des Großbrandes in Sanspareil unterstellt worden. Auf den ersten Blick hatte er ihn als Leisetreter eingeschätzt, der es verstand, sich stillschweigend aus dem Staub zu machen, wenn man ihn brauchte. Wie man sich täuschen kann, dachte Vandendaele und ließ sich dankbar auf den Beifahrersitz fallen. Kaum hatte er die Tür geschlossen, da passierten sie bereits die blauweiße Schranke, die vor dem heranbrausenden Auto salutierend in die Höhe fuhr. Niedermeier gab erneut Gas, und während Vandendaele ihn über den kürzesten Weg, den nur Fahrradfahrer kannten, zur Schlossanlage dirigierte, kehrte sein Selbstvertrauen allmählich zurück.

Bald sahen sie dichten weißen Rauch in der Talsenke von St. Johannis und rasten mit hohem Tempo zwischen Wiesen und Feldern hügelabwärts über die Königsallee. Es war unglaublich, wie Niedermeier das Auto beherrschte. Als sie die Eremitage erreichten, waren Michaela Vogt und Axel Bauer, zwei junge Streifenpolizisten, sofort zur Stelle. Sie machten betretene Gesichter. Es war ihnen eingefallen, dass Vandendaele keinen Dienstwagen zur Verfügung hatte, außerdem fühlten sie sich mit der Situation am Tatort überfordert.

»Hier ist der Teufel los. Wir konnten uns bislang noch keinen Überblick verschaffen. Sicher ist nur, dass es zahlreiche Verletzte gibt. Nicht alle waren ansprechbar. Darum haben wir nur einen Teil der Namen.« Vogt reichte Vandendaele die Liste. »Tote gibt es, soweit wir gesehen haben, keine. Aber ein Arzt meinte, dass Rauchvergiftungen und Infektionen bei Brandverletzungen besonders gefährlich seien und man nicht für die nächsten Tage garantieren könne. Leider ist das schon alles, was wir wissen«, fügte sie hinzu. Die Erleichterung über die Anwesenheit der beiden erfahrenen Polizisten war ihr anzusehen.

»Die Feuerwehr soll den Brand jetzt zwar unter Kontrolle haben, aber an zahlreichen Stellen lassen sich die Flammen nicht löschen. Eben hat der Brandmeister erklärt, dass das Feuer immer wieder von Neuem auflodert«, ergänzte Bauer.

Vandendaele schaute sich um. Der beißend stinkende Qualm zog langsam in Richtung Laineck ab und gab den Blick auf die vom Feuer geschwärzte Schlossfassade frei. Zahlreiche elegant gekleidete Besucher irrten ziellos auf dem Platz umher, andere hatten sich auf die Stühle gesetzt und rührten sich kaum. Die Menschen standen unter Schock, atmeten schwer und husteten. Am laufenden Band trafen Krankenwagen mit lautem Sirenengeheul ein.

Vandendaele nahm sich eine der Schutzmasken. Der Gestank war noch immer beißend. Routinemäßig wies er die Brandexperten an, mit der Untersuchung zu beginnen. Uniformierte Polizeibeamte beauftragte er, Personalien und Zeugenaussagen aufzunehmen sowie den gesamten Schlosspark abzusperren. Schließlich wandte er sich an den Arzt, der sich über einen Bewusstlosen am Brunnenbecken beugte.

»Schwere Brandverletzung«, sagte dieser und half den Sanitätern, den Körper auf die Bahre zu legen. »Es grenzt an ein Wunder, dass er noch lebt. Geistesgegenwärtig ist er ins Wasser gesprungen. Das hat ihn gerettet. Ob er durchkommt, kann ich aber nicht sagen.«

Vandendaele nickte. Ihm war, als hätte er den Mann schon einmal gesehen. Er überlegte. So viele Leute kannte er ja noch gar nicht in Bayreuth. Das Namensschild am Revers war zusammengeschmolzen, aber es wies zumindest darauf hin, dass der Mann nicht zufällig hier gewesen war. Er musste eine offizielle Aufgabe während des Empfangs gehabt haben. Das Gesicht war jedoch derart entstellt, dass es keinen Sinn machte, weiter darüber nachzudenken. Die Wunden mussten extrem schmerzhaft sein. Armer Kerl.

Vandendaele drehte sich um. Eine ältere Frau bekam einen schweren Hustenanfall und wurde mit einer Sauerstoffmaske beatmet. Die Tochter hielt ihr die Hand und weinte.

»Herr Vandendaele!«, rief Niedermeier plötzlich. Er stand zusammen mit Veit Funke, dem leitenden Spezialisten für Branduntersuchungen, unter dem Säulengang der Orangerie.

»Schauen Sie sich das mal an.« Aufgeregt deutete er auf einen Haufen Lumpen.

Vandendaele trat näher und erkannte Körperteile und Reste eines hellen Anzugs in dem Aschehaufen.

»Was ist denn das?« Er versuchte sein Entsetzen zu verbergen.

»Der Mensch muss direkt im Zentrum der Explosion gestanden haben«, erklärte Funke.

Vandendaele wich zurück.

»Der Körper ist wie von Flammen durchbohrt«, sagte Niedermeier schockiert und schaute auf das tiefe Loch in der verstümmelten Brust. »Wie ist das möglich? Das sieht ja aus, als wäre das Herz herausgerissen worden.«

»Grausam, beinahe teuflisch.« Vandendaele schauderte es.

»Das kann kein normales Feuer gewesen sein. Spontan würde ich sagen: Brandbombe, weißer Phosphor«, erklärte Funke.

Vandendaele und Niedermeier schauten ihn fragend an.

»Zuletzt gab es so etwas im Krieg. Um Genaues zu erfahren, müssen wir aber auf das Labor warten«, fuhr Funke fort und verstaute kleine Proben in Plastiktütchen. »Sie wissen ja, das kann dauern.«

Damit spielte er auf die jüngsten Proteste der Polizei beim Innenministerium an. Wegen Überlastung der Labors dauerten kriminaltechnische Untersuchungen unverhältnismäßig lange. In Bayreuth rechnete man für chemische Analysen, die Zuordnung von Textilfasern oder die Auswertung von Blut- und Schmauchspuren derzeit mit bis zu mehreren Monaten.

Vandendaele war das entschieden zu lange. Er nahm sich vor, noch heute mit den Laboranten persönlich zu sprechen und sie von der Dringlichkeit des Falls zu überzeugen. Die Brutalität, mit der hier Leben vernichtet worden war, überstieg jede Vorstellungskraft und musste schnellstmöglich aufgeklärt werden. Erschüttert machte er dem Notarzt Platz, der sich jetzt neben den menschlichen Aschehaufen hockte. Mit einer Pinzette hob er die verbliebenen Teile des Anzugs an und schnitt sie vorsichtig auseinander.

»Es wird sich um einen Mann gehandelt haben«, sagte er. »Schätzungsweise Mitte fünfzig.«

»Ich würde nicht ausschließen, dass es der Attentäter selbst ist. Wenn man die Reaktion des weißen Phosphors unterschätzt, kann man leicht selbst zum Opfer werden«, sagte Funke.

»Die Identifizierung wird nicht leicht. Aber wir haben eine Chance«, sagte Niedermeier und zeigte auf den Oberkiefer, der größtenteils erhalten geblieben war.

»War er schon tot oder ist er etwa lebendig verbrannt?«

»Gute Frage, Herr Vandendaele. Möglicherweise kann die Gerichtsmedizin mehr sagen. Viel Hoffnung gibt es aber nicht«, antwortete der Notarzt leise.

Vandendaele schaute auf das Handy, das die Treppen heruntergefallen war. Ob es dem Opfer gehörte? Sicher gab es Fingerabdrücke, und vielleicht konnte die SIM-Karte weiterhelfen. Er musste auf die Spurensicherung warten.

»Früher oder später klären wir das Verbrechen hier auf«, sagte er und klopfte Niedermeier, der völlig bleich geworden war, auf die Schulter. Vor der Bestimmtheit, mit der er das sagte, schreckte

Vandendaele selbst zurück. Plötzlich wurde ihm richtig bewusst, dass er der Boss im Team war. An Misserfolg war nicht zu denken.

»Wir lassen nicht locker, darauf können Sie sich verlassen«, bestätigte Funke und nickte den beiden Polizisten zu.

Vandendaele schaute sich jetzt am Tatort um. Auf den ersten Blick hielt sich der Schaden an der Schlossfassade in Grenzen. Die Arkaden sowie die dahinter gelegene Orangerie mit dem Terrassencafé waren zwar rußgeschwärzt, aber das Mauerwerk war nicht beschädigt. Allerdings hatte die Druckwelle sämtliche Fenster und sicher auch einen Großteil der Einrichtung zerstört. Der Wintergarten war jetzt Ödland.

Endlich kamen die Leute von der Spurensicherung und begaben sich an die Arbeit. Dankbar stellte Vandendaele fest, wie schnell und gründlich sie vorgingen. Lediglich der Fotograf schien etwas unbeholfen. Dabei fiel ihm seine ehemalige Kollegin Emma Schiller ein, die vor etwa sechs Monaten nach Bayreuth umgezogen war. Es war ein Jammer, dass sie den Dienst bei der Polizei quittiert hatte. Sie war die Beste ihres Jahrgangs gewesen und gleichzeitig eine passionierte Hobby-Fotografin, deren Aufnahmen zum Ärger der Polizeifotografen manchmal aussagekräftiger waren und zur Überführung von Tätern maßgeblich beigetragen hatten – ein Erfolg, der sich in den Fachkreisen schnell herumgesprochen hatte.

Er selbst hatte sie vor mehreren Jahren bei einem Fortbildungskurs kennen gelernt, dann aber aus den Augen verloren. Kurz danach war sie aus privaten Gründen zur Pressestelle der Polizei gewechselt. Die anstrengende Rufbereitschaft ließ sich eben nicht immer mit Familie vereinbaren. Davon konnte er selbst ein Lied singen.

Seitdem sie neuerdings beide in Bayreuth lebten, liefen sie sich wieder öfter über den Weg. Er mochte sie noch genau wie damals, obwohl sie jetzt bei den Bayreuther Nachrichten arbeitete und damit zu einem Berufsstand gehörte, dem er skeptisch gegenüberstand. Die Polizeiarbeit hatte sie sicher nicht verlernt, so etwas vergaß man nicht. Journalistin oder Polizistin, was hieß das schon. Das Wichtigste war doch, dass sie sich charakterlich nicht verändert hatte.

Was sollte ihn also davon abhalten, sie um Hilfe zu bitten? Angesichts der angespannten Personalsituation bei der Kriminalpolizei war ihre Anwesenheit in Bayreuth geradezu ein Glücksfall. Er schätzte den Austausch mit ihr, denn sie ergänzten sich auf eine Weise, die beide schon häufiger erstaunt hatte. Vielleicht würde sie sich bereit erklären, für eine begrenzte Zeit den Polizeifotografen zu unterstützen. Kurz entschlossen wählte er ihre Nummer. Leider konnte er sie nicht erreichen, und auf Anrufbeantworter sprach Vandendaele grundsätzlich nicht.

Er wollte es später noch einmal versuchen, aber eine Lösung für das grundsätzliche Problem war sie ohnehin nicht. Er brauchte Verstärkung. Um dieses Verbrechen zügig aufzuklären, war die Personaldecke der hiesigen Kriminalpolizei viel zu dünn, zumal ein Teil der Einsatzkräfte noch mit der Untersuchung des Waldbrandes im abgelegenen Sanspareil beschäftigt war.

Wer stand ihm denn schon zur Verfügung? Mit Ausnahme von Niedermeier, der ein kompetenter Mann zu sein schien, zählten zu den engen Mitarbeitern nur noch Bauer und Vogt, denen es an Erfahrung mangelte. Die Spurensicherung mit Heinrich Cor an der Spitze leistete zwar ausgezeichnete Arbeit, war aber selbst völlig unterbesetzt. Dann gab es noch das Team von Veit Funke, dem Brandexperten. Offiziell gehörten seine Leute aber gar nicht zur Polizei. Funke wurde lediglich bei Bedarf als Gutachter bestellt.

Vandendaele ärgerte sich. Das Innenministerium hatte die örtliche Kriminalpolizei geradezu kaputtgespart, und das sollte ausgerechnet er jetzt ausbaden. Er rief im Polizeipräsidium an. Die mussten sich sofort um die Verstärkung kümmern, Kosten hin oder her.

Dann ging er zu dem benachbarten Hotel hinüber, wo die wartenden Menschen großzügig mit Kaffee, Tee und Wasser versorgt wurden. Am anderen Ende der Eingangshalle war Niedermeier bereits mit zwei Kellnern im Gespräch. Vandendaele freute sich zu sehen, dass der junge Kollege so selbstständig arbeitete. Einen kurzen Moment beobachtete er die Szene. Noch etwas unsicher, dafür aber aufmerksam und drahtig hielt Niedermeier die Zeugen so lange in Schach, bis sie ihre Aussage gemacht hatten. Er war genau der Typ eines Leichtathleten, der Vandendaele früher gern selbst gewesen wäre.

Er selbst wandte sich der Hotelmanagerin zu, die bei jedem Hustenanfall in sich zusammensackte. Als er seinen Polizeiausweis zeigte, erklärte sie schnell, das Terrassencafé werde nur im Sommer betrieben, da die Orangerie nicht beheizbar sei. Im Winterhalbjahr diene der Raum zur Aufbewahrung empfindlicher Pflanzen aus dem Schlosspark.

»Ich bin nicht von der Steuerfahndung«, sagte Vandendaele. »Ich interessiere mich nur für den Brand. Haben Sie irgendetwas beobachtet, was Ihnen ungewöhnlich vorkam?«

»Heute ist alles a weng ungewöhnlich, Herr Kommissar. Sie können sich nicht vorstellen, was hier los war. Wir mussten das Büfett für die Gäste des Oberbürgermeisters vorbereiten und gleichzeitig die Saison eröffnen«, erklärte sie.

Vandendaele überhörte die unvollständige Anrede. Er legte wenig Wert auf Titel, solange das Gehalt stimmte.

»Das heißt, es waren viele Leute da, die Sie nicht kannten«, vermutete er.

»Nein, das eigentlich nicht. Ich kenne diese Herrschaften seit Jahren. Es sind mehr oder weniger immer dieselben Leute, die auf die Empfänge eingeladen werden«, antwortete sie und überreichte ihm die Gästeliste des Rathauses.

»Wer war sonst noch vor Ort? Was ist mit dem Catering? Wer hat das Essen und wer die Getränke geliefert?«

»Wir haben alles selbst vom Hotel herübergeschafft. Das waren unsere eigenen Leute. Wir bereiten ja auch alles selbst zu. Daher die Qualität. Zusätzlich eingestellt haben wir nur zwei Kellnerinnen.«

»Gut, das heißt, wir haben es mit einem einigermaßen begrenzten Personenkreis zu tun«, sagte Vandendaele und nickte. »Sonst gab es also niemanden, der Ihnen unbekannt vorkam?«

Die Managerin hustete wieder, griff sich an die Brust und begann plötzlich zu weinen.

»Sonst niemand, alles nur Leute aus dem Hotel?«, insistierte Vandendaele mit ungewollt scharfer Stimme. Er befürchtete, sie könnte sich mit einem vorgetäuschten Schwächeanfall aus der Affäre ziehen und ihm eine Antwort schuldig bleiben.

»Das genügt«, mischte sich der Arzt ein, der die Verletzten betreute, und gab der Wirtin eine Beruhigungsspritze.

Vandendaele überlegte, was wohl ihren Stimmungsumschwung ausgelöst hatte. Weinte sie aus Erschöpfung, oder ahnte sie plötzlich, es könnte einer ihrer Mitarbeiter hinter dem Anschlag stecken? Er würde sie zu einem späteren Zeitpunkt noch einmal befragen müssen.

Er legte eine Pause ein und nahm sich einen Kaffeebecher von dem Tablett, das gerade zu den wartenden Gästen herausgetragen wurde. Mit einer geschickten Handbewegung glich die Kellnerin die neue Gewichtsverteilung aus und tänzelte ungeachtet ihrer barocken Formen beinahe leichtfüßig durch die Drehtür. Vandendaeles Blick blieb an der weißen Schürzenschleife haften, die wie ein Dampfer auf hoher See auf ihren breiten Hüften saß. Zu gern hätte er gewusst, wie sie dieses Kunststück mit den übervollen Bierkrügen bewerkstelligte, die im Sommer hinausgetragen wurden.

Er trank einen Schluck aus dem Styroporbecher und verzog das Gesicht. Die gefilterte Brühe war bitter und viel zu stark. Gut gemeint, aber ungenießbar. Er stellte den Becher auf die Theke.

Die Wirtin, die sich nach der Spritze ein wenig gefangen hatte, trat noch einmal zu ihm. »Da war noch die Gebäudereinigung«, sagte sie unvermittelt. »Stellen Sie sich das mal vor: Vereinbart war, dass sie gestern mit allem fertig sein sollten. Heute Mittag kamen aber schon wieder zwei und panschten noch bis kurz vor der Rede des OB mit Wasser herum! Ich werde mich bei der Firma beschweren.«

Vandendaele versprach, die Beanstandung selbst weiterzuleiten, und ließ sich den Firmennamen geben. »Pico Bello« war leicht zu merken, trotzdem schrieb er den Namen in sein Notizbuch.

»Können Sie beschreiben, was danach noch bis zur Explosion geschah?«, fragte er weiter und winkte Niedermeier herbei, der das Protokoll aufnehmen sollte.

»Wir haben das Büfett aufgebaut, sonst eigentlich nichts. Der Oberbürgermeister hielt seine Rede, und plötzlich brannte es hinter dem Tisch, auf dem die warmen Speisen standen. Als ich den Rauch sah, dachte ich, das Tischtuch hätte durch die Warmhalteplatten Feuer gefangen. Das war aber nicht der Fall. Der Boden brannte. Es war kaum zu glauben, aber überall dort, wo das Wasser trocknete, loderten Flammen in prächtigen Farben auf. Das war sehr ungewöhnlich, Herr Kommissar. Ich dachte zunächst an ein Theaterfeuer, da gar nichts Brennbares herumlag. Erst als wir im Rauch beinahe erstickten, wurde uns die Gefahr bewusst.«

»Zu Beginn habe ich sogar noch Fotos gemacht«, ergänzte die mollige Kellnerin, die gerade wieder hereingekommen war. Sie zog ihr Handy hervor und ließ auf dem Display eine Diashow ablaufen. Viel war nicht zu sehen, aber trotz der schlechten Qualität bat Vandendaele sie darum, Kopien auf das Polizeinotebook zu überspielen, das bei Niedermeier im Auto lag.

Auf dem Parkplatz versuchte es Vandendaele erneut bei Emma Schiller. Leider vergeblich, schon nach drei Klingeltönen meldete sich der Anrufbeantworter. Vermutlich steckte sie im Zeitungsarchiv und hatte im Keller keinen Empfang.

Die Arbeitskollegen bei der Zeitung wussten die neue Fotojournalistin nicht zu schätzen und begruben die talentierte Mitarbeiterin unter alten Dokumenten – vielleicht, um sich gegen unerwünschte Konkurrenz zu schützen. Vandendaele kannte Emmas berufliche Probleme. Schon des Öfteren hatte sie sich ihm anvertraut, genau wie er ihr von seinen Startschwierigkeiten bei der Bayreuther Polizei erzählte. Der Austausch darüber half beiden, den Neuanfang zu meistern. Er war froh, dass sie in Bayreuth war.

Vandendaele schaute sich jetzt genauer auf dem Parkplatz um und entdeckte dabei einen Mann, der mit einer Fototasche beladen in ein Auto stieg. Wahrscheinlich ein Journalist, dachte er. Er musste in Erfahrung bringen, ob er schon vor der Explosion auf dem Empfang gewesen war. Dann wollte er sich auf die Suche nach dem Oberbürgermeister machen.

Entschlossen stellte er sich dem Wagen in den Weg und erfuhr, dass der Mann Hans Vogel hieß und ein Mitarbeiter des Oberbürgermeisters war. Auch er machte sich Gedanken über den Verbleib des OB.

»Ich weiß, dass er heute einen extrem engen Terminkalender hat. Gleich nach der Rede musste er nach Nürnberg, um den Flug nach Indien zu nehmen. Über das Wochenende ist ein Treffen mit neuen Investoren geplant«, sagte Vogel.

»Glauben Sie denn, er ist trotz der Explosion abgereist?«, fragte Vandendaele.

»Das wundert mich auch, aber er scheint tatsächlich weg zu sein. Das Auto ist nicht mehr da, und seine beiden persönlichen Referenten, die ihn begleiten sollten, habe ich auch nicht mehr gesehen«, antwortete Vogel und deutete auf die leere Parklücke. »Die Reise nach Indien war ihm sehr wichtig. Wahrscheinlich hat er seine Stellvertreterin beauftragt, heute Abend vor die Presse zu treten.«

»Haben Sie seine Handynummer? Das wäre sehr hilfreich.«

»Die kann ich Ihnen gerne geben, aber ich versuche es selbst schon die ganze Zeit. Weder er noch die Referenten gehen ans Telefon.« Vogel schaute auf die Uhr: »Jetzt werden wir sowieso kein Glück mehr haben. Sie sind schon in der Luft. Der Flug ging um sechzehn Uhr.«

Als Vandendaele alle Namen und Telefonnummern notiert hatte, bat er Vogel, sich umgehend zu melden, sobald es Neuigkeiten gab. Der Oberbürgermeister war nicht nur ein wichtiger Zeuge für den Tathergang in der Eremitage. Vandendaele musste auch dringend mit ihm über die Lage in Bayreuth sprechen.

ZWEI

Der Lärm störte Emma Schiller. Offenbar drang der Streit über die Planung der Wochenendausgabe sogar bis nach unten in die Kellerräume des Zeitungsarchivs. Sie rieb sich die Augen. Bedauerlich, dass das Arbeitsklima bei der Zeitung so schlecht war. Jeder dachte nur an sich selbst und schaute nicht auf das Gesamtprodukt. Vor einigen Monaten hatte der Chefredakteur, um den rückläufigen Abonnentenzahlen entgegenzutreten, schwerpunktmäßig auf die Lokalredaktion gesetzt. Bei der starken Konkurrenz durch große Tages- und Wochenzeitungen und andere Medien wie Radio, Fernsehen und Internet war es kaum sinnvoll, in den Bayreuther Nachrichten weiterhin ausführliche überregionale Meldungen zu bringen. Der Umstrukturierung waren betriebsbedingte Kündigungen gefolgt, und der Rest der Belegschaft teilte sich seitdem ein vergleichsweise kleines Arbeitsfeld. Den unter Erfolgsdruck arbeitenden Journalisten fiel es schwer, den scharfen Wettbewerb auszuhalten, und entsprechend gereizt war das Betriebsklima. Der Beginn der Schulferien an diesem Freitag trug anscheinend nicht zur Entspannung bei.

In diese schwierige Zeit war die Anstellung von Emma Schiller gefallen. Der Chefredakteur hatte sie zu den Bayreuther Nachrichten geholt, um in der Zeitung mehr und besseres Bildmaterial zu präsentieren, doch die meisten Redakteure lehnten die neue Fotojournalistin ab. Sie fanden, man hätte ihren Job besser intern besetzen und einem Kollegen die Kündigung ersparen sollen. Außerdem hatten sie Bedenken, ob die ehemalige Polizistin journalistisch wirklich unabhängig arbeiten würde. Um einer größeren Auseinandersetzung aus dem Wege zu gehen, hatte man Emma einstweilen Arbeit im Archiv verschafft und sie damit in gewisser Weise kaltgestellt. Dabei war es bis heute geblieben, seit einem halben Jahr verbrachte sie ihre Arbeitstage größtenteils im Keller.

Frank Landmann, der morgen in den Ruhestand entlassen wurde, war der Einzige, der den Kontakt zu ihr suchte. Erst gestern hatten sie beim Oskar, dem Wirtshaus am Markt, zusammengesessen. Er hatte ihr geraten, sich trotz des Gegenwindes stärker einzubringen und sich ein Profil zu verschaffen. Notfalls solle sie nach Dienstschluss an eigenen Projekten arbeiten und sich dabei nicht allein auf das Fotografieren beschränken. Anhand von Bildunterschriften und kurzen Erläuterungen könnte sie sich nach und nach auch im Schreiben üben. Eine Karriereleiter ist keine Rolltreppe, hatte er gesagt, du musst selbst Vorschläge einbringen und Ideen entwickeln. Nach mehreren Gläsern Bier hatten sie beschlossen, zusammen eine Fotoreportage über einen rund dreihundert Jahre alten Gebäudekomplex in der Innenstadt zu machen. Das einzigartige barocke Gemäuer sollte wegen einer Ladenpassage abgerissen werden. Emma freute sich auf das gemeinsame Projekt.

Sie schaute auf die Uhr. Landmann war heute beim Empfang des OB in der Eremitage, auf ihn konnte sie nicht warten. In drei Stunden musste sie ihre beiden Kinder mit gepackten Koffern bei ihrem Mann in Kulmbach abliefern. Wie jedes Jahr würde die Familie die Osterferien in Italien verbringen und wegen des angekündigten Verkehrs bei Nacht durch die Alpen fahren. Sie selbst kam zum ersten Mal nicht mit. Vor einem halben Jahr hatte sie sich von ihrem Mann getrennt und war mit den Zwillingen nach Bayreuth gezogen. Trotzdem ließ sie die Erinnerung an die früheren gemeinsamen Urlaube nicht ungerührt. Auch die Kinder waren traurig, versuchten aber die Situation so gut wie möglich zu verstehen. Emma wusste, dass Verstehen in diesem Fall auch Verzeihen hieß. Sie selbst hatte bis heute nichts verstanden und schon gar nichts verziehen.

Kurz entschlossen räumte sie den Schreibtisch auf und nahm ihre Sachen. Bevor sie nach Hause fuhr, wollte sie noch einen Blick hinter den Bauzaun um das Barockgebäude werfen und Landmann mit ersten Fotos überraschen. Sie klemmte sich den Laptop unter den Arm, schulterte die schwere Fototasche und verließ im Eiltempo das Souterrain. Auf der Straße streckte sie ihr Gesicht der Aprilsonne entgegen. In ihrem Kellerverlies hatte sie gar nicht gemerkt, wie warm es im Laufe des Tages geworden war.

In der Bäckerei nebenan kaufte sie eine Tüte Laugenstangen als Reiseproviant für die Kinder. Wie immer war das Gebäck noch warm und roch wunderbar frisch. Sie musste sich beherrschen, nicht gleich an Ort und Stelle in die weißweiche Herrlichkeit zu beißen. Aber wenn sie noch den Abstecher auf die Baustelle machen wollte, musste sie sich beeilen. Also ließ sie die Stangen in der Tüte und ging durch die belebte Fußgängerzone, bis sie vor einem notdürftig restaurierten Torbogen auf der Maximilianstraße stehen blieb.

Das schwere Portal war verschlossen. Sie rüttelte an der Klinke, doch die rostigen Scharniere öffneten sich keinen Millimeter. Kein Passant nahm Notiz von ihr, niemand fragte, was sie hier wollte. Nur die steinernen, in das Mauerwerk eingelassenen Figuren beobachteten sie aufmerksam, als wüssten sie, dass es um ihr Überleben ging. Die Fotos von der Fassade können warten, entschied Emma. Lieber wollte sie in den Innenhof schauen und festhalten, was vielleicht bald unbemerkt zerstört werden würde. Der Bauzaun des an einer Straßenecke gelegenen Grundstücks war intakt. Es sah beinahe so aus, als hätte man ihn erst kürzlich ausgebessert. Die Vorbereitungen für die Ladenpassage waren also in vollem Gange. Genau das hatte Landmann schon befürchtet.

Auf der Rückseite des Hinterhauses, wo einmal der Lieferanteneingang gewesen sein mochte, entdeckte Emma einen schmalen Zugang, notdürftig von einer Plastikplane verdeckt. Die Tasche vor sich herschiebend, schlüpfte sie durch die Öffnung. Doch der Hof war eine Enttäuschung. Statt schmucken Barocks stapelte sich der Schutt. Das Vorderhaus wirkte einigermaßen intakt, aber der rechte Seitenflügel, eine alte Fachwerkkonstruktion mit Holzveranda im ersten Stock, machte einen baufälligen Eindruck. Das gegenüberliegende Gebäude, vielleicht ein ehemaliger Stall, wirkte noch verfallener. Eine der Mauern wölbte sich leicht nach außen, so als hätte sich ein Elefant dagegengelehnt.

Emma legte ihre Sachen auf einen Steinhaufen und machte ein paar Aufnahmen. Mit solchen Fotonotizen hatte sie auch schon als Polizistin gearbeitet. Neben dem Notizblock dienten sie ihr als Gedächtnisstützen für die Schreibtischarbeit. Bei der Bildbetrachtung war sie oft auf Kleinigkeiten gestoßen, die ihr vor Ort gar nicht aufgefallen oder wichtig genug erschienen waren.

Durch das Objektiv entdeckte sie jetzt eine schmale Kellertür mit der Jahreszahl 1714. Leider blockierte Schutt den Eingang.

Wahrscheinlich war der Keller leer, vielleicht führte er aber auch zu den unterirdischen Gängen, von denen Landmann gestern erzählt hatte. Sie konnte es noch immer nicht ganz glauben, dass die Stadt seit dem Dreißigjährigen Krieg von einem Netz von Gängen durchzogen war. Die Bayreuther hatten die Katakomben ausgehoben, um sich vor den verheerenden Überfällen und kriegerischen Raubzügen zu verstecken, die damals schon mehr als der Hälfte der Bevölkerung das Leben gekostet hatte. Bis heute gab es trotz der Zerstörungen im Zweiten Weltkrieg noch zahlreiche mehrstöckige Keller, die als Stau- und Vorratsräume genutzt wurden. Wie viele Gänge noch erhalten waren, wusste keiner so genau. Wegen der Einsturzgefahr hatte bislang noch niemand eine systematische Erkundung gewagt.

Emma betrachtete das einfache Schloss der alten Kellertür. Mit einem Stückchen Draht hätte sie es problemlos öffnen können. Zu gerne hätte sie gewusst, was sich dahinter verbarg, doch das musste warten, bis sie aus Kulmbach zurückkam. Jetzt war dazu keine Zeit. Seufzend machte sich Emma auf den Heimweg.

***

Mit der Verstärkung, die Georg Vandendaele angefordert hatte, trafen auch Beamte des Landeskriminalamts aus München ein. Wie selbstverständlich mischten sie sich in die Untersuchungen ein und erstatteten ihrer Zentrale Bericht. Da die verheerenden Feuer in Sanspareil und in der Eremitage kurz hintereinander und mit schwer zugänglichen Chemikalien entfacht worden waren, befürchteten sie, hinter den Anschlägen könnte eine größere terroristische Organisation stecken.

Doch allen Vorsichtsmaßnahmen zum Trotz gab es noch am selben Abend einen weiteren Vorfall. Drei Gäste einer Bierwirtschaft kamen auf der Suche nach einem Taxi durch die Ludwigstraße und entdeckten, dass der Tordurchgang des Neuen Schlosses offen stand. Als sie sich im Dunkel des Torbogens unbeobachtet erleichtern wollten, sahen sie vor dem Eingang des Museumsshops einen Karton. Zunächst hielten sie ihn für eine nach Ladenschluss eingetroffene Lieferung, aber nachdem sich ihre Augen allmählich an die Dunkelheit gewöhnt hatten, kam ihnen die Kiste voll mit Fackeln, Feuerwerkskörpern und mehreren in Zeitungspapier gewickelten Päckchen doch verdächtig vor.

»Zum Glück war einer der drei nüchtern genug, um die Gefahr zu erkennen. Sie sind zurück zur Kneipe und haben die Polizei verständigt. Das war gerade noch rechtzeitig«, erklärte Niedermeier, der als Erster am Neuen Schloss eingetroffen war und den LKA-Beamten geholfen hatte, im Scheinwerferlicht die Dynamitpäckchen ins Auto zu schaffen.

»In etwa zwei Stunden wäre das Wasser verdunstet gewesen und hätte eine Kettenreaktion in Gang gesetzt. Das Dynamit hätte ausgereicht, um dem Mitteltrakt des Schlosses erheblich zu beschädigen, wenn nicht gar zum Einsturz zu bringen«, ergänzte der Brandspezialist Veit Funke, der am Boden hockte und ein Gefäß mit Wasser auffüllte.

Vandendaele begriff nicht sofort, was der Kollege meinte. Er war den ganzen Tag zwischen der Eremitage und Sanspareil hin- und hergefahren, um die Aufklärung der seltsamen Brände voranzutreiben. Er hatte schon sehr lange nichts mehr gegessen und abgesehen von dem starken Kaffee im Hotel auch nichts getrunken. Noch nicht einmal die Ergebnisse der Laboruntersuchungen hatte er erhalten.

»Wissen Sie denn schon Näheres über die Brandstiftungen?«, fragte er nun.

»Wir haben inzwischen eine ganz gute Vorstellung davon, wie die Brände gelegt wurden«, antwortete Funke und schüttelte den wassergefüllten Behälter, ohne dabei aufzusehen. »Wenn mich nicht alles täuscht, ist der Kiesel auf dem Boden dieses Gefäßes weißer Phosphor.«

»Könnten Sie etwas genauer werden?«, fragte Niedermeier und sah Funke scharf an.

»Schauen Sie, das sieht doch aus wie ein Bernstein«, sagte Funke und ließ die Polizisten einen Blick in die Dose werfen.

Niedermeier nickte. »Herausnehmen darf man das wohl nicht?«

»Auf keinen Fall. Das Problem ist nämlich, dass weißer Phosphor oxidiert, wenn er mit Luft in Berührung kommt, und sich dann von selbst entzündet. Er brennt mit etwa dreizehnhundert Grad Celsius unter starker – und höchst gesundheitsschädlicher – Rauchentwicklung völlig aus. Löschen lässt sich die Flamme nicht.

Man kann den Phosphor allenfalls ins Wasser zurückwerfen. Aber sobald er trocknet, entzündet er sich wieder von ganz allein«, erklärte Funke.

»Sie sprachen von einer Kettenreaktion«, sagte Vandendaele.

»Ja, sobald das Wasser in diesem Behälter verdunstet ist, reagiert der Phosphor automatisch auf den Sauerstoff und fängt Feuer. Dieser kleine Kiesel hätte die Fackeln und schließlich auch den Sprengstoff gezündet. Die ganze Sache wäre mit einem Höllenlärm in die Luft geflogen.«

»Du lieber Himmel! Gerade erst wurde die Renovierung abgeschlossen. Nicht auszudenken«, sagte Niedermeier und setzte sich auf die Steintreppe.

»Die Kettenreaktion erklärt das Zeitproblem«, sagte Vandendaele und beobachtete drei LKA-Beamte, die sich gerade in den Lieferwagen zurückzogen. Einen kannte er aus München, hatte aber seinen Namen vergessen.

An Funke gewandt fuhr er fort: »Wenn sich das Feuer von selbst entzündet, muss es sich nicht unbedingt um eine Gruppe von Tätern handeln. Die Schnelligkeit der Verdunstung bei diesen sommerlichen Temperaturen lässt sich errechnen. Das heißt, es könnte auch ein einzelner Täter eine solche Kettenreaktion an mehreren Orten gleichzeitig in Gang gesetzt und sich selbst zum Zeitpunkt der Explosion ein wasserdichtes Alibi verschafft haben.«

»Das ist leider richtig, Herr Vandendaele.« Funke nickte. »Das macht es uns nicht gerade leichter.«

»Hoffentlich läuft nicht gerade irgendwo eine weitere Kettenreaktion ab«, warf Niedermeier ein und blickte von einem zum anderen.

»Malen Sie nicht den Teufel an die Wand. Präventiv können wir zurzeit kaum mehr tun als das, was das LKA bereits angeordnet hat. Da es der Täter auf historische Gebäude und Plätze abgesehen zu haben scheint, werden alle in Frage kommenden Objekte bis auf Weiteres Tag und Nacht bewacht. Zu diesem Zweck kommen auch noch mehr Beamte mit passender Technik nach Bayreuth.« Das hatte Vandendaele kurz vor seiner Ankunft am Neuen Schloss aus München erfahren.

»Und was machen wir in der Zwischenzeit?«

»Ich schlage vor, wir konzentrieren uns auf das Brennmaterial. Woher könnte der Phosphor stammen, Herr Funke?«, fragte Vandendaele und war froh, dass der Name des Brandspezialisten so leicht zu behalten war.

»Dieser Phosphor hier ist mit Kautschuk versetzt. So etwas benutzt das Militär. Phosphorbomben sind zwar offiziell verboten, aber was heißt das schon. Noch immer ist Phosphor wegen seines hellen Verbrennungslichts zur nächtlichen Beleuchtung von Kampfhandlungen gestattet. Als Waffe wird weißer Phosphor angeblich nicht mehr eingesetzt.«

»Ich glaube, dass es schwer werden wird, darüber etwas zu erfahren«, sagte Niedermeier.

»Wir müssen abklären, ob in einem Depot etwas gestohlen wurde. Das ist ein Job für das LKA«, entschied Vandendaele und nahm sich vor, gleich mit den Leuten im Lieferwagen zu sprechen.

»Wir sollten auch die Möglichkeit ins Auge fassen, dass es sich um eine alte Brandbombe aus dem Zweiten Weltkrieg handelt«, fuhr Funke fort. »Gegen Ende des Krieges wurden viele solcher Bomben abgefeuert. Manche sind nicht detoniert, sondern zum Beispiel in der Ostsee versunken. Bis heute liegen sie am Meeresboden und rosten vor sich hin. Wenn das flüssige Brandgemisch ins Meerwasser gelangt, entsteht eine gallertartige Masse, die aussieht wie Bernstein.«

»Und Sie meinen, dass unser Täter danach getaucht hat?«, fragte Niedermeier.

»Das ist nicht nötig. Das Gemisch aus Kautschuk und weißem Phosphor ist aufgrund der geringen Dichte nicht so schwer und wird von Zeit zu Zeit an den Strand geschwemmt.«

Niedermeier horchte auf. Dieses Jahr wollte er die Ferien mit seiner Familie an der Ostsee verbringen.

»Keine Angst, das geschieht extrem selten. Es ist allerdings schon vorgekommen, dass Urlauber den vermeintlichen Bernstein gesammelt und in die Tasche gesteckt haben. Einige Minuten später kam es zu schweren Verletzungen«, ergänzte Funke.

»Warum enthalten die Bomben neben dem Phosphor auch Kautschuk?«, wollte Vandendaele wissen.

»Jede Bombe ist mit etwa vier Kilogramm Brandmasse gefüllt, bestehend aus Benzol, Kautschuk und weißem Phosphor. Sobald der Phosphor anfängt zu brennen, wird das Gemisch zähflüssig und klebt. Es bleibt an Häusern, Pflanzen und Menschen so lange haften, bis alles verbrannt ist. Wenn man versucht, sich von den Flammen zu befreien, und mit der Hand über die Stelle wischt, vergrößert man die Wunde und zündet außerdem seine Hand an.«

»In der Eremitage hat sich das Feuer heute Mittag angeblich auch von selbst entzündet. Die Wirtin sagte ausdrücklich, dass nichts Brennbares auf dem Boden gelegen habe.«

»Es muss sich um Phosphorpulver gehandelt haben. Als das Wasser verdunstete, hat es sich entzündet. Die Wirtin hat die kleinen Metallteilchen auf dem groben Steinfußboden nur nicht bemerkt«, antwortete Funke.

Vandendaele hatte genug gehört, er musste sofort handeln. Daher ließ er Funke mit Niedermeier allein zurück. Alle weiteren Details würde er morgen in den Berichten lesen. Zum Glück lief die Fahndung nach dem Kleintransporter schon. Die Firma »Pico Bello« hatte den Wagen schon vor zwei Tagen als gestohlen gemeldet. Jetzt musste er so schnell wie möglich das LKA dazu bewegen, Erkundigungen über die Militärdepots einzuholen und nach Blindgängern im Landkreis zu suchen. Das war eine Aufgabe, für die die Kollegen aus München am besten gerüstet waren.

Als er an den Lieferwagen trat, begrüßte ihn der Mann, dessen Gesicht er bereits erkannt hatte, und stellte ihn seinen Kollegen vor. Im Gegensatz zu Vandendaele hatte er seinen vollen Namen behalten, was ihm doppelt unangenehm war. Er hoffte, im Gespräch wenigstens den Vornamen des Münchner Beamten aufzuschnappen.

»Wir sollten schnellstmöglich herausfinden, woher dieses Phosphor-Kautschuk-Gemisch stammt«, sagte er, nachdem er das Urteil des Brandexperten kurz zusammengefasst hatte. »Es könnte aus einem Chemielabor stammen, vielleicht aber von einem Blindgänger oder auch tatsächlich aus einem Militärdepot.«

Die LKA-Beamten nickten und machten besorgte Gesichter, aber Vandendaele hatte den Eindruck, dass sie etwas wussten, was sie nicht sagten. Endlich brach einer von ihnen das Schweigen und deutete auf eine Zeitung. Es war derjenige, den Vandendaele von früher kannte.

»Guck dir das mal an, Georg. Eine Zeitung mit merkwürdigen Schriftzeichen. Darin war der Sprengstoff eingewickelt. Kann Zufall sein, könnte aber auch auf eine Organisation hindeuten. Deine Bombentheorie verstärkt diesen Verdacht. Wir dürfen keine Zeit verlieren.«

Vandendaele schaute sich das Blatt mit dem Titel »Nawa-i-Waqt« genauer an.

»Aus Lahore – ist das nicht Pakistan?«, fragte er in die Runde.

»Klar, Pakistan. Die Zeitung ist auf Urdu, und die Leute, die sie lesen, sind Muslime«, antwortete ein anderer, der sich besser auskannte.

»Islamisten?«, fragte Vandendaele. Die Beamten zuckten mit den Schultern. »Religiöser Terror in Bayreuth?« Vandendaele fand diesen Gedanken absurd. Sein skeptischer Unterton war nicht zu überhören.

»Haben Sie einen anderen Verdacht?«, fragte der, der sich durch seine Pakistankenntnisse hervorgetan hatte.

»Nichts Konkretes, aber Terror ist natürlich ein gutes Mittel, um von anderen Spuren abzulenken und Panik zu verbreiten. Für den Täter bedeutet das einen Zeitgewinn.«

Die Beamten nickten.

»Eine einzelne Zeitung beweist noch gar nichts. Oder gibt es noch mehr Anhaltspunkte?«, fragte Vandendaele. Er ließ nicht locker, weil er befürchtete, dass das LKA sonst die Suche nach den Blindgängern und Waffendepots hinausschieben könnte. Als der Bekannte zugab, dass es bislang keine weiteren Indizien gab, wiesen ihn seine Kollegen scharf zurecht.

»Es gibt schon noch mehr, Klaus. Aber nicht alles wird jedem auf die Nase gebunden. Klar ist jedenfalls, dass es derzeit geradezu kontraproduktiv ist, Zweifel zu säen. Außerdem wäre es unlogisch, wenn die Täter auf diese Weise versucht hätten, den Verdacht auf andere zu lenken. Schließlich sollte der Sprengstoff ja explodieren. Wer hätte dann jemals etwas von der Zeitung auf Urdu erfahren?«

Vandendaele musste zugeben, dass das stimmte. Trotzdem hielt er nichts von dem Verdacht.

Noch ein anderer Beamter schaltete sich ein: »Wir müssen die Verstärkung des Katastrophenschutzes in Bayreuth so schnell wie möglich durchsetzen. Jedes Zaudern verzögert den Prozess. Ich für meinen Teil möchte jedenfalls nichts riskieren. Islamisten oder nicht – das hält uns nur auf. Terror ist es in jedem Fall, und ich möchte wetten, dass eine größere Bande dahintersteckt. Sollten daran begründete Zweifel aufkommen, wird die örtliche Polizei selbstverständlich sofort informiert.«

Vandendaele wunderte sich über den scharfen Ton, aber er war zu erschöpft, um eine Auseinandersetzung über Hierarchieebenen zu provozieren. Immerhin kannte er jetzt den Vornamen seines ehemaligen Kollegen aus München und schrieb ›Klaus‹ in sein Notizbuch. Dann versuchte er wieder einmal, Emma zu erreichen. Er ließ es so lange klingeln, bis die Stimme des Anrufbeantworters kam. Wo zum Teufel steckte sie bloß, und warum nahm sie nicht ab?

***

Tatsächlich war Emma zu Hause. Sie hatte es nicht mehr in die Redaktion geschafft und wusste daher noch gar nichts von den Anschlägen. Ihr Handy, das Vandendaele vergeblich anrief, war nicht aufgeladen, und ein Festnetztelefon gab es in der neuen Wohnung nicht. Jeder der Zwillinge besaß sein eigenes Handy, und Ferngespräche wickelten sie über das Internet ab. Ein Anschluss im Festnetz hatte sich einstweilen erübrigt.

Der Aufenthalt auf der Baustelle hatte länger gedauert als geplant. Jetzt musste alles doppelt so schnell gehen. Hastig kontrollierte Emma die Koffer der Kinder und ärgerte sich darüber, dass die beiden mit sechzehn noch nicht in der Lage waren, zwei Ferienwochen vorauszuplanen. Während Elektro- und Sportartikel das Gepäck verstopften, fehlten Dinge wie Nachtwäsche und Strümpfe. Die Unordnung in den Zimmern war unbeschreiblich. Um Ärger mit ihrer Mutter aus dem Weg zu gehen, hatten sich die beiden zurückgezogen und gingen ihren eigenen Beschäftigungen nach. Carla hatte die Ohren mit Kopfhörern bedeckt und sich mit einer ›Bravo‹ aufs Bett gelegt, während Robert am Computer virtuell über ein römisches Schlachtfeld jagte. Emma hatte weder Zeit noch Kraft für eine Auseinandersetzung, sie räumte eilig auf und übernahm das Packen der Koffer kurzerhand allein. Um achtzehn

Uhr waren sie endlich abfahrbereit und machten sich auf den Weg nach Kulmbach.

Auf der Landstraße bei Neudrossenfeld kamen ihnen Polizei- und Feuerwehrfahrzeuge entgegen. Aber Emma achtete nicht darauf. Sie überlegte fieberhaft, wie sie den Ärger vor dem Abschied bereinigen konnte. Eine Trennung im Streit würde ihr während der gesamten Ferien nachhängen. Doch als sie vor dem Haus ihres Ex-Mannes anhielten, war die Missstimmung plötzlich ganz von allein verflogen. Freiwillig schalteten die Kinder ihren MP3-Player aus und sprangen wie zwei junge Hunde aus dem Auto. Sie umarmten sie, als ob sie sich für ihre Freude, wieder in Kulmbach zu sein, entschuldigen müssten, und klingelten an ihrer ehemaligen Haustür. Nach der Zeit in München hatten sie nur zwei Jahre hier gelebt, trotzdem war das Haus viel mehr gewesen als bloß ein kurzes Intermezzo zwischen München und Bayreuth.

»Du hast dich nicht verändert«, grüßte Martin, Emmas Mann, freundlich, nachdem die Kinder kreischend in den Garten gelaufen waren.

Warum sollte ich mich auch verändert haben?, dachte Emma, überlegte aber gleichzeitig, ob sich vielleicht der Stress und der Ärger im Beruf doch bald in ihrem Gesicht abzeichnen könnten. Sie wusste, dass sie gut aussah in ihrer hellgrünen Lederjacke. Doch was nützte das schon? Sie wurde trotzdem älter, und eine neue Beziehung war noch immer nicht in Sicht.

»Alles allein zu managen ist bestimmt nicht immer ganz einfach«, fuhr Martin fort, als ob er ihre Gedanken gelesen hätte. Dann öffnete er den Kofferraum und packte das Gepäck der Kinder in sein Auto um. Schweigend beobachtete sie seine geschmeidigen Bewegungen und reichte ihm die Tüte Laugenstangen für unterwegs. In seinem sportlichen Outfit sah er noch immer verdammt gut aus. Das musste man ihm lassen.

»Schade, dass du nicht mitkommst. Das wäre doch toll gewesen«, sagte er fröhlich und ging, ohne auf eine Antwort zu warten, ins Haus. Emma war sprachlos. Wie konnte er nach allem, was vorgefallen war, so reden? Anscheinend hatte er sich durch seine neue Beziehung emotional schon weit von ihr entfernt. Sie selbst konnte sich nicht vorstellen, jemals derart abgeklärt zu werden.

Als sie das Haus betrat, war der Tisch bereits gedeckt. Wie in alten Zeiten aßen sie noch eine Kleinigkeit vor der langen Autofahrt durch die Alpen. Martin hatte seine Gewohnheiten offenbar kaum verändert. Die Kinder bestimmten das Gespräch und erzählten erstaunlich munter von der Schule, ein Thema, das sie sonst lieber vermieden. Würde jemand ein Foto schießen, sähen wir aus wie eine heile Familie, dachte Emma und schaute sich um. Das Wohnzimmer war unverändert, so als wären sie gerade erst ausgezogen. Sogar die Couch, die sie schon lange hatten entsorgen wollen, stand noch an alter Stelle. Die Leerräume in den Regalen, die durch das Aussortieren ihrer Bücher entstanden waren, klafften nach wie vor wie offene Wunden. Sie konnte es nicht glauben.

»Ich bin zu nichts gekommen«, sagte Martin, der ihrem Blick gefolgt war. »Noch mehr als früher bin ich eigentlich nur noch im Krankenhaus, und Edith hat keine Lust, bei mir aufzuräumen.«

»Edith, wer ist denn das schon wieder?«, fragte Emma und ärgerte sich sogleich über ihren aggressiven Tonfall.

»Eine Freundin. Du kennst sie noch nicht. Sie arbeitet ebenfalls in der Klinik.«

»Und was ist mit Christine?«

»Vorbei«, antwortete er lakonisch und verzog das Gesicht.

»Und das Kind?« Emma starrte ihn bestürzt an.

»Es hat Komplikationen gegeben.«

»Komplikationen, was heißt das denn? Ist das Baby etwa tot?«, fragte Carla mit dem Entsetzen einer Pubertierenden.

»Ich habe es auch nicht gewollt«, antwortete Martin leise und schaute auf den Teller.

Robert blickte auf und fragte mit plötzlichem Interesse: »Wird es beerdigt?« Carla trat ihren Bruder unter dem Tisch, aber er bohrte weiter: »Oder was passiert sonst mit dem Körper? Stammzellen?«

Jetzt schüttelte Martin entschieden den Kopf. Aber er war sichtlich erleichtert, von der persönlichen Ebene auf allgemeinere Themen der Genforschung wechseln zu können. Da war er vom Fach.

Emma kannte die endlosen Erklärungen, wenn er darauf zu sprechen kam, und schaltete ab. Stattdessen grübelte sie über seine Bemerkung. Er habe es auch nicht gewollt, was sollte das heißen? Hatten sie etwa nach dem ganzen Drama der Trennung doch noch abgetrieben? Direkt fragen wollte sie nicht. Es ging sie ja eigentlich gar nichts mehr an. Trotzdem war sie empört. Wie konnte er sich in dieser Situation einfach in eine neue Beziehung stürzen? Das war unglaublich.

Dann war plötzlich Aufbruch. Es war ein trauriger Abschied. Nach den Zwillingen umarmte Emma auch Martin und vergaß für einen seligen Augenblick den Alptraum der letzten Monate. Sie hielten sich an den Händen wie beim Ringelreihen im Kinderzimmer.

Schließlich blieb sie mit der Sorge um die lange nächtliche Autofahrt allein zurück. Sie machte den Abwasch, steckte den Akku ihres Handys in die Steckdose und legte sich auf die alte Couch. Der hässliche Bezug war muffig und starrte vor Dreck, aber das war jetzt egal. Sie fühlte sich unendlich müde, beinahe wie k.o. geschlagen, und wollte für einen Augenblick ausruhen. Es dauerte nicht lange, dann fiel sie in einen schweren, traumlosen Schlaf. Seit Ewigkeiten hatte sie nicht mehr so tief geschlafen.

Etwa um Mitternacht klingelte das Telefon in die Dunkelheit hinein. Emma brauchte eine Weile, bis sie realisierte, wo sie sich befand, und dachte als Erstes an die Kinder. Erschrocken fuhr sie hoch und griff zum Handy. Am Apparat war Hauptkommissar Georg Vandendaele.

»Hallo, Emma, hier ist Georg. Entschuldige, ich weiß, wie spät es ist. Aber es gibt einen Notfall. Wieder ein Anschlag, diesmal auf dem Grünen Hügel!«

Emma atmete auf. Es war also nichts mit den Kindern. Sie fror, und außerdem war ihr schwindelig. In ihrer Angst, Martin könnte auf der langen Nachtfahrt durch die Alpen einen Unfall gehabt haben, war sie zu schnell aufgesprungen. Erst im Nachklang seiner Worte begriff sie allmählich, was Vandendaele zu erklären versuchte.

»Ein Anschlag?«, fragte sie ehrlich überrascht.

»Sag bloß, du weißt von nichts.«

»Wovon denn überhaupt?«

»Deine Ruhe möchte ich haben.« Vandendaele stöhnte und machte eine Pause. Dann berichtete er in kurzen Zügen von dem Waldbrand in Sanspareil, der Explosion in der Eremitage sowie dem verhinderten Anschlag auf das Neue Schloss in der Innenstadt. »Jetzt brennt es am Grünen Hügel. Das Festspielhaus ist in Gefahr. Nicht auszudenken, was noch passieren könnte.«

Wieder hielt Vandendaele inne. Auch Emma sagte nichts. In ihrem Kopf wirbelten alle Informationen durcheinander. Vielleicht träumte sie noch?

»Ich brauche dich als Verstärkung, Emma. Du musst Fotos machen. Ich habe keinen Fotografen, auf den ich mich wirklich verlassen kann. Außerdem sind wir extrem knapp mit Personal. Es ist wichtig, verstehst du?«, sagte Vandendaele mit rauer Stimme. Der viele Rauch war ihm auf die Kehle geschlagen.

Emma war noch immer sprachlos. Sie war überrumpelt und zugleich bestürzt darüber, dass sie es offenbar geschafft hatte, Vorfälle von solcher Tragweite zu verpassen. Noch nie hatte sie Vandendaele, der sonst gern einen flotten Spruch auf den Lippen trug, derart unsicher erlebt.

»Bist du noch da?«, fragte er in das Schweigen hinein.

»Ja, natürlich. Aber ich verstehe nicht. Du sagst, es gab Anschläge in Bayreuth, während ich bei der Zeitung gearbeitet habe? Das kann doch wohl nicht wahr sein!« Allmählich wachte sie auf.

»Womit auch immer du beschäftigt warst, Emma, hier war jedenfalls die Hölle los. Und es ist noch nicht vorbei. Ich erzähle dir später mehr. Beeil dich bitte und komm.«

»Okay, aber ich brauche circa fünfundvierzig Minuten. Ich bin in Kulmbach. Wenn du willst, rufe ich einen Kollegen an. Frank Landmann macht gute Fotos und kann schneller bei euch sein als ich.« Mit einer gewissen Zufriedenheit dachte sie daran, dass sie dem pensionierten Kollegen damit den ersten Auftrag als freiem Journalisten vermittelte. Vandendaele dagegen stutzte. War das nicht der Mann, der bei der Explosion in der Eremitage verletzt worden war? Er musste sich Gewissheit verschaffen.

»Nein, bitte keine Strohköpfe von der Presse. Das hätte noch gefehlt. Die Feuerwehr hat anderes zu tun«, antwortete er brüsk, um weitere Nachfragen abzublocken.

Der Hieb saß. Emma wusste, wie er über die Presse dachte, und ärgerte sich. Zugleich war sie beruhigt, denn Vandendaele schien wieder ganz der Alte. Sie beeilte sich, schlüpfte in ihre Jacke und fuhr los.

DREI

Die Nacht war kalt, und Emma fror. Kein Wunder, es war erst April, und sie hatte kaum geschlafen. Die Strecke über die Autobahn war ein Umweg, darum nahm sie die Landstraße. Sie hasste Nachtfahrten durch Wiesen und Wälder. Beleuchtung gab es keine, und Wildwechsel war immer möglich. Mit großer Konzentration beschleunigte sie das Tempo und raste mitten durch die am Weg gelegenen Siedlungen Unterbrücklein, Altenplos und Heinersreuth. Zum Glück war niemand auf der Straße. Mit dem Fernlicht leuchtete sie die Kurven aus. Hier und da nahm sie aufblitzende Augen am Straßenrand wahr, aber schon nach zwanzig Minuten war sie auf der Kulmbacher Straße und bemerkte den dichten Rauch am Nachthimmel. Als sie auf den Nordring einbog und das Gelände des Sportrings – des Fußballvereins von Robert – passierte, wurde der Geruch beißend. Sie drosselte die Geschwindigkeit und fuhr im Schritttempo den berühmten Grünen Hügel zum Richard-Wagner-Festspielhaus hinauf.

Seltsam bunte Flammen fraßen sich in die Bäume und das haushohe Buschwerk. Es stank und war unerträglich heiß. Die Feuerwehr hatte weiträumig abgesperrt und kämpfte in Schutzanzügen und Gasmasken gegen den gefährlichen Funkenflug. Der Wind stand ungünstig. Man musste um die Sicherheit des Festspielhauses bangen. Emma erkannte sofort, dass es sich um Brandstiftung handeln musste. Wie sollte sich ein derartiges Inferno von selbst entzünden? Eine achtlos fortgeworfene Zigarette konnte solch ein Feuer unmöglich entfachen. Die letzten Tage hatte es zwar nicht geregnet, aber die Anlagen auf dem Grünen Hügel wurden regelmäßig gewässert. Wie selbstverständlich war sie von der Journalistin in die Rolle der erfahrenen Polizistin geschlüpft.

Trotz der späten Stunde trieb sich eine beachtliche Anzahl Schaulustiger am Rande des Parks herum. Emma stellte den Wagen auf einer Wiese ab, um die Feuerwehr nicht zu behindern. Beim Aussteigen tastete sie nach der kleinen Digitalkamera, die sie in letzter Zeit immer einsatzbereit in der Jackentasche trug. Im

Vergleich zu dem schweren analogen Fotoapparat war sie kaum zu spüren.

Sie ging zu den Polizisten, die bereits mit der Befragung und der Aufnahme von Personalien begonnen hatten. Vandendaele wandte ihr demonstrativ den Rücken zu, als wollte er nicht gestört werden. Reiner Niedermeier, sein jüngerer Kollege, nickte dankbar, als sie ihm signalisierte, sie werde jetzt anfangen, Fotos zu machen.

Mit ihrer kleinen Kamera hielt sie vor und hinter der Absperrung alles fest, was ihr vor die Linse kam. Nicht umsonst war sie bekannt und geschätzt für ihre Fototechnik, die sie sich im Laufe ihrer Polizeikarriere angeeignet hatte. Im Unterschied zur Zeitung hatten die Kollegen bei der Polizei ihr Talent schnell entdeckt und wussten, wie sie sich ihre Begabung zunutze machen konnten. Dennoch hatte sich die Verwaltung bis zuletzt geweigert, ihr einen Dienstapparat zur Verfügung zu stellen. Zur Begründung hieß es lapidar, dass das Fotografieren nicht zur Tätigkeitsbeschreibung einer Ermittlerin gehöre. Dabei war die Kamera für sie eine Art Werkzeug, mit der sie erste wertvolle Eindrücke sammelte. Sie fand es leichter, sich durch einen begrenzten Objektivausschnitt auf Einzelheiten zu konzentrieren. Das Geschehen als Ganzes überwältigte sie häufig, und sie übersah schnell wichtige Hinweise.

Als die Namen aller Anwesenden aufgenommen waren, kam Vandendaele zu ihr herüber. Er sah abgespannt aus und umarmte sie flüchtig, wie er es immer tat, wenn er sie begrüßte.

»Danke, dass du so schnell gekommen bist.«

»Schon gut. Ich bin ja froh, dass du mich informiert hast. Sag mal lieber, was ist das denn für ein seltsames Feuer?«

Vandendaele hustete. »Und dieser Gestank!«

»Könnte eine Mischung aus Knoblauch, Schwefel und Salpeter sein. Ein richtiges Höllenfeuer«, sagte sie.

»Ein bengalisches Feuer, genauer gesagt. Die Brandexperten sagen, dass das Feuer dem Brand von Sanspareil und der Eremitage gleicht. Auch am Neuen Schloss sollte weißer Phosphor die bengalischen Fackeln zünden, damit das Feuer auf die Umgebung übergreift. Die Fackeln enthalten verschiedene Mineralien und sind neben dem Phosphor die Ursache für den Gestank und die Hitze. Die Farben sind pyrotechnische Effekte, die von diversen Metallen und anderen Zusätzen herrühren.«

»Ein bengalisches Feuer – soll das ein Witz sein?«

»Leider nein. Eben erklärte der leitende Hauptbrandmeister, dass die Feuerwehr keine Möglichkeit sieht, den Brand zu löschen. Es besteht die Gefahr, dass der harte Wasserstrahl die phosphorhaltigen Brandherde durch die Gegend schleudert und damit über eine größere Fläche verteilt. Nach kurzer Zeit würden sich die Teilchen überall entzünden. Es handelt sich um irgendeine chemische Reaktion, die, einmal entfesselt, bis zum Ende ablaufen muss. Die Feuerwehr kann sich lediglich bemühen, eine Ausbreitung der Flammen zu verhindern.«

»Das heißt, wir müssen warten, bis das Feuer von selbst erlischt?«

Vandendaele nickte Niedermeier zu, der gerade hinzutrat und erklärte: »Der Höhepunkt scheint vorüber zu sein. Sie hätten den Brand vorhin sehen sollen. Als ich ankam, dachte ich, alles sei Theater – vielleicht eine unangekündigte Festspielprobe. Der Hügel stand in Flammen und beleuchtete das Festspielhaus in allen Farben: Grün, Violett, Rot, Blau und so weiter. Man muss schon sagen, es sah aufregend aus – geradezu phantastisch. Die Gefahr kam einem ganz unwirklich vor.«

»Klingt gespenstisch. Gibt es eigentlich Verletzte, oder weiß man schon etwas über den Sachschaden?«, fragte Emma.

Vandendaele antwortete: »Was sich hier noch alles zeigen wird, wissen wir nicht. Über Sanspareil kann man sagen, dass die Naturkulisse des Freilufttheaters völlig zerstört wurde. Das trockene Unterholz des Buchenhains muss sofort Feuer gefangen haben. Zum Glück scheint zu der Zeit niemand im Wald gewesen zu sein.«

Er holte tief Luft, bevor er fortfuhr: »In der Eremitage gab es weniger Sachschaden, dafür aber viele Verletzte. Zahlreiche Leute mussten mit Rauchvergiftungen und Verbrennungen ins Krankenhaus. Es sind so viele, dass sie in die verschiedenen Kliniken der Umgebung untergebracht wurden. Derzeit sind es achtundzwanzig, aber voraussichtlich steigt ihre Zahl auch noch an, weil die eingeatmeten Phosphordämpfe nach Tagen noch giftig sind.«

»Leider haben wir auch einen Toten. Seine Identität ist noch nicht bekannt«, ergänzte Niedermeier.

»War er so stark verbrannt?«, fragte Emma.

»Das kann man wohl sagen«, antwortete Vandendaele und stieß Niedermeier in die Seite, damit er sich gegenüber der Journalistin mit weiteren Details einstweilen zurückhielt.

»Wir müssen die Vermisstenanzeigen abwarten. Auf jeden Fall handelt es sich um einen Mann, der sich in der Nähe des Explosionszentrums aufgehalten hat.«

»Und die Schwerverletzten?« Emma hatte plötzlich eine böse Ahnung.

»Es ist ein Kollege von dir darunter, Emma. Frank Landmann. Er liegt auf der Intensivstation. Soweit ich weiß, ist er zurzeit außer Lebensgefahr, aber die Phosphordämpfe sind, wie gesagt, hochgiftig und können noch nach Tagen die Leber und die Nieren angreifen«, antwortete Vandendaele so sachlich wie möglich und berichtete in allen Einzelheiten, was er wusste.

Emma erbleichte und war nicht in der Lage, zu sprechen. Ausgerechnet Landmann, dachte sie, und das an seinem letzten Arbeitstag. Aber vielleicht war es eine Verwechslung? Sie überlegte, wann sie ihn zum letzten Mal gesehen hatte. Heute, am Freitag, war sie ihm nicht begegnet, weil er den Termin an der Eremitage hatte. Aber am Abend zuvor hatte sie mit ihm gesprochen, als sie die Reportage planten. Der Gedanke daran schnürte ihr die Kehle zu.

Wie war es nur möglich, dass sie so uninformiert, so nichtsahnend gewesen war? Es war unverzeihlich, dass sie während ihrer Arbeit bei der Zeitung nichts von den Anschlägen erfahren hatte. Anstatt morgens die Meldungen der Nachrichtenagenturen durchzusehen, wie es die anderen Journalisten taten, ging sie immer gleich hinunter ins Archiv. Depeschen zu lesen, ohne einen Artikel schreiben zu dürfen, hatte sie auf Dauer frustriert. Landmann hatte sie durchaus zu Recht wegen ihrer mangelnden Eigeninitiative kritisiert. Sie hatte sich in ihrer untergeordneten Rolle eingerichtet, obwohl sie sich dauernd vornahm, dagegen anzukämpfen. Wäre sie auf dem Laufenden gewesen, hätte sie vielleicht helfen können.

»Das werde ich mir nie verzeihen«, flüsterte sie schließlich und senkte den Blick.

»Du hättest nichts für ihn tun können, gar nichts«, erwiderte Vandendaele. Klar und deutlich betonte er jedes Wort, um sie aus der Erstarrung zu reißen.

»Ich hätte mich zumindest informieren müssen. Wozu bin ich Journalistin? Wie eine fette Made im Speck sitze ich da auf meinem Abstellgleis, verstehst du nicht?«, schrie sie plötzlich. Als Vandendaele verblüfft nach ihren Händen fasste, stieß sie ihn fort.

»Wir kriegen die Verbrecher, verlass dich drauf«, sagte er. »Du musst dich jetzt beruhigen. Deine Panik hilft Landmann nicht.«

»Ich sollte bei der Zeitung kündigen. Aus mir wird nie und nimmer eine Journalistin, da haben die anderen völlig recht. Ich bin und bleibe eine Beamtin.« Sie hatte Tränen in den Augen.

»Richtig. Du trägst ja auch eine Brille.«

Emma schaute ihn entgeistert an. »Was soll das denn jetzt heißen?«

»Beamte tragen beim Arbeiten eine Brille, damit sie sich beim Einschlafen nicht mit dem Kuli ins Auge stechen«, erklärte er und hatte immerhin erreicht, dass sie ihm aufmerksam zuhörte. »Selbstmitleid hilft nicht weiter, Emma. Du solltest daraus eine Lehre ziehen und jetzt lieber vollen Einsatz zeigen. Wir haben hier genug zu tun und pfeifen schon aus dem letzten Loch. Unsere Beamten sind seit vierundzwanzig Stunden im Einsatz. Das ist einschließlich des vereitelten Plans am Neuen Schloss der vierte Tatort an diesem Tag. Es gibt keine Zeit für Trauer. Wir brauchen klaren Verstand und professionelle Hilfe.« Vandendaele schaute auf die Uhr. Mitternacht war vorüber und damit auch der Freitag. Ob der Spuk jetzt aufhörte?

Langsam nickte Emma und strich sich die Tränen aus dem Gesicht. »Okay, du hast recht. Was kann ich tun?«

»Mach Fotos und stell Fragen. Bestimmt haben wir vieles übersehen.«

»Das heißt also, ihr tappt noch völlig im Dunkeln, was die Täter angeht.«

Vandendaele berichtete, was er von Funke und dem LKA erfahren hatte.

Emma machte sich Notizen. »Warum eigentlich so exotisch, warum ausgerechnet ein bengalisches Feuer? Welcher Brandstifter macht sich denn solch eine Mühe, und was für einen Sinn hat das?«

Vandendaele zuckte mit den Achseln. »Gute Frage. Das wird uns sicher noch eine Weile beschäftigen.«

»Hältst du den Terrorverdacht für begründet?«, fragte sie weiter.

»Natürlich ist es möglich, dass eine organisierte Terrorgruppe hinter den Anschlägen steckt. Deshalb hat das LKA die Ermittlungen in Bayreuth übernommen. Jetzt haben wir kaum noch eigenen Handlungsspielraum.«

»Woran denkst du genau? Hast du einen Verdacht?«

»Nein, leider gibt es nichts Konkretes. Wenn du aber meine persönliche Meinung hören willst, ich finde, wir sollten mit gleicher Energie und Gründlichkeit die Brandstiftung lokal verfolgen. Theoretisch könnte auch die rechte Szene hier etwas damit zu tun haben. Es gab ja verschiedentlich Drohungen, zum Beispiel gegen das Asylbewerberheim.«

»Ausländische Zeitungen kann man kaufen und die Materialien für die bunten pyrotechnischen Effekte überall zusammenstellen«, sagte Emma.

Vandendaele nickte, und Emma fuhr fort: »Es wäre interessant, herauszufinden, ob es den Begriff vom bengalischen Feuer in Pakistan oder Indien überhaupt gibt.«

»Wie bitte? Was meinst du damit?«

»Wir können meines Erachtens davon ausgehen, dass der oder die Täter mit diesen ausgetüftelten Inszenierungen etwas ausdrücken wollen. Sonst würden sie sich nicht solche Mühe geben. Sie haben irgendeine Botschaft, die sie auf diese Weise zu übermitteln versuchen.«

Vandendaele nickte wieder und zuckte gleichzeitig mit den Achseln.

Emma fuhr fort: »Wenn sie also eine Art Botschaft haben und tatsächlich aus einer anderen Kultur und Sprache stammen, woher wissen sie dann, welche Assoziationen ein buntes Feuerwerk in Deutschland weckt? Nennt man ein solches Feuer in Pakistan oder Indien denn ebenfalls bengalisch?«

»Du meinst wohl, in Berlin ist ein Berliner kein Berliner, sondern ein Pfannkuchen.«

»So ähnlich, aber vielleicht weniger witzig«, antwortete Emma und wandte sich ab. Sie hasste es, wenn er alles ins Lächerliche zog.

»Ich mache mich nicht lustig, Emma, im Gegenteil«, sagte Vandendaele schnell. »Deine Bemerkung bringt mich auf den Gedanken, dass Einwanderer diesen Begriff natürlich kennen können. Das heißt, wir müssten uns so schnell wie möglich nicht nur die rechte Szene vorknöpfen, sondern auch die Asylbewerber befragen und die indischen Geschäftsleute abklappern, die sich in den letzten Jahren hier niedergelassen haben. Vielleicht kann uns irgendjemand weiterhelfen.«

»Dann wisst ihr ja, was ihr in den nächsten Tagen vorhabt«, sagte Emma und lächelte zum ersten Mal in dieser Nacht.

»Wenn das so einfach wäre.« Vandendaele stöhnte.

Und Niedermeier ergänzte: »Das Problem ist, dass das LKA andere Prioritäten setzt und alle Kräfte einspannt. Es wird ewig dauern, wenn wir auf lokaler Ebene nur nebenbei ermitteln können.«

Emma wusste, dass sich die örtliche Polizei immer ärgerte, wenn das LKA plötzlich die Leitung der Ermittlungen übernahm, und ging nicht weiter darauf ein. Stattdessen fragte sie nach Anwohnern oder Passanten, die die Brandstifter gesehen haben könnten.

»Leider nein. Niemand hat die Vorbereitungen bemerkt«, antwortete Vandendaele und stellte Emma den Streifenpolizisten Axel Bauer vor, der bis eben noch die Personalien der Schaulustigen aufgenommen hatte.

»Nachts verwandelt sich der Festspielpark in einen Schwulentreff, Frau Schiller. Die Mannsbilder waren mit anderen Dingen beschäftigt«, sagte dieser auf die Frage nach möglichen Augenzeugen.

»Das sind doch wohl kaum alles Schwule«, erwiderte Emma und zeigte auf eine Gruppe Jugendliche.

»Nein, stimmt schon. Wir konnten grob vier Personengruppen feststellen: Schwule, Russen und Schüler. Die vierte Gruppe ist uns durch die Lappen gegangen. Es handelte sich um komplett schwarz gekleidete Jugendliche, die wie Fledermäuse auseinanderstoben, als sie uns entdeckten. Wir hatten anfangs zu wenig Personal, um ihnen nachzusetzen. Sie verschwanden im Nu, so schnell konnten wir gar nicht gucken.«

»Ärgerlich. Ich hoffe, unter den anderen Gruppen gibt es jemanden, der die Personen beschreiben kann«, sagte Vandendaele und runzelte die Stirn. »Wer sind denn die anderen, und was machen sie überhaupt hier mitten in der Nacht?«

»Die Jungs da vorne sind schwul. Das Grüppchen dahinten sind Russlanddeutsche, das heißt Spätaussiedler. Nachts machen sie sich einen Jux daraus, den Tunten aufzulauern. Sie jagen sie aus den Büschen und prügeln sie auf der Flucht kräftig durch. Alles nach dem Motto ›Shake 'n' Bake‹«, antwortete Bauer in Anspielung auf ein amerikanisches Fertiggericht.

»Meinen Sie diese Kinder dort?«, fragte Emma weiter.

»Ganz genau. Die Kids daneben sind Schüler. Anstatt zu Hause im Bett liegen sie hier auf der Lauer, um die Prügeleien live mitzuverfolgen. ›Happy Slapping‹ nennt sich das. Das sind keineswegs nur Unterschichtkinder, sondern ein Querschnitt durch alle Schulen der Stadt. Wir haben alle Angaben aufgenommen und die Handys mit den entsprechenden Videos eingesammelt.«

»Das heißt, der Brand könnte auch eine Art ›Happy Brandstiftung‹ sein?«, fragte Emma.

»Jugendlichen ist beinahe alles zuzutrauen, wenn sie im Rudel auftauchen«, antwortete Bauer.

Obwohl Vandendaele Bauers Engagement schätzte und wusste, dass er, aufgewachsen in den USA, eine ähnliche Vita hatte wie er selbst, ärgerte er sich über dessen Ausdrucksweise. Er nahm sich vor, ihn im Auge zu behalten. Leute, denen es an Sachlichkeit mangelte, konnten auf Dauer zur Belastung im Team werden. Aber jetzt war nicht der richtige Zeitpunkt für Kritik. Er wies Bauer lediglich an, alle Jugendlichen nach Hause zu schicken und dafür zu sorgen, dass sie auch sicher dort ankamen.

»Der Brand ist unter Kontrolle«, meldete plötzlich ein leitender Brandinspektor. »Wenn Sie wollen, können Sie jetzt Ihre Fotos vom Festspielhaus machen.«

»Gratuliere zum erfolgreichen Einsatz. Das war ganze Arbeit!« Vandendaele war erleichtert.

»Noch ist das Feuer nicht vollständig aus, aber trotzdem danke«, antwortete der Inspektor und lächelte müde.

Die Einsatzfahrzeuge mehrerer Löschzüge standen im Weg, aber schließlich hatte Emma einen unversperrten Blick auf die Vorderfassade des Festspielhauses. Sie zückte die Kamera und blickte durch den Sucher, wo sie die Nacht im Schein der Flammen optisch aufgehellt sah, und fuhr zunächst an der Wand entlang. Dann nahm sie den Eingang ins Visier, machte Fotos und schwenkte langsam zu den Fenstern hinauf.

Plötzlich bemerkte sie etwas. Sie zoomte das entsprechende Fenster heran. Hatte sich da etwas bewegt, oder waren es einfach nur die Schatten der sich spiegelnden Flammen? Gespannt hielt sie die Kamera auf das Glas und schoss eine Fotoserie. Es zeigte sich aber nichts Auffälliges mehr. Dann richtete sie das Objektiv auf den Balkon. Irgendetwas schien zwischen den Verstrebungen des Balkongeländers befestigt zu sein. Eine Videokamera? Sie versuchte, noch weiter zu vergrößern, aber das Bild wurde bei dieser Dunkelheit zu körnig. Bald konnte man gar nichts mehr erkennen.

»Hast du etwas entdeckt?«, fragte Vandendaele, der ihr gefolgt war.

»Sieht aus, als ob da oben eine Überwachungskamera installiert wäre«, antwortete Emma. »Wir sollten mit der Spurensicherung rauf.«

»Die sind gerade erst eingetrudelt und suchen jetzt die berühmte Stecknadel im Brandhaufen. Das kann dauern.«

Emma überging die Bemerkung und hielt Vandendaele den Fotoapparat vor das Gesicht. »Schau mal selbst, was erkennst du?«

»Nichts.«

»Halt mal auf die rechte Ecke des Balkongeländers.«

Vandendaele zoomte so stark, dass er den Atem anhalten musste, um das Bild nicht zu verwackeln.

»Wenn mich nicht alles täuscht, ist das wirklich eine kleine Kamera. Vielleicht haben sie tatsächlich den Vorplatz überwacht«, sagte er, nachdem er die Stelle endlich im Objektiv eingefangen hatte. »Wenn wir Glück haben, sind die Brandstifter auf Video.«

»Ist jemand unter den Leuten, der uns ins Gebäude lassen könnte?«, fragte sie.

»Soweit ich weiß, nein. Bisher ist nur ein Angehöriger der Familie Wagner da. Ich glaube, ein Enkel des ehemaligen Festspielleiters. Er verfügt aber über keinen Schlüssel. Wir haben darum schon versucht, den neuen Festspielleiter zu verständigen.«

»Warum sollte der Enkel auch einen Schlüssel haben?«

Vandendaele zuckte mit den Schultern, aber Niedermeier, der sich mit der Lokalgeschichte besser auskannte, antwortete: »Früher war das Festspielhaus im Privatbesitz der Familie.«

»Wieso Privatbesitz?«, fragten Emma und Vandendaele wie aus einem Mund.

»Man merkt, Sie sind beide noch Neulinge hier in Bayreuth.« Niedermeier lachte kurz auf. »Hundert Jahre lang gehörte das Festspielhaus der Familie Wagner. Am Anfang war es noch der Komponist selbst, der mit seiner Frau Cosima eine Art Fundraising für den Bau der Oper veranstaltete. Soweit ich weiß, bekamen sie zwar das Grundstück von der Stadt geschenkt, aber für das Gebäude mussten sie viel Geld sammeln. Den Löwenanteil finanzierte König Ludwig II., allen Protesten aus München zum Trotz. Aber bitte fragen Sie mich nicht nach Details.«

»Wem gehört das Festspielhaus denn jetzt?«

»Der offizielle Träger ist die Richard-Wagner-Stiftung. Ihr gehört auch das ehemalige Wohnhaus, die Villa Wahnfried mit dem Privatarchiv. Die Familie ist heute neben der Stadt Bayreuth, dem Freistaat Bayern und dem Bund zwar noch an der Stiftung beteiligt, trägt aber nicht mehr das volle Kostenrisiko«, erklärte Niedermeier.

»Hört sich an wie ein perfekter Deal. Vielen Dank für die Aufklärung«, sagte Vandendaele.

Es war ihm unangenehm, dass er das alles nicht wusste. Gleich nach seiner Einstellung in Bayreuth hatte er zwar mit den besten Vorsätzen verschiedene Bücher über Wagner, die Markgräfin Wilhelmine und über die Geschichte der Stadt gekauft, aber bislang keines davon aufgeschlagen. Er hatte noch nie sehr gerne gelesen. Nach Feierabend war er meist zu müde, dann schaute er noch ein oder zwei Sendungen im Fernsehen oder traf sich mit Leuten um die Ecke zu einem Glas Bier. Die Bücher hingegen blieben unberührt im Regal, manche von ihnen befanden sich sogar noch in der Einkaufstüte der Buchhandlung. Irgendetwas hielt ihn immer wieder vom Lesen ab.

»Glaubt ihr, dass der Verkauf der Immobilien und vielleicht der Festspielrechte etwas mit dem Brand zu tun haben könnten?«, fragte Emma nach kurzem Nachdenken.

Niedermeier schüttelte den Kopf. »Ich denke nicht. Zumindest würde mich das sehr stark wundern, schließlich liegt diese Transaktion ja schon über dreißig Jahre zurück. Aber man weiß natürlich nie.«

»Wir sollten zumindest alle Möglichkeiten ins Auge fassen«, sagte Vandendaele.

»Wieso eigentlich wir? Bis jetzt haben wir hier doch noch keinen Toten, oder?«, fragte Niedermeier und beobachtete eine Flamme am Boden, die gerade wieder aufloderte.

»Hier noch nicht, aber wer weiß, was sich noch alles findet, wenn die Spurensicherung die Brandstelle untersucht. Aber unabhängig davon hat das LKA bestimmt, dass auch die Mordkommission in diesen Fall mit eingebunden wird, weil der Brand natürlich im Zusammenhang mit den anderen Anschlägen steht. An der Eremitage ist ein Mensch gestorben, den wir noch nicht identifizieren konnten. Außerdem, wenn etwas mit dem Festspielhaus geschieht, zählt das als Kapitalverbrechen. Der Chef ist sogar der Meinung, dass der internationale Ruf Bayreuths auf dem Spiel steht. Heute Abend gibt es schon die nächste Pressekonferenz. Sie soll zwar vom LKA geleitet werden, aber auch wir müssen gegebenenfalls Rede und Antwort stehen«, erklärte Vandendaele.

Emma war froh, sich nicht den Fragen der Journalisten stellen zu müssen.

Sobald sie ein paar Stunden geschlafen und Landmann im Krankenhaus besucht hatte, wollte sie sich die Fotos ansehen und sich an ihren Artikel setzen. Gegenüber den anderen Journalisten, die sich jenseits der Absperrung um Informationen mühten, hatte sie einen Vorsprung. Die Pressekonferenz am Abend wollte sie nutzen, um ihren Text zu vervollständigen. Vielleicht würde es ihr diesmal gelingen, einen Artikel unterzubringen.

Inzwischen war es etwas heller geworden, und durch das Teleobjektiv konnte sie auf dem Balkon des Festspielhauses jetzt ganz deutlich eine Videokamera erkennen. Sie drückte auf den Auslöser.

»Wir können jetzt ins Gebäude, Emma. Kommst du mit?«, fragte Vandendaele, der gerade mit den Feuerwehrleuten gesprochen hatte.

»Klar, wer macht denn auf?«

»Der Brandoberinspektor hat einen Schlüssel für die Werkstatt im Anbau aufgetrieben. Dort verwahrt der Schlosser sämtliche Schlüssel, sodass er uns den Eingang zum Königsbau und damit auch zum Balkon öffnen kann«, erklärte er, stolz auf sein gerade erworbenes Insiderwissen.

Doch noch bevor sie die Werkstatttür gefunden hatten, fuhr der Festspielleiter vor.

Es war früh am Morgen, trotzdem war Thomas Planer wie aus dem Ei gepellt, als er aus dem Mercedes stieg. Vandendaele fühlte sich unwillkürlich an seinen ehemaligen Sportlehrer erinnert, dessen imposante Erscheinung ihm im Gedächtnis geblieben war. Der Festspielleiter war von großer, schlanker Gestalt und hatte ein markantes, leicht sonnengebräuntes Gesicht. Vandendaele beobachtete, wie ihn der Brandoberinspektor begrüßte, kurz informierte und zu ihnen herüberschickte.

»Tut mir leid, dass ich nicht eher kommen konnte. Von St. Johannis fährt man eine Weile, und ich war schon fest eingeschlafen«, sagte Planer und schüttelte allen seine Hand genauso kraftvoll, wie man es von diesem hochgewachsenen Mann erwartete. »Thomas Planer, ich bin der Festspielleiter. Und Sie sind der fixe Schimanski hier?«, fragte er Vandendaele mit verschmitztem Lächeln.

Niedermeier traute seinen Ohren nicht, aber Vandendaele lachte und wunderte sich gleichzeitig, wie gelassen Planer trotz des Anschlags blieb.

»Georg Vandendaele, Kriminalhauptkommissar. Vielen Dank für Ihr Kommen. Leider ließ es sich nicht vermeiden, Sie herauszuklingeln. Wir benötigen umgehend Zugang zum Haus«, sagte er.

»Ist doch selbstverständlich! Sie würden sich wundern, wenn Sie wüssten, wie oft ich in der Probezeit nachts herausmuss. Ich bin ja froh, dass nichts passiert ist und zumindest das Haus noch steht«, erklärte er in einer jovialen, dynamischen Art, die Vandendaele zwar sympathisch fand, die ihn aber auch verunsicherte.

Plötzlich fühlte er sich dem gut aussehenden Mann unterlegen. Verstohlen betastete er durch die Jackentasche seine gepolsterten Hüften. Neben seiner gedrungenen Figur wirkte Thomas Planer wie ein Ausrufezeichen. Zum Glück waren Attraktivität und Körperkult bei der Polizei kein Beförderungskriterium, und für tiefschürfende Grübeleien über seinen Lebensstil hatte er jetzt wirklich keine Zeit. Er atmete tief durch und füllte seine Lungen mit einem Duft, der sich angenehm von dem Brandgeruch der Umgebung unterschied. Exklusives Rasierwasser, dachte er und nahm sich vor, für das eigene Duftwasser bei Gelegenheit etwas tiefer in die Tasche zu greifen.

Thomas Planer ging vor ihnen her.

»Am besten gehen wir durch die Werkstatt. Den Schlüssel für den Haupteingang im Königsbau habe ich nicht bei mir«, sagte er und schloss mit dem Schlüssel auf, den Vandendaele vom Brandoberinspektor erhalten hatte. Dann duckte sich Planer beim Eintreten, um nicht an den Türrahmen zu stoßen.

»Wir vermuten, dass sich eine Kamera auf dem Balkon befindet. Wird der Vorplatz videoüberwacht?«, fragte Vandendaele und hielt dabei Emma, Niedermeier und Funke die Tür auf.

»Nein, soweit ich weiß, nicht. Das würde mich auch sehr wundern. Üblicherweise treffe ich selbst die Entscheidung über solche Installationsarbeiten.« Planer öffnete einen metallenen Magazinschrank, während er weiterredete. »Gesprochen haben wir zwar schon öfter über diese Idee, aber realisiert wurde noch nichts. Es kam dauernd etwas anderes dazwischen. Wer hätte auch geahnt, dass das schon bald so wichtig werden könnte?«, fügte er bedauernd hinzu und griff nach einem Schlüssel im Schrank, damit sie den Rückweg durch den Haupteingang nehmen konnten.

»Wer hat eigentlich alles einen Schlüssel zu den Eingängen des Festspielhauses?«, fragte Niedermeier.

»Das ist nicht so ganz einfach zu beantworten, denn nicht jeder, der einen Eingangsschlüssel besitzt, kann auch alle Räume öffnen«, antwortete Planer mit gönnerhaftem Lächeln. »Neben der Festspielleitung, also mir selbst, und den Regisseuren der verschiedenen Aufführungen haben auch Handwerker, wie Schlosser, Schreiner, Elektriker et cetera, Schlüssel zu ihren Eingangsbereichen und zu ihren jeweiligen Werkstätten. Den Generalschlüssel hat aber nur die Leitung.«

»Mit Ausnahme des Schlüssels für den Haupteingang?«, fragte Niedermeier.

Vandendaele nickte anerkennend und setzte hinzu: »Sie sagten vorhin, dass Sie den Schlüssel für den Königsbau nicht dabeihätten.«

»Richtig«, antwortete Planer nachdenklich und hielt kurz inne. »Das Schloss musste wegen eines Defekts kürzlich ausgewechselt werden. Der neue Generalschlüssel kommt erst nächste Woche.«

»Was war das denn für ein Defekt?«, mischte sich Funke ein.

»Ich weiß nichts Näheres. Sie müssen den Schlosser fragen. Übrigens führt er auch Buch über den Verbleib oder den Verlust einzelner Schlüssel – wenn Sie möchten, können Sie die Liste gern einsehen.«

»Wir benötigen eine Kopie. Und wie es aussieht, werden wir den Verbleib im Einzelnen umgehend überprüfen«, sagte Niedermeier barsch, dem Planers Leutseligkeit inzwischen ganz offensichtlich auf die Nerven ging.

Noch immer ausgesucht freundlich drückte Planer dem Kommissar die Schlüsselliste in die Hand. »Bitte prüfen Sie. Am besten, wir machen gleich eine Kopie. Ich darf vorausgehen?«

»Gerne«, sagte Vandendaele und sah seinen Kollegen vorwurfsvoll von der Seite an. Viel lieber wäre er sofort zum Balkon hinaufgestiegen. Ungeduldig trat er von einem Bein aufs andere, bis der Kopierer endlich hochgefahren und alle Kopien gemacht waren.

Beim Hinausgehen legte Planer einen Schalter im Sicherungskasten um. »Komisch«, sagte er.

»Gibt es Probleme?«, fragte Funke.

»Nicht wirklich, aber die zentrale Lichtanlage ist anscheinend ausgefallen. Da muss gleich nachher der Elektriker ran«, antwortete der Festspielleiter. Doch Veit Funke machte sich sogleich an die Fehlersuche.

»Heißt das, wir nehmen jetzt die Taschenlampen?«, fragte Emma und fotografierte den Sicherungskasten.

Planer schüttelte den Kopf. »Aber nein, wir müssen nur in allen Räumen die Lichtschalter finden. Das ist alles.«

»Vorsichtshalber holen wir erst den Bombenentschärfer vom LKA«, warf Vandendaele ein und tauschte einen sorgenvollen Blick mit Funke aus. Die anderen starrten ihn erschrocken an.

»Ja, wer weiß denn schon, was die Schalter wirklich auslösen oder was sich in der Videokamera verbirgt? Wir dürfen nicht riskieren, dass wir eine Explosion auslösen«, erklärte er.

Funke sagte: »Sie haben natürlich recht. Mir fehlt dazu das Werkzeug.« Er wählte die Nummer der mobilen Einsatzzentrale im Park und hatte Glück. Es waren Bombenentschärfer am Tatort.

»Erklären Sie ihnen bitte gleich, dass Theo hier wahrscheinlich nicht durchkommt«, ergänzte Vandendaele noch.

»Wer ist denn Theo?«, fragte Planer.

»Theo ist ein schwerer Sprengroboter. Mit ihm könnten wir die Kamera an Ort und Stelle durchleuchten«, erklärte Vandendaele. »Aber ich fürchte, er ist zu breit für die Türen.«

»Wir könnten einen größeren Eingang öffnen, aber bei der Treppe zum Balkon werden wir Probleme bekommen«, bestätigte der Festspielleiter.

Wenig später waren zwei Bombenentschärfer in voluminösen Schutzanzügen mit Werkzeugkasten und Scheinwerfer zur Stelle. Nachdem sie nochmals den Schaltkasten überprüft hatten, führte der Festspielleiter die Gruppe von Lichtschalter zu Lichtschalter aus der Schlosserei hinaus. Als Erstes durchquerten sie die Probebühne V zur Hinterbühne. Über den Osttrakt passierten sie die Hauptbühne, erreichten das Foyer, das den Zuschauerraum umgab, und betraten schließlich den Königsbau.

Emma machte in jedem Raum ein paar Schnappschüsse und folgte den anderen die Treppe zum Balkon hinauf. Bevor Planer die Tür entriegelte, verteilte Vandendaele die obligatorischen Latexhandschuhe, und Funke untersuchte den ausladenden Glasdurchgang. Dann leuchteten die Experten den Balkon mit den Scheinwerfern aus.

»Nein, die Kamera hat keiner von uns angebracht. Das sieht ja völlig dilettantisch aus!«, rief der Festspielleiter empört, als er die mit einem Draht am Balkongeländer festgebundene Videokamera entdeckte.

Funke ergänzte: »Außerdem scheint es sich um einen ganz normalen analogen Camcorder zu handeln, mit dem der Brand auf dem Vorplatz gefilmt wurde. Wenn mich nicht alles täuscht, läuft er sogar noch.« Planer öffnete die Balkontür, und Emma fotografierte die seltsame Installation aus mehreren Perspektiven.

»Es liegt ein Zettel unter dem Apparat«, sagte sie.

Ein Bombenentschärfer stoppte den Rekorder und übergab Vandendaele die Filmkassette.

»Bitte nichts berühren. Wir wollen es der Spurensicherung nicht unnötig schwer machen«, sagte Vandendaele, als nun alle auf den Balkon hinaustraten. Dann hob er den Papierschnipsel auf und setzte die Lesebrille auf.

»Was steht denn drauf?«, fragte Emma.

»Leider gar nichts. Es ist nur ein Partiturfetzen«, antwortete er enttäuscht. »Völlig wertlos, wenn du mich fragst.«

»Vielleicht diente er bloß als Unterlage für die Kamera«, sagte Niedermeier.

»Das Papier kann auch schon vorher hier herumgelegen haben. Die Bläser spielen hier die Fanfaren«, ergänzte Planer.

»Möglich«, gab Vandendaele zu und steckte den Zettel in eine Indizientüte. »Aber es könnte auch mehr sein als purer Zufall. Wir werden ihn auf jeden Fall auf Fingerabdrücke untersuchen.«

»Das würde ich auch empfehlen.« Emma hatte das unbestimmte Gefühl, die Noten könnten doch mehr bedeuten. »Lass mich den Zettel fotografieren, Georg. Wer weiß, wann das Labor mit der Untersuchung fertig ist.«

Vandendaele hielt ihr das Papierstück hin.

»Seltsam, wenn der Täter seine eigene Tat gefilmt haben sollte«, sagte sie, als sie mehrere Aufnahmen gemacht hatte. »Die Jugendlichen werden doch wohl kaum auf den Balkon geklettert sein.«

»Hoffentlich findet die Spurensicherung etwas heraus.« Vandendaele schaute bedauernd auf die zahlreichen Fußabdrücke, die sie selbst hinterließen.

»Ein eigenartiger Draht«, sagte Planer plötzlich.

Vandendaele setzte erneut seine Lesebrille auf.

»Sieht aus wie die Saite eines Musikinstruments«, fuhr der Festspielleiter fort. »Aber in dieser Ausführung habe ich sie noch nie gesehen.« Nachdenklich strich er mit dem Zeigefinger über das herabhängende Ende des Drahtes. »Sie ist sehr glatt, vielleicht geölt. Mit dieser Schlaufe könnte die Saite am Instrument befestigt worden sein, und das da diente womöglich zur Feinstimmung«, sagte er und zeigte auf eine aufgefädelte weiße Perle.

»Sie meinen, es ist doch keine Saite, oder kennen Sie nur das dazugehörige Instrument nicht?«

»Ich bin ziemlich sicher, dass es eine Saite ist, aber in dieser Ausführung habe ich sie noch nicht gesehen, jedenfalls nicht bei den üblichen Streich- oder Zupfinstrumenten.«

Emma machte eine Nahaufnahme, dabei stieg ihr ein eigenartiger Duft in die Nase.

»Könnte sie von einem indischen Instrument stammen?«, fragte sie ins Blaue hinein.

»Das kann ich nicht sagen. Damit kenne ich mich zu wenig aus. Am besten, Sie erkundigen sich beim roten Leo. Der wird Ihnen bestimmt weiterhelfen.«

»Wer ist denn der rote Leo?«, wollte Vandendaele wissen.

»Leo Schönwald ist ein genialer Geigenbauer in der Musikalienhandlung Klangholz. Wir nennen ihn den roten Leo, um ihn von einem anderen Leo zu unterscheiden, der in der Unterbühne arbeitet.«

***

Es war bereits taghell, als Georg Vandendaele endlich nach Hause fuhr. Seit beinahe dreißig Stunden war er ununterbrochen auf den Beinen, allmählich ließ seine Konzentration nach. Müde fühlte er sich nicht, eher überdreht. Um ein wenig abzuschalten, entschloss er sich, noch einen Abstecher zu Klangholz zu machen. Er war neugierig und wollte das Geschäft einmal in Augenschein nehmen.

Kurz vor der Kreuzung zum Hohenzollerndamm bog er ab. Es war Samstagmorgen, und mit den heruntergelassenen Rollläden machte die schmale Straße einen tief verschlafenen Eindruck. Klangholz war nicht zu verfehlen, ein Bass zupfender Jazzmusiker aus Vollplastik schmückte den Eingang. Zufällig gab es eine Parklücke. Vandendaele zog den Zündschlüssel und stieg aus. Aufmerksam schlenderte er am Schaufenster der Musikalienhandlung vorbei, die noch geschlossen hatte. Erstaunlich, dass sich dieses große Geschäft in Bayreuth halten konnte, überlegte er und betrachtete die Auslagen, die ihm wie Elemente einer Geheimwissenschaft vorkamen. Neben verschiedenen Liederbüchern lagen Mundharmonikas, Flöten und Keyboards im Fenster sowie diverse Utensilien, die er noch nie gesehen hatte. Offensichtlich gehörten sie zu Instrumenten, die ihm ebenfalls unbekannt waren.

Er sah sich um. Die Bäckerei gegenüber hatte geöffnet und lockte mit einem unwiderstehlichen Frühstücksduft. Es sprach nichts gegen einen schnellen Kaffee und ein belegtes Brötchen. Sein Magen, der während der langen Nacht irgendwann resigniert hatte, meldete sich mit lautem Knurren. Kurz entschlossen überquerte er die Straße und trat ein. Er war der erste und einzige Kunde. Ungeniert lächelte ihn die Bäckerin mit Schlafzimmerblick an. Ihre Bluse spannte und legte den Ausschnitt vermutlich tiefer frei als beabsichtigt. In seiner Verwirrung bestellte Vandendaele gleich zwei Leberkäslabla. Diese Bayreuther Spezialität bestand aus einem Brötchen, belegt mit einer daumendicken Scheibe warmem Leberkäse. Dafür ließen sogar Jugendliche gelegentlich den Burger stehen. Während die Frau den Leberkäse in der Mikrowelle erhitzte, füllte Vandendaele seine Kaffeetasse und balancierte sie zu einem der Stehtische. Umständlich schob er sein Gewicht auf den Barhocker und rührte Zucker in die schwarze Brühe. Laut Diätplan sollte er darauf verzichten, da er aber schon die Milch wegließ, konnte er geschmacklich das Koffein nur noch mit dem Zucker binden.

Die Bäckerin rückte ihre Bluse zurecht und stellte den Labla-Teller mit zwei Servietten und einem »Wohl bekomm's« auf den Tisch. Da vorerst keine weiteren Kunden zu erwarten waren, leistete sie ihm Gesellschaft. Vandendaele wunderte sich nicht. Er hatte schon öfter die Erfahrung gemacht, dass Frauen in Bayreuth bevorzugt auf kurze Kräftige standen. Echte Mannsbilder mussten hier jederzeit in der Lage sein, einen Baum zu fällen, wenn man ihnen nur gut zuredete.

»Klangholz hat geschlossen«, sagte sie. Sie hatte ihn offenbar vor dem Schaufenster der Musikalienhandlung beobachtet.

»Verständlich, ist ja auch noch früh«, gab er zurück.

»Das heißt nicht immer etwas. Die Schönwalds wohnen in der Wohnung darüber und öffnen samstags wegen der Wochenendveranstaltungen oft sehr früh. Man darf sogar klingeln, wenn es etwas Dringendes gibt. Aber heute Nacht hat der Sohn durchgearbeitet. Jedenfalls brannte vorhin noch Licht in der Werkstatt. An solchen Tagen stellen sie die Klingel ab.« Die Bäckerin zeigte auf ein Fenster, vor dem gerade erst die Rollos heruntergelassen wurden.

»Das Engagement scheint sich aber zu lohnen. Der Laden sieht jedenfalls aus, als ob er sehr gut geht.« Vandendaele dachte daran, dass der Mann am Tatort gewesen sein könnte.

»Ja, das Geschäft läuft wie geschmiert. Aber das war nicht immer so. Erst als der Junior vor ein paar Jahren seine Werkstatt eingerichtet hat, kamen sie auf einen grünen Zweig. Davor steckten sie in den roten Zahlen und sind knapp am Konkurs vorbeigeschlittert.«

Vandendaele nickte interessiert, und die Bäckerin erklärte, dass Leo Schönwald dank seines feinen Gehörs und handwerklichen Geschicks innerhalb kürzester Zeit immer mehr Kundschaft angezogen und die verschuldete Musikalienhandlung innerhalb weniger Jahre saniert habe. Inzwischen galt Klangholz als Geheimtipp, die Wertarbeit zum vernünftigen Preis hatte sich auch bei den international tätigen Musikern herumgesprochen. Es lag nahe, dort ein Instrument überholen zu lassen, wenn man ohnehin in Bayreuth bei den Festspielen gastierte oder für ein anderes Konzert engagiert war. Trotz seines großen Erfolgs als Geigenbauer hatte »der rote Leo« sich im Selbststudium weitergebildet, sodass er inzwischen auch andere Streich- und Zupfinstrumente in guter Qualität reparierte.

»Er gilt als ein Rätsel in der Zunft, und so manch einer würde viel für sein Erfolgsrezept geben.«

»Sie kennen sich ja bestens aus«, stellte Vandendaele fest.

»Natürlich. Wir kennen die Familie Schönwald schon seit vielen Jahren. Solange ich denken kann, sind wir Nachbarn. Früher wohnten wir sogar auf einer Etage.« Sie zeigte auf einen Altbau etwa hundert Meter entfernt.

»Hatten Sie zu dieser Zeit schon das Café?«

»Nein, noch lange nicht. Wir haben erst aufgemacht, als es bei Klangholz so steil bergauf ging. Seitdem gibt es auch für uns genügend Kundschaft. Wenn in ein paar Monaten der Busbahnhof an den Luitpoldplatz verlegt wird, wird es sogar noch besser. Früher war unser Viertel hier eine reine Wohngegend. Die Leute fuhren nur vorbei, um zum Bahnhof zu kommen.« Sie schwieg nachdenklich.

»Und wissen Sie, seit wann es die Musikalienhandlung schon gibt?«, fragte Vandendaele, um das Gespräch wieder in Gang zu bringen.

»Schon ewig. Ich weiß nicht genau, wann sie aufgemacht haben, aber mir kommt es so vor, als wäre das Geschäft schon immer da gewesen. Wie gesagt, all die Jahre lief es schlecht, und die Leute haben sich gefragt, wie der Schönwald damit seine Familie durchbringt.«

»Und sind Sie dahintergekommen?«

»Na ja, es gab allerlei Gerüchte, aber beweisen konnte man nichts. Aber wer weiß, vielleicht wollte man dem alten Schönwald auch nur eins auswischen. Wundern würde es mich nicht. Er ist schon ein bisschen komisch. Aber jetzt hören wir mal auf mit dem Klatsch.« Sie lachte.

Schade, dachte Vandendaele und sagte mitfühlend: »Das war sicher nicht einfach für die Familie.«

»Ganz bestimmt nicht. Die Frau hat ihn auch bald sitzen lassen.«

»Aber der Sohn ist noch da.«

»Ja, aus irgendeinem Grund wurde er ihm zugesprochen. Das war schon ungewöhnlich damals, zumal die beiden einander nicht besonders grün waren.«

»Wie meinen Sie das?«

»Der Franz ist Choleriker und Leo ein Sensibelchen. Das war eine sehr schwierige Pubertät, sage ich Ihnen! Aber warum in Gottes Namen wollen Sie das denn alles wissen – sind Sie etwa ein Detektiv?«

Vandendaele legte seinen Polizeiausweis auf den Tisch. »Tut mir leid, ich hätte es Ihnen schon früher sagen sollen, aber wir waren so im Gespräch, dass ich es vergessen habe.«

»Ach herrje, dachte ich es mir doch. Hoffentlich behandeln Sie alles, was ich Ihnen erzählt habe, rein vertraulich.« Sie biss sich auf die zitternde Unterlippe. »Ist denn etwas mit den Schönwalds?«

»Nein, gar nichts. Eigentlich wollte ich nur wissen, ob Leo Schönwald auch indische Musikinstrumente repariert. Ich bin rein privat hier«, log Vandendaele.

»Indische Instrumente? Davon weiß ich nichts, aber wundern würde es mich nicht. Ich sagte ja schon, er ist geradezu genial, unser Leo. Er hat Kundschaft aus aller Welt, sicher auch Inder«, sagte sie erleichtert und gab dem Hauptkommissar die Telefonnummer der Schönwalds.

Vandendaele aß seine Leberkäslabla, verließ die Bäckerei und stieg ins Auto. Kaum saß er, wäre er um ein Haar auf der Stelle eingeschlafen, so müde war er auf einmal. Doch plötzlich klingelte das Telefon. Es meldete sich Hans Vogel, der Rathausmitarbeiter. Vandendaele benötigte einen Augenblick, um sich an ihn zu erinnern.

»Es gibt Neuigkeiten, aber leider schlechte«, sagte er.

»Raus mit der Sprache«, gab Vandendaele zurück.

»Wir haben die beiden persönlichen Referenten des Oberbürgermeisters aufgetrieben. Sie liegen im Krankenhaus«, sagte Vogel und erklärte, dass er die beiden gestern bei dem Chaos in der Eremitage wohl aus den Augen verloren habe. Jedenfalls seien sie wie viele andere Schwerverletzte in die verschiedenen Krankenhäuser der Umgebung gebracht worden. Ihre Identität habe man erst in den frühen Morgenstunden festgestellt.

Vandendaele schaute auf die Uhr. Jetzt war es neun. »Soll das bedeuten, dass der OB allein nach Indien geflogen ist?«, fragte er.

»Vielleicht. Allerdings kommt mir das, ehrlich gesagt, immer unwahrscheinlicher vor, je länger ich darüber nachdenke.«

»Mir auch«, bestätigte Vandendaele mit einem schlechten Gefühl in der Magengrube. »Was ist mit seinem Auto? Jemand muss es vom Parkplatz gefahren haben.«

»Stimmt. Ich werde mich darum kümmern«, versprach Vogel. »Vielleicht steht es ja tatsächlich am Flughafen.«

Noch bevor Vandendaele den Wagen startete, rief er die Sekretärin Veronika Braun auf ihrem Handy an und bat sie, festzustellen, ob der OB seinen Flug nach Indien tatsächlich angetreten hatte. Zu Vandendaeles Beruhigung war sie ungeachtet des Wochenendes bereits im Büro. Er selbst fuhr mit letzter Kraft endlich nach Hause. Vor der anstehenden Pressekonferenz brauchte er wenigstens ein paar Stunden Schlaf.

VIER

Ohne Wecker hätte Emma glatt bis zum Abend geschlafen. Sie schlug die Augen auf und hoffte, dass alles nur ein Alptraum war. Die Tiefschläge am Sonntagmorgen hatten ihr jede Energie geraubt. Anstatt zu Mittag zu essen, hatte sie wie immer, wenn sie starken emotionalen Stress spürte, Bachblüten-Notfalltropfen genommen und sich ins Bett gelegt. Danach war das Herzklopfen allmählich abgeklungen. Geblieben waren aber die Kopfschmerzen.

Wieder dachte sie an Frank Landmann und den Artikel. Noch immer konnte sie kaum glauben, dass ihr Beitrag nicht veröffentlicht werden sollte. Auch wenn sie es selbstkritisch betrachtete, war der Text zusammen mit den nächtlichen Schnappschüssen vom brennenden Hügel außerordentlich gut gelungen, und er hatte mit Sicherheit als einer der ersten Beiträge nach der Pressekonferenz gestern Abend vorgelegen. Trotzdem lehnte ihn der zuständige Redakteur ab, da er angeblich zu detailliert und zu stark auf das nächtliche Ereignis fokussiert war. Der ausgewählte Artikel eines älteren Kollegen betonte dagegen den Seriencharakter der Anschläge und bebilderte alle vier Tatorte.

Emma hätte schreien mögen, doch sie zwang sich zur Ruhe. Wut und Verbitterung führten zu nichts. Sie rief ihre alte Freundin in München an, erreichte sie aber nicht. Wie gern hätte sie sich jetzt mit ihr ausgetauscht! Oft dachte sie daran, dass sie ihr damals abgeraten hatte, sich so stark zurückzunehmen und alles aufzugeben.

Als Martin vor drei Jahren beruflich aufstieg und ans Klinikum nach Kulmbach wechselte, hatte sie selbst bei der Polizei gekündigt und war ihm mit Kind und Kegel in die Kleinstadt gefolgt. Eine Versetzung war nicht in Frage gekommen, weil es in ganz Oberfranken keine passende freie Stelle gab und sie ihre eigene Karriere auch gar nicht so ernst genommen hatte.

Sie machte eine Ausbildung als Fotografin, scheute dann aber den Schritt in die Selbstständigkeit und den hohen Kredit, den sie für ein eigenes Fotostudio hätte aufnehmen müssen. Was folgte, waren der Bruch mit Martin und das Angebot bei den Bayreuther

Nachrichten, das ihr unter diesen Umständen als Erlösung erschien. Wie hätte sie auch ahnen können, dass sie in ein solches Haifischbecken geraten und zum Mobbing-Opfer werden würde?

Mit Tränen in den Augen öffnete Emma den Nougatriegel, den eines der Kinder im Kühlschrank vergessen hatte. Zucker war Balsam für die Seele. Sie wischte sich die verlaufene Wimperntusche aus dem Gesicht. Es half alles nichts, sie musste bis morgen warten. Sobald die Zeitung vorlag und sie den Beitrag des Kollegen gelesen hatte, wollte sie mit dem Chefredakteur sprechen. Schließlich hatte er sie eingestellt, und dank seiner Fürsprache hatte sie die Probezeit überstanden. Er sollte einmal erklären, warum er sie nun hängen ließ und zuschaute, wie man sie ausgrenzte.

Gern hätte sie sich mit Landmann beraten, doch sein Zustand hatte sich in der Nacht dramatisch verschlechtert. Die Phosphordämpfe taten ihre Wirkung. Niemand wusste, ob er durchkommen würde.

Zum zweiten Mal an diesem Tag stieg sie unter die Dusche und massierte sich die Kopfhaut. Als sie sich abtrocknete, war sie bereit zu arbeiten. Doch womit sollte sie beginnen? Wieder dachte sie an Landmann. Weiterschreiben, hätte er gesagt. Aber worüber? Es gab derzeit wohl kaum jemanden, der sich für den Sanierungsfall in der Fußgängerzone interessierte.

Sie musste über die Brände berichten, so viel war klar. Es galt, dranzubleiben und nicht aufzugeben. Sie würde es schaffen. Es war wichtig für die Kinder und ihre Unabhängigkeit. Obwohl sie zuweilen befürchtete, ihr neues Leben auf Sand gebaut zu haben, glaubte sie an ihre Kraft und dank Landmann auch an ihr Talent. Das musste genügen.

Sie griff zum Telefon.

»Hallo, Georg, hier ist Emma. Störe ich?«

»Im Gegenteil. Ich wollte dich auch schon anrufen«, sagte Vandendaele.

»Gibt's was Neues?«

»Leider nein. Wir hatten gerade Dienstbesprechung. Wenig ergiebig. Wir tappen noch im Dunkeln und versuchen uns das LKA vom Hals zu halten. Die Laborbefunde sind noch nicht da. Das einzig Brauchbare sind deine Fotos. Danke noch mal.«

Das Lob tat gut. »Gern geschehen.«

»Bleibst du dran?«

»Gerne, aber wie?«

»Keine Ahnung.« Nach einer kurzen Pause fuhr Vandendaele fort: »Das ändert sich bald, warte nur ab. Wir sind erst am Anfang. Am Ende kriegen wir sie alle, es ist nur eine Frage der Zeit.«

Sie hörte, wie er kaute und schluckte, wahrscheinlich Brezn mit Obatzda, seine Lieblingsbrotzeit. Beharrlichkeit war schon immer seine große Stärke gewesen.

»Deine Ruhe möchte ich haben«, sagte sie.

»Mit Ausdauer kam auch die Schnecke noch in die Arche«, erklärte er und trank einen Schluck. »Lass uns heute Abend zusammen essen. Ich lad dich ein. Sieben Uhr bei dir, okay?«

Kaum hatte sie eingewilligt, legte er auf. Emma war es recht. Sie freute sich. Vandendaele war jemand, mit dem sie sprechen konnte, auch wenn er sie gelegentlich mit seinem Zweckoptimismus nervte. Sie war das Irrlicht, er die Ruhe und die Kraft. Heute Abend würde er ihr guttun.

Während sie den Kleiderschrank durchstöberte, überlegte sie, was sie ihm überhaupt zu sagen hatte. Auf keinen Fall wollte sie den ganzen Abend nur jammern. Schon oft hatte sie festgestellt, dass Vandendaele immer nur kurz über persönliche Schwierigkeiten sprach. Probleme von allen Seiten zu betrachten langweilte ihn. Er gehörte nicht zu denen, die dazu neigten, sich lustvoll einem Kummer hinzugeben. Er suchte vielmehr nach nächstliegenden Lösungen, und wenn er sie gefunden hatte, wandte er sich anderen Themen zu.

Heute Abend würde es um die Anschläge gehen. Was konnte sie da beisteuern? Gab es etwas, was ihr am stärksten in Erinnerung geblieben war? Ihr fiel der Partiturfetzen vom Balkon des Festspielhauses ein. Heute war die Musikschule geschlossen, aber morgen musste sie herausfinden, um welche Noten es sich handelte. Je länger sie darüber nachdachte, desto wichtiger erschien es ihr, sich auch die anderen Brandorte anzusehen. Vielleicht war die Kritik des Redakteurs am Ende doch gar nicht so unbegründet, wie sie angenommen hatte. Immerhin stimmte es, dass sie sich bislang noch kein Bild von dem ganzen Ausmaß der Anschläge gemacht hatte, geschweige denn entsprechende Fotos besaß. Noch war es Zeit, das nachzuholen.

Sie trat vor den Spiegel. Die Farbabstimmung zwischen Hose, Top und Jacke war reichlich schräg ausgefallen. Egal, das Outfit passte zur Gemütsverfassung. Umziehen kam nicht in Frage. Den Spitznamen ›Schriller‹ hatte sie in der Nachbarschaft ohnehin schon weg. Das war ihr nicht entgangen. Kurz entschlossen griff sie nach dem Autoschlüssel und fuhr zur Eremitage.

Als sie die Treppen zum Schloss emporstieg, sah sie auf die rußgeschwärzte Fassade der oberen Grotte, die blutverschmierten Scherben der Orangerie und die niedergetrampelten Blumenbeete der Parkanlage. Sie war fassungslos. Plötzlich spürte sie die Panik der Opfer bis in die Fingerspitzen, das ganze Inferno tat sich auf, als wäre sie selbst dabei gewesen. Schemenhaft sah sie Frank Landmann inmitten der bunten Blitze, hörte die Explosionen und atmete den Gestank der Phosphordämpfe, bis der Rachen schmerzte. Spitze Schreie jagten durch das Halbrund des Säulengangs und verebbten in dumpfem Husten. Von weißem Rauch umhüllt kämpfte Landmann gegen die klebrigen Flammen an Körper und Kleidung. Nach vergeblichen Versuchen, das Feuer zu löschen, rannte er als brennende Fackel über den Platz, um im rettenden Brunnen schließlich das Bewusstsein zu verlieren.

So hat es sich abgespielt, dachte Emma und straffte die Schultern. Tränen von Wut und Trauer traten ihr in die Augen. An den leidigen Artikel verschwendete sie keinen Gedanken mehr. Sie wollte den Täter finden.

»Grüß Gott«, sagte ein uniformierter Polizist und berührte sie vorsichtig am Ellenbogen. »Kann ich Ihnen helfen?«

»Nein, wieso?«, fragte sie zurück und sah ihn erstaunt an. Woher war er so plötzlich gekommen?

»Wir sind gehalten, die Personalien der Personen festzustellen, die heute den Tatort aufsuchen. Also, wenn ich bitten darf, Ihren Personalausweis, gnädige Frau.« Sein Ton war freundlich, beinahe mitfühlend, denn er hatte ihre Ergriffenheit beobachtet.

Emma reichte ihm Ausweis und Pressekarte.

»Sie sind also Journalistin, schreiben Sie über den Anschlag?«

»Ja, ich bin hier, um zu recherchieren, und würde gerne ein paar Fragen zum Tathergang stellen.«

»Leider war ich nicht vor Ort, als es geschah. Auch danach nicht. Ich hatte Urlaub und bin erst seit heute wieder im Dienst. Sprechen Sie mit Frau Neukamp. Sie ist die Oberkellnerin im Terrassencafé und im Hotel, das gleich neben dem Park liegt«, sagte der Polizist und deutete auf eine untersetzte Gestalt, die anscheinend gerade im Begriff war, mit einer anderen Angestellten den Schaden im Café aufzunehmen und Ordnung zu schaffen.

Emma tat wie ihr geheißen und hatte Glück. Die beiden Serviererinnen waren Augenzeuginnen des Unglücks und zu einem Gespräch bereit.

»Es war so furchtbar, Frau Schiller«, sagte die Oberkellnerin. »Darüber zu reden tut mir gut. Stellen Sie ruhig ihre Fragen. Aber zunächst wüsste ich gerne, wie es den Verletzten geht. Viele kenne ich seit Jahren, müssen Sie wissen.«

»Leider kann ich dazu nicht viel sagen. Ich weiß nur, dass es einige gibt, die noch immer in Lebensgefahr schweben.«

»Hoffentlich kriegt die Polizei die Verbrecher zu fassen und lässt sie nicht gleich wieder laufen. Aber wenn sich die Juristen einschalten, dann weiß man ja nie.« Frau Neukamp schüttelte den Kopf und fuhr mit ihrer schmalen Hand durch die Haare. »Im Zweifel für den Angeklagten – dass ich nicht lache. Das Schlechte hält man für gut und das Gute für schlecht. Man kann sich an gar nichts mehr halten. Wie sollen Jugendliche da noch ein Gewissen entwickeln? Von mir aus sollen sie in der Hölle schmoren, diese Verbrecher. Da gehören sie hin. Ja, Frau Schiller, das ist meine Meinung. Schreiben Sie das ruhig in Ihre Zeitung. Ich schäme mich meines Glaubens nicht. Die Gottlosigkeit in unserem Land reißt uns alle ins Unglück. Früher, als die Leute noch in die Kirche gingen, hat man demütig im Antlitz Gottes sein Handeln überprüft. Und heute – wer nimmt sich denn dafür noch Zeit?«

Emma war etwas irritiert über die Äußerungen der Oberkellnerin, die noch gar nicht so alt zu sein schien.

»Die Leute sind wie vom Teufel besessen. Was weiß ich. Jedenfalls ziehen die alles in den Dreck, alles.«

»Alles? Was meinen Sie damit?«

»Die Kultur, die Moral, alles, was die Menschheit erreicht hat.

Es gibt keinen Respekt mehr vor dem Alter, keine Achtung vor dem Nächsten. Nehmen Sie uns zum Beispiel. Ausgerechnet jetzt, wo sich die Wirtin endlich einigermaßen von den Übernahmekosten erholt und sich die Qualität unserer Küche herumgesprochen hat, wird das Café zerstört. Wer traut sich jetzt noch hierher? Abgesehen davon werden die Reparaturarbeiten den ganzen Sommer dauern. Für uns ist die Saison gelaufen. Das ist eine große finanzielle Belastung, und alle Angestellten müssen wieder um ihre Arbeitsplätze bangen. Viele von uns haben Familie. Glauben Sie, dass die Verbrecher einen Gedanken daran verschwendet haben, was sie anderen antun?«

Emma sah, wie sie mit den Tränen kämpfte.

»Ich kann mir denken, wie schwierig das für Sie ist, Frau Neukamp«, sagte sie. »Wir wollen alle, dass die Täter gefasst werden. Das können Sie mir glauben. Ich möchte Ihnen daher einige Fragen stellen, die Sie der Polizei vielleicht schon beantwortet haben. Möglicherweise fallen Ihnen ja doch noch einige Kleinigkeiten ein, an die Sie zuvor gar nicht gedacht haben.«

»Fragen Sie ruhig.«

»Hatten Sie oder die Wirtin vor dem Anschlag vielleicht eine schwerwiegende Auseinandersetzung mit jemandem?«

Frau Neukamp schaute sie mit aufgerissenen Augen an.

»Ich meine persönliche Feinde, denen Sie einen solchen Anschlag zutrauen würden«, insistierte Emma.

»Nein, natürlich nicht. Das hätte ich doch schon längst gesagt.« Die Frau verzog schmerzlich den Mund, sodass eine Reihe kleiner Zähne sichtbar wurde. »Ich dachte, es ist klar, wer die Täter sind.«

»Davon weiß ich nichts.«

»Wie bitte? Die Anschläge sollen doch in einem terroristischen Zusammenhang stehen, so hieß es zumindest in den Nachrichten.«

»Dafür gibt es keine ausreichenden Belege«, erwiderte Emma ruhig. »Auf der Pressekonferenz gestern hat die Polizei erklärt, man wolle allen Möglichkeiten nachgehen. Alles muss in Betracht gezogen werden, bis die Täter überführt sind. Es macht wenig Sinn, sich von Anfang an nur auf eine Spur festzulegen.«

»Und dann auf eine solche Schmalspur. Terroristen – ich hab

mir doch gleich gedacht, dass das reine Stimmungsmache der Medien ist. Wahrscheinlich eine Hausgeburt Ihrer eigenen Zeitung.«

»Kurz nach den Anschlägen gab es viele Meinungen, Frau Neukamp. Inzwischen werden die Dinge nüchterner analysiert.« Emma vermied es, zu widersprechen. Sie wollte das Gespräch nicht in eine Sackgasse führen, sondern auf andere Fragen lenken. »Frau Neukamp, mich interessiert, ob Sie irgendeinen Grund sehen, dass Ihnen jemand geschäftlich schaden wollte. Vielleicht die Konkurrenz?«

»Darüber habe ich mir auch schon Gedanken gemacht. Aber ich bleibe bei dem, was ich schon zu Protokoll gegeben habe: Es gibt keine Konkurrenz weit und breit! Das kleine Restaurant auf dem Weg zum Golfplatz konkurriert nicht mit uns. Dort treffen sich in erster Linie Stammgäste aus der Umgebung. Der Wirt legt weniger Wert auf Delikatessen als auf eine gute und preiswerte Hausmannskost. Seine Gäste sind nicht unsere und umgekehrt.«

»Und was ist mit dem Golfplatz?«

»Dort gibt es ein privates Restaurant für Clubmitglieder. Manchmal essen die Leute auch bei uns, aber Konkurrenten sind wir nicht. Man könnte eher von einer Zusammenarbeit sprechen. Wenn der Club ein Golfturnier veranstaltet, schlafen die auswärtigen Sportler in der Regel in unserem Hotel.«

Emma schrieb die Angaben in ihr Notizbuch. »Das hört sich nach einer sehr einträglichen Nachbarschaft an«, sagte sie, um die Wirtin zum Weiterreden zu ermuntern.

»Ist es auch. Stellen Sie sich vor, letztes Jahr brachte der Manager die Wirtin sogar auf eine famose Geschäftsidee, von der Ihre Zeitung anschließend ausführlich berichtet hat. Dieser Herr Karstendorf, so heißt der Manager, hat sie ermutigt, Kontakt zu einer Schauspielergruppe aufzunehmen, die mit einem sogenannten ›Krimidinner‹ durch Deutschlands Restaurants zieht!«

»Krimidinner?«

»Das ist eine Art Theater im Restaurant. Unter Anleitung der Schauspieler werden die Restaurantgäste während des Leichenschmauses selbst zu Akteuren – eine perfekte Idee für Feinschmecker, die sich amüsieren wollen, ohne selbst über Gesprächsthemen nachdenken zu müssen.«

Sie lachten beide.

»Der Speisesaal wird zur Kulisse, man kommt sich vor wie in einem alten Schloss zwischen den Familienwappen, den silbernen Kerzenleuchtern und den alten Teppichen. Während die Gäste also ein erstklassiges Menü verzehren, erleben sie Unterhaltung vom Feinsten. Bei uns sind diese Abende ein Bombenerfolg und Wochen vorher ausgebucht.«

»Schade, da muss ich ja wahrscheinlich noch lange warten«, sagte Emma und lächelte. »Was machen Sie, wenn die Renovierungsarbeiten bis zum nächsten Dinner noch nicht abgeschlossen sind?«

»Dann decken wir im Hotel ein. Die Wirtin lässt sich dieses Geschäft sicher nicht auch noch verderben.«

Dann stellte Frau Neukamp Emma die jüngere Kellnerin vor. Sie hieß Sylvia Seidl und war am Unglücksmorgen als Erste zur Arbeit gekommen.

Emma machte eine Notiz und wandte sich der jungen Serviererin zu. »Von Herrn Hauptkommissar Vandendaele weiß ich, dass eine Kollegin Handyfotos von dem Feuer gemacht hat. Sind Sie das gewesen?«

»Nein, nicht ich, aber ich stand direkt daneben. Wir konnten nicht glauben, was sich da abspielte, aber das habe ich schon alles dem Polizisten, dem Herrn Niedermeier, erzählt.«

»Frau Seidl, Ich weiß, Sie haben schon viel zu Protokoll gegeben, aber ich möchte Sie trotzdem noch einmal nach Ihren Beobachtungen vor der Explosion fragen. Wen haben Sie auf dem Gelände gesehen, und was ist Ihnen aufgefallen? Jede Kleinigkeit kann von Bedeutung sein.«

»Wir hatten an diesem Tag nur die Gäste des Oberbürgermeisters«, antwortete sie.

»Natürlich.«

»Kurz nachdem ich das Café aufgeschlossen hatte, kam Frau Neukamp mit den Kolleginnen, die eigens für diesen Tag eingestellt worden waren. Die Polizei hat alle Personalien aufgenommen. Wir haben uns um die Tische gekümmert und begonnen, das Büfett aufzubauen. Alles sollte vor dem Eintreffen des OB fertig sein.«

»Schon gut, es gab natürlich viel zu tun«, sagte Emma und hörte aufmerksam zu.

»Wegen der Leute von der Gebäudereinigung dauerte dann leider doch alles viel länger. Das Büfett war noch längst nicht fertig, als der Gastgeber mit den ersten Gästen erschien.«

»Versuchen Sie sich bitte noch einmal genau an den Morgen zu erinnern. Was fiel Ihnen auf, als Sie ankamen? Irgendjemand muss schon vor Ihnen dort gewesen sein. War etwas anders als sonst?«

»Eigentlich nicht. Als ich um acht Uhr kam, war es schon erstaunlich warm. Ich schloss den Wintergarten auf und nahm die Kissen für die Gartenmöbel heraus, die über Nacht unter den Arkaden gestanden hatten. Ich legte die Polster auf die Stühle und schloss die Ketten auf, mit denen die Gartenmöbel nachts gesichert werden. Danach holte ich die Sonnenschirme und das Putzwasser.«

»Putzwasser? Für die Tische oder für den Boden? Auf den Stühlen lagen ja schon die Kissen«, fragte Emma konzentriert.

»Ja, ich fuhr über die Tische, aber das Wasser hatte ich vor allem wegen der Schmiererei an der Säule geholt.«

»Was war das für eine Schmiererei? Graffiti, ein Bild oder Schrift?«

»Weder noch. Eigentlich war es kein typisches Graffiti. Ich konnte mir keinen Reim darauf machen. Es sah beinahe aus wie Keilschrift oder vielleicht wie Noten.«

»Noten?« Emmas Stimme hätte sich beinahe überschlagen. »Bitte versuchen Sie sich genau zu erinnern. Das könnte wichtig sein.«

»Wenn das so wichtig ist, fällt mir noch etwas anderes ein, Frau Schiller. Das hatte ich ganz vergessen. Als ich den Wintergarten aufschloss, lag ein mit Noten bedrucktes Zettelchen unter der Eingangstür. Den Papierschnipsel haben wir beim Auskehren am Vorabend wohl übersehen. Oder jemand hat ihn nachts unter der Tür durchgeschoben. Jedenfalls habe ich das Papier aufgehoben und fortgeworfen.«

»Und wohin haben Sie es geworfen?«

»Entweder in den Papiermüll oder in den Normalmüll, ich erinnere mich nicht. Ehrlich gesagt, achte ich manchmal nicht so genau auf die Mülltrennung. Es war ja nur ein kleines Zettelchen, ein Teil einer Seite. Wer hält sich schon mit solchen Kleinigkeiten auf.«

»Ist der Müll noch da?«

»Ich glaube, die Tüten wurden noch nicht abgeholt. Der Wintergarten war ja die ganze Zeit abgesperrt«, erklärte Frau Neukamp.

»Also, Frau Seidl, dann möchte ich Sie jetzt bitten, mit mir den Abfall zu durchsuchen. Vielleicht finden wir den Papierfetzen noch, er könnte wichtig sein. Fangen wir gleich mit dem Papiermüll an.«

***

Als Vandendaele das Telefongespräch mit Emma beendet hatte, holte er sich frischen Kaffee aus der Teeküche und traf dort auf seinen Chef.

»Sie sollten nicht so viel Kaffee trinken«, sagte Kriminaloberrat Franz Hollschefler-Engelbrecht, der sich gerade einen Tee aufbrühte. »Tut mir leid, dass ich es zur Teambesprechung nicht geschafft habe. Immerhin ist ja noch Wochenende. Ich bin aufgehalten worden. Hoffentlich haben Sie Protokoll führen lassen.«

»Haben wir, Chef«, sagte Vandendaele. »Michaela Vogt, die junge Polizistin, wird Ihnen gleich eine Kopie vorbeibringen.«

»Danke. Wie läuft es denn bislang?«

»Schleppend. Leider haben wir noch nicht viel.«

Hollschefler-Engelbrecht rührte den Zucker ein und presste Zitrone in den Becher.

»Hoffentlich gelingt es uns, die Anschlagsserie zu stoppen, Vandendaele. Gut, dass Sie in meiner Abwesenheit alle erreichbaren Kräfte mobilisiert haben. Hätte ich auch getan. Das war sehr umsichtig. Aber das ist natürlich keine Dauerlösung. Haben Sie schon einmal überlegt, wie wir langfristig vorgehen? Schließlich können wir das LKA ja nicht auf Bayreuth abonnieren.«

»Bei diesem Aufgebot werden wir die Täter fassen«, antwortete Vandendaele knapp.

»Ihr Wort in Gottes Ohr.« Hollschefler-Engelbrecht lächelte kurz, bevor er wieder ernst wurde. »Die Kompetenzstreitigkeiten sind ja wirklich ärgerlich. Die Einsatzleitung des LKA ist diesmal nicht gerade kommunikativ. Das muss ich Ihnen ganz offen sagen, aber es bleibt natürlich unter uns. Ich kenne den Leiter Veit Keller von früher, er ist ein harter Knochen. Heute Morgen habe ich schon mit ihm telefoniert und ihm erklärt, dass wir auf seinen Einsatzbefehl warten und dass wir dringend in die Entscheidungsabläufe eingebunden werden möchten.«

»Vielen Dank, Chef. Tatsächlich hakt die Kommunikation immer noch. Zum Beispiel haben wir noch keine Kopie des Videos vom Festspielhaus, und auch die Handyvideos der Jugendlichen sind noch unter Verschluss beim LKA. Wir müssten auch endlich erfahren, was die Spurensicherung auf dem Grünen Hügel sicherstellen konnte. So können wir wirklich nicht weiterarbeiten.«

»Dachte ich es mir doch. Ich werde noch einmal mit Keller reden«, sagte der Chef und griff wie immer, wenn er sich ärgerte, an seinen Gürtel. »Wie wollen Sie in der Zwischenzeit vorgehen?«

»Solange wir vom LKA nichts hören, verfolgen wir eigene Spuren. Noch sind sie frisch«, sagte Vandendaele und fuhr nach einer kurzen Pause fort: »Bei der Teamkonferenz gerade eben haben wir beschlossen, uns unter anderem im rechten Lager umzuhorchen. Vielleicht gibt es irgendwelche Leute, die mal wieder die Einwanderungsfrage auf die Tagesordnung bringen wollen. Schließlich sind bald Kommunalwahlen. Das bengalische Feuer könnte auf Fremdenhass deuten. Die Täter inszenieren ein für jedermann sichtbares Inferno, das sie zur Krönung auch noch filmen, um die Bilder von Medien verbreiten zu lassen.«

Der Chef blickte skeptisch. »Klingt ziemlich abwegig, finde ich. Wozu diese Brutalität?«

»Das könnte man sich fragen, aber wenn man sich die Statistiken anschaut, nimmt sinnlose Brutalität bei Gewalttaten insgesamt zu.«

»Dagegen hatte Al Capone noch Stil«, sagte der Chef und schüttelte wieder den Kopf.

»In jedem Fall werden wir uns mal bei den Rechten umsehen. Niedermeier verfügt über einschlägige Kontakte.«

»Gut, einverstanden.«

»Die Fahndung nach dem geklauten Lieferwagen der Firma ›Pico Bello‹ läuft noch immer. Bislang haben wir noch keinen Hinweis.«

Hollschefler-Engelbrecht nickte. »Und was noch?«

»Als Nächstes überprüfen wir das Alibi des Golfclub-Managers Karsten Karstendorf.«

»Wieso denn das?«

»Er hat ein Motiv. Wegen anderer Pläne der Stadt muss er seinen Golfplatz in der Nachbarschaft der Eremitage aufgeben. Die Stadt hat seinen Pachtvertrag auslaufen lassen und damit sein Geschäft zerstört, das er mit jahrelanger Mühe aufgebaut hat.«

»Scheint mir abwegig. Ich spiele selbst Golf und kenne Karstendorf. Und ich weiß über die Sache ein bisschen Bescheid.«

»Es gibt auch noch andere Geschäftleute, die Grund hätten, ihre Wut an der Stadt auszulassen. Auf der Maximilianstraße ist zum Beispiel ein Einkaufszentrum geplant, aber aus heiterem Himmel wurde das Projekt bis auf Weiteres gestoppt. Sie kennen doch dieses total verfallene Gebäude, wo seit Monaten der Bauzaun steht? Auf einmal gibt es Bedenken wegen des Denkmalschutzes.«

»Davon habe ich gehört. Soweit mir bekannt ist, wurde das Bauvorhaben abgeblasen, weil die Stadtplanung wegen der Bewerbung zum UNESCO-Weltkulturerbe strengere Auflagen durchgesetzt hatte. Die Markgräfliche Oper liegt ja nicht weit von diesem maroden Barockgebäude entfernt. Nachdem das Opernhaus jetzt von der Bundesregierung offiziell als Weltkulturerbe nominiert worden ist, will man seine Aufnahme in die UNESCO-Liste natürlich nicht gefährden. Ästhetisch minderwertige Bauten im Umfeld haben keine Chance. Aber fragen Sie morgen im Rathaus mal nach. Vielleicht gibt es noch mehr solcher Bauruinen«, sagte Hollschefler-Engelbrecht.

»Machen wir. Es gibt auch eine Reihe von Indizien, die ausgewertet werden müssen, wie zum Beispiel die Herkunft der Sprengsätze und die pakistanische Zeitung, in die der Sprengstoff am Neuen Schloss gewickelt war«, fuhr Vandendaele fort. »Fraglich ist auch, woher die Kamera vom Balkon des Festspielhauses stammt. Dann haben wir noch diesen Hinweis von Thomas Planer, wir überprüfen gerade, ob der Draht auf dem Balkon tatsächlich von einem Saiteninstrument stammt. Vielleicht ist es gar nicht so schwer, herauszufinden, von wo und von wem er gekauft wurde.«

»Gut.« Der Chef nickte anerkennend.

»Das ist im Prinzip alles. Die Ergebnisse aus dem Labor liegen noch nicht vor. Das heißt, wir haben keine Fingerabdrücke und wissen nicht, ob uns die Wolldecke vom Picknick oder die SIM-Karte aus dem Handy weiterbringen. Am unangenehmsten ist, dass wir den Toten aus der Emeritage noch immer nicht identifiziert haben. Die Zahnärzte der Umgebung kannten das Gebiss nicht, und Vermisstenanzeigen sind keine eingegangen.«

»Vergessen Sie nicht, dass Wochenende ist und die Osterferien begonnen haben. Viele sind verreist, und nicht jeder ist so einsatzbereit wie Sie. Tote laufen nicht weg. Kümmern Sie sich um Näherliegendes. Was ist zum Beispiel mit den Handyfotos der Kellnerin?«

»Schlechte Qualität. Die Personen sind nicht zu erkennen. Deutlich sieht man nur die Flammen. Ein buntes Inferno, wie erwartet. Aber vielleicht kann das Fotolabor noch etwas herausholen.«

»Klingt gut. Es scheint, Sie haben die Sache im Griff, Vandendaele. Zweifel habe ich nur am Verdacht gegen Karstendorf und, wenn ich es mir genau überlege, auch an der Fremdenhasstheorie. Glauben Sie wirklich, dass man sich in der rechten Szene mit derartigen pyrotechnischen Raffinessen aufhält? So etwas habe ich noch nie gehört. Natürlich, man sollte nie ›nie‹ sagen, aber insgesamt klingt das doch unwahrscheinlich.«

Der Chef zog den Teebeutel aus dem Becher und fuhr fort: »Und Karstendorf. Ausgerechnet der! Der hat mit der Übergabe der Grünfläche doch das Geschäft seines Lebens gemacht! Die Stadt hat ihm in Bindlach ein Ausweichgelände zur Verfügung gestellt, das noch viel größer ist als das alte. Damit nicht genug. Er erhält eine großzügige Entschädigung aus öffentlichen Mitteln für den Wiederaufbau. Nein, Vandendaele, das ist bestimmt die falsche Spur. Der Mann hat sich mit der Auflösung des Pachtvertrags regelrecht saniert. Ich verstehe zwar Ihren Drang, etwas unternehmen zu wollen, solange die Kartoffeln quasi noch im Feuer liegen. Aber kommen Sie dem LKA und vor allem Keller nicht in die Quere. Er ist übrigens auch ein Golfer. Wir wollen keinen Ärger!«

»Verstehe, Chef«, sagte Vandendaele und schwieg ungläubig. Seit wann zählte bei Hollschefler-Engelbrecht persönliche Sympathie?

»Sonst noch etwas?«

»Eigentlich nicht. Ich mache mir nur allmählich Sorgen um den Verbleib des OB«, sagte Vandendaele und erzählte dem Chef von seinen Gesprächen mit Hans Vogel. Die Passagierlisten der Fluggesellschaft hatten sie noch nicht erhalten.

»Was soll denn das?«, fuhr der Chef beinahe ärgerlich auf. »Sie waren doch gestern selbst auf der Pressekonferenz. Er ist wie geplant nach Indien gereist, genau wie seine Stellvertreterin gesagt hat. Herrgott noch mal, Vandendaele, machen Sie keine Nebenkriegsschauplätze auf. Es gibt so schon genug zu tun. Alle warten auf Ergebnisse. Also, ich schreibe Ihnen die Überstunden gut. Und nochmals vielen Dank für Ihre Flexibilität übers Wochenende. Grüßen Sie die Frau Gemahlin«, sagte er und ahnte nicht, dass dies ein schmerzlicher Hieb war.

Vandendaele sah ihm nach. Der Sondereinsatz ließ ihm keine Zeit zum Nachdenken, und das war gut so. In seiner Wohnung erwartete ihn niemand.

Nach dem Gespräch mit Hollschefler-Engelbrecht war klar, dass sie noch so viel wie möglich schaffen mussten, bevor sich das LKA bei ihnen meldete. Niedermeier war bereits auf dem Weg zu den einschlägig bekannten Adressen in der rechten Szene, Vogt arbeitete das Protokoll aus und sollte sich danach Axel Bauer anschließen, der nach der Herkunft der pakistanischen Zeitung und der Kamera fahndete.

Vandendaele ging zurück in sein Büro. Er musste einen Bericht an den Staatsanwalt verfassen und seine Notizen vervollständigen. Es dauerte viel zu lange, bis der Computer endlich hochgefahren war. Vielleicht lag es am E-Mail-Programm, es öffnete sich automatisch. Er strich mit dem Cursor über die neuen Eingänge. Vielleicht gab es eine Nachricht von seiner Tochter, die gerade verreist war? Zu seiner Enttäuschung fand sich jedoch nichts Privates – auch nichts von Lisa, seiner Frau.

Er fühlte, wie die Eifersucht langsam in ihm hochstieg. Ob sie schon einen anderen hatte? Er schwitzte. Dieses Beziehungschaos kostete Kraft. Dabei hatte er ihr erst vor wenigen Tagen versichert, dass es ihm nichts ausmache, wenn sie in München blieb und er pendelte. Im Prinzip stimmte das ja auch, nur eben nicht immer.

Er blätterte seine Notizen durch und bekam den Eindruck, dass die Ermittlungen bislang geradezu am Boden klebten. Wegen des Wochenendes hatten sie nicht richtig abgehoben, und wenn eine Ermittlung so stockend begann, bedeutete das nichts Gutes. Er fragte sich, was das LKA in der Zwischenzeit wohl unternommen hatte. Gab es irgendwelche Hinweise, die ihnen vorenthalten wurden? Der Chef hatte schon recht, sich zu ärgern. Auch er war neugierig auf die Handyvideos der Jugendlichen und die Videokassette vom Festspielhaus, die er den Beamten des LKA hatte übergeben müssen. Wer weiß, wann die versprochene Kopie und der Bericht der Spurensicherung bei ihnen eintreffen würden.

Für die Noten, die Emma unter der Kamera gefunden hatte, hatten sich die Kollegen dagegen gar nicht interessiert. Reiner Zufall, hatten sie gesagt.

Vandendaele holte sich noch einen Kaffee, obwohl er schon jetzt einen Stein im Magen fühlte. Der Gedanke an den OB ließ ihm einfach keine Ruhe. Hatte Vogel eigentlich die Verkehrspolizei in Bayreuth verständigt? Wenn der Wagen am Flughafen in Nürnberg nicht gefunden worden war, lag es doch nahe, dass der Bürgermeister dort gar nicht angekommen war.

Vandendaele musste sich Klarheit verschaffen, bevor er weiterarbeiten konnte.

***

Sylvia Seidl, die Kellnerin des Terrassencafés, hatte Emma in die Küche des Wintergartens geführt und den Müllsack aus einer Kammer geholt. Emma zog sich Schutzhandschuhe über und blätterte sorgfältig zwischen den Papieren. Sie hatte Glück. Schon nach kurzem Suchen fand sie den Partiturschnipsel.

»Da ist ja das gute Stück«, sagte sie und hielt den Zettel triumphierend in die Höhe.

Frau Seidl nickte. »Genau. Das ist der Schnipsel«, bestätigte sie.

Soweit Emma das beurteilen konnte, sah das Notenbild ganz anders aus als der Fund auf dem Balkon des Festspielhauses. Sie verstand zwar von Musik so gut wie nichts, trotzdem war der Zettel Gold wert. An der These vom bloßen Zufall durfte jetzt mit Recht gezweifelt werden. Sie fotografierte das Indiz und packte es vorsichtig in ein Plastiktütchen, wie sie es noch aus ihrer Zeit als

Polizistin kannte. Vandendaele würde staunen. Sie freute sich schon darauf, ihm den Zettel am Abend als Vorspeise aufzutischen.

»Sah die Schmiererei auf der Säule vielleicht ähnlich aus wie diese Noten?«, fragte sie die Kellnerin.

»Möglich. Aber so genau erinnere ich mich nicht mehr. Es fehlten die Hilfslinien, darum war es anders.«

»Auf welcher Säule befand sich diese Kritzelei denn überhaupt?«

»Warten Sie, wir können ja mal nachschauen«, sagte Seidl und erklärte, dass sie gar nicht mehr dazu gekommen war, die Säule gründlich abzuwaschen.

Emma folgte der Bedienung unter die Arkaden der Orangerie. Die Säulen waren rußgeschwärzt. Sie beobachtete, wie Seidl die Anordnung der Tische an jenem Morgen zu rekonstruieren versuchte, um die fragliche Stelle zu finden.

»Ich bin nicht ganz sicher, aber ich glaube, dass es hier gewesen ist, Frau Schiller. Vielleicht sind unter der Rußschicht ja noch Spuren der Farbstifte zu finden.«

Die Bedienung zeigte auf den vierten Säulenbogen. Emma machte Fotos, sie würde es Vandendaele überlassen, die Spurensicherung darauf anzusetzen. Zu sehen war mit bloßem Auge nichts.

Nachdem sie überprüft hatten, dass es möglich war, den Zettel unbeschadet unter der Eingangstür des Cafés durchzuschieben, schaute Emma auf die Uhr und bedankte sich bei den beiden Frauen für die Auskünfte. Sie hatte es eilig, denn nachdem sie hier fündig geworden war, wollte sie auch den Wald von Sanspareil besichtigen. Je länger die Brandstiftung zurücklag, desto unwahrscheinlicher war es, noch einen Hinweis zu finden. Vermutlich hatten der Großbrand, die Löschaktion der Feuerwehr sowie die polizeilichen Untersuchungen ohnehin schon alle Spuren vernichtet. Doch wenn der Täter tatsächlich eine Botschaft hinterlassen wollte, würde er sie so platzieren, dass sie auch nach dem Brand gefunden werden konnte.

Bis morgen konnte sie nicht warten, sie wollte sofort fahren. Das Essen mit Vandendaele würde sie um eine Stunde verschieben müssen.

FÜNF

Die Fahrt nach Wonsees in die Fränkische Schweiz dauerte länger als erwartet. Sie hatte sich für die B22 entschieden, weil das die kürzeste Strecke war. Es zeigte sich aber, dass dort mindestens so viel Verkehr herrschte wie auf der Autobahn. Überholmöglichkeiten gab es keine. Die Leute kehrten vom Sonntagsausflug zurück und rollten gemächlich hintereinander nach Hause. Emma konnte ihre Unruhe kaum zügeln. Es fehlte noch, dass es dunkel wurde, bevor sie den Park erreichte.

Sie musste an ihre Kinder denken. Bei der Ankunft am Samstag hatten sie angerufen, aber seitdem hatte sie nichts mehr von ihnen gehört. Normalerweise war das ein gutes Zeichen. Sie genossen ihre Ferien und brauchten ihre Mutter nicht. Mit einem Anruf von Martin hatte sie ohnehin nicht gerechnet. Aus den Augen, aus dem Sinn.

Schon von Weitem erkannte sie die mittelalterliche Burg Zwernitz. Gleich daneben lag der legendäre Felsengarten Sanspareil. Sie verließ die Hauptstraße in Hollfeld und hielt auf die Burg zu. In Sanspareil war sie noch nie gewesen. Ein gottverlassener Ort in der Mitte von nirgendwo, dachte sie. Obwohl es erst Frühling war, roch es nach Wacholder. Sie stieg aus dem Auto, atmete durch und schaute auf die Brandfläche.

Der Wald war längst nicht so stark zerstört, wie sie befürchtet hatte. Trotzdem war der Schaden erheblich. Es würde Jahre dauern, bis alles nachgewachsen war und wieder so verwunschen aussah wie zuvor. Die Natur war hier zum Kunstwerk erklärt worden und durfte bestimmt nicht manipuliert werden. Emma schaute sich um. War da nicht etwas? Seltsam, sie hatte das Gefühl, da war jemand. Sie verließ den Parkplatz in Richtung Parkeingang. Ganz angenehm war es nicht, hier allein zu sein. Sie nahm die Kamera und schaute durch das Objektiv, um die pittoresken Felsen heranzuzoomen.

Hinter ihrem Rücken hörte sie jemanden rufen. Sie drehte sich um und sah eine Gestalt auf sich zukommen.

»Entschuldigen Sie, gnädige Frau, sind Sie von der Polizei?«, fragte ein Mann, der eine Baskenmütze trug.

»Nein. Ich bin Journalistin. Ich möchte mir einen persönlichen Eindruck vom Ort des Anschlags verschaffen und einige Fotos machen«, antwortete Emma und wunderte sich selbst über die völlig unnötigen Erklärungen. Die Einsamkeit hier draußen hatte sie verunsichert.

»Ich lebe auf dem Bauernhof nebenan und verdiene mir mit Gartenführungen etwas Geld dazu. Zurzeit bleiben die Touristen aber aus. Das können Sie sich ja denken. Hätten Sie vielleicht Interesse an einer Führung? Es kostet nur zwanzig Euro für fünfundvierzig Minuten«, sagte der Mann. Sein Lächeln war sympathisch.

Emma zögerte trotzdem. Sollte sie sich jetzt eine kunsthistorische Führung antun? Viel Zeit hatte sie nicht. Andererseits war sie froh, auf diese Weise nicht allein durch den Wald gehen zu müssen. Sie hatte viel Phantasie und einen schlechten Orientierungssinn. Vielleicht würde sie während des Vortrags auch etwas über die Motive für die Brandstiftung in Erfahrung bringen; die Täter hatten es ja auf die Sehenswürdigkeiten abgesehen. Sanspareil war zwar noch nicht als Weltkulturerbe nominiert, hing aber als Teil des Ensembles mit der berühmten Oper zusammen. Es konnte also nichts schaden, mehr über den Park und die damaligen Fürsten zu erfahren.

»Ja, gerne«, sagte sie dann und setzte vorbeugend hinzu: »Ich habe es allerdings etwas eilig und möchte bitte nur die wichtigsten Punkte und vor allem die Gebäude sehen.«

»Selbstverständlich«, sagte der Mann und stellte sich auf eine etwas steife Art zunächst selbst vor. »Mein Name ist Michael Kronberg. Zurzeit bin ich Landwirt. Meine Familie lebt schon seit Generationen hier auf dem benachbarten Gutshof in Wonsees.«

Sie gaben sich die Hand, und Kronberg steckte das Geld dankend ein.

»Man muss sich etwas dazuverdienen, wenn man als Landwirt hier überleben will. Schon zur Zeit der Markgräfin Wilhelmine waren die Leute im Bayreuther Raum nicht gerade wohlhabend. Nicht umsonst gibt es Ortsnamen wie Sorg, Streit und Hungerberg im Landkreis. Bis heute sind die Bauern arm«, sagte er augenzwinkernd.

»Sind Sie der Landwirt, der den Brand gemeldet hat?«, fragte Emma.

»Richtig. Die Polizei hat schon alles zu Protokoll genommen. Wir waren entsetzt, als wir den Brand bemerkten, Frau Schiller. Es war in der Nacht zum Freitag, die Flammen schlugen in allen Farben aus dem Wald – und dann dieser Rauch! Am schlimmsten war der Gestank. Meine Mutter, die den Krieg noch erlebt hat, dachte sofort an einen Luftangriff. Sie geriet in Panik und schrie, weil ich die Feuerwehr rief, anstatt sie in den Keller zu tragen. Sie ist bettlägerig und manchmal nicht mehr so ganz bei Sinnen, verstehen Sie?«

»Natürlich. Tut mir leid.«

»Zum Glück kam die Feuerwehr, und der Brand breitete sich nicht weiter aus.«

»War sonst noch jemand bei Ihnen im Haus?«

»Nein, sonst niemand. Meine Frau ist über die Feiertage zu ihren Eltern gefahren, und mein Bruder, der den Hof hier hauptamtlich bewirtschaftet, ist mit seiner Familie verreist. Es sind ja Schulferien, und auch ein Bauer will mal in den Süden.«

»Sie sind also quasi die Urlaubsvertretung?«

»Ganz recht. Ich arbeite hauptberuflich beim Finanzamt und mache am liebsten zu Hause Urlaub. Die Landwirtschaft ist der beste Ausgleich für einen Schreibtischtäter. Außerdem sind mir zum Verreisen Bücher lieber als Flugzeuge. Das spart Geld und Benzin.«

Sie holten Emmas Taschenlampe aus dem Auto.

»Von mir aus kann's jetzt losgehen«, sagte sie.

»Wie ich eben schon sagte, das Leben war und ist vergleichsweise hart hier. Das ist wichtig zu wissen, wenn man etwas über die Region verstehen will, damals wie heute. Der Boden ist für Getreide nicht besonders geeignet, und zur Zeit der Markgrafen war die Kartoffel noch nicht eingeführt. Außerdem litt die Landbevölkerung unter den Abgaben, die sie an den Adel zu leisten hatte.«

»Soweit ich weiß, gehörten die Bayreuther Markgrafen selbst nicht gerade zu den Begütertsten.«

»Sehr richtig. Sie zählten zwar zum Hochadel, mussten aber bei gesellschaftlichen Anlässen um Anerkennung bei den Bessergestellten ringen. Die Ausbeutung der Leibeigenen hatte eben auch ihre Grenzen. Der Mangel an finanziellen Mitteln zwang sie, mit besonders phantasievoller Unterhaltung zu beeindrucken. Das sind wichtige Gründe für die Existenz von Sanspareil und natürlich auch der Eremitage«, sagte Kronberg und erklärte Emma auf dem Weg zum Parkeingang, dass beide Anlagen einst als Kulisse für das Gesellschaftsspiel von der Rückkehr zum einfachen Leben dienten. In der Eremitage konnte der Adel das Einsiedlerleben eines strenggläubigen Eremiten nachspielen.

»Man muss sich vorstellen, dass die Idee von der Verpflichtung der Fürsten gegenüber dem Gemeinwohl gerade erst aufkeimte. Aufgeklärte Ansichten waren für den damaligen Adel eine existenzielle Bedrohung«, sagte Kronberg.

»Das Spiel mit dem Feuer war also ein besonderer Kick bei der Freizeitgestaltung der Adligen?«

»Genau. Man setzte sich über Rollenspiele mit einer Welt auseinander, die im Begriff war, sich dramatisch zu verändern.«

Emma versuchte, sich die Szenerie vorzustellen.

»Glauben Sie, dass die Anschläge zu diesen politischen Hintergründen in Beziehung stehen?«, fragte Kronberg plötzlich.

»Wie meinen Sie denn das?« Emma fühlte sich ertappt, denn genau das hatte sie auch gerade überlegt.

»Bislang gibt es keine Erklärung dafür, warum sich die Islamisten ausgerechnet Bayreuth für ihren Terror ausgesucht haben.«

»Die Polizei zweifelt inzwischen an dieser Islamistentheorie, Herr Kronberg.«

»Interessant. Wir sind auf dem Land etwas zu weit weg von den neuesten Nachrichten. Mich hatte dieser Verdacht von Anfang an nicht überzeugt. Was sollen denn Terroristen auf der Zauberinsel Ogygia zu suchen haben?«

»Zauberinsel Ogygia?«, fragte Emma und ließ sich gerne wieder von Kronbergs Geschichten einfangen.

»Ja, der Hain ist nach dieser Insel aus der griechischen Mythologie benannt. Dort wohnte die Nymphe Kalypso, die Odysseus sieben Jahre lang festhielt, bevor sie ihn wieder aus ihrer Liebesumklammerung entließ. Erinnern Sie sich daran?«

»Natürlich. Das ist ja interessant!«

»Ja, das haben die Gäste des Markgrafen auch gesagt. Einer soll auf Französisch ausgerufen haben, das sei *sans pareil*, was so viel heißt wie ›unvergleichlich‹. Daher der Name der Anlage.«

Emma lachte und ging auf den exotisch anmutenden Bau am Eingang des Parks zu. »Wenn es regnete, hat sich die vornehme Gesellschaft wohl in diesem Haus verwöhnen lassen?«

»Schon möglich, aber die genaue Funktion des sogenannten Morgenländischen Schlösschens ist leider nicht überliefert. Es hat fünf Räume und einen Innenhof, der um eine Buche herum angelegt ist. Wollen Sie die Räume besichtigen?«

»Sehr gerne«, sagte Emma schnell. Gerade darauf war sie ja aus. Wenn der Täter eine Nachricht hinterlassen wollte, würde er sie so platzieren, dass man sie fand. Gespannt griff sie nach Taschenlampe und Fotoapparat. Sie musste die Augen offen halten.

»Leider haben sich im Laufe der Jahrhunderte nicht mehr viele Gebäude erhalten, Frau Schiller. Es gibt nur dieses Schlösschen mit dem Küchenbau, und dann haben wir noch das Felsentheater im Wald, wo auch der Brand ausgebrochen ist«, sagte Kronberg und holte den Schlüssel aus der Tasche.

Als er die Tür öffnete, schlug ihnen feuchtkalte Luft entgegen. Alles war dunkel, aber Emma sah sofort, dass weder unter der Eingangstür noch dahinter ein Zettel lag.

»Wissen Sie, wer seit dem Brand hier gewesen ist?«, fragte sie.

»Nur die Polizei. Ich habe die Tür geöffnet. Sie haben nach Spuren gesucht, aber, soweit ich weiß, nichts gefunden.«

»Und die Feuerwehr?«

»Die haben sich für den Bau nicht interessiert. Das Feuer hatte sich zum Glück nicht so weit ausgebreitet. Es wäre auch ein Jammer gewesen«, antwortete Kronberg und öffnete ein Fenster, um mehr Licht und warme Luft in die feuchten Räume zu lassen.

Emma leuchtete alle Ecken mit der Taschenlampe aus, fand jedoch weder an den Wänden noch am Baum im Innenhof irgendwelche Markierungen. Ihre Enttäuschung konnte sie kaum verbergen.

»Natürlich ist das hier nicht Sanssouci, Frau Schiller«, erklärte der Landwirt. »Die finanziellen Mittel der Markgrafen waren eben begrenzt. Wenn Sie sich aber die Dekoration der Säulen mit den bunten Steinen genauer ansehen, erkennen Sie den byzantinisch-orientalischen Einfluss ganz deutlich. Es ist wie in der Eremitage.«

Emma nickte abwesend und leuchtete in einen leeren Abfallkorb. Dann folgte sie dem Gartenführer mit gedämpften Hoffnungen in den Wald.

***

Kaum hatte Vandendaele den Bericht an den Staatsanwalt verfasst und war seine Notizen durchgegangen, meldeten sich die Kopfschmerzen, die er schon seit Tagen mit Schmerztabletten unterdrückte. Er griff in die Schreibtischschublade, wo er neben Stiften, Visitenkarten und Kaugummis diverse Medikamente gegen solche Attacken bereithielt. Dann stand er auf, holte eine Dose Cola aus der Minibar, schluckte zwei Pillen und setzte sich die Sonnenbrille auf.

Es war an der Zeit, Lisa anzurufen. Nicht zu wissen, woran er mit ihr war, erschöpfte ihn unendlich. Seit Wochen hatten sie nicht mehr telefoniert. Nach den Anschlägen hatte sie sich lediglich bei seiner Sekretärin nach ihm erkundigt. Und er wollte nicht mehr darauf warten, dass sie sich zuerst meldete.

Gleichzeitig hatte er allerdings Angst vor der Wahrheit. Solange die Beziehung in der Schwebe war, blieb im Grunde alles beim Alten. Nicht auszudenken, wenn sich Lisa endgültig trennen würde. Seitdem er denken konnte, war er mit ihr zusammen. Mit siebzehn hatten sie sich in der Schule kennen gelernt, mit dreiundzwanzig wurde er Vater, mit vierundzwanzig hatte er zwei Kinder, und als er dreiundvierzig war, verließen die Kinder das Haus. Dann kam der Alkohol, und er stand vor dem Scherbenhaufen seiner Ehe.

Das war alles, was ihm zu seiner Biographie einfiel. Vor Lisa hatte er nicht gelebt und danach auch nicht. Er liebte sie, trotzdem war es im Rausch zu Szenen gekommen, für die er sich jetzt schämte. Um das Schlimmste, die Scheidung, zu verhindern, hatte er eine räumliche Trennung ausgehandelt. Er war in ein Zimmer zur Untermiete gezogen und hatte sich in Therapie begeben. Bei der ersten Gelegenheit hatte er sich nach Bayreuth versetzen lassen, um der Versuchung durch den Stammtisch und seine langjährigen Kollegen für alle Zeiten aus dem Weg zu gehen. Seitdem hatte er sich unter Kontrolle.

Das Telefon klingelte. Er hoffte, dass es Lisa wäre, aber es meldete sich Zöllner von der Polizeiwache im Erdgeschoss.

»Ich nehme gerade eine Vermisstenanzeige auf. Raten Sie mal, von wem.«

»Woher soll ich das denn wissen?« Vandendaele hatte gerade keinen Sinn für solche Spielchen.

»Die Gattin des OB sucht ihren Mann.«

»Wie bitte?« Er hielt sich den Kopf, ihm war beinahe schlecht vor Schmerzen. Diese Nachricht traf ihn wie ein Schlag.

»Die Frau hat ihren Mann das letzte Mal am Freitag gesehen, als er sich morgens von ihr verabschiedete. Sie dachte, er sei nach Indien geflogen, aber eben erhielt sie einen Anruf, dass er dort nie angekommen ist. Bei ihr hat er sich auch nicht gemeldet. Keiner der Angehörigen oder Freunde weiß etwas. Der Mann ist abgetaucht.«

»Abgetaucht? Was wollen Sie damit andeuten?«

»Nichts. Ich sage nur, er wird vermisst. Wollen Sie selbst mit der Frau sprechen?«

»Natürlich, bitte schicken Sie sie hoch.«

Vandendaeles Kopfschmerzen wurden schlagartig besser. Endlich ging es voran! Als Frau Brüggemann das Büro betrat, konnte er bereits die Sonnenbrille abnehmen. Er wunderte sich über ihre schmale Erscheinung, die eine gewisse Verhärmtheit verriet. Die Bürgermeistergattin war in Lisas Alter, hatte die gleiche Figur und den gleichen Haarschnitt, und sie hatte sich einen aufstrebenden Juristen geangelt, während Lisa an einem Polizisten mit gehobener Gehaltsstufe hängen geblieben war. Aber Lisa hatte immer gewusst, dass sie geliebt wurde. Diesen Eindruck machte die Frau des OB nicht.

»Bitte setzen Sie sich«, sagte Vandendaele nach dem Händedruck und deutete auf den Stuhl vor seinem Schreibtisch. Frau Brüggemann fingerte an ihrer Handtasche und nahm vorsichtig auf der Stuhlkante Platz.

»Seit wann haben Sie versucht, mit Ihrem Mann Kontakt aufzunehmen?«

»Seit gestern. Ich habe mir aber nichts dabei gedacht, als ich ihn nicht erreichte. Ich kenne das Problem mit Indien. Die Verbindung ist nicht immer gut«, antwortete sie mit leiser Stimme.

»Zurückgerufen hat er wohl nicht?«

»Nein, aber auch das ist nicht ungewöhnlich. Er ist oft so beschäftigt, dass er es einfach vergisst. Ich mache mir erst Sorgen, seitdem ich weiß, dass er auch von den Geschäftspartnern vermisst wird.«

Vandendaele wunderte sich, dass die Explosion in der Emeritage für sie anscheinend kein Anlass zur Beunruhigung gewesen war. Die Beziehung des OB zu seiner Frau stand hier aber nicht zur Debatte, und er war nicht berufen, darüber zu urteilen.

Das Telefon auf dem Schreibtisch klingelte, und Vandendaele erhielt die Mitteilung, dass der Wagen des OB endlich gefunden worden war. Aber er hatte nicht da gestanden, wo Hans Vogel ihn zum letzten Mal gesehen hatte. Offenbar hatte jemand den Wagen vor oder nach der Explosion noch einmal bewegt. Jedenfalls parkte er nicht auf dem Platz, sondern am Straßenrand. Vandendaele dröhnten die Worte des Anrufers im Ohr. Sollte er der Frau diese Nachricht gleich weitergeben?

Er entschied sich, zu warten. Zunächst musste er sich um Gewissheit bemühen. Jetzt interessierte vor allem eins, aber es fiel ihm nicht leicht, mit der Tür ins Haus zu fallen.

»Wissen Sie, bei welchem Zahnarzt Ihr Mann in Behandlung ist?«

»Sein Zahnarzt?« Sie schwieg nachdenklich. »Vermuten Sie etwa, dass ihm etwas zugestoßen ist?«

»Nein, das tue ich nicht. Ich will es aber ausschließen können, Frau Brüggemann.« Vandendaele achtete darauf, seiner Stimme ein tiefes Timbre zu geben, was häufig beruhigend auf Zeugen wirkte.

»Es war Doktor Udo Weigl in der Luitpoldstraße. Wir sind beide dorthin gegangen. Ein sehr guter Arzt. Leider ist er seit einem Jahr nicht mehr tätig und hat seine Praxis aufgegeben«, erklärte sie nach einigem Zögern. »Seitdem sind wir wieder auf der Suche.«

»Ja, es ist wichtig, einen Zahnarzt des Vertrauens zu haben«, bestätigte Vandendaele.

Dann verabschiedete er Frau Brüggemann und versprach, sie auf dem Laufenden zu halten. Er brannte darauf, mit dem Arzt zu sprechen.

***

Unterdessen folgte Emma dem Touristenführer über einen seltsam gewundenen Weg zwischen verwunschenen Felsformationen durch den Wald von Sanspareil. Sie suchte nach Kreide- oder Kratzspuren und leuchtete mit ihrer Taschenlampe hinter jeden dunklen Vorsprung. Hin und wieder blieb Michael Kronberg stehen und zeigte auf ein Schildchen, das von der Bayerischen Schlösserverwaltung am Fuße eines besonders auffälligen Kalksteinfelsens angebracht worden war.

»Einige Felsen und Höhlen hier im Park wurden von der Markgräfin nach Schauplätzen eines französischen Romans benannt. Das Buch ›Die Abenteuer des Telemach‹ hatte beim Adel zu Beginn des 18. Jahrhunderts für große Unruhe gesorgt. Es enthielt recht unverblümte Kritik am Absolutismus, was zur damaligen Zeit lebensgefährlich sein konnte.«

»Wieso hatte die Markgräfin denn ausgerechnet daraus die Namen entnommen?«, fragte Emma.

»Wie ich schon sagte, dachte die Markgräfin für ihre Zeit eher fortschrittlich. Wahrscheinlich hing dies mit ihrer Kindheit in Berlin zusammen. Sie und ihr Bruder Friedrich hatten sehr unter ihrem strengen Vater, König Friedrich Wilhelm I., gelitten. Ihr Bruder, der spätere Friedrich II., wollte sogar mit einem Freund nach England fliehen, und als der Vater dahinterkam, wurde er verhaftet und musste der Hinrichtung seines Freundes beiwohnen. Wilhelmine, die von dem Plan gewusst und den Bruder gedeckt hatte, wurde zur Strafe hierher in die Provinz verheiratet. Dabei hatte sie noch Glück, denn sie soll ihren Mann wirklich geliebt haben.«

Emma war sprachlos. Nie hätte sie gedacht, dass der Park auch so betrachtet werden konnte. Sie schaute auf die Uhr. Die Zeit wurde knapp.

»Schade, leider habe ich heute so wenig Zeit«, sagte sie. »Aber was Sie erzählen, interessiert mich. Wenn unser Fall abgeschlossen ist, lade ich Sie zum Kaffee ein, und dabei möchte ich mehr hören, Herr Kronberg.«

»Versprochen?«

»Und ob! Eins interessiert mich zum Schluss doch noch. Um was ging es denn in dem Buch über Telemach?«

»Telemach wird von Minerva, der Göttin der Weisheit, auf seiner abenteuerlichen Suche nach seinem Vater Odysseus begleitet und erlernt dabei die Grundprinzipien vorbildlichen Herrschertums. Durch Minerva erhält er sogar Zugang in die Unterwelt und beobachtet dort die Bestrafung böser Könige. Eine bildliche Darstellung in diesem Buch soll dem König Ludwig XIV. sehr ähnlich gesehen haben.«

»Ludwig schmort mit seinen Herrschaftsinsignien in der Hölle. Das ist wirklich ein starkes Stück!« Emma dachte daran, wie das bengalische Feuer hier gewütet hatte. Ob der Brandstifter diese Geschichte kannte? Der mächtigste Mann im Landkreis war der OB, schoss es ihr plötzlich durch den Kopf. War er etwa bedroht?

»Der Autor wusste, was er riskierte«, fuhr Kronberg fort. »Er war der Privatlehrer des potenziellen Thronfolgers von Ludwig XIV. Er hatte es sich zum Ziel gesetzt, seinen Zögling zur Verachtung von Tyrannei, Krieg und Ausschweifung zu erziehen. Natürlich kostete das den Autor die Freiheit, aber schon wenig später wurde das Buch von zeitgenössischen Lesern als Satire gegen den absolutistischen Staat erkannt und geschätzt. Der Park hier belegt, wie kritisch die Bayreuther Markgrafen damals dem Absolutismus gegenüber eingestellt waren und wie sie ihre politische Aufgeschlossenheit auch vor ihren Gästen öffentlich machten.«

»Wie geschah das?«, fragte Emma.

»Es ist überliefert, dass sie die Abenteuer Telemachs nachspielten. Man könnte sich die Markgräfin Wilhelmine gut in der Rolle der Göttin Minerva vorstellen, die die Gäste pädagogisch geschickt in die humanitäre Staatsidee einweist«, erklärte der Parkführer.

Kronbergs Handy klingelte, und Emma beleuchtete mit ihrer Taschenlampe die in Sichtweite gelegenen Grotten und Höhlen. Als Kronberg wieder auf sie zukam, ahnte sie schon, dass etwas Unangenehmes geschehen war.

»Meine Mutter«, sagte er nur. »Ich muss leider sofort zurück zum Haus. Es tut mir wirklich leid. Gehen Sie einfach den Pfad entlang. Sie kommen dann automatisch zum Felsentheater. Ich beeile mich und nehme das Fahrrad. Vielleicht erwische ich Sie dort noch und hole Sie wieder ab.«

»Das ist nicht nötig. Lassen Sie sich ruhig Zeit. Ich finde mich schon zurecht. Es ist einfacher, als ich gedacht habe«, sagte Emma und wehrte den Zwanzig-Euro-Schein ab, den Kronberg ihr unbedingt wieder zurückgeben wollte.

Auf ihrem Weg zum römischem Theater fand Emma noch vereinzelt Namensschilder an den Felsen. Hinweise von den Brandstiftern gab es keine. Es wäre auch zu schön gewesen, dachte sie enttäuscht. Viel Sinn hatte es nicht, aber da sie schon einmal hier war, wollte sie den Weg noch bis zu Ende gehen. Erneut hatte sie das Gefühl, nicht allein zu sein. Sie schaute sich um. Kam Kronberg schon zurück? Nein, sie sah ihn nicht mehr. Es dämmerte bereits, sie hielt die Taschenlampe fest umklammert.

Sie nahm allen Mut zusammen und lief immer tiefer in den Wald hinein. In einiger Entfernung sah sie schon die Rundbögen auftauchen, die die Bühne des Freilufttheaters umgaben. Der beißende Brandgeruch lag noch in der Luft. Sie war sich sicher, bald am Ziel zu sein, und legte einen Schritt zu. Es war lächerlich, sich als Erwachsener zu gruseln. Schließlich glaubten schon Carla und Robert nicht mehr an den bösen Wolf. Bei diesen Überlegungen fiel ihr wieder auf, dass sie in Bayreuth niemanden hatte, mit dem sie über die Angst im Wald von Sanspareil hätte sprechen können. Sie seufzte. Wie sehr vermisste sie ihre beste Freundin in München!

Wieder raschelte das Gebüsch, diesmal ganz in ihrer Nähe. Erschrocken fuhr sie herum und griff mit eingeübter Schnelligkeit nach ihrer Waffe. Zu fassen bekam sie jedoch nur den Fotoapparat, eine Waffe trug sie seit ihrem Ausscheiden bei der Polizei nicht mehr.

Das Rascheln hatte aufgehört. Jetzt war alles so still, dass sie glaubte, nicht nur sich selbst, sondern auch jemand anders atmen zu hören. War da wirklich jemand, oder bildete sie es sich nur ein? Unwillkürlich ging sie leicht in die Knie, wie sie es im Selbstverteidigungskurs gelernt hatte. Sie war schnell und gelenkig, und die Muskeln hatten das jahrelange Training nicht vergessen. Beinahe automatisch ballte sie ihre Fäuste auf Augenhöhe und war in dieser Position bereit, jeden Stier auf die Hörner zu nehmen. Als sie gerade laut fragen wollte, ob dort jemand sei, vibrierte ihr Handy in der Hosentasche. Vandendaele, dachte sie. Sie hatte ganz vergessen, das Essen zu verschieben.

Für diesen kurzen Moment verlor sie die Konzentration. Da sprang ein Mann im Tarnanzug geschmeidig aus dem Gebüsch, stürzte sich auf sie, entriss ihr den Fotoapparat und schlug sie gekonnt nieder.

Als Emma wieder zu sich kam, saß ein Mann mit einem grotesk geschwärzten Gesicht neben ihr. Er hatte ihr eine Jacke unter den Kopf geschoben und durchsuchte gerade ihre Handtasche. Er zog den Presseausweis heraus und verglich ihr Gesicht mit dem Foto.

»Der Überfall tut mir leid, Frau Schiller. Aber ich hatte keine Ahnung. Sie waren von der Zentrale nicht angekündigt, und frei herumlaufende Touristen hatte der Kollege am Eingang auch keine gemeldet«, erklärte der Mann und zeigte ihr einen LKA-Ausweis.

»Und da schlagen Sie mal einfach munter drauflos«, stieß Emma verärgert aus. »Was heißt hier überhaupt Zentrale, schon mal davon gehört, dass es auch örtliche Polizei gibt?«

»Die gesamte Koordination läuft derzeit über die Zentrale. Von der örtlichen Polizei wurden Sie uns auch nicht gemeldet. Die Gegend hier ist derzeit ein bisschen zu gefährlich, um Räuber und Gendarm zu spielen. Das können Sie sich doch wohl auch als Journalistin denken«, erwiderte der LKA-Beamte bissig.

Emma setzte sich auf und rieb sich den Nacken. »Wahrscheinlich muss ich noch dankbar sein, nicht erschossen worden zu sein«, sagte sie und forderte die Kamera zurück, die der LKA-Beamte offensichtlich mit einer Waffe verwechselt hatte.

»Im Zweikampf geht es immer um die Frage ›Du oder ich‹. Ich habe gesehen, dass Ihnen das nicht ganz unbekannt ist.«

Dazu hätte Emma am liebsten einiges gesagt, aber Streiten half in dieser Situation nicht weiter. Sie schluckte ihre Wut hinunter.

»Zu Ihrer Information: Am Eingang des Waldes habe ich niemanden gesehen. Ehrlich gesagt habe ich mich auch schon gewundert, dass keine Streife abgestellt ist«, sagte sie beschwichtigend.

»Sie haben niemanden gesehen?« Sein Erstaunen wirkte beinahe komisch auf seinem geschwärzten Gesicht. »Wo steckt denn dieses Landei schon wieder, Herrgott noch mal? Erst gestern hat er sich vom Bauern nebenan zu Kaffee und Kuchen auf der Sonnenterrasse einladen lassen, während wir hier im Wald Wache geschoben und uns von Insekten haben attackieren lassen.« Der LKA-Beamte schimpfte noch etwas länger auf den Kollegen und reichte Emma schließlich die Hand zur Versöhnung. Dann gab er ihr die Handtasche zurück.

»Nichts für ungut, soll nicht wieder vorkommen!«

»Vielleicht könnten Sie sich das nächste Mal auf etwas zivilisiertere Weise vorstellen«, antwortete Emma und erhob sich. Der Mann war ihr trotz seines Entgegenkommens unangenehm.

»Der Bauer von nebenan war wohl der Touristenführer Michael Kronberg?«

Der Beamte zuckte mit den Schultern.

»Er hat mich bis eben durch den Wald begleitet. Zurzeit wohnt er auf dem Hof seines Bruders. Ein sehr interessanter Mann, der auch für die Schlösserverwaltung arbeitet.«

»Kann sein. Ich finde, er ist ein verdammter Spinner, der einen ständig belehren will. So eine Art Hobby-Historiker. Es gibt die verrücktesten Typen.«

Kein Wunder, dachte Emma. Verschiedene Welten.

»Heute sind Sie wohl ganz allein auf Wache? Das stelle ich mir im Wald auch nicht gerade lustig vor«, meinte sie verbindlich.

»Nein, wir sind zu zweit. Mein Kollege ist zum Auto gegangen und kümmert sich um die Ablösung.«

»Wo befindet sich denn das Auto? Ich habe keins gesehen, als ich hier ankam.«

»Das steht natürlich nicht auf dem Präsentierteller«, antwortete er und lachte hell auf. »Natürlich haben wir das Auto, wie man sieht, vorbildlich versteckt und getarnt, Frau Journalistin«, erklärte er.

Emma fürchtete, dass man demnächst beim LKA in München wieder über die fränkischen Hinterwäldler lachen würde.

»Sie erwarten also, dass die Brandstifter zurückkommen?«, fragte sie spitz und konnte ein Grinsen kaum unterdrücken.

»Keine Ahnung, was weiß denn ich? Wir haben Order, jeden festzunehmen, der unerlaubt im Wald herumstöbert«, antwortete der Beamte wieder gereizt.

Emma gab auf. Mit manchen Leuten wurde man eben nicht warm. Sie strich sich über die braunen Erdflecken auf der Hose. So konnte sie unmöglich ins Restaurant. Es half nichts, sie würde noch einmal nach Hause fahren müssen, um sich umzuziehen. Wieder schaute sie auf die Uhr.

»Ich muss jetzt leider weiter«, sagte sie. »Es ist zwar schon ziemlich dunkel, aber ich will mir noch schnell das Felsentheater anschauen.«

»Nur zu. Tun Sie, was Sie nicht lassen können. Zu besichtigen gibt es da aber nichts außer ein paar notdürftig aufeinandergestapelten Steinen. Sie können das angebliche Theater auch von hier aus betrachten. Es ist die Ruine da drüben.« Der LKA-Beamte zeigte mit dem Finger auf die Stelle, wo es den größten Brandschaden gab. »Das Feuer ist übrigens nicht für den jämmerlichen Zustand des Theaters verantwortlich. Angeblich hat man den Bau niemals vollendet. Es ist schon ein Armutszeugnis, dass es die Franken seit der Markgräfin nicht geschafft haben, hier ein anständiges Freilichttheater hinzustellen. Man muss sich wirklich wundern.«

»Sie können ja mal den Parkführer Kronberg fragen, wenn es Sie interessiert, warum das so ist.«

»Nein danke. Nicht nötig. Wer verirrt sich schon nach Sanspareil? Morgen wechsle ich zur Eremitage. Da steht auch so eine Bauruine. Wenn ich den OB treffe, frage ich ihn, warum der Landkreis dafür kein Geld ausgibt.«

Emma ging die letzten Schritte bis zum Felsentheater. Es gab tatsächlich weder Baum noch Strauch, alles war restlos niedergebrannt. Ein wahres Wunder, dass das Feuer nicht weiter um sich gegriffen hat, dachte sie. Das Theater glich einer natürlich geformten Grotte. Sie stieg in den Orchestergraben und kletterte auf die mit Ruß bedeckte Bühne. Und da sah sie es sofort: An der ersten Säule prangte ein Schild.

»Das ist ja nicht zu glauben!«, sagte sie halblaut zu sich selbst. »Wer hat sich denn diesen Scherz erlaubt?«

Aufgeregt starrte sie auf das Metallschild, das auf Augenhöhe in die Säule geschraubt war. Ein paar Augenblicke lang war sie wie versteinert und rührte sich nicht. Dann säuberte sie die Gravierung notdürftig mit Hilfe eines Taschentuchs und versuchte, die geschwärzten Buchstaben zu entziffern. »Gewidmet dem Markgräflichen Ruinentheater Sanspareil«, stand dort geschrieben. Darunter war eine Melodie eingraviert, deren Notenbild weder dem Zettel auf dem Balkon des Festspielhauses noch dem Schnipsel aus der Eremitage glich.

Trotzdem passte das Schild in die Reihe der Partiturausschnitte. Es war unverkennbar. Hinter den Noten musste ein Sinn stecken, eine Botschaft, dessen war sie sich jetzt ganz sicher. Doch was war es, was dem Theater gewidmet werden sollte? Die Melodie, das Feuer oder das bengalische Feuer mit Hintergrundmusik? Ein Zyniker, dachte sie. Bei dem Gedanken an den Täter fröstelte sie. Sie machte mehrere Aufnahmen mit unterschiedlicher Belichtung, denn es war schon ziemlich dunkel. Erst als die Schrift und die Noten auf dem Display gut lesbar waren, schob sie den Fotoapparat wieder in die Tasche.

Vandendaele hatte das Schild am Tag des Brandes nicht gesehen. Wahrscheinlich waren Feuerwehr und Polizei nicht darauf aufmerksam geworden, weil es so aussah wie die anderen Schilder, die von der Schlösserverwaltung angebracht worden waren. Der Vollständigkeit halber untersuchte Emma noch die anderen Säulen und leuchtete mit der Taschenlampe nochmals in den Orchestergraben. Aber mit bloßem Auge fand sie keine weiteren Hinweise mehr. Die Spurensicherung der Polizei sollte das Theater und die Felsen ein zweites Mal unter die Lupe nehmen.

Schade, dass Kronberg schon gegangen war. Gern hätte sie ihn gefragt, ob er die Widmung auf dem Metall schon einmal gesehen hatte. Falls das Schild doch von der Verwaltung stammte, würde er sich bestimmt erinnern. Aber das konnte sie morgen in Erfahrung bringen.

Sie dachte an ihre Verabredung mit Georg Vandendaele. Als sie das Handy aufklappte, sah sie, dass er es gewesen war, der sie bei der Abwehr der LKA-Attacke gestört hatte. Er war also auch noch im Dienst. Emma rief ihn an und verschob das Essen um eine Stunde.

Dann machte sie sich sofort auf den Rückweg. Schnellen Schrittes erreichte sie den Ausgang, ohne noch einmal auf Kronberg oder die LKA-Leute zu treffen. Ein letztes Mal schaute sie sich um. Der Park lag jetzt völlig im Dunkeln. Das Auto des LKA war nicht zu sehen.

Zurück nach Bayreuth fuhr sie über die Autobahn, und schon eine halbe Stunde später erreichte sie den Altbau an der Lisztstraße, wo sie im obersten Stockwerk mit Blick auf den Hofgarten wohnte. Ein Glückstreffer, der allerdings noch von Martin mitfinanziert wurde. Die Zimmer der Zwillinge waren noch immer nicht aufgeräumt, und bei ihr selbst sah es auch nicht viel besser aus. Schnell schloss sie die Türen der Kinderzimmer und behob mit ein paar geschickten Handgriffen das gröbste Chaos im Wohnzimmer. Sie stellte das Weißbier kalt und durchsuchte den Kleiderschrank nach einer sauberen Hose. Das war nicht so einfach, denn sie hatte deutlich zugenommen. Nach etlichem Probieren entschied sie sich für eine Stretchjeans und einen langen nachtblauen Pullover, der die Problemzonen überdeckte.

Dann schloss sie den Fotoapparat am Computer an, speicherte die Bilder und druckte die besten aus. Vandendaele würde staunen.

Es war schon acht Uhr dreißig, als es endlich an der Haustür klingelte.

»Tut mir leid wegen der Verspätung. Ich bin aufgehalten worden«, sagte er, umarmte Emma flüchtig und steuerte zielsicher auf den Kühlschrank zu. Wie selbstverständlich öffnete er das kaltgestellte Weißbier, setzte die Flasche an den Mund und ließ sich auf die Couch fallen.

Hoffentlich lässt er die Schuhe an, dachte Emma und amüsierte sich über sein ungehemmtes Verhalten. Dass er mit den Nerven ziemlich am Ende war, fiel ihr zunächst gar nicht auf.

»Schlechte Nachrichten, Emma. Der Tote aus der Eremitage ist der Oberbürgermeister Brüggemann«, sagte er kurz.

Emma wurde blass und sank auf den Sessel. Noch eine Hiobsbotschaft! Das war ein schwerer Schlag für die ganze Stadt.

Vandendaele legte sich quer auf das Zweisitzersofa, das er einmal Loveseat genannt hatte, und ließ die Beine über die Armlehne baumeln. Offenbar war er sehr erschöpft. Emma wusste, er hatte großen Erwartungsdruck auszuhalten, und war froh, nicht an seiner Stelle zu sein. Mitfühlend sah sie ihn an. Als er sich dann noch die Kissen in den Rücken schob, dachte sie plötzlich an das Bild von Ludwig XIV. im Höllenfeuer, von dem der Touristenführer Kronberg gesprochen hatte.

»Glaubst du, dass es ein politischer Mord gewesen ist?«, wollte sie wissen. »Hat die Explosion etwa ihm persönlich gegolten?«

»Frag mich bitte nicht. Ich weiß noch überhaupt gar nichts«, antwortete er. »Wir stehen völlig am Anfang. Wegen des Wochenendes haben wir keine Laborergebnisse, treffen keine Zeugen an und so weiter. Das LKA hat außerdem verhindert, dass wir alle Spuren sichten konnten. Es ist zum Davonlaufen. Ich kann nur hoffen, dass es nichts Politisches ist, sondern ein böser Zufall.«

Emma griff nach einem Schreibblock und machte sich Notizen, während Vandendaele in allen Einzelheiten erzählte, von der Vermisstenanzeige der Witwe bis zur Identifizierung des Toten durch seinen Zahnarzt. Als er fertig war, schloss er die Augen und schlief ein. Emma legte eine Decke über ihn.

Dann öffnete sie ihren Laptop, formulierte den Text eines neuen Artikels und schickte ihn per E-Mail an den Chefredakteur der Bayreuther Nachrichten. Sie wollte es doch noch einmal versuchen. Vielleicht ließ sich diese einzigartige Schlagzeile in der morgigen Ausgabe unterbringen? Als sie fertig war, setzte sich Vandendaele abrupt auf und rieb sich die Unterschenkel.

»Wir müssen jetzt endlich etwas essen. Was hältst du von der ›Sudpfanne‹?«, fragte er.

Emma überlegte. Es war inzwischen neun Uhr dreißig. Sie hätte Lust gehabt auf überbackenen Brokkoli, aber aus Figurgründen wollte sie lieber auf das Abendessen verzichten.

»Die Fleischbrocken dort kriege ich jetzt nicht mehr runter, Georg. Ehrlich gesagt, bin ich gar nicht mehr hungrig.«

Sie beschlossen, die Esseneinladung ein andermal nachzuholen, und stattdessen in eine Kneipe zu gehen. Vandendaele wollte sich auf dem Weg dorthin einen Cheeseburger holen. Das hatte er sich wegen seiner verrückten Diät und dem ewigen Fahrradfahren schon lange nicht mehr erlaubt. Dabei machte ihm Autofahren so viel Spaß. Essen auch. Und am meisten Spaß machte ihm Essen im Auto.

In der Kneipe berichtete Emma von ihren Erlebnissen in Sanspareil und vertraute Vandendaele sogar ihre Angst im dämmrigen Wald an. Dadurch wurde der Ton ihres Gesprächs sehr persönlich, und zwischen Bier und Wein erzählte Vandendaele ihr erstmals von seinen Entgleisungen in den letzten Jahren und von dem zerrütteten Verhältnis zu seiner Frau.

Emma war erstaunt über seine Offenheit. Noch nie hatte Vandendaele derart von sich selbst gesprochen. Kein Wunder, dass Georg und Lisa miteinander Probleme haben, dachte sie. Wie hatte seine Frau diese Situation überhaupt so lange ausgehalten? Sie hat ihn wohl wirklich geliebt.

Zum ersten Mal betrachtete Emma ihren ehemaligen Kollegen als Mann. Mit seinem Bierbauch, dem Stoppelbart und der Narbe, die sich von der linken Augenbraue bis zum Haaransatz zog, war er alles andere als attraktiv. Auch sein Verhalten war oft geradezu ungehobelt, Charme zeigte er kaum. Er war eher der Typ, der sich nahm, was er wollte. Als Ehemann war er sicher schwierig gewesen. Aber vielleicht hatte seine Frau die Gutmütigkeit und seinen guten Kern an ihm geschätzt? Bestimmt war er einer, der auch dann zu einem stand, wenn es ganz übel kam. Genau das war es ja auch, was sie selbst an ihm mochte.

Außerdem war er trotz allem sexy. Verdammt sexy sogar, das musste sie zugeben. Sie sah auf seine Hände. Kräftig und sanft zugleich. Es war nicht schwer, sich vorzustellen, wie er liebte. Mit ihm im Bett konnte man vermutlich die Welt vergessen.

Plötzlich merkte sie, wie sie rot wurde, und trank einen Schluck aus dem Weinglas.

»Der Alkohol steigt mir schon in den Kopf«, sagte sie und erhob sich, um auf die Toilette zu gehen. Vandendaele grinste. Konnte er etwa Gedanken lesen?

Im Toilettenspiegel betrachtete sie ihr Gesicht. So schlimm war es gar nicht. Lediglich die Ohren waren errötet. Die Hitze fühlte sie nur innerlich. Es hatte mit dem Herzrasen zu tun, das so stark geworden war, als ob ein Motor angesprungen wäre. Sie musste sich abkühlen. Am Waschbecken hielt sie ihren Puls unter kaltes Wasser.

Auf keinen Fall durfte Vandendaele irgendwelche falschen Schlüsse ziehen. Das wäre zu peinlich. Schließlich hatten die glühenden Ohren nichts mit ihm persönlich zu tun. Ihr war nur schlagartig klar geworden, wie einsam sie eigentlich war. Das letzte Mal war schon so lange her. Es war noch mit Martin gewesen. Sie hatten sich gerade getrennt und konnten trotzdem nicht voneinander lassen. Mit Liebe hatte das nichts mehr zu tun gehabt, es war eher eine Art Verzweiflungsakt gewesen, der zu kitten versuchte, was längst zerstört war.

Vielleicht war es an der Zeit, an eine neue Beziehung zu denken. Sie wollte sich endlich wieder verlieben. Allerdings hatte sie noch keine Lust auf eine richtige neue Partnerschaft mit langen Problemgesprächen und ungewohnten Macken, auf die Rücksicht genommen werden musste. Das hatte sie nun schon oft genug durchgespielt.

Ein Vorteil für Georg, dachte sie. Er hatte noch nicht so viele Beziehungen gehabt und würde vermutlich mehr Energie in ein neues Verhältnis stecken können, sobald er die Trennung von seiner Frau überwunden hatte. Dass es zwischen den beiden früher oder später auf eine Scheidung hinauslaufen würde, daran zweifelte sie nicht. Wer heiratete schon seine Jugendliebe? Man musste das Leben doch erst mal ausprobieren und die Welt entdecken, fand sie. An Vandendaeles Stelle wäre sie auch aus dem Gleis gesprungen. Wahrscheinlich wäre sie depressiv geworden.

»Warum habt ihr denn überhaupt so früh geheiratet?«, fragte sie, nachdem sie sich wieder an den Tisch gesetzt hatte.

»Vielleicht weil wir beide keine Kritik vertragen können«, antwortete er spontan und lächelte.

Emma überlegte. »Willst du etwa sagen, dass es für euch beide das erste Mal war?«

»Was willst du noch alles wissen?« Er grinste wieder.

»Ich kann einfach nicht glauben, dass ihr schon so lange zusammen seid«, sagte sie.

»Warum nicht? Es ist ganz einfach. Du weißt doch, dass ich in den USA aufgewachsen bin, weil meine Mutter einen GI geheiratet hat. Obwohl es mir dort gefiel, hatte ich oft Heimweh. Als Lisa dann nach ein paar Jahren als Austauschschülerin an meine

Highschool kam, verliebten wir uns ineinander. Nach ihrem Auslandsjahr schrieben und besuchten wir uns so lange, bis ich mit dem College fertig war und zu ihr nach München zog.«

»Und dann habt ihr geheiratet?«

»Zuerst habe ich die Ausbildung bei der Polizei gemacht. Geheiratet haben wir erst, als sie schwanger wurde. Und anfangs lief alles prima. Ich habe aufgepasst und mich bei jeder Auseinandersetzung an den Aufkleber an der Gepäckklappe der Boeing 747 erinnert, die mich nach Deutschland zurückgebracht hatte: ›*Fragile. Do not drop!*‹«

Sie lachten.

»Wir waren glücklich, bis die Kinder aus dem Haus gingen. Dann fing ich plötzlich an, am Rad zu drehen.«

»Kein Wunder. Wahrscheinlich hattest du eine Midlife-Crisis. Deine Hormone haben verrücktgespielt. Bei Martin, meinem Ex, war es genauso«, sagte Emma.

»Hat er als Arzt denn nichts dagegen unternommen?«

»Nein. Es ging viel zu schnell. Seine Freundin wurde schwanger. Und ich konnte das alles nicht mehr ertragen.«

»Verstehe. Danke für den Tipp. Ich sollte wegen dieser Krise wohl mal selbst zum Arzt.« Vandendaele lehnte sich zurück. Emma konnte sehen, wie sich ein Vorhang vor seine Augen senkte. Typisch Georg, dachte sie. Sobald er glaubte, eine Lösung gefunden zu haben, machte er die Schotten dicht. Es würde dauern, bis er sich das nächste Mal so weit öffnen konnte.

Emma nutzte die Pause und legte die Fotos von den Noten aus der Eremitage und aus Sanspareil auf den Tisch. Schon seit Stunden hatte sie sich ausgemalt, wie Vandendaele wohl darauf reagieren würde. Würde er einen Freudensprung machen und sie für ihren guten kriminalistischen Riecher loben? Sie lächelte erwartungsvoll und beobachtete, wie er sich jedes einzelne Foto sorgsam ansah. Je länger das dauerte, desto klarer wurde ihr, dass der Sturm der Begeisterung ausbleiben würde. Bewunderung fand sich nicht in seinen Augen, lediglich neutrales Interesse.

»Wenn du jetzt auf ein Freudengeheul von mir wartest, muss ich dich enttäuschen, Emma«, sagte er. »Für solche Kinkerlitzchen habe ich keine Zeit. Außerdem kann ich gar keine Noten lesen. Aber natürlich werde ich dich nicht daran hindern, der Sache weiter nachzugehen. Vielleicht findest du ja tatsächlich etwas heraus.«

Er schwieg einen Moment, dann fuhr er fort: »Wir werden aber auf jeden Fall die Fingerabdrücke nehmen und die Spurensicherung noch mal nach Sanspareil und in die Eremitage schicken. Die Ergebnisse aus dem Labor kommen jetzt schnell. Diesen Vorteil hat der Tod des OB zumindest gehabt.«

»Glaubst du denn nicht auch, dass die Noten eine Botschaft sein könnten?«, fragte sie. Doch Vandendaele schwieg nachdenklich. Er schien sie gar nicht gehört zu haben.

»Du solltest auf jeden Fall diesen Touristenführer fragen, ob er das Schild schon mal gesehen hat, Emma. Und morgen könntest du noch zum Neuen Schloss fahren. Der Anschlag dort wurde zwar vereitelt, aber die Vorbereitungen hatte der Täter ja schon getroffen. Vielleicht haben wir dort auch etwas übersehen.«

»Gute Idee. Falls ich etwas finde, haben wir die gleichen Indizien an allen vier Tatorten. Das muss doch etwas zu bedeuten haben!«

Vandendaele wiegte langsam den Kopf. »Vielleicht. Schau erst mal, ob sich der Fund in Sanspareil bestätigt und ob es am Neuen Schloss etwas gibt. Wenn nicht, lagen diese Partiturschnipsel nur an zwei Orten, dem Festspielhaus und der Eremitage.«

Vandendaele sah, wie Emma mit ihrer Enttäuschung rang. Er selbst war gewohnt, gegen Illusionen zu kämpfen, wenn es um die Aufklärung eines Verbrechens ging.

»Ich verstehe zwar deine Euphorie, Emma, aber das Ganze überzeugt mich noch nicht. Bayreuth ist eine Musikstadt. Jedes Fest geht mit Musik einher. Der Zettel in der Eremitage könnte durchaus von den Proben am Vortag stammen. Schau erst, ob du wirklich mehr findest. Wenn ja, sehen wir weiter. Ich fürchte, dann kommt noch eine ganze Welle von Fragen auf dich zu, die du selbst gar nicht beantworten kannst.«

Emma musste zugeben, dass sie sich mit Musik auch nicht gut auskannte. Allein würde sie niemals entscheiden können, ob die Partiturfragmente vom Täter selbst oder aus bekannten Stücken stammten. Außerdem wollte sie wissen, ob es sich bei den Melodien vielleicht um Lieder handelte, die im Original vertextet waren. Das würde die Entschlüsselung der Botschaft enorm erleichtern. Diesen und vielen anderen Fragen musste nachgegangen werden.

»Ohne einen externen Experten wird es nicht gehen«, sagte sie, und Vandendaele nickte. »Morgen fahre ich zur Musikschule und zeige die Fotos verschiedenen Lehrern.«

Vandendaele ergänzte: »Wenn sich herausstellt, dass die Schnipsel tatsächlich nicht rein zufällig an den Tatorten lagen, hast du nicht nur einen Experten nötig, sondern eine vertrauenswürdige Person, die sich der Sache gewissenhaft annimmt. Neil Armstrong sagte einmal, dass große Gedanken nicht nur Flügel brauchen, sondern auch ein Fahrgestell zum Landen. Dieser Meinung bin ich auch.«

SECHS

Als Emma Schiller am Montagmorgen die Zeitung aufschlug, prangte ihre Schlagzeile auf der Titelseite der Bayreuther Nachrichten. Endlich. Der Tod des langjährigen und allseits beliebten Oberbürgermeisters hatte ihr kurzfristig zum Durchbruch verholfen. Als Journalistin musste man wohl damit leben, dass des anderen Leid zuweilen die eigene Freud war. Die nächsten Tage brauchte sie nicht im muffigen Zeitungsarchiv zu sitzen. Sie hatte den Chefredakteur von der Notenspur in Kenntnis gesetzt und den Auftrag bekommen, sie weiterzuverfolgen.

Es gab viel zu tun. Sie wollte erst zur Musikschule und gegen Mittag Vandendaele in die Musikalienhandlung Klangholz begleiten. Für ihn ging es um den Befestigungsdraht der Kamera, der nach Auskunft des Festspielleiters eine Musikinstrumentensaite war. Sie selbst hatte vor, Leo Schönwald und seinen Vater zu den Partiturschnipseln zu befragen. Als Erstes wollte sie jedoch wissen, ob der Touristenführer von Sanspareil das Schild am Felsentheater schon einmal gesehen hatte. Obwohl es erst acht Uhr war, rief sie ihn an.

»Guten Morgen, Herr Kronberg. Hier ist Emma Schiller. Ich hatte gestern eine Führung bei Ihnen. Sie erinnern sich sicher.«

»Ja, die sympathische Journalistin der Bayreuther Nachrichten. Selbstverständlich erinnere ich mich. Wie geht es Ihnen?«

»Gut, vielen Dank. Entschuldigen Sie die frühe Störung, aber ich habe noch eine dringende Frage den Park betreffend.«

»Schießen Sie los. Bauern wie ich sind um diese Uhrzeit schon lange munter.«

»Als ich gestern zum Theater kam, war da an der ersten Säule so ein merkwürdiges Metallschild. Darauf stand: ›Gewidmet dem Markgräflichen Felsentheater Sanspareil‹. Darunter sind Noten eingraviert. Meine Frage ist nun: Kennen Sie dieses Schild? Ist es vielleicht von der Bayerischen Schlösser- und Gartenverwaltung angebracht worden?«

»Ich weiß nicht, wovon Sie sprechen. Wo soll das Schild genau hängen?«

»Gleich an der ersten Säule. Man kann es nur von der Bühne aus sehen. Zurzeit ist es vom Ruß stark geschwärzt.«

»Nein, ein solches Schild kenne ich nicht, Frau Schiller. Wenn Sie möchten, gehe ich nachher gern mal rüber und schaue es mir an. Dann frage ich in der Verwaltung nach. Vielleicht haben sie es ohne mein Wissen aufgehängt«, sagte Kronberg und ergänzte nach einer kurzen Pause: »Allerdings, welchen Sinn macht das Schild überhaupt? Was wird denn gewidmet?«

»Darauf kann ich mir leider auch keinen Reim machen«, antwortete Emma.

»Sie haben recht, das ist wirklich seltsam. Sobald ich Näheres weiß, melde ich mich bei Ihnen.«

Als sie auflegten, hörte Emma ein kurzes Knacken in der Leitung. Sie wusste sofort, was das bedeuten konnte. Entweder wurde Michael Kronberg abgehört oder sogar ihr eigenes Handy. Sie legte die Stirn in Falten. Kronberg schied als Verdächtiger aus, fand sie. Nahmen Vandendaele und das LKA etwa an, dass er den Brand gelegt und den Hof seines Bruders in Gefahr gebracht hatte? Sie versuchte vergeblich, sich Kronberg als Täter vorzustellen. Der Landwirt als Sympathisant terroristischer Ideen? Unsinn. Vielleicht ein Versicherungsbetrug? Sie überlegte, ob Kronberg mit den Anschlägen ein anderes Verbrechen vertuschen könnte. Aber auch das konnte nicht zutreffen. Wenn er vorgehabt hätte, den Hof in Flammen aufgehen zu lassen, hätte er wohl kaum rechtzeitig die Feuerwehr alarmiert.

Das Sekretariat der Musikschule hatte nur vormittags geöffnet. Neben der Verwaltung waren auch mehrere Lehrerinnen anwesend, die den Unterricht in den Schulferien auf den Vormittag verlegt hatten. Emma wartete, bis jede von ihnen ihre Musikstunde beendet hatte, doch im Ergebnis brachten sie die Gespräche nicht weiter. Als sie die Noten vorlegte, tippten einige vage auf Beethoven, Liszt oder Wagner, andere wollten sich gar nicht festlegen. Die Partiturausschnitte seien zu klein, um eine definitive Aussage machen zu können. Sie schlugen vor, noch eine andere Musikschule aufzusuchen oder es gleich bei den Musikwissenschaftlern an der Universität zu versuchen.

Enttäuscht ging Emma zum Auto zurück und schaute auf die Uhr. In einer knappen Stunde sollte sie Georg Vandendaele im Café gegenüber der Musikalienhandlung Klangholz treffen. Nicht genug Zeit, um noch zum Campus der Universität zu fahren und ohne Empfehlung nach Ansprechpartnern zu suchen. Aber sie konnte sich noch am Neuen Schloss umsehen. Sie brauchte Fotos vom Tatort und wollte nach Hinweisen des Brandstifters suchen. Da der Anschlag vereitelt werden konnte, gab es durchaus die Chance, etwas zu finden.

Der Weg führte über die Friedrichstraße. Als sie in die Seitenstraße einbog, die direkt am Neuen Schloss vorbeiführte, kam sie an der Bierwirtschaft »Zum Neuen Palais« vorbei, deren Gäste das Unglück verhindert hatten. Emma schaute auf die Kneipe, die ihr zuvor noch nie aufgefallen war. Schon erstaunlich, dass die Brandbombe so schlecht versteckt war, dachte sie. Sogar Betrunkene hatten die Gefahr erkennen können. Wahrscheinlich war der Sprengsatz erst kurz zuvor abgelegt worden. Wenn sie selbst den Fall zu bearbeiten hätte, würde sie als Erstes fragen, warum das Tor des Schlossgeländes in jener Nacht unverschlossen gewesen war.

Genau gegenüber dem Hauptgebäude des Schlosses fand sie einen Parkplatz. Sie schaltete den Motor aus und lehnte sich zurück, um die Fassade in Ruhe auf sich wirken zu lassen. Das Tor war unbeaufsichtigt, aber sie entdeckte zwei Überwachungswagen, die vermutlich zum LKA gehörten. Sicher hatten die Beamten längst ihr Autokennzeichen festgestellt. Eine dicke Fliege, die kurz, aber geräuschvoll auf der Windschutzscheibe zwischenlandete, riss sie aus ihren Gedanken. Eigentlich hatte sie es eilig! Emma stieg aus und ging zum Eingang des Museumsshops.

Hier soll also die Bombe gelegen haben, dachte sie und suchte den Boden und die Wände gründlich ab. Sie konnte weder einen Zettel noch Schmierereien oder Kratzer an den Wänden entdecken. Auch ihre Suche nach ungewöhnlichen Schildern, Abfällen in den schattigen Ecken und Löchern im Mauerwerk, in die man einen Zettel hätte hineinschieben können, blieb erfolglos. Sie fand gar nichts. Alles war sauber ausgekehrt. Sie machte ihre Fotos und stieß dann die Tür zum Museumsshop auf. Sie war erstaunt, dass das Geschäft montags geöffnet hatte, obwohl das Museum geschlossen war.

Sofort erkannte sie, dass eine LKA-Beamtin hinter der Kasse

saß. Sie musterte Emma auf eine Weise, die typisch für Polizisten war. Zu blöd, dass sie daran nicht gedacht hatte.

»Grüß Gott!«, sagte sie und überlegte blitzschnell, ob sie sich zu erkennen geben sollte.

»Haben Sie Interesse an einer Schlossführung?«, fragte die Beamtin freundlich. »Wenn Sie sich beeilen, können Sie sich noch der Gruppe anschließen, die gerade eben hineingegangen ist.«

»Was kostet die Führung, und wie lange dauert sie?«, fragte Emma, um Zeit zu gewinnen. Bevor sie ihre Fragen stellte, wollte sie aus Rücksicht auf die Tarnung der LKA-Beamtin erst sicher sein, dass sie die einzige Kundin im Geschäft war.

»Die Führung ist heute gratis, aber Sie müssten den Eintritt von vier Euro bezahlen. Es gibt auch die Möglichkeit einer Kombikarte zu sieben Euro, dann ist der Eintritt für die Markgräfliche Oper gleich mit dabei.«

»Ist heute ein besonderer Tag, oder warum ist die Führung gratis?«

»Es ist wegen des Anschlags. Wir wollen die Touristen mit niedrigen Preisen wieder ins Museum locken. An Ihrer Stelle würde ich das einmalige Angebot wahrnehmen. Sie bekommen einiges geboten. Es gibt ein Spiegelscherbenkabinett und ein traumhaftes Musikzimmer mit Pastellbildnissen. Das exotische Palmenzimmer im Rokokostil mit der kostbaren Nussholzvertäfelung wurde nach jahrelangen Renovierungsarbeiten gerade erst wieder eröffnet. Schauen Sie hier«, sagte die Beamtin und breitete den Prospekt auf der Theke aus.

Emma staunte, wie überzeugend die junge Frau ihre Rolle an der Rezeption des Schlosses spielte. Sie hatte gar nicht gewusst, wie gut die Ausbildung beim LKA war.

»Sie haben recht, ich sollte die Chance nutzen«, sagte Emma und schaute sich noch einmal im Laden um. »Leider habe ich jedoch heute keine Zeit, ich bin wegen des Anschlags hier.« Sie hielt ihren Presseausweis hin.

Die Beamtin nickte. »Ich hatte schon erwartet, dass die Presse noch mal kommt.«

Emma war sich jetzt sicher, offen reden zu können: »Das Museum ist doch normalerweise montags geschlossen, erwartet das LKA, dass der Täter heute noch mal wiederkommt?«

»So genau bin ich nicht informiert«, entgegnete die Beamtin. »Natürlich hofft die Polizei, den Täter auf frischer Tat zu ertappen, aber der Hauptgrund der heutigen Öffnung ist, dass das Museum das ganze Wochenende aus Sicherheitsgründen geschlossen war. Viele zugesagte oder bereits vorgebuchte Führungen mussten abgesagt werden. Manche Touristen konnten ihren Besuch auf heute verschieben.«

Im Verlauf der weiteren Unterhaltung stellte sich heraus, dass die Beamtin ihren Dienst erst an diesem Tag angetreten hatte, also zwei Tage nach der Sicherstellung des Sprengsatzes. Daher wusste sie weder, ob ein Zettel gefunden worden war, noch ob es andere Hinweise des Täters gegeben hatte.

»Am besten, Sie rufen bei der Pressestelle des LKA an. Ich bin sicher, Sie erhalten dort alle Informationen, die Sie brauchen«, sagte sie.

Gerade in diesem Punkt war sich Emma aus Erfahrung ganz und gar nicht sicher. Sie bedankte sich und ging zum zweiten Mal an diesem Morgen enttäuscht zum Auto zurück. Heute war ein Pechtag, erst der Fehlschlag in der Musikschule, jetzt der Flop am Neuen Schloss. Bevor sie mit dem LKA telefonierte, wollte sie mit Vandendaele sprechen. Vielleicht kannte er jemanden persönlich, über den sie mehr Details erfahren konnte als aus den glattpolierten Stellungnahmen der Pressestelle.

***

Als Emma das Café betrat, war es ein Uhr mittags. Vandendaele unterhielt sich gerade mit der Bedienung und aß dabei eine unter einem Spiegelei begrabene Scheibe Leberkäse mit Kartoffelsalat und Brezel. Ihr lief das Wasser im Mund zusammen.

»Ich hätte gerne einen auf die Hand«, sagte sie, woraufhin die Frau sofort aufstand, um das Leberkäslabla zuzubereiten.

»Mit oder ohne?«, fragte die Bedienung und meinte damit, ob die daumendicke Scheibe Leberkäse mit Senf bestrichen oder ohne alles in die Semmel geschoben werden sollte.

»Mit Remoladensauce und Gewürzgurke«, antwortete Emma entschlossen. Wenn sie schon sündigte, dann richtig.

Während des Essens machte sich Vandendaele Notizen zu ihren Fragen. Er hatte selbst heute einen Termin beim LKA und wollte den ehemaligen Kollegen Klaus ausfindig machen, an dessen Nachnamen er sich beim besten Willen nicht mehr erinnern konnte. Der Bericht über den Stand der Ermittlungen war überfällig, und er versprach Emma, sich insbesondere nach Hinweisen am Neuen Schloss zu erkundigen. An einen illegalen Lauschangriff glaubte er dagegen nicht. Sie müsse sich verhört haben, erklärte er. Seit die Telefonleitungen vor mehreren Jahren digitalisiert worden seien, knacke es gar nicht mehr, wenn abgehört werde.

»Übrigens, vorhin war ich schon mal bei Klangholz. Leo Schönwalds Vater behauptet, sein Sohn sei nicht zu Hause«, sagte er plötzlich und deutete durch das Fenster auf die andere Straßenseite. Sie beobachteten, wie eine junge Frau mit einem Geigenkasten aus der Werkstadt kam und ihn behutsam im Kofferraum ihres Autos verstaute. Sie war ebenso rothaarig und weißhäutig, wie man Leo Schönwald beschrieben hatte.

Vandendaele erkannte die Frau. Wenn er morgens mit dem Bus zur Arbeit fuhr, begegnete er ihr gelegentlich, und er hatte sogar schon einmal ein paar Worte mit ihr gewechselt. Sie war ihm sympathisch.

»Vielleicht seine Schwester. Wir sollten nachsehen, ob er in der Zwischenzeit zurückgekommen ist«, sagte Emma und schlang den letzten Bissen der Semmel hinunter. »Komm, lass uns gehen«, drängte sie.

Unwillig ließ Vandendaele den Rest seines Kartoffelsalats auf dem Teller liegen, zahlte und folgte ihr über die Straße.

Der Vater von Leo Schönwald war Emma auf Anhieb unangenehm. Schon bei der Begrüßung bemerkte sie seine Fahne. Er hatte offenbar schon vormittags getrunken und musterte sie aufdringlich. Als sie sich nach seinem Sohn erkundigte, baute er seinen massigen Körper im Türrahmen der Werkstatt auf, ganz so, als fürchtete er, dass man Leo abholen könnte. Emma blickte an ihm vorbei und entdeckte hinter der Hobelbank einen karottenroten Lockenschopf. Die Augen des jungen Mannes waren auf sie gerichtet, stahlblau, verletzlich und traurig, Fenster zu einer aufgewühlten Seele. Der magere Körper mit der hellen Haut hatte keinerlei Ähnlichkeit mit dem schweren, groben Mann, der von Natur aus dunkel zu sein schien. Die beiden waren so verschieden, dass Emma die Vaterschaft spontan bezweifelte.

Als Vandendaele kurz nach ihr den Laden betrat, wurde er ebenfalls durch Schönwald senior abgefangen.

»Mein Sohn ist nicht da«, log er frech. »Das habe ich Ihnen doch vor ein paar Minuten schon gesagt.« Offensichtlich war ihm entgangen, dass Vandendaele und Emma zusammengehörten.

»Ich benötige ihn als Zeugen«, erwiderte Vandendaele knapp und hielt ihm seinen Polizeiausweis vor das Gesicht.

»In solchen Angelegenheiten ist er erst recht nicht zu sprechen, Herr Kommissar.«

Vandendaele beherrschte sich mit Mühe und zog den Draht aus seiner Tasche. »Wir müssen wissen, von welchem Instrument diese Saite stammt«, sagte er.

»Keine Ahnung, so was kennen wir hier nicht.«

Während er noch sprach, drängte sich der junge Geigenbauer an seinem Vater vorbei in den Verkaufsraum und schüttelte Emma und Vandendaele freundlich die Hand.

»Die Saite gehört zu einer Sitar«, sagte er, nachdem er einen kurzen Blick darauf geworfen hatte.

»Eine Sitar?« Vandendaele schien es, als hätte er dieses Wort schon einmal gehört.

Leo Schönwald führte die beiden in die Werkstatt, nahm Papier und Bleistift und skizzierte eine Gitarre mit langem Griffbrett.

»Eine Sitar ist eine indische Langhalslaute. Ihr Resonanzkörper besteht aus ein oder zwei getrockneten Kürbissen. Die Decke und der Hals sind oft aus Teakholz gearbeitet. Schauen Sie hier: Die metallenen Saiten laufen über zwei breite, gewölbte Brücken aus Knochen oder Antilopenhorn. Interessant ist, dass die Bünde am Hals verschiebbar sind.«

»Besten Dank, Herr Schönwald. So genau müssen wir das gar nicht wissen. Uns interessiert eigentlich nur diese Saite.« Ungeduldig hielt ihm Vandendaele nochmals den Draht vom Balkon des Festspielhauses hin.

»Das ist eine Messingsaite. Schauen Sie, wie dick sie ist. Sie schwingt im Vergleich zu den dünnen Stahlsaiten langsamer und erzeugt dementsprechend einen tieferen Ton. Diese Saite gehört eindeutig zu einer Sitar mit einer tiefen Stimmung. Es ist nämlich so, Herr Vandendaele: Wenn Sie eine Sitar stimmen, gehen Sie vom Grundton aus. Anders als bei den westlichen Instrumenten ist dieser nicht genormt, sondern kann individuell gewählt werden, je nach Klangideal. Meistens liegt er zwischen c und d, oft bei cis. Warten Sie, ich hole ein Instrument aus dem Lager. Dann verstehen Sie es besser«, sagte Schönwald. Offenbar empfand er große Freude, wenn sich jemand für etwas interessierte, was über die üblichen Reparaturarbeiten seiner Werkstatt hinausreichte.

Vandendaele stöhnte auf, als Leo verschwunden war. »Ich versteh nur Spanisch.«

»Angeber. Tu bloß nicht so, als ob du ein Wort Spanisch sprichst«, entgegnete Emma und lachte.

»Du unterschätzt mich, Emma«, sagte er und zeigte auf einen Instrumentenkoffer in der Fensterecke.

»Was heißt zum Beispiel Geigenkasten auf Spanisch?«

Emma zuckte die Achseln.

»Fidel Castro«, sagte er.

Emma verdrehte die Augen. Kurz darauf kam Leo Schönwald mit einer reich verzierten Sitar zurück. Gemeinsam bewunderten sie das Instrument, seine gelungene Reparatur und die Art, wie Leo Schönwald die Töne zum Schwingen brachte. Emma machte Fotos für die Zeitung.

»Spielt man diese Musik eigentlich nach Noten?«, fragte Emma plötzlich und legte die Bilder von den Partiturfragmenten auf den Tisch.

»Nicht bei der klassischen indischen Musik. Die Melodien sind überliefert, und der Künstler spielt mit eigener Interpretation und Stimmung. Dafür gibt es keine Noten. Heute ist das vielleicht anders. Seit den Sechzigern spielen immer mehr westliche Gitarristen die Sitar. Dort, wo die Sitar in Jazz- und Rockbands integriert ist, gibt es neben den Improvisationen womöglich auch Noten. So genau weiß ich das aber nicht.«

»Jetzt erinnere ich mich wieder, woher ich den Ton kenne«, unterbrach Vandendaele plötzlich. »›Gopala Krishna‹ von George Harrison.« Er hatte die CD schon lange nicht mehr gehört, aber sie lag in seinem Auto. Wie schade, dass er mit dem Fahrrad unterwegs war.

»Ja, Harrison war einer der Ersten, die das Instrument selbst spielen lernten und Titel für die Sitar schrieben. Es gab aber auch noch andere wie Brian Jones von den Rolling Stones. Er spielte die Sitar zum Beispiel in ›Paint it Black‹.«

»War das nicht alles Teil der Hippie-Bewegung?«, fragte Emma.

»Damit fing es an. Diese musikalischen Crossovers gingen aber nicht vorbei. Heute gehören sie beinahe selbstverständlich dazu, sowohl bei uns als auch in Indien. Wenn Sie Näheres wissen wollen, fragen Sie die Musiker, die gerade wegen der Planung des nächsten Festivals in der Stadt sind. Sie kennen doch sicher das alljährliche Festival ›Grenzüberschreitungen‹ in Bayreuth?«

»Wir sind beide noch neu in der Stadt«, sagte Emma.

»Da sollten Sie im Herbst unbedingt hingehen. Dort kann man live mitverfolgen, welche Klänge und Arrangements Profis aus unterschiedlichen Musikkulturen erzeugen, wenn sie eine Woche miteinander improvisieren. Suryakant Bachchan ist einer von ihnen, er ist gerade in der Stadt. In Indien ist er ein bekannter Musiker. Zurzeit besucht er seinen Sohn hier in Bayreuth. Er spielt zwar in erster Linie klassische Sitar, hat aber schon öfter bei indischen Rockgruppen gastiert. Nebenbei bemerkt ist er ein Schüler von Ravi Shankar, der auch George Harrison unterrichtet hat. Bestimmt kann der Musiker Ihre Fragen zur Notation viel besser beantworten als ich«, sagte Schönwald.

Emma und Vandendaele staunten, als Schönwald ihnen jetzt seine umfangreiche CD-Sammlung im Hinterzimmer zeigte. Hier lagerte neben Jazz und Rock auch experimentelle Perkussionskunst von Tunji Beier, der indische, afrikanische und persische Stile miteinander verband. Er hatte das Festival »Grenzüberschreitungen« ein paar Jahre lang geleitet.

Vandendaele zog eine CD nach der anderen aus dem Regal. Er wäre gerne noch geblieben, doch Emma rüttelte ihn am Arm und tippte auf die Uhr.

»Lass uns ein anderes Mal wiederkommen, Georg«, sagte sie und fuhr an Schönwald gerichtet fort: »Mich interessieren vor allem die Noten auf diesen Fotografien. Würden Sie sagen, dass sie zu einem modernen Sitarstück gehören könnten?«

Der Geigenbauer schüttelte den Kopf. »Schwer vorzustellen. Das würde ja bedeuten, dass die Töne auf der Sitar festgelegt wären. Ich finde, das sieht eher nach europäischer Klassik aus, vielleicht eine Klaviersonate. Sicher bin ich mir aber nicht. Mein Vater hat jede Menge Noten im Laden. Sie können sie gerne mit den Fotos vergleichen«, sagte Leo Schönwald und empfahl Schiller noch, sich mit der Professorin Azar Alt in Verbindung zu setzen. Sie sei eine langjährige Kundin von ihm und habe einen Lehrstuhl bei den Musikwissenschaftlern an der Universität Bayreuth inne. Bestimmt könne sie etwas zu den Noten sagen.

Emma bedankte sich und ließ sich von Leos Vater die Notenhefte zeigen. Eine Entscheidung zu treffen war jedoch nicht möglich. Die Partiturfragmente von den Tatorten konnten zur Klassik gehören oder auch nicht.

Als Vandendaele sich anschickte, die Sitarsaite zusammenzurollen und einzupacken, bat Schönwald, sie sich noch einmal genauer ansehen zu dürfen.

»Ich bin mir sicher, dass sie von Suryakant Bachchan stammt«, sagte er, nachdem er ein paarmal mit den Fingerkuppen darüber gestrichen hatte. »Unter seiner Anleitung habe ich einige kleinere Reparaturen an seiner Sitar vorgenommen«, fuhr er mit einem merkwürdigen Seitenblick auf seinen Vater fort.

Vandendaele spitzte die Ohren. »Wann war diese Reparatur ungefähr?«

»Das ist etwa zwei Wochen her. Ich habe es aufgeschrieben, wenn Sie das genaue Datum benötigen.«

»Das wäre sehr hilfreich«, sagte Vandendaele und begleitete ihn zum Schreibtisch. Schönwald schlug das Auftragsbuch auf.

»Hier ist es. Herr Bachchan brachte die Sitar am Mittwoch vor zwei Wochen. Wir haben genau drei Tage daran gearbeitet.« Er stutzte. »Darf ich bitte wissen, wozu Sie diese Informationen benötigen?«

»Leider können wir keine Auskünfte über polizeiliche Ermittlungen geben.«

»Ich bin nur neugierig, weil das Instrument kurz danach verschwunden ist.«

»Verschwunden?«

»Etwa vier oder fünf Tage nach der Reparatur rief Herr Bachchan an und berichtete, dass die Sitar gestohlen wurde. Ein Jammer. Es war ein schönes altes Instrument, bestimmt wertvoll. Bis heute hat er den Verlust nicht verschmerzt«, sagte Schönwald, und sein Vater bestätigte mürrisch die Zeitangaben.

Vandendaele rechnete nach. Der Dieb hatte die Sitar also vor den Anschlägen gestohlen und noch Zeit genug für die Vorbereitung seiner Taten gehabt. Das passte zusammen.

»Eine letzte Frage, Herr Schönwald«, sagte Vandendaele. »Wieso sind Sie sich so sicher, die Saite wiedererkannt zu haben? Sehen die denn nicht alle mehr oder weniger gleich aus?«

»Ganz und gar nicht! Jedes Instrument hat seinen eigenen Satz von Saiten. Diese hier ist eine typische Sitarsaite mit einer Perle zur Feinstimmung am unteren Ende. Ich erkenne außerdem die leicht beschädigten Stellen. Sehen Sie hier zum Beispiel.« Er ließ Vandendaele durch ein Vergrößerungsglas schauen. »Sie gehört eindeutig Herrn Bachchan. Wegen der Schäden wollte ich sie eigentlich auswechseln, aber wir hatten keinen Ersatz vorrätig. Eine Bestellung hätte zu lange gedauert, darum haben wir provisorisch die alte wieder aufgezogen.«

»Sie hat auch einen speziellen Geruch«, warf Emma ein.

Der Geigenbauer nickte und hob erstaunt die schmalen, hellen Augenbrauen. »Sie haben aber eine feine Nase! Viele Sitaristen reiben ihre Saiten von Zeit zu Zeit mit Öl ab, um während des Spiels mit der linken Hand leichter hin und her rutschen zu können. Je nach Geschmack kann man das Öl parfümieren. Herr Bachchan benutzt Jasmin.«

Bei diesen Worten legte er die Saite zu einem lockeren Ring zusammen und verstaute sie in seiner Schublade.

»Leider benötigen wir die Saite noch bis zum Abschluss der Ermittlungen«, sagte Vandendaele und hielt die Plastiktüte auf.

In diesem Augenblick trat der Vater schweren Schrittes hinzu und gab seinem Sohn einen unsanften Stoß. Dann riss er die Schublade auf, durchwühlte sie und knallte die Saite auf den Tisch. Niemand rührte sich. Vandendaele schaute auf das hochrote Gesicht des Vaters und begegnete dabei Emmas Blick. Auch sie war erschrocken über diese heftige Reaktion aus heiterem Himmel. Der Vater schnaufte und beruhigte sich erst wieder, als der Sohn sich hastig verabschiedete und das Haus verließ.

»Leo ist überarbeitet und kommt erst wieder zu Verstand, wenn er frische Luft geschnappt hat. Ich habe ihm schon mehr als ein Dutzend Mal gesagt, dass er sich von diesen Indern fernzuhalten hat. Anstatt die Geigen für die Festspiele zu reparieren, hängt er Tag und Nacht mit diesen Leuten herum. Wenn das noch länger so weitergeht, geht die Kundschaft wieder zur Konkurrenz. Ich kann es zwar nicht mit Bestimmtheit sagen, aber ich habe den Verdacht, dass es bei den Indern nicht mit rechten Dingen zugeht. Wer weiß, vielleicht ist sogar Rauschgift im Spiel. Dort sollten Sie mal vorbeischauen«, sagte er und steckte Vandendaele einen Zettel mit einer Adresse zu. Dann hielt er die Haustür auf und bedankte sich für den Besuch.

Vandendaele benötigte einen Moment, bis er verstand, dass das einem Rauswurf gleichkam. Er folgte der Aufforderung kommentarlos und war froh, den Streit hinter sich zu lassen. Wie unangenehm, unter der Knute eines solchen Cholerikers zu leben, dachte er und fragte sich, warum der junge Geigenbauer nicht irgendwo anders eine eigene Werkstatt aufmachte.

Wegen des hektischen Aufbruchs hatte er ganz vergessen, die beiden Männer nach ihren Alibis zu fragen. Dabei war die Werkstatt in der Nacht des Anschlags auf dem Grünen Hügel nach Aussage der Bäckerin beleuchtet gewesen. Es wäre also wichtig zu wissen, ob die beiden zu Hause gewesen waren.

Ansonsten war er mit dem Besuch bei Klangholz zufrieden. Er hatte erfahren, was er hören wollte, und sogar noch mehr. Die Saite vom Balkon des Festspielhauses stammte definitiv von einem indischen Instrument, und er kannte sogar den Namen des Eigentümers. Noch heute wollte er Suryakant Bachchan einen Besuch abstatten, um die genaueren Umstände des Diebstahls in Erfahrung zu bringen.

Er rief die Sekretärin Veronika Braun in der Dienststelle an und beauftragte sie, nachzusehen, ob Bachchan die Sitar offiziell als gestohlen gemeldet hatte. Dann bat er sie, die Antiquitätenhändler in Bayreuth und Umgebung abzuklappern und sich in der Musikszene umzuhören, ob das Instrument in der letzten Woche irgendwo aufgetaucht war. Sie machte sich eine Notiz und wiederholte gewissenhaft alle Aufträge. Ihre knappe, mit rauer

Stimme hervorgebrachte Ausdrucksweise mochte Vandendaele. Wie immer hatte er das Gefühl, sich auf sie verlassen zu können.

Er schloss sein Fahrrad auf und verabschiedete sich gleichzeitig von Emma schnell, aber herzlich.

»Viel Glück. Ich halte dir die Daumen, dass du diese Professorin auftreibst. Ruf mich an.« Damit schwang er sich aufs Rad und fuhr davon.

Emma sah ihm nach. Sie hätte sich gerne noch über den Wutausbruch von Schönwald senior unterhalten, aber Vandendaele, den sie eben noch davon abgehalten hatte, im Laden die Red Hot Chili Peppers aufzulegen, war mit seinen Gedanken schon ganz woanders und hatte es plötzlich eilig. Emma war ein bisschen irritiert, trotzdem gefiel es ihr sehr, mit ihm zu arbeiten. Erstaunlich, wie mühelos er die Leute zum Reden brachte und wie leicht es ihm fiel, sich unter diesem Ermittlungsdruck noch so beherrscht und ungezwungen zu verhalten. Vielleicht ein Way of Life, den er aus den USA mitgebracht hatte.

Sie startete den Peugeot und fuhr geradewegs ins Krankenhaus. Bevor sie die Musikwissenschaftler an der Universität aufsuchte, wollte sie sich nach dem Befinden ihres Kollegen Frank Landmann erkundigen.

***

Als Emma endlich das richtige Universitätsgebäude ausfindig gemacht hatte, war es bereits halb fünf Uhr nachmittags. Seitdem Schloss Thurnau renoviert wurde und das Forschungsinstitut für Musiktheater sich die Büros mit den Musik- und Theaterwissenschaftlern auf dem Campus teilte, wusste kaum einer, wo wer zu finden war. Trotz Überbelegung herrschte auf den Fluren eine merkwürdige Stille, nur hier und da hörte man ein Türenklappern. Die Sekretärin saß an ihrem Arbeitsplatz.

»Es sind noch Semesterferien«, erklärte sie Emma abwesend. Offensichtlich ärgerte sie sich gerade mit einer neuen Software herum. »Frau Professorin Alt hat zurzeit ein Forschungsfreisemester und kommt nur sehr unregelmäßig. Da muss man Glück haben. Aber vielleicht kann Ihnen Professor Ansporn weiterhelfen«, fuhr sie fort und erklärte, dass er in anderthalb Stunden mit ein paar Doktoranden im Seminarraum verabredet sei.

Emma beschloss zu warten. In der Zwischenzeit wollte sie mit dem Touristenführer Michael Kronberg aus Sanspareil telefonieren und ein paar Notizen für den neuen Zeitungsartikel machen. Die Sekretärin führte sie in den Leseraum und setzte Tee auf.

Die unfreiwillige Pause kam Emma gar nicht ungelegen. Der Besuch im Krankenhaus, wo sie einen kurzen Blick auf Frank Landmann hatte werfen dürfen, machte ihr mehr zu schaffen als gedacht. Wie jeden Tag seit dem Anschlag in der Eremitage hatte seine Frau hinter der Glasscheibe gesessen und die Apparate beobachtet, die ihren Mann am Leben erhielten. Es stand noch immer kritisch um ihn. Sein Zustand hatte sich zwar nicht mehr verschlimmert, aber aus dem Koma war er auch noch nicht erwacht.

Ihr Handy klingelte. Zu ihrer Überraschung war Michael Kronberg am Apparat und brachte endlich Gewissheit. Er versicherte, dass das Schild am Felsentheater definitiv nicht von offizieller Seite angebracht worden sei und er es zuvor auch noch nie gesehen habe. Er bringe die Touristen bei jeder Führung über die Bühne und dabei hätte ihm das Schild auffallen müssen.

»Und Sie sind sich sicher, dass man sich auf die Aussage der Schlösserverwaltung verlassen kann?«, fragte Emma. Sie ließ sich den Namen des Gesprächpartners geben.

»Absolut. Wie meinen Sie denn das?«

»Vielleicht kannte sich der Angestellte nicht aus, oder aber er wollte keine Auskunft geben.«

»Nein, Frau Schiller. Darauf können Sie sich verlassen. Wer einen Bauern betrügen will, muss einen Bauern mitbringen.«

Na also, dachte Emma. Jetzt sah es wirklich so aus, als ob sie recht behalten sollte. Die Partiturfragmente spielten für die Aufklärung des Verbrechens eine tragende Rolle, und es war wichtiger denn je, die Herkunft der Noten festzustellen. Sie schaute auf die Uhr. Noch eine ganze Stunde, dann würde der Professor mit den Doktoranden eintreffen. Sie legte den Kopf in den Nacken. Die Verspannung schmerzte. Dieser Fall war schwieriger als alles, was sie bisher bearbeitet hatte. Jetzt, wo die Vermutung zur Gewissheit wurde, machte sie sich Sorgen, ob sie der bevorstehenden Aufgabe gewachsen war.

Sie nahm ihre Notizen heraus und versuchte sich an dem Artikel für die Zeitung, doch es fiel ihr schwer, einen klaren Gedanken zu fassen. Das Problem war, dass ihr im Grunde jede Vorstellung vom Täter fehlte. Auch die Notierungen sagten ihr so wenig, dass sie den Abstand zum Täter auf seltsame Weise vergrößerten.

Gut möglich, dass das auch der Grund für Georgs Skepsis ist, dachte sie. Nicht nur Zweifel, sondern auch Abwehr gegen das ihm unvertraute Gebiet hinderten ihn vielleicht daran, sich auf die Notenspur zu setzen. Den Abstand zum Täter zu vergrößern war das Letzte, was er gebrauchen konnte. Ihm war vermutlich die Tatsache, dass am Neuen Schloss nichts zu finden war, gerade recht gekommen. Sie musste ihrem Verdacht wohl erst einmal allein nachgehen. Auf Georg würde sie so lange nicht zählen können, bis sie den Zusammenhang bewiesen und den Sinn der Partiturfragmente entschlüsselt hatte.

Als die Rohfassung des Zeitungsartikels endlich stand, trafen die ersten Doktoranden ein. Emma ging ins Sekretariat, um sich in Erinnerung zu bringen und den Hochschullehrer noch vor der Veranstaltung abzufangen. Kurz darauf erschien ein älterer, gut gekleideter Mann in der Tür. Die Sekretärin stellte Professor Alois Ansporn als Dekan des Fachbereichs vor. Emma berichtete in groben Zügen von den Partiturfragmenten an den Anschlagsorten und bemerkte erleichtert, wie ernsthaft sich Ansporn sofort der Sache annahm. Nachdem sie ihm versichert hatte, dass die Polizei Kenntnis von den Noten habe, legte er die drei Fotos nebeneinander auf den Tisch und holte Partituren aus dem Regal. Eine Zeit lang blätterte er aufmerksam durch die Bücher und durchsuchte ein Computerprogramm nach verschiedenen Stichworten. Schließlich schüttelte er den Kopf.

»Nein, ich bin ganz ehrlich, ich komme jetzt nicht weiter. Manches erinnert an Beethoven, manches an Wagner, aber bei genauem Vergleich sind die Stellen dann doch wieder verschieden. Ich muss länger darüber nachdenken und nicht so zwischen Tür und Angel, Frau Schiller. Bis wann brauchen Sie eine Antwort?«

»So schnell wie möglich. Diese Frage ist von zentralem Interesse und könnte die Ermittlungen der Polizei entscheidend voranbringen.«

»Ich schlage vor, ich kümmere mich morgen früh darum. Gleich nach dem Kolloquium treffe ich noch mit einigen Kollegen zusammen. Vielleicht haben wir Glück, und jemand ist unlängst über diese Melodien gestolpert. Ich rufe Sie in jedem Fall an. Dürfen wir Fotokopien von den Fotos machen?«

Emma zögerte. Es war ihr eigentlich nicht so recht, die Noten von den Anschlagsorten der unkontrollierten Vervielfältigung zu überlassen. Schließlich war es ein offenes Verfahren. Doch welche Alternative gab es? Weder die Polizei noch das LKA interessierten sich bislang dafür.

»Wenn es irgendeine Chance gibt, Antworten auf meine Fragen zu bekommen, bin ich einverstanden. Aber Sie verstehen sicher, dass die Sache nicht so ganz einfach ist. Die Untersuchung läuft noch, und die Polizei muss gegebenenfalls wissen, wer Kopien besitzt. Es würde helfen, wenn Sie sich die Namen notieren«, sagte sie.

»Einverstanden. Das mache ich. Wir werden alles versuchen, um Ihnen zu helfen. Das verspreche ich. Ich bin es dem Oberbürgermeister schuldig. Er war ein brillanter Politiker, ein sympathischer Mensch und nicht zuletzt ein guter Freund«, sagte Ansporn und gab Emma die Hand. »Frau Alt, meine Kollegin, ist Wagner-Expertin. Sie war gerade länger verreist, müsste aber meines Wissens jetzt schon wieder zurück sein. Sobald sie sich meldet, bitte ich sie, sich umgehend mit Ihnen in Verbindung zu setzen.«

»Sie glauben also, die Noten könnten am ehesten von Wagner stammen?«

»Ich denke, Wagner ist eine Möglichkeit. Es könnten Leitmotive sein, aber allein auf den vagen Verdacht hin wäre es zu zeitraubend, das umfangreiche Gesamtwerk zu sichten. Wir sollten auf Frau Alt warten. Sie kennt auch alle Entwürfe und Skizzen oder weiß, wo sie sich befinden«, erwiderte der Professor. Emma reichte ihm ihre Visitenkarte und verabschiedete sich. So schwer es ihr auch fiel, sie musste bis morgen warten.

SIEBEN

Der Sitarspieler Suryakant Bachchan wohnte bei der Familie seines Sohnes in Emtmannsberg. Vandendaele kannte die Gegend nicht gut und war sich nicht im Klaren gewesen, wie weit der Ort von Bayreuth entfernt lag.

Zunächst genoss er es allerdings, sich nach den wenig ergiebigen Gesprächen mit den LKA-Beamten am Vormittag auf dem Fahrrad abzustrampeln. Immerhin hatte er erreicht, dass ein Bericht zusammen mit den Videokopien morgen früh vor Beginn der Dienstbesprechung bei ihm auf dem Schreibtisch liegen würde. Dank seines alten Kollegen Klaus – dessen Nachnamen er immer noch nicht wusste – hatte er Einblick in die Asservatenkammer erhalten und festgestellt, dass auch vom LKA bislang keine nennenswerten Beweismittel sichergestellt worden waren. Noten am Neuen Schloss hatten auch sie nicht gefunden. Das LKA hatte also auch keine konkreten Spuren. Um den Informationsaustausch zwischen den beiden Ermittlungslagern zu verbessern, hatte Vandendaele vorgeschlagen, die Dienstbesprechungen künftig zusammenzulegen. Doch die Anregung war bei der Einsatzleitung des LKA auf taube Ohren gestoßen. Man fürchtete einen allzu großen Organisationsaufwand. Nichtsdestoweniger hatte Klaus versprochen, an den Sitzungen der Kriminalpolizei teilzunehmen, wann immer er es zeitlich einrichten konnte.

Nach einem kilometerlangen Aufstieg war Georg Vandendaele erschöpft und nass geschwitzt. Er blieb stehen und schaute über die Felder. Es war herrlich hier oben. Die frische Luft und der unverstellte Blick auf die sanfte Hügellandschaft entschädigten ihn für die Anstrengung. Am Dorfeingang traf er einen Jogger, der ihm den Weg zur Schlossgartenstraße wies. Die letzten Meter nahm er mit links und machte sein Fahrrad an einer Laterne fest. In den Beinen zog es, morgen würde er einen ausgewachsenen Muskelkater haben. Wie auf Watte schritt er zur Haustür und klingelte. Ein alter Mann mit zerfurchtem Gesicht öffnete. Der Sitarist Suryakant Bachchan hatte unverkennbar schon ein Leben hinter sich.

Vandendaele zeigte seinen Polizeiausweis und wurde ins Wohnzimmer gebeten. Obwohl Bachchans Sohn in Bayern einer der größten Möbelimporteure aus Südasien war, erinnerte die Einrichtung kaum an Indien. Vandendaele ließ sich auf der schwarzen Ledercouch nieder und bekam einen heißen Tee serviert. Kalter Sprudel wäre ihm lieber gewesen, aber Bachchan bestand darauf, Tee würde ihm nach der Anstrengung besser tun.

»Die Sitar wurde aus dem Auto gestohlen«, sagte er und berichtete im Detail, was er bei der Polizei zu Protokoll gegeben hatte.

»Wo genau stand das Auto?«

»Vor der Stadtkirche. Wir haben die Instrumente gerade ausgeladen, um in der Kirche zu proben. Das Auto war vielleicht zwei Minuten unbewacht.«

»Es war also nicht abgeschlossen?«

»Leider nein. Mein Sohn meinte, in Bayreuth wird nichts gestohlen.«

»Schön wär's«, sagte Vandendaele und stöhnte.

»Ich hoffe sehr, dass Sie das Instrument finden, Herr Kommissar. Vielleicht haben Sie schon einmal gehört, wie eng die Beziehung zwischen Musiker und Instrument oft ist. Das trifft auch für mich zu. Ich kann Ihnen gar nicht sagen, wie schrecklich es für mich wäre, ohne die Sitar nach Indien zurückzukehren.«

»Wir haben eine Großfahndung nach dem Instrument eingeleitet. Leider kann ich nichts versprechen, aber ich versichere Ihnen, dass wir alles tun werden. Die Sitar ist, wie es im Moment aussieht, in ein Kapitalverbrechen verwickelt«, sagte Vandendaele und zog die Saite aus der Tasche.

»Ein Verbrechen?«, fragte Bachchan erschrocken und ließ sich die Zusammenhänge erklären. Dann nahm er die Saite entgegen und erkannte auf Anhieb dieselben schadhaften Stellen, auf die schon der Geigenbauer hingewiesen hatte. Auch alle Angaben Leo Schönwalds zur Reparatur des Instruments bestätigte Bachchan. Als Vandendaele fragte, wo er sich am letzten Freitag zur Zeit der Anschläge aufgehalten hatte, erklärte er, den ganzen Tag, bis spät in die Nacht, mit drei Jazzmusikern geprobt zu haben. Auch Leo Schönwald sei anwesend gewesen, um bei der Stimmung der Instrumente zu helfen und um als Freund und Musikkenner seine Einschätzung zu geben. Damit lieferte Suryakant Bachchan nicht nur sich selbst, sondern auch dem Geigenbauer ein lückenloses Alibi.

Nachdem Vandendaele den Tee getrunken hatte, verstaute er Notizbuch und Brille in die Taschen seines Jacketts. Gerne wäre er noch geblieben, aber es gab keine dringenden Fragen mehr. Er musste sich auf den weiten Rückweg machen, ob er wollte oder nicht. Zum Glück ging es nun größtenteils bergab.

»Wollen Sie nicht noch einen Moment bleiben?«, fragte Bachchan, als hätte er eben das Gleiche gedacht. »Mein Sohn kommt in der nächsten halben Stunde aus dem Lager und muss ohnehin nach Bayreuth. Er könnte Sie und Ihr Fahrrad mitnehmen. Der Transporter ist groß genug.«

Vandendaele zögerte höflichkeitshalber und sagte dann dankend zu. Vielleicht ergibt sich bis dahin noch ein interessantes Gespräch, dachte er. Schon öfter hatte er die Erfahrung gemacht, dass eine inoffizielle Unterhaltung informativer sein konnte als eine reguläre Zeugenbefragung.

Suryakant Bachchan führte ihn auf die Terrasse. Sie befand sich auf dem Dach der angrenzenden Garage. Der etwa einen Meter breite Spalt zwischen Wintergarten und Terrasse war mit einem schlichten Brett überbrückt.

»Das war meine Idee«, sagte Bachchan und lachte. »Mein Sohn war zuerst dagegen, weil er es zu gefährlich fand. Jetzt genießt er diesen neu gewonnenen Platz selbst und hat vor, eine richtige Brücke bauen zu lassen. Sobald Geld übrig ist, kommt auch noch ein Geländer um den Sitzplatz.«

Die windgeschützte Terrasse war offensichtlich der Lieblingsplatz des Musikers. An einem Hocker lehnte eine Sitar. Er hatte sie ausgeliehen, um für das bevorstehende Konzert zu proben. Zum Glück gab es indische Familien im Raum Bayreuth, die zwar ein Instrument besaßen, es aber nur selten spielten.

Vandendaele genoss es, englisch zu sprechen und über die alte Heimat zu plaudern, die Bachchan aus seiner eigenen Jugend kannte. Auch er war an der Ostküste der USA aufgewachsen, aber irgendwann aus freien Stücken nach Indien zurückgekehrt. An die Kälte im Winter und die weite Entfernung zu Verwandten und Freunden hatte sich seine Frau einfach nicht gewöhnen können.

Für ihn selbst war es ein Problem gewesen, dass es in den USA für die klassische Sitar nur begrenzte Fortbildungs- und Auftrittsmöglichkeiten gab.

Bachchan gab Vandendaele eine Kostprobe seiner Kunst. Sonderlich zufrieden sah er dabei nicht aus. Die Stimmung der geliehenen Sitar war für seinen Geschmack viel zu hoch. Leo Schönwald habe aber davon abgeraten, stärkere Saiten aufzuziehen, da das Instrument nicht stabil genug sei, um die Spannung und die größere Schwingung auszuhalten, erklärte er.

»Leo ist ein genialer Instrumentenbauer, müssen Sie wissen. Er lernt schnell, ist handwerklich geschickt und hat ein unglaublich feines Gehör. Hinzu kommt seine Kreativität. Er lässt sich alles Mögliche einfallen, um einen Ton zu verbessern. Ich kenne nur ganz wenige Instrumentenbauer, die seine Begabung besitzen.«

»Mich erstaunt, dass er in der Lage ist, mit so vielen verschiedenen Instrumenten umzugehen. Neben einem guten Gehör muss man dafür sicher auch eine ganze Menge Technik beherrschen«, sagte Vandendaele.

»Er hat den Studiengang für Musikinstrumentenbau in Markneukirchen absolviert und anschließend dort ein paar Jahre in einer Werkstatt gearbeitet. Nach Feierabend half er bei Freunden, die ihrerseits Gitarren, Zithern, Kontrabässe und so weiter herstellten. Bei seiner Begabung war Markneukirchen ein Glücksfall, denn nirgendwo sonst gibt es eine derartige Konzentration im Instrumentenbau. Sie haben über hundert Werkstätten in dem kleinen Ort. Früher beherrschten sie den Weltmarkt für klassische Orchesterinstrumente. Ein paar Jahre hat es dort sogar ein amerikanisches Generalkonsulat gegeben, das den Export in die USA erleichterte.«

»Das ist ja unglaublich!«

»Das ist noch nicht alles. In Markneukirchen gibt es ein Museum mit Musikinstrumenten, die die Händler damals von ihren Reisen aus aller Welt mitbrachten. Leo hat die Ausstellung zutiefst beeindruckt. Schon während seines Studiums half er bei der Restaurierung aus. Er erzählt, dass ihn die außereuropäische Musik seitdem nicht mehr loslässt. Zum Ärger seines Vaters frisst das Hobby inzwischen viel Zeit. Mehr und mehr lukrative Reparaturaufträge müssen abgelehnt werden.«

Vandendaele nickte, den Konflikt zwischen Vater und Sohn hatte er miterlebt.

Nach einer kurzen Unterbrechung, die Bachchan mit Sitarspiel ausfüllte, fuhr er fort: »Am liebsten würde ich Leo mit nach Indien nehmen. Er könnte sich fortbilden lassen und es bei uns zu großem Ansehen bringen.«

»Sein Vater würde ihn wahrscheinlich ungern ziehen lassen«, entgegnete Vandendaele.

»Nicht nur das. Leider traut sich Leo selbst nicht von zu Hause weg.«

»Immerhin war er jahrelang in Markneukirchen.«

»Das stimmt, aber der Ort ist ja beinahe noch in Oberfranken, im Vergleich zu Indien ein Katzensprung von Bayreuth.«

»Vielleicht befürchtet er in den Tropen gesundheitliche Probleme mit seiner pigmentarmen Haut.«

»Es ist eher wegen seiner Krankheit.«

»Krankheit? Was fehlt ihm denn?«

»Er ist Epileptiker. Wussten Sie das nicht?«

»Nein, das wusste ich nicht«, gab Vandendaele zu und fuhr nach einer kurzen Pause fort: »Jetzt verstehe ich, warum es ihm so schwerfällt, sich von seinem Vater zu trennen. Entschuldigen Sie meine Offenheit, aber ich hatte mich schon gewundert, wie er es aushält mit dem alten Mann. Er lässt ihm ja praktisch keinen Freiraum.«

»Das stimmt leider. Leo ist sehr unglücklich darüber. Die meisten seiner Freunde spielen in Rockgruppen oder machen Ethnomusik, wie man in Deutschland sagt. Inzwischen meiden sie seine Werkstatt, weil sie irgendwann mit dem Vater zusammengestoßen sind. Musiker, die etwas anderes spielen als Klassik, sind dem Alten ein Dorn im Auge. Aber auch die Kundschaft, die er sich wünscht, macht jetzt häufiger einen Bogen um Klangholz. Viele treffen Leo nur noch außerhalb, weil der Vater das Gespräch derart dominiert, dass eine ungestörte Unterhaltung kaum noch möglich ist. Wie ich schon sagte, die meisten Musiker hängen sehr an ihren Instrumenten. Die Besprechung eines Reparaturauftrags ist für viele beinahe so wichtig wie der Besuch beim Kinderarzt.«

»Kann er denn darüber nicht mit seinem Vater sprechen?«

»Eine Trompete, die nur ihre eigenen Töne schmettert, hat kein Ohr für die Klänge anderer«, antwortete Bachchan.

***

Es war spät geworden. Als Vandendaele nach Hause kam, nahm er als Erstes ein heißes Bad gegen den Muskelkater. Dann setzte er sich an den Schreibtisch, um die morgige Dienstbesprechung vorzubereiten. Der nachnamenlose Klaus würde anwesend sein und hoffentlich den Burggraben zwischen dem LKA und der örtlichen Kriminalpolizei überbrücken. Alles musste glattlaufen und möglichst wenig Zeit in Anspruch nehmen, sie hatten zu viel zu tun. Vandendaele schenkte sich ein Bier ein und las die Tagesordnungspunkte für die Sitzung durch. Viel hatte er nicht. Der Ermittlungserfolg war bislang mehr als dürftig. Hoffentlich würden die Laborberichte, die ihm für morgen früh versprochen worden waren, weiterhelfen.

Er suchte nach einer CD, die seine Müdigkeit vertreiben konnte. Gestern hatte Leo Schönwald behauptet, dass Hillel Slovak, der erste Gitarrist der Red Hot Chili Peppers, auch Sitar gespielt habe. Jetzt hatte er endlich Zeit, das zu überprüfen. Er nahm »The Uplift Mofo Party Plan« aus dem Regal und schob die CD in den Player. Das Bier war kühl und schmeckte gut, das zweite war noch besser. Niemand störte ihn. Über die Mitwohnzentrale von Bayreuth war er an das Haus in der Kantstraße gekommen. Bis die Eigentümer von ihrem Auslandsjahr zurückkamen, durfte er die Musik so laut drehen, wie er wollte.

Erschöpft ließ er sich auf die Couch sinken, stützte den Kopf in beide Hände und hörte so lange zu, bis ihm der Funkrock um die Ohren flog und ihn um viele Jahre zurück an den Strand von Santa Barbara versetzte. Genau wie er selbst hatte Greg, sein Highschool-Freund, eine Zulassung für die University of California erhalten. Der Wechsel von der Ost- an die Westküste war damals angesagt und bezahlbar gewesen. Alle glaubten, dass das Leben in Kalifornien freier sei, die menschlichen Beziehungen wärmer und die Musik cooler. Die Stars, die in Boston nur fern am Himmel funkelten, waren hier so nah, dass man sie beinahe greifen konnte. Kaum hatte er mit Greg das Zimmer auf dem Campus bezogen, war der nur wenig ältere Gitarrist Hillel Slovak, von allen kurz Slim genannt, an einer Überdosis Heroin gestorben. Die Trauer darüber war ehrlich und unfassbar gewesen. Am Strand organisierten sie eine Spontanparty zum Andenken an Slim, spielten seine Musik und tanzten ausgelassen in den Sonnenuntergang. Als das sanfte Stück »Behind the Sun« ertönte, konnten sie ihren Augen kaum trauen. Zu den Klängen der Sitar zeigten sich am Horizont des Pazifiks Delphine. Plötzlich nahm der Songtext Gestalt an. Ein sprechender Delphin erzählte von der Freiheit des Friedens hinter der Sonne. Niemand zweifelte daran, dass Slim eine Seelenwanderung gemacht hatte. Vandendaele hätte auch jetzt noch gerne daran geglaubt.

Er lehnte sich zurück. Das alles war lange her. Sie waren so verdammt jung gewesen. Greg hatte nach dem College noch in Biologie promoviert. Inzwischen leitete er den Zoo von Santa Barbara und blickte durch das Fenster seines Büros auf den von Palmen gesäumten Strand. Und was war aus ihm selbst geworden? Alles hatte er aufgegeben für Lisa, für Deutschland und für die Polizei. Damals hatten ihn Kindheitserinnerungen zurückgetrieben, und jetzt gab es kaum noch jemanden aus seiner Jugendzeit. Nur Lisa kannte noch seine alten Freunde aus Schule und Studium. Das war einer der Gründe, warum sie so wichtig für ihn war. Er gab sich einen Ruck, richtete sich auf, drehte die Musik leise und schüttete den Rest der Flasche in den Ausguss. Es hatte keinen Zweck, einer Vergangenheit hinterherzutrauern, die nicht mehr zurückkommen würde. Vielmehr musste er sein Privatleben in Ordnung bringen und für beruflichen Erfolg sorgen. Sein erster Fall in Bayreuth durfte nicht in einem Desaster enden.

Das Telefon klingelte, aber er ließ den Anruf auf den Anrufbeantworter laufen, um sich etwas Zeit zu geben. Es war Emma, die von ihrem Gespräch mit Kronberg berichtete. Was, wenn Emma recht behielt? Wie passten Brandstiftung und Mord mit Musik zusammen? War der Vater von Leo Schönwald verdächtig? Dass die Noten tatsächlich eine Spur waren, die der Täter gelegt hatte, wurde durch das Schild am Ruinentheater von Sanspareil nun doch wahrscheinlicher. Er durfte den Zusammenhang nicht länger ignorieren und setzte den Punkt auf die Tagesordnung. Das LKA besaß eine Dechiffrierabteilung. Klaus musste dafür sorgen, dass sie so schnell wie möglich herausfanden, was für Noten das waren. Ob Emma bei den Musikwissenschaftlern der Universität Erfolg haben würde, war ja noch völlig offen.

***

Am nächsten Morgen wachte Emma früher auf als gewöhnlich. Obwohl sie nur kurz geschlafen hatte, fühlte sie sich frisch und ausgeruht. Sie hatte noch viel Zeit und las ausführlich Zeitung. Der Artikel, den sie gestern bei den Musikwissenschaftlern verfasst hatte, war nicht dabei. Der Chefredakteur hatte ihn in letzter Minute zurückgezogen. Die Informationen über die Notenspur seien für eine Veröffentlichung noch zu dürftig, hatte er gesagt, er wolle keine Verwirrung stiften. Die starke Polizeipräsenz an den historischen Kulturstätten in und um Bayreuth verunsichere die Bevölkerung schon genug. Um Klarheit zu schaffen, hatte er Emmas Rechercheauftrag bis auf Weiteres verlängert. Das hieß, sie brauchte vorerst nicht in die Redaktion zurück, sondern erstattete täglich per E-Mail Bericht über ihre Nachforschungen.

Als Emma gerade die zweite Tasse Kaffee durch die Espressomaschine laufen ließ, klingelte das Telefon. Sie durchwühlte ihre Handtasche, fand aber das Handy nicht. Der Beutel war zu groß und viel zu voll, um überhaupt etwas darin zu finden. Wütend schüttete sie den Inhalt auf den Tisch. Visiten- und Kundenkarten, Quittungen, alte Taschentücher, Haarklammern und andere Dinge, die sie längst hatte ausmisten wollen, kamen zum Vorschein, das Telefon jedoch nicht. Plötzlich fiel ihr ein, dass es mit dem Adapter an der Steckdose hing. Sie rannte ins Schlafzimmer. Bestimmt rief der Musikwissenschaftler Alois Ansporn an. Er hatte ja versprochen, den Kontakt zu der Professorin herzustellen und sich zu melden.

»Grüß Gott, hier ist Azar Alt«, sagte eine Frauenstimme, als Emma das Gespräch endlich entgegennahm. »Herr Ansporn hat mir ausgerichtet, dass Sie mich sprechen wollten.«

Freudig überrascht erklärte Emma, was sie von ihr wollte.

»Ich habe mir die Fotografien angesehen«, sagte die Professorin. »Die Noten sind Leitmotive aus dem ›Ring des Nibelungen‹.«

Also doch Wagner, dachte Emma.

»Ich weiß ja nicht, ob es wichtig ist, aber ich kann Ihnen die Stellen in den Partituren heraussuchen.« Azar Alt erklärte, dass sie tagsüber zwar keine Zeit habe, Emma aber gegen achtzehn Uhr in ihr Büro kommen könne.

»Ich komme gerne. Am liebsten würde ich gleich losfahren.«

»Wir haben den ganzen Tag Vorträge. Zusammen mit Herrn Ansporn leite ich die Diskussionen. Darum geht es leider nicht früher«, erwiderte Alt.

Emma bedankte sich und versprach, pünktlich um sechs Uhr abends da zu sein. Sie wusste, dass sie froh sein musste, überhaupt jemanden gefunden zu haben, der mit den Noten etwas anfangen konnte. Der Kontakt stand, und sie hatte einen Termin.

Trotzdem war sie enttäuscht und ärgerte sich über sich selbst. Es war unprofessionell, sich von solch einem Gespräch überrumpeln zu lassen. Wäre sie besser vorbereitet gewesen, hätte die Professorin sicher noch auf die ein oder andere Frage geantwortet. Jetzt wusste sie zwar, dass es sich um den ›Ring‹ handelte, aber was bedeutete das schon? Die Zeit bis zum Abend würde lang werden. Das durfte nicht noch mal passieren. Sie musste besser recherchieren. Um sich einen Überblick zu verschaffen, öffnete sie das Internet. Bei Wikipedia gab es sowohl einen Eintrag zu Wagner als auch zum ›Ring des Nibelungen‹. Sie begann zu lesen und machte ein paar Notizen, doch die Artikel waren mit so vielen Fakten gespickt, dass sie schon bald die Lust verlor.

Anstatt sich durch die Textwüste zu kämpfen, beschloss sie, zur Villa Wahnfried zu fahren. Das hatte sie ohnehin schon lange vorgehabt. Das ehemalige Wohnhaus der Wagners beherbergte eine Ausstellung mit Fotos und Musikbeispielen sowie ein Archiv mit Nachlässen der Familie und lag ganz in der Nähe ihrer Wohnung. So konnte sie sich am einfachsten über Richard Wagner informieren.

Während sie ihre Tasche packte, dachte sie an die Zwillinge. Wie es ihnen wohl ging? Sie hatte schon ein paar Tage nichts mehr gehört. Bevor sie aufbrach und womöglich bis zum Abend nicht zurückkehrte, musste sie sich Gewissheit verschaffen. Sie gab die lange Nummer ins Telefon ein, doch weder Carla noch Robert gingen ans Handy. Wahrscheinlich schliefen sie noch. Es war ja erst kurz vor neun. Als sie Martins Nummer wählte, kam Edith an den Apparat. Edith? Ihr Atem stockte. Das war doch die neue Freundin von Martin. Sie war also mit in die Ferien gefahren? Schön, dass ich das auch mal erfahre, dachte sie.

»Martin ist gerade joggen. Kann ich etwas ausrichten?«, fragte Edith.

»Nein danke. Ich rufe später noch einmal an«, antwortete Emma und legte auf, ohne ihren Namen genannt zu haben.

Ihr war beinahe schwarz vor Augen. Trotzdem ließ sie den Lippenstift über den Mund gleiten. Sie musste endlich auch emotional einen Schlussstrich ziehen. Schließlich konnte sie Martin nicht dazu verpflichten, im Verzicht zu leben. Er war eben weniger wählerisch als sie selbst. Rigoros drängte sie alle Gedanken und Gefühle zur Seite, nahm ihre Tasche und ließ die Tür hinter sich ins Schloss fallen.

Als sie die Stufen hinunterrannte, kam ihr das Treppenhaus einen Moment lang so bodenlos vor wie das Loch, in das sie gerade gefallen war. Im Erdgeschoss öffnete sich die Tür der Logopädiepraxis. Fröhlich lachend kam eine Patientin heraus und hielt Emma die Haustür auf. Dankbar lächelte sie zurück und fühlte sich sogleich ein wenig erleichtert.

Sie holte ihr Fahrrad aus dem Schuppen, überquerte die Cosima-Wagner-Straße und nahm den Weg durch den Hofgarten. Die Bewegung tat ihr gut. Überall roch es nach Gras, gestern war zum ersten Mal in diesem Jahr gemäht worden. Am Wegweiser, der auf das Grab Richard Wagners hinwies, stieg sie ab und schob das Rad durch den Garten zum Haupteingang. Das Museum hatte geöffnet. Die Damen am Empfang erließen ihr das Eintrittsgeld, als sie den Presseausweis vorzeigte, und ermutigten sie zum Kauf der Publikationen, die an der Kasse auslagen. Während sie durch die Räume schlenderte und die Exponate betrachtete, bemerkte sie, dass kaum Besucher in der Ausstellung waren. Nur aus dem Handschriftensaal hörte sie Stimmen. Zwei Jugendliche standen vor einer Vitrine und kopierten Noten. Bis auf ihre rot karierten Turnschuhe waren sie beinahe vollständig in Schwarz gekleidet. Über der Röhrenjeans trugen beide handbreite, mit Nieten verzierten Gürtel und T-Shirts mit Aufdrucken in Neonpink. Als sie sich umdrehten, blickte Emma in trübsinnige, mit schwarzer

Schminke und Lippenpiercing sorgfältig gestaltete Gesichter. Der asymmetrisch gescheitelte, pechschwarze Pony verdeckte bei beiden genau ein Auge. Emma dachte an das, was Axel Bauer von der Gruppe gesagt hatte, die in der Brandnacht auf dem Festspielhügel Reißaus genommen hatte. Das Pärchen erinnerte sie an zwei Fledermäuse oder an traurige Figuren aus einem japanischen Comic.

»Hallo!«, sagte sie und konnte ihre Neugier kaum verbergen.

»Hiii«, antworteten beide.

Emma lächelte und schaute auf die Notenhefte.

»Ein Referat über die Ferien?«, fragte sie.

Das etwa sechzehnjährige Mädchen, das sich als Emily vorstellte, stöhnte laut auf und beklagte die übertriebenen Anforderungen im Musikunterricht. Nemo, ihr etwa gleichaltriger Freund, widersprach. Ihm machten diese Recherchen Spaß, weil er die Liedtexte für seine eigenen Kompositionen gebrauchen konnte. Beide gehörten einer Screamo-Band an.

»Screamo? Davon habe ich noch nie etwas gehört«, sagte Emma.

»Kein Wunder. Die Musik hört man nicht im Radio. Es gibt auch keine CDs zu kaufen. Wir wollen nicht, dass Screamo zum Konsum wird. Das ist ähnlich wie beim Indie-Rock, aber Indie hat weniger Gefühl. Bei Screamo geht es darum, die Emo rauszulassen und der Welt zu zeigen, wie traurig sie ist. Vielleicht verändert sich dann endlich was.«

»Was bedeutet denn Emo?«

»Emotion.«

Ach so, dachte Emma und nickte.

»Wagner hatte etwas Ähnliches vor. Hier steht, dass er sich sogar den Revolutionären angeschlossen und Waffen organisiert hat«, sagte Nemo und zeigte auf eine Vitrine.

»Man darf nicht vergessen, in welcher unruhigen Zeit er lebte«, entgegnete Emma schnell und fuhr fort, ihre neu gewonnenen Erkenntnisse herunterzubeten.

»Das hat uns die Musiklehrerin auch schon alles erzählt«, unterbrach das Mädchen und gähnte.

»Auf welche Schule geht ihr denn?«

»Aufs Graf-Münster«, antwortete sie.

Emma zuckte zusammen. Das war das Gymnasium, das auch

ihre Kinder besuchten. Vielleicht waren sie sogar in derselben Klasse.

»Und die Noten kopiert ihr für das Referat?«

»Nur einige Beispiele. Eigentlich geht es um etwas anderes. Unsere These ist, dass Wagner mit seiner Musik letztlich voll gescheitert ist«, erklärte der Junge.

»Wieso denn das?«, fragte Emma.

»Politisch hat er nichts erreicht. Die Musik fand bald die falschen Freunde und wurde schließlich ins Museum gesteckt. Jetzt fehlt nur noch, dass die Partituren zum Weltdokumentenerbe erklärt werden.«

»Ich kann mir vorstellen, dass es Leute gibt, die das durchaus befürworten würden«, sagte Emma.

»Eben. Die Idee, mit Musik etwas zu bewegen, ist zum Monument erstarrt. Sie wird von Leuten vereinnahmt, die sowieso auf der Sonnenseite des Lebens sitzen.«

»Ihr meint also, ihr springt jetzt mit Screamo ein?«, fragte Emma und staunte, was man mit einem Auge so alles sehen konnte.

»Warum nicht?«

»Arbeitslosigkeit, Hartz IV und Kinderarmut müssen weg. In unserer Siedlung sind fast alle arbeitslos und trinken.« Das Mädchen machte den Eindruck, als würde es jeden Augenblick losheulen.

»Vielleicht zählen Demos auch bald zum Weltkulturerbe. Dann kann man außer Screamo gar nichts mehr machen«, ergänzte der Junge.

Emma erschrak, mit welcher Emphase die beiden ihre Ansichten vortrugen. Zum Glück hörte das LKA nicht mit. Die Beamten hätten daraus ein Motiv für die Anschläge konstruiert. Dabei waren die beiden alles andere als aggressiv, dafür legte sie ihre Hand ins Feuer. Eher hatten die beiden einen Hang zur Autoaggression. Auf den Unterarmen des Mädchens entdeckte Emma zahlreiche Narben. Möglich aber, dass es in ihrem Umfeld jemanden gab, den sie stärker unter die Lupe nehmen sollte. Solange sie jedoch keinen konkreten Verdacht hatte, wollte sie weder das LKA noch Vandendaele einbeziehen. Sie wusste nur zu gut, wie schwierig der Umgang mit Kindern in diesem Alter sein konnte und wie verletzbar sie gleichzeitig waren.

»Wie hört sich Screamo überhaupt an? Ist das so eine Art Punk?«, fragte sie.

»Nicht ganz. Es ist viel mehr Emo drin«, antwortete der Junge und bot an, an Ort und Stelle eine Kostprobe zu geben. Dann sang er zunächst mit anrührend trauriger Stimme von einem Blatt, das in einer Vitrine ausgestellt war. Begabtes Kind, dachte Emma. Kurz darauf glitt er in eine Art Hip-Hop und improvisierte aus dem Stegreif, indem er spontan einen Text aus der Vitrine umdichtete:

»... Zocken und Verbocken blieben ungestraft; verrate mir, Schwester, dir werfe ich es zu. Weißt du, weißt du, weißt du, wie das wird?«

Mehr behielt Emma nicht, denn jetzt fiel Emily mit einem schneidend schrillen Schrei ein, den Nemo durch ohrenbetäubendes Brüllen und heftige Verrenkungen verstärkte. Das Glas einer Vitrine zersprang. Erschrocken trat Emma einen Schritt zurück. Die Empfangsdamen erschienen in der Tür.

»Was ist denn hier los?«, riefen sie und packten die beiden bebenden Körper, die langsam innehielten.

»Nichts«, beruhigte Emma. »Es ist bloß eine neue Musikrichtung. Zugegeben, etwas gewöhnungsbedürftig. Selbstverständlich komme ich für den Schaden auf.«

»Es wäre trotzdem besser, wenn Sie die Ausstellung jetzt verlassen würden«, sagte die ältere Dame, nahm Emmas Visitenkarte entgegen und führte alle drei zum Ausgang.

Wortlos vor die Tür gesetzt, schlossen sie ihre Fahrräder auf.

»Screamo basst fei wergli ned ins Museum«, sagte das Mädchen und lehnte ihren Kopf dankbar an die Schulter ihres Freundes. Der plötzliche Wechsel ins Fränkische hatte Emma von dieser Vertrautheit und Nähe ausgeschlossen.

Emma hatte die Scream-Emotion noch im Ohr und fragte sich, ob diese geschriene Gefühlsmusik auf dem Bedürfnis fußte, etwas ganz Neues zu schaffen, oder ob sie sich tatsächlich aus einer übermäßigen, kollektiv empfundenen Wut und Trauer entwickelt hatte, die Jugendliche in der Pubertät manchmal empfanden. Als sie erklärte, sie arbeite bei den Bayreuther Nachrichten, gaben ihr die beiden unaufgefordert ihre Adressen und luden sie ein, zu den Proben zu kommen. Alle Bandmitglieder wohnten in Bayreuth-Glocke, einer ehemaligen Arbeitersiedlung, und trafen sich im Jugendkeller der Auferstehungskirche von Saas. Emma versprach, sie so bald wie möglich zu besuchen.

»Gehört ihr eigentlich zu den Gothics oder zu den Punks?«, fragte sie zum Abschied, weil das Outfit zu beiden Subkulturen zu passen schien.

»Wir sind Emos«, antwortete das Mädchen und zeigte auf die karierten Schuhe sowie auf ihre mit comicartigen Katzen verzierte Umhängetasche der Marke »Emily the Strange« – offenbar die unverzichtbaren Abzeichen dieser Bewegung.

Der Nachmittag zog sich hin, jede halbe Stunde schielte Emma auf die Uhr. Dann war es endlich so weit, und sie stand pünktlich um achtzehn Uhr vor dem Büro der Musikwissenschaftlerin Azar Alt. Die Tür war offen, und die Professorin, eine attraktive, etwa fünfzigjährige Frau mit schulterlangen Haaren, saß am Schreibtisch. Sie hatte die Fotos vor sich ausgebreitet und blätterte in Partituren.

»Kommen Sie herein«, sagte sie freundlich, aber distanziert. Sie strich ihr Haar zurück, das so schwarz war wie das der Emos von heute Morgen. Obwohl Emma schon aus dem Namen eine nicht deutsche Herkunft vermutet hatte, war sie verblüfft. Die Wissenschaftlerin sah aus, als ob sie aus Südamerika oder Südasien stammte. Bislang hatte Emma mit Wagner immer etwas geradezu Urdeutsches assoziiert, nie hatte sie sich Gedanken darüber gemacht, ob die Musik auch in den Tropen ihr Publikum fand. Und schon gar nicht hätte sie erwartet, dass eine ausländische Wissenschaftlerin erfolgreich um eine Wagner-Professur in der Festspielstadt Bayreuth konkurrieren konnte.

Professorin Alt wies Emma einen Stuhl zu und schloss die Bürotür. Eine orangerote Bluse blitzte unter der jägergrünen Kostümjacke hervor, als sie gemessenen Schrittes wieder hinter dem Schreibtisch verschwand und sich auf ihrem Chefsessel niederließ. Um allen Missverständnissen vorzubeugen, erklärte sie, für das Gespräch eine halbe Stunde reserviert zu haben. Erst gestern sei sie von einer weiten Flugreise zurückgekehrt und wegen des Jetlags übermüdet. Emma verbarg ihre Enttäuschung nicht. Das kann doch nicht wahr sein, dachte sie. Erst lässt sie mich den ganzen Tag warten, und dann darf ich nach einer halben Stunde schon wieder verschwinden? Verärgert erläuterte sie, dass der Grund ihres Besuchs kein einfacher Pressetermin sei, sondern vor allem der Aufklärung der Anschlagsserie diene.

Azar Alt blieb reserviert. »Lassen Sie uns die kurze Zeit nutzen«, sagte sie und beugte sich über die Fotos. »Auf dem Zettel, den Sie in der Eremitage fotografiert haben, ist eindeutig das Leitmotiv der Todesklage zusammen mit dem Nornengesang zu sehen. Und auf dem Balkon des Festspielhauses hatte der Täter das Motiv für Mord hinterlegt. So weit ist alles klar.«

Sie machte eine kurze Pause und wartete, bis Emma mit ihren Notizen nachgekommen war. Dann fuhr sie fort:

»Das Schild vom Sanspareil-Felsentheater macht mir noch etwas Kopfzerbrechen. Vorausgesetzt, ich habe alle Noten unter der Rußschicht richtig entziffert, kommt diese Melodie bei Wagner so nicht vor. Die benutzten Leitmotive stammen zwar aus dem ›Ring‹, sie sind aber in einer Weise kombiniert, die mir fremd ist.« Bei diesen Worten tippte sie nervös mit dem Bleistift auf das Foto.

Emma zog vor Anspannung die Schultern hoch und schrieb eifrig mit. Ihr Nacken schmerzte. Verstanden hatte sie nur die Wörter »Todesklage« und »Mord«. Wenn das eine Botschaft sein sollte, hatte der Täter die Partiturschnipsel womöglich versehentlich vertauscht. Die chronologisch richtige Reihenfolge wäre gewesen: Mord in der Eremitage am Freitagmorgen und die Todesklage am Festspielhaus in der Nacht zum Samstag. Schließlich brauchte man erst einen Toten, um eine Todesklage anzustimmen. Warum hatte es der Täter dann umgekehrt gemacht? War etwa ein weiterer Mord geplant? Mit Schaudern dachte Emma an den Gesundheitszustand ihres Kollegen Frank Landmann. Seine Frau saß bestimmt gerade wieder hinter der Scheibe und überwachte die Maschinen, die ihn am Leben hielten.

Es machte keinen Sinn, zu spekulieren. Sie musste systematisch vorgehen und die Professorin um genauere Auskünfte bitten, auch wenn das länger dauerte als eine halbe Stunde. Landmann hätte an ihrer Stelle auch nicht lockergelassen.

»Um ehrlich zu sein, weiß ich gar nicht genau, was Leitmotive sind«, gab Emma zu und beobachtete die Reaktion der Expertin. Alt schien mit der Frage gerechnet zu haben und referierte über die zu Wagners Zeit neuartige Kompositionsmethode:

»Im ›Ring‹ gibt es einen intensiven Zusammenhang zwischen dem Libretto und dem musikdramatischen Geschehen. Anders als bei früheren Opern von Gluck, Mozart oder Verdi ist die Musik mehr als ›nur‹ die Begleitung des Schauspiels. Alle für den Handlungsablauf wesentlichen Akteure, Stimmungen und Gegenstände sind durch bestimmte Melodien charakterisiert, wenn sie das erste Mal auf der Bühne erscheinen. Diese sogenannten Leitmotive werden in den nachfolgenden Szenen bei passenden Situationen wiederholt und mit anderen musikalischen Motiven neu kombiniert. Im Verlauf der Aufführung entsteht auf diese Weise ein immer dichter werdendes Beziehungsgeflecht. Thomas Mann bezeichnete diese Leitmotivtechnik treffend als den besonderen Beziehungszauber in der ›Ring‹-Tetralogie.«

Jetzt begriff Emma, aber sie fragte sich, was das für den Täter bedeuten konnte. Sie musste den Sinn dieser aufwendigen Methode verstehen und begreifen, was Wagner damit bezweckte.

Azar Alt fuhr fort: »Die Funktion der Leitmotive ist nicht allein, die Handlung zu untermalen, sondern vor allem selbst eine Aussage zu machen. Es geht darum, verborgene Intentionen, die im sichtbaren Geschehen nicht deutlich werden, hörbar zu machen. Gelegentlich bleibt die Handlung sogar unverständlich, wenn der Zuschauer die Leitmotive und deren Bedeutung nicht schon aus einer früheren Szene kennt.«

»Ist es auch möglich, Handlung und Intention zu bestimmen, wenn man nur die Leitmotive vorliegen hat?«

»Im Kontext des Musikdramas ist das schon möglich, aber ich kann mir nicht vorstellen, wie das für Sie und für die Aufklärung der Anschläge von Belang sein sollte«, erwiderte Alt.

»Ich wüsste gerne, warum der Täter ausgerechnet diese Leitmotive an den Tatorten hinterlegt hat. Vielleicht ist der Text, der mit den Melodien einhergeht, eine Botschaft, die sich im Kontext der Anschlagsserie entschlüsseln lässt. Angenommen, es gelingt, die Nachricht zu lesen, dann würde sie auch etwas über den Täter aussagen und kann der Polizei bei ihren Recherchen helfen.« Emma ergänzte, sie sei früher selbst einmal bei der Kriminalpolizei gewesen und habe auch heute noch gute Kontakte zu den ermittelnden Polizisten.

»Wenn wir danach suchen, gibt es mindestens zwei Probleme«,

sagte Alt. »Erstens kommen diese Leitmotive in verschiedenen Szenen vor, das heißt, Dichtung und Handlung sind nicht immer gleich. Zweitens ergibt die Dichtung häufig keinen Sinn, wenn man sie aus dem Zusammenhang des Musikdramas herauslöst. Sie lässt sich nur im Kontext interpretieren.«

»Wie meinen Sie das?«

»Was fangen wir beispielsweise an mit dem Text ›Weia! Waga! Woge, du Welle, walle zur Wiege! Wagala weia! Walala, weiala weia!‹?«

»Wie bitte?«

»Eben. Wagner benutzt häufig eine Kunstsprache, um das Deutsche besser singbar zu machen. Hier greift er zum Beispiel auf die Tonalität des Wassers zurück. Der Sinn erschließt sich jedoch erst im Kontext. Man kann das Libretto nicht eins zu eins als Botschaft lesen.«

»Trotzdem müssen wir es versuchen, Frau Alt. Zur Aufklärung des Falls führt kein Weg an diesen Indizien vorbei«, sagte Emma.

Azar Alt zögerte. »Ich bin mir nicht sicher, ob Sie da nicht überinterpretieren. Aber ich schaue mir das gern noch einmal daraufhin an. Ich melde mich morgen bei Ihnen«, sagte sie und beendete das Gespräch mit einem Handschlag.

ACHT

So langsam kommt der Fall ins Rollen, dachte Vandendaele, als er die Ergebnisse der Spurensicherung sichtete und die Berichte las, die ihm seine Mitarbeiter auf den Schreibtisch gelegt hatten. Es war gut, dass Klaus, der vor einigen Jahren zum LKA gewechselt war, heute zur Dienstbesprechung kommen wollte. Endlich würde es einen Austausch über den Stand der Ermittlungen geben. Der Staatsanwalt, Dr. Xaver Hecht, hatte sich ebenfalls angekündigt, sowie Franz Hollschefler-Engelbrecht, der Leiter der Kriminalpolizei und Vandendaeles direkter Vorgesetzter. Der Tod des Oberbürgermeisters hatte den Druck der Öffentlichkeit enorm erhöht, sie mussten endlich Ergebnisse liefern.

Vandendaele griff nach den Unterlagen und betrat als Erster den Sitzungsraum. Die Sekretärin Veronika Braun hatte für die Getränke gesorgt und, was noch wichtiger war, die Projektoren installiert. Als Nächstes kam die junge Polizistin Michaela Vogt herein und setzte sich neben Vandendaele, da sie wie immer die Aufgabe hatte, die Sitzung zu protokollieren. Niedermeier, Vandendaeles jüngerer Kollege, brachte Kaffee und ließ sich an der gegenüberliegenden Tischseite nieder. Axel Bauer erschien mit einigen Kollegen aus der Bereitschaft, die die Verstärkung aus der Umgebung anführten. Der Brandexperte Veit Funke folgte dem Chef und dem Staatsanwalt. Als Letzter erschien Heinrich Cor, der Leiter der Spurensicherung. Er hatte Klaus vom LKA abgeholt.

Nach der Vorstellungsrunde, bei der Vandendaele endlich Klaus' Nachnamen – Krings – erfuhr, war die Besprechung eröffnet. Vandendaele hatte Erfahrung in der Leitung solcher Sitzungen und war in der Lage, die wichtigsten Aussagen knapp zusammenzufassen. Dadurch wurden Fragen offengelegt und Bruchstellen sichtbar, deren Untersuchung sie unter sich aufteilten. Der Staatsanwalt schätzte besonders, dass seine Sitzungen sich durch zeitliche Kürze auszeichneten. Dauer und Ergebnis ständen in einem gutem Verhältnis, hatte er beim letzten Mal betont. Wie üblich ging es auch heute um den Austausch gesammelter Informationen und die Auswertung der Spurensuche.

Nach einer Übersicht über den eigenen Ermittlungsstand erteilte Vandendaele Klaus das Wort. Jeder der örtlichen Polizisten war gespannt auf den Bericht und kämpfte mit seiner Wut auf das LKA. Klaus erläuterte, dass für die Sicherung des Kulturerbes im Raum Bayreuth eine Vielzahl von Bereitschaftspolizisten im Einsatz sei und die Koordination eine Menge Zeit koste. Unter Mitwirkung des BKA recherchierten sie im Internet, soweit dies im Rahmen der gesetzlichen Grenzen überhaupt möglich sei. Darüber hinaus beschäftigten sich mehrere Gruppen damit, die Quelle der Sprengsätze und der verwendeten Chemikalien ausfindig zu machen. Bislang habe man noch nichts gefunden, aber sämtliche Munitionslager seien auf dem Prüfstand.

»Ich wäre Ihnen dankbar, wenn Sie etwas konkreter würden, Herr Krings«, unterbrach ihn Hollschefler-Engelbrecht. »Was hat die Spurensicherung zum Beispiel auf dem Festspielhügel sichergestellt? Bis heute liegt mir darüber kein Bericht vor.«

Alle nickten und waren zufrieden, dass sich der Chef nicht mit diesen lauwarmen Erläuterungen zufriedengab.

»Ich habe den Bericht mitgebracht. Die Auswertung hat sich so lange hingezogen, weil die Kriminaltechnik anscheinend erst mit der Arbeit begann, als die Öffentlichkeit vom Tod des Oberbürgermeisters erfuhr.«

Wortlos nahm der Chef den Bericht entgegen. Vandendaele missfiel, wie Klaus die eigene Schlamperei auf das Labor ablud. Er hatte zwar ebenfalls schlechte Erfahrungen mit den Technikern gemacht, aber für die mangelnde Kommunikationsbereitschaft konnten die Laboranten nichts. Ebenso wenig wollte er akzeptieren, dass die eigenen Kollegen von der örtlichen Polizei nun beleidigt allen Frust über die Einsatzleitung des LKA auf Klaus abwälzten. Daher ergriff er nun das Wort, um den Dialog zu eröffnen. Was schwach angefangen hatte, durfte jetzt nicht auch noch stark nachlassen.

»Anfang der Woche ist vieles nicht so gelaufen, wie es wünschenswert gewesen wäre«, sagte er. »Jeder stand mehr oder weniger unter Schock. Dank Klaus Krings wird sich der Austausch mit dem LKA künftig verbessern.«

Der Staatsanwalt nickte heftig.

»Ich habe Ihnen auch das Video vom Balkon des Festspielhauses mitgebracht«, schaltete sich Klaus wieder ein und legte die DVD mit dem Film in den Computer, um ihn an Ort und Stelle vorzuführen. »Aber ich kann Ihnen jetzt schon versichern, dass wir weder durch die Spurensicherung noch durch das Video zu Erkenntnissen gekommen sind, die über das hinausreichen, was wir schon wissen. Sowohl draußen im Park als auch innen im Haus gibt es eine Vielzahl von Spuren, die zum Teil noch immer ausgewertet werden. Die meisten stammen von Mitarbeitern, andere von den öffentlichen Führungen und natürlich von diversen Besuchern. Keine einzige Spur fand sich bislang in der Verbrecherdatei wieder. Das Gleiche gilt übrigens auch für den Sanspareil-Felsengarten, für die Eremitage und für das Neue Schloss.«

»Das heißt, Sie haben nichts, und wir warten auf einen Zufall?«, fragte Niedermeier und verdunkelte die Fenster für die Filmvorführung.

»So sieht es beinahe aus. Zum Glück haben wir aber eine heiße Spur, die über die pakistanische Zeitung zu zwei Chemiestudenten aus Bayreuth führt«, antwortete Krings und lächelte. »Sie werden gegenwärtig verhört. Natürlich leugnen sie. Es wird eine Frage der Zeit sein, bis man es ihnen nachweisen kann.«

Alle Anwesenden schwiegen erstaunt. Das war ihnen neu.

»Zwei Chemiestudenten. Wie praktisch«, sagte der Staatsanwalt nach einer Weile. »Sie haben Zugriff auf Chemikalien und wohl auch das Wissen über deren Einsatz. Wie sind Sie denn auf die beiden gekommen?«

»Über den Kiosk am Bahnhof. Dort gibt es diese pakistanische Zeitung. Der Verkäufer kann sich noch genau an die beiden Studenten erinnern.«

»Und wieso? Kaufen sie dort öfter ein?«

»Ja, sie gehören zu den Stammkunden und decken sich wöchentlich mit mehreren Zeitungen ein.«

»Und da weiß der Verkäufer, dass er genau diese Zeitung, die Sie am Neuen Schloss gefunden haben, an die beiden verkauft hat? Welches Motiv sollen die Studenten denn gehabt haben?«

»Na, Terror halt.«

»Aus der hiesigen Terrorszene sind solche sorgfältig inszenierten Anschläge bislang aber nicht bekannt. Das klingt mir noch nicht sonderlich überzeugend. Für eine Festnahme reicht das jedenfalls nicht aus«, sagte der Staatsanwalt.

Der Beamer projizierte ein unscharfes Bild auf die Leinwand. Zu sehen waren Personen, die Männer aus den Büschen scheuchten, sie verfolgten und auf sie einschlugen. Andere Leute standen herum und hielten ihre Handys hoch, um die Szene zu filmen. Das hatten die Jugendlichen schon zu Protokoll gegeben. Klaus Krings spulte im Zeitraffer vor und erklärte, man habe die Identität fast aller aufgenommenen Personen festgestellt. Als eine schwarz gekleidete Gruppe ins Bild kam, hielt er den Film an.

»Nach diesen Personen wird noch gefahndet. Seltsamerweise war ihre Anwesenheit den anderen gar nicht aufgefallen. Niemand konnte sich an sie erinnern, und beim Eintreffen der Polizei waren die Leute verschwunden«, sagte Klaus und ließ den Film weiterlaufen.

Plötzlich sah man aus mehreren Büschen weißen Rauch aufsteigen. Kurz darauf entzündete sich ein gigantisches Feuerwerk. Flammen wurden hochgeschleudert und griffen auf Sträucher, Bäume und das Geländer der Terrasse über. Der Brand loderte in allen Farben, bevor er in dem immer dichter werdenden weißen Rauch nahezu unsichtbar wurde. Als die Fahrzeuge der Feuerwehr vorfuhren, brach der Film ab.

»Das Video bestätigt, dass der Brandsatz die teuflische Mixtur aus Kautschuk und weißem Phosphor enthält«, sagte Funke, der Brandexperte, und erklärte allen Anwesenden nochmals, wie sich das Feuer entzündet hatte.

»Die Schwarzen könnten Autonome gewesen sein. Manche kennen sich ganz gut aus im Basteln von Sprengsätzen. Vielleicht waren auch die beiden Chemiestudenten darunter«, sagte einer der Bereitschaftspolizisten.

»Das wird gerade überprüft. Jedenfalls können wir von Glück reden, dass sich die Jugendlichen weit genug entfernt hatten, bevor sich das Feuer entzündete. Ich könnte die Wut kriegen, wenn ich an die Studenten denke«, sagte Klaus, zog die Jalousien hoch und setzte sich auf seinen Platz.

»Apropos Wut«, sagte Niedermeier, »wir sind verschiedenen Hinweisen in der rechten Szene nachgegangen und haben uns wegen der bevorstehenden Ostertage auch nach fanatischen Religiösen umgesehen. Aber es gab nichts, auf der ganzen Linie nichts.

Auf lokaler Ebene können wir Terror wegen Fremdenhass und religiösem Fanatismus ausschließen, denke ich.«

»Ich habe deinen Bericht gelesen. Danke, Reiner, ihr seid gründlich vorgegangen, und ich glaube auch, dass wir dieses Kapitel im Raum Bayreuth abgehandelt haben«, sagte Vandendaele und benutzte erstmals das vertrauliche »Du«, auf das sich das engere Ermittlungsteam gestern Abend spontan geeinigt hatte.

Niedermeier ergänzte: »Jetzt sind wir dabei, zu recherchieren, wer in der letzten Zeit in Konflikt mit dem Rathaus kam und wer durch das Projekt Weltkulturerbe geschädigt wurde. Wir haben schon herausgefunden, dass es eine Reihe von Vorhaben gibt, die dadurch nicht zum Zuge gekommen sind. Diejenigen allerdings, die direkt betroffen waren, wurden entschädigt. Karsten Karstendorf hat beispielsweise ein Ausweichgelände für seinen Golfplatz erhalten und darüber hinaus eine so große Summe eingestrichen, dass man sich schon fragen kann, wie da mit Steuergeldern umgegangen wurde.«

»Sein Alibi ist leider wasserdicht. Zum Zeitpunkt der Anschläge war er nachweislich im Ausland, aber natürlich kann er Komplizen haben, die die Drecksarbeit für ihn erledigen«, fügte Axel Bauer hinzu.

Der Staatsanwalt schaltete sich ein: »Wir halten uns hier an die Fakten, Bauer. Ich kann zwar nachvollziehen, dass viele ihm derzeit die öffentlichen Zuwendungen neiden, aber die meisten hätten in seiner Situation wohl selbst versucht, so viel Entschädigung wie möglich zu erhalten. Unabhängig davon bleibt es Ihnen natürlich unbenommen, in seinem Umfeld zu ermitteln.«

Der Chef nickte zustimmend und schlug einen ernsten Ton an: »Ich kenne Karstendorf seit Jahren und kann nur sagen, dass das Schicksal in der Vergangenheit nicht so gnädig mit ihm umgegangen ist. Als er Frau und Kind bei dem tragischen Unfall verlor, gab es niemanden, der ihn unterstützte. Trotzdem ließ er sich nicht hängen, sondern stampfte einen wunderbaren Golfclub für Bayreuth aus dem Boden, in dem viele von uns schon schöne Stunden verbracht haben. Also, ich schlage vor, wir sollten uns jetzt nicht an ihm festbeißen. Es gibt auch noch andere Geschädigte. Morgen hätte ich gern eine vollständige Liste auf meinem Schreibtisch, Vandendaele. Geben Sie bitte auch die Höhe des jeweiligen Schadens an, die Kompensationssummen der Stadtverwaltung und wenn möglich selbstverständlich auch die Alibis aller Beteiligten.«

Veronika Braun kam herein und legte Vandendaele einen Zettel auf den Tisch.

»Wir haben soeben erfahren, dass eine Frau Vierbach an den Spätfolgen der Rauchvergiftung in der Eremitage verstorben ist. Damit haben wir nun das zweite Todesopfer. Hoffentlich erhöht sich die Zahl nicht noch weiter. Frank Landmann, der Journalist der Bayreuther Nachrichten, schwebt noch immer in Lebensgefahr«, sagte Vandendaele und beauftragte Axel Bauer, die Angehörigen von Frau Vierbach aufzusuchen.

Dann erteilte er das Wort Heinrich Cor, dem Leiter der Spurensicherung bei der Bayreuther Kriminalpolizei. Im Wesentlichen bestätigte dieser den Befund des LKA an den Tatorten.

»Es gab eine Unmenge Spuren, die bisher zu nichts geführt haben«, erklärte Cor. »Die Wolldecke und die Reste des Picknicks vom Sanspareil-Felsengarten stammen von einer Schulklasse, die am Tag zuvor einen Schulausflug gemacht hat. Eine Schülerin hatte ihre Sachen vergessen und hat die Decke identifiziert. Die Analyse der SIM-Karte hat ergeben, dass das Handy aus der Eremitage vom OB selbst stammte. Auch der unverschlossene Durchgang zum Neuen Schloss brachte keine Erkenntnisse. Der neue Hausmeister hatte einfach vergessen abzuschließen.«

Dann zeigte Cor das Dia des verbrannten Lieferwagens der Firma »Pico Bello«. »Wie die meisten ja schon wissen, wurde der als gestohlen gemeldete Wagen endlich im Fichtelgebirge bei Bischofsgrün gefunden. Der Täter hat damit die Sprengsätze zur Eremitage gebracht. Trotz des Feuers haben wir eine Menge Faserspuren sichergestellt, aber keine Fingerabdrücke und leider auch kein DNA-taugliches Material«, sagte er und schob Klaus eine detaillierte Aufstellung der Ergebnisse zu.

Vandendaele sagte: »Ach ja, fast hätte ich es vergessen. In der Mappe findet sich auch der Bericht über die Kreidespuren an der Säule der Eremitage. Mit ziemlicher Sicherheit handelte es sich bei dem Gekritzel tatsächlich um Noten, aber eine regelrechte Melodie ist nicht zu rekonstruieren.«

Er breitete die Fotos der Partiturschnipsel aus und fasste die von Emma Schiller durchgeführte Recherche zusammen. Er berichtete auch von der Musikinstrumentensaite, von der gestohlenen Sitar und der Musikalienhandlung Klangholz.

»Bedeutet das nun, dass die Täter möglicherweise unter Musikern oder Musikwissenschaftlern zu suchen sind?«, fragte der Chef.

»Wir sollten es zumindest nicht von vornherein ausschließen. Es wäre gut, wenn sich die Dechiffrierabteilung des LKA einmal der Noten annimmt. An der Uni werde ich so bald wie möglich selbst vorbeischauen. Der Kontakt zu einer Professorin besteht schon. Eben hat sie angerufen und Erkundigungen über Emma Schiller eingeholt. Sie wollte sichergehen, dass ihre Recherchen mit uns abgesprochen sind.«

Klaus Krings nickte und steckte die Fotos in die Mappe. »Ich kümmere mich um die Dechiffrierung. Gebt Bescheid, sobald ihr jemand Konkreten im Verdacht habt. Das Motiv eines Musikwissenschaftlers, Brandbomben zu legen, würde mich schon sehr interessieren.« Ein süffisantes Lächeln spielte um seine Mundwinkel. »Frei nach dem Motto ›Irre sind auch menschlich‹.«

Einige lachten. Vandendaele wunderte das nicht. Wer auf höhere Berge steigt, muss schärferen Wind vertragen, dachte er. Auch er hatte Zeit gebraucht, sich auf die Notenspur einzulassen.

Heinrich Cor war ernst geworden. »Du sagtest eben, dass am Neuen Schloss keine Noten gefunden worden sind. Da irrst du dich aber. Ich kann mich noch genau erinnern, wie wir zu der Bombe gerufen wurden. Als ich aus dem Auto stieg, hing ein farbiges Tuch an der Fassade. Unter anderem war es mit Noten bemalt. Ich habe es für die Ankündigung einer Ausstellung oder eines Konzertes gehalten und war froh, den Sprengsatz rechtzeitig entdeckt zu haben. Die Fahne war direkt neben dem Torbogen angebracht. Ist dir das denn nicht aufgefallen?«, fragte Cor.

Vandendaele schüttelte den Kopf. Er konnte sich beim besten Willen nicht erinnern.

»Weißt du, ob das Tuch noch immer da ist?«

»Keine Ahnung«, antwortete Cor, und Vandendaele versprach, sich darum zu kümmern. Möglicherweise handelte es sich tatsächlich um die Ankündigung einer Veranstaltung, vielleicht aber auch nicht.

***

Azar Alt rief erst am Nachmittag an. Emma hatte schon befürchtet, dass die Professorin sich nach dem frostigen Gespräch gestern gar nicht mehr melden würde, und war daher überrascht, dass Alt sie zu sich nach Hause einlud.

Emma nahm das Fahrrad aus dem Schuppen, kaufte bei Hendlich gegenüber dem Gymnasium einen Strauß Blumen und machte sich auf den Weg zum Grünen Hügel. Bei der Ankunft waren die Blumen zerzaust, der Fahrtwind hatte ihnen zugesetzt. Sie machte das Fahrrad am Treppengeländer fest und klingelte. Eine Weile rührte sich nichts. Stattdessen hörte sie durch eines der oberen Fenster einen fremdartigen Pop-Rhythmus. Sie erkannte Sitarklänge und wunderte sich.

»Frau Schiller? Ich bin hier!«, rief plötzlich eine Stimme aus dem Garten. Emma benötigte einen Moment, bis sie Azar Alt erkannte. Heute sah sie völlig anders aus als gestern. Groß und schlank steckte sie in einer plumpen khakifarbenen Gartenhose, die notdürftig durch einen Gürtel zusammengehalten wurde. Der orangefarbene Pullover brachte ihre braune Haut gut zur Geltung. Lächelnd zog sie die übergroßen Arbeitshandschuhe aus und nahm den Blumenstrauß entgegen.

»Vielen Dank, wie aufmerksam von Ihnen!«, sagte sie, ohne sich über die geknickten Blätter zu mokieren, und streckte Emma die Hand entgegen. »Ich bin immer zu geizig, mir selbst einen Strauß zu kaufen. Dabei mag ich Blumen. Eben habe ich welche gepflanzt.«

»Ich dachte, Sie proben gerade«, sagte Emma und deutete auf das Fenster im ersten Stock.

»Sie meinen die Musik? Nein, das ist Laurenz, mein Sohn.«

»Es ist eine Sitar, nicht wahr?«

»Stimmt, Sie haben ein gutes Gehör. Das ist der ›Bombay Boogie‹ von Ashwin Batish, eines von Laurenz' Lieblingsstücken. Mir gefällt es auch, darum darf er die Lautstärke mal richtig aufdrehen. Seinen Indie-Rock muss er dagegen über Kopfhörer hören, genau wie ich meine Opern. Das ist ein heiliges Gesetz in diesem Haus.« Sie lächelte.

»Das heißt, der ›Bombay Boogie‹ gehört nicht zum Indie-Rock?«, fragte Emma.

Alt lachte. »Nein, *Indie* hat nichts mit *Indien* zu tun, sondern kommt von *Independent*! Anscheinend haben Sie selbst nicht unter *Indie* zu leiden, seien Sie froh!«

Jetzt fiel Emma ein, dass die beiden Emos, die sie in der Villa Wahnfried getroffen hatte, den Indie-Rock erwähnt hatten. Sie folgte der Professorin in den Garten. Der frisch geschnittene Rasen überlagerte die Gerüche der Kräuter, die zu beiden Seiten der Terrasse wuchsen. Emma setzte sich auf die gepolsterte Bank und ließ sich Jasmintee mit Ingwerkeksen servieren. Der Duft erinnerte sie spontan an das parfümierte Öl auf der Sitarsaite.

»Gestern habe ich Sie noch für eine Südamerikanerin gehalten, jetzt tippe ich eher auf Indien«, sagte Emma, um das Gespräch zu beginnen.

»Eigentlich bin ich noch am ehesten Deutsche«, antwortete Alt. »Meine Eltern sind hierhergezogen, als ich noch ein Kind war. Studium, Hochzeit und Mutterschaft habe ich in Deutschland erlebt. Trotzdem sind Sie nicht die Einzige, die mich noch immer für eine Ausländerin hält.«

Emma nickte. Sie dachte an Georg, der sich schon oft über diese Logik der Ausgrenzung aufgeregt hatte. In den USA galten nur illegale Einwanderer als Problem. Alle anderen konnten sich nach einigen Jahren einbürgern lassen, sodass auch Leute, die keine ausgesprochen europäische Physiognomie besaßen, einfach als Amerikaner galten.

»Wegen meiner indischen Herkunft ist es manchmal nicht ganz einfach, die Leute von meinem Interesse an Wagner zu überzeugen. Was man mir noch am ehesten glaubt, ist die Leitung der internationalen Beziehungen des Richard-Wagner-Verbands. Auch dass ich gerade einen Verein in Delhi gegründet habe, stellt niemand in Frage«, fuhr Alt fort und lachte wieder.

Emma holte den Block aus der Tasche und machte sich Notizen. Das Thema Integration und Ausgrenzung in Bayreuth sollte auch mal wieder in die Zeitung.

»Es ist besser, wir gehen für die Besprechung der Noten ins Haus«, schlug Azar Alt vor.

»Einverstanden«, sagte Emma, nahm ihren Tee und folgte ins Wohnzimmer. Auf dem Tisch lagen nicht nur die Fotografien, er war auch über und über mit Partituren und Fotokopien bedeckt. Sie setzten sich nebeneinander.

»Also«, begann Alt und sortierte die Fotos. »Wir haben drei verschiedene Notenbilder. Wo soll ich anfangen?«

»Ich schlage vor, chronologisch, das heißt in der Reihenfolge, in die der Täter sie selbst gebracht hat. Als Erstes ging der Brandsatz am Felsentheater Sanspareil los, kurz danach hatten wir die Explosion in der Eremitage, und schließlich gab es den Brand am Festspielhaus«, sagte Emma und tippte mit ihrem Stift auf die drei Fotos.

»Also zuerst das Schild aus Sanspareil. Ich habe es mir in der Zwischenzeit genauer angesehen. Für die Interpretation sind diese Noten am schwierigsten, weil die Melodie im ›Ring‹ so nicht vorkommt. Trotzdem enthält sie drei bekannte Leitmotive. An zwei Stellen kann man unschwer die Rheintöchter erkennen«, sagte Alt.

»Rheintöchter?«

»Die Rheintöchter sind mythische Nixen, die in der Handlung des Musikdramas den größten Schatz der Welt bewachen. Sie wissen vielleicht, dass die Dichtung des ›Ring‹ an das mittelalterliche Nibelungenlied angelehnt ist.«

»Das habe ich gehört, aber um ehrlich zu sein, kenne ich es kaum. Wir haben es zwar in der Schule durchgenommen, aber das ist natürlich lange her. Ich erinnere mich nur noch, dass es von dem Helden Siegfried handelte, der einen Drachen tötete.«

Azar Alt wippte unruhig mit dem Fuß. »Verstehe. Ich fürchte aber, wir haben nicht die Zeit, alle Einzelheiten der Handlung zu erläutern.«

»An mir soll es nicht liegen.« Emma war es ganz egal, wie lange das Gespräch dauerte. Es war ihr zwar unangenehm, der Professorin ihre Ignoranz zu offenbaren, aber sie wollte und musste verstehen.

»Also gut. Ganz kurz gesagt, geht es in der Geschichte um einen mythischen Urzustand, der durch den Fehltritt des höchsten germanischen Gottes verletzt wird und aus den Fugen gerät. Durch den Drachentöter Siegfried verlieren die Götter am Ende ihre Macht.«

Professorin Alt blätterte in einer Partitur und fuhr fort: »Reichtum und Macht wird im ›Ring‹ durch das Rheingold und den daraus geschaffenen magischen Fingerring symbolisiert. Dieser Schatz verdirbt jeden, der ihn besitzt. Zu Beginn der Aufführung ist die Welt noch in Ordnung. Es herrscht paradiesischer Frieden. Das Rheingold liegt am Boden des Flusses und schimmert herrlich in der Sonne. Die Nixen bewachen es seit Ewigkeiten. Ohne sich des Schatzes bemächtigen zu wollen, schwimmen sie umher und freuen sich über den goldenen Schimmer. Sie singen das sogenannte Wiegenlied der Welt, das als eines der ersten Leitmotive im ›Ring‹ wunderbar unbeschwert ertönt.«

»Und dieses Wiegenlied ist auf unserem Schild im Wald zu sehen?«

»Ja. Schauen Sie hier in der letzten Zeile. Schon optisch kann man im Notenbild ein sanftes Auf und Ab der Melodie erkennen und sich vorstellen, wie sie das Schwimmen bei leichtem Wellengang genießen.« Azar Alt stand auf und spielte die Stelle auf dem Klavier vor.

»Der Text zum Lied ist: ›Weia! Waga! Woge, du Welle, walle zur Wiege! Wagala weia! Walala, weiala weia!‹. Erinnern Sie sich, dass ich ihn gestern schon erwähnt habe?«

»Natürlich. Er schien mir ehrlich gesagt völlig absurd. Aber jetzt denke ich, das Lied ist vielleicht die Ruhe vor dem Sturm. Warum steht es auf dem Schild am Schluss, wenn es doch im ›Ring‹ an den Anfang gehört?«

»Genau das frage ich mich auch. Ich spiele Ihnen jetzt zum Vergleich die erste Zeile vor, die der Täter eingestanzt hat. Es ist nämlich eine Variante der Dreiklangseligkeit der Rheintöchter«, erklärte Alt und spielte eine viel dramatischere Melodie vor, aus der Emma aber trotzdem das Wiegenlied heraushören konnte.

»Wir sind hier am Ende der Tetralogie, wenn alles zusammenbricht. Die Götter haben ihre Macht verloren, Siegfried wurde getötet und sein Mörder ertränkt. Die Rheintöchter erhalten das Rheingold, das ihnen zu Beginn gestohlen wurde und allen Besitzern nur Unglück brachte, zurück.«

»Bedeutet das, dass der ursprünglich paradiesische Zustand wiederhergestellt ist?«

»Nein, aber es gibt wieder eine Ordnung, eine neue Ordnung. Die Macht wird nicht mehr missbraucht, sondern wieder sorgsam bewacht.«

Emma schaute auf ihre Notizen. Sie verstand nun besser, begriff aber nicht, warum der Täter die Motive vertauscht hatte. Azar Alt bestätigte, dass mit der veränderten Reihenfolge der Leitmotive die Handlung des Dramas auf dem Kopf stand.

»Wenn man dem Schild folgt, steht das tragische Ende am Anfang und wird in der zweiten Zeile durch den wütenden Zwerg zerstört, um in den paradiesischen Urzustand zurückzukehren. So etwas findet sich bei Wagner nicht. Der Täter hat die Geschichte offenbar mit Absicht verdreht. Es ist nur die Frage, zu welchem Zweck?« Alt ging im Wohnzimmer auf und ab.

Emma zuckte die Achseln. »Vielleicht identifiziert sich der Täter mit dem Zwerg? Er zerstört, um einen Zustand umzukehren, den er für viel besser hält. Aber wer ist dieser Zwerg, und wo sehen Sie ihn?«

»Es ist der Nibelunge Alberich, der sich durch die Macht des Nibelungenrings zum Tyrannen der Unterwelt erhoben hat. Er erscheint hier im Kontext des Leitmotivs für Zorn.« Azar Alt setzte sich wieder ans Klavier.

»Hören Sie diese Dissonanz?«, fragte sie und schlug ein paar schräg klingende Akkorde in die Tasten. Ohne eine Antwort abzuwarten, fuhr sie mit immer temperamentvollerem Klavierspiel fort und erläuterte gleichzeitig die einzelnen Melodien: »Das ist der Zwerg, dem es gelungen ist, den Rheintöchtern das Gold zu rauben. Er lässt aus dem Gold einen Ring schmieden, der ihm unendliche Macht verleiht. Musikalisch hat der Zwerg ein zerstörendes, todbringendes Wesen – darum diese nach unten geschlagene Oktave. Hören Sie das?«

»Ja, das ist deutlich«, antwortete Emma.

»Er ist extrem wütend, weil der Gott Wotan ihm den Ring mit Gewalt abgenommen hat. Hier sind die Noten dazu« Sie tippte auf die Partitur. »Der Täter will zeigen, wie wütend er ist«, stellte Emma fest.

»Er hat die Motive aus dem Kontext des ›Ring‹ herausgelöst und in eine neue Reihenfolge gebracht. Auf diese Weise hat er den Sinn völlig verdreht.«

»Warum hat er das Ende an den Anfang gestellt? Was geschieht denn eigentlich in der Schlussszene?«, fragte Emma und richtete sich kerzengerade auf.

»Es ist der sogenannte Abgesang von Brünnhilde. Sehen Sie,

hier. Das habe ich Ihnen eben schon vorgespielt«, erklärte Alt und wiederholte die Stelle am Klavier.

Emma erinnerte sich und versuchte Alts temperamentvollen Erläuterungen zu folgen, die jetzt in der immer lauter gespielten Musik beinahe untergingen.

»Sie erkennt, dass der Ring verflucht ist, und versenkt ihn wieder in den Fluten des Rheins, um ihm seine Macht zu nehmen«, sagte Alt schließlich.

»Sie wirft den Ring also einfach zurück ins Wasser?«

»So einfach geht das nicht. Die Szene läuft natürlich sehr dramatisch ab und kostet sie am Ende selbst das Leben. Wie gesagt, sie durchschaut, dass der Ring auch ihr nur Unglück gebracht hat. Siegfried war ursprünglich ihr Geliebter gewesen. Als er jedoch in den Besitz des Rings kam, wurde er aus Neid und Habgier getäuscht, an der Ehe mit ihr gehindert und schließlich sogar ermordet. Brünnhilde beklagt das Unheil und errichtet den Scheiterhaufen in einem Boot. Sie lenkt es mitten auf das Wasser, entzündet ein Feuer, zieht Siegfried den Ring vom Finger und versinkt mit dem brennenden Leichnam. Auf diese Weise erhalten die Rheintöchter das Gold zurück.«

Emma wunderte sich.

»Brünnhilde ist eine degradierte Tochter Wotans. Bevor sie Selbstmord begeht, zerstört sie die Burg Walhall und damit die Existenz der Götter. Man könnte sie als eine Art Attentäterin beschreiben, die Walhall in Flammen aufgehen lässt und die Götter mit in den Tod zieht«, sagte Alt und machte eine Pause, um Emma Zeit für ihre Notizen zu geben.

Als Emma den Stift niederlegte, kam ihr ein Gedanke. »Mir kommt es so vor, als ob der Brandstifter eine Frau bekämpft, die er als destruktiv empfindet. Er will Rache oder Strafe und inszeniert ein bengalisches Feuer, das er selbst für außergewöhnlich hält. Diesen Brand ›ohnegleichen‹ widmet er dem Ruinentheater ›Sanspareil‹. Deutlicher kann man es wohl kaum formulieren.«

Azar Alt legte ihre Stirn in Falten. »Sie glauben also, eine Frau könnte den Täter derart wütend gemacht haben?«

»Glauben wäre zuviel gesagt«, antwortete Emma. »Schlüssig scheint mir aber, dass der Täter sich als Held fühlt. In seinem Vorhaben, einen Zustand umzukehren, spielt eine Frau eine wichtige Rolle.«

Es klingelte an der Tür. Emma lehnte sich einen Moment zurück und schaute auf die Uhr. Es war schon nach achtzehn Uhr. Höflichkeitshalber hätte sie jetzt gehen und die Professorin mit dem Besucher allein lassen sollen. Azar Alt hatte ihr viel geholfen, und sie selbst musste noch heute die Notizen überarbeiten, um nicht die Hälfte wieder zu vergessen. Andererseits war es höchst unsicher, wann sich die nächste Gelegenheit zu einem Gespräch ergeben würde. Über die Noten aus der Eremitage und vom Festspielhügel hatten sie noch gar nicht gesprochen. Emma beschloss, sich über die guten Umgangsformen hinwegzusetzen und zu bleiben.

***

Den ganzen Nachmittag hatten Vandendaele und Niedermeier benötigt, um die Liste der Kulturerbe-Geschädigten zusammenzustellen. Vandendaele musste dem Chef recht geben. Sie hätten schon früher eine systematische Aufstellung anfertigen können. Hier waren die stärksten Motive für die Brandanschläge zu vermuten. Für die Geschädigten hatten sich die Koordinaten ihrer geplanten Bauten oder Umbauten durch den Antrag der Stadt auf Anerkennung als Weltkulturerbe auf einmal geändert, da waren Konflikte geradezu vorprogrammiert. Entgegen allen Befürchtungen gab das Rathaus schnell und unbürokratisch Auskunft über den Umfang der Schäden und der Entschädigungen. Danach suchte jeder von ihnen vier der acht Geschäftsleute zu einem persönlichen Gespräch auf. Sieben von ihnen verfügten über sichere Alibis, die von Zeugen gestützt wurden.

Wegen des selbstentzündlichen weißen Phosphors sowie der automatischen Kettenreaktion der Brandsätze waren die Alibis zwar nicht so ausschlaggebend wie in anderen Kriminalfällen, aber auch die raffiniertesten pyrotechnischen Abläufe ließen sich nur innerhalb eines begrenzten Zeitrahmens vorbereiten. Besonders deutlich war dies im Fall des Neuen Schlosses. Die Kiste mit dem Sprengstoff, dem Feuerwerk und dem weißen Phosphor konnte erst am Tag des geplanten Anschlags nach neunzehn Uhr aufgestellt worden sein. Das Museum und auch der Museumsshop im Erdgeschoss des Mitteltrakts hatten am Freitag bis achtzehn Uhr geöffnet. Als der letzte Aufseher gegangen war und die Angestellten im Geschäft abgerechnet, gereinigt und abgeschlossen hatten, war es laut Zeugenaussagen kurz vor neunzehn Uhr gewesen. Bis zu diesem Zeitpunkt hatte niemand eine Kiste vor dem Museumsshop gesehen.

»Was ist eigentlich mit dieser Doris Freimann?«, fragte Vandendaele und zeigte auf den Computerausdruck. Außer den Angaben der Stadtverwaltung gab es keinen weiteren Eintrag. Dabei handelte es sich um eine stattliche Entschädigung von beinahe einer halben Million.

»Wir konnten sie bisher nicht persönlich erreichen. Eine Angestellte sagte, die beste Zeit sei am Nachmittag«, antwortete Niedermeier.

»Dann lass es uns gleich mal versuchen.« Vandendaele griff nach seiner Jacke.

Sie nahmen den Dienstwagen, und Vandendaele lenkte das Auto in die Opernstraße. Um ein Haar hätte er die Betonstempel übersehen, die vor der Ladenzeile in den Boden eingelassen waren und Autofahrer am Parken hindern sollten. Der Tabakwarenladen von Frau Freimann befanden sich am Anfang der Fußgängerzone, direkt gegenüber der Markgräflichen Oper. Vandendaeles Aufmerksamkeit galt dem Dachgeschoss. Der Ausbau war offensichtlich vor Kurzem gestoppt worden.

Als die beiden Polizisten den Laden betraten, wurden sie freundlich begrüßt. Viel Publikumsverkehr gab es hier offenbar nicht. Der Verkaufsraum machte einen gediegenen Eindruck und entsprach gar nicht dem, was Vandendaele sich unter einem Tabakwarenladen vorstellte. Das letzte Mal, als er solch ein Geschäft von innen gesehen hatte, hatte Harvey Keitel hinter der Theke und ein Kühlschrank neben dem Eingang gestanden. Das war vor einigen Jahren im Kino am 26. Dezember gewesen. Man hatte »Smoke« wegen der schönen Weihnachtsgeschichte von Paul Auster ins Programm genommen. Ausnahmsweise durfte geraucht werden, Vandendaele war der einzige Nichtraucher im Kino.

»Grüß Gott«, sagte Niedermeier, stellte sie beide vor und erklärte kurz, worum es ging. Die Geschäftsfrau führte die Polizisten in ihr Büro und legte ohne Umschweife zwei Bordkarten auf den Tisch.

»Mein Mann und ich waren eine Woche von Samstag bis Sonntag auf den Kanaren. Das ist es doch, was Sie vor allen Dingen wissen wollen, nicht wahr?«

»Danke«, antwortete Niedermeier und steckte die Belege ein. Wenn die Fluggesellschaft die Aussage bestätigte, hatte auch Doris Freimann ein sicheres Alibi und kam wie alle anderen, die an diesen Tagen unterwegs oder unter Zeugen beschäftigt gewesen waren, nicht als Täterin in Betracht. Die beiden Polizisten waren enttäuscht. Höflichkeitshalber hörten sie sich noch die Klagen über den schlechten Umsatz an. Der Tabakkonsum breche immer weiter ein. Um aus den wirtschaftlichen Problemen herauszukommen, hatte Freimann eine Erweiterung ihres Angebots geplant. Doch gerade als sie genug gespart und begonnen hatte, das Dachgeschoss auszubauen, um eine Weinbar für Raucher einzurichten, war der Baustopp ergangen. Jetzt blieb nur noch die Möglichkeit, den Umbau nach den neuen, viel kostspieligeren Vorgaben fortzusetzen oder zurückzubauen. In beiden Fällen würde die von der Stadtverwaltung zur Verfügung gestellte Entschädigungssumme nicht ausreichen.

»Dabei kann ich mich noch glücklich schätzen«, sagte sie abschließend und setzte hinzu: »Meinen künftigen Nachbarn hat es viel schlimmer getroffen. Er sieht keinen Pfennig.«

»Wieso denn das?«, wollte Vandendaele wissen.

»Das Gebäude, das er umgebaut hat, steht unter Denkmalschutz.« Sie trat aus der Tür und zeigte auf die Straßenecke. Angeblich war dem Mann nicht klar gewesen, dass sich der Denkmalschutz auch auf den Grundriss des Altbaus bezog. Um einen großen Verkaufsraum zu schaffen, hatte er mehrere Durchbrüche gemacht und alles bis auf die tragenden Wände abreißen lassen.

»Der Verstoß gegen den Denkmalschutz wäre niemandem aufgefallen, wenn die Stadt nicht im Zuge des Kulturerbe-Fiebers genauer hingeschaut hätte«, sagte sie.

»Und was bedeutet das jetzt?«, fragte Niedermeier.

»Schönwald muss zurückbauen, aber er weiß nicht, wie er das finanzieren soll. Die Banken verweigern einen neuen Kredit, weil kein höherer Wert geschaffen wird.«

»Sprechen Sie von Leo Schönwald aus der Musikalienhandlung Klangholz?«, fragte Vandendaele.

»Von seinem Vater«, antwortete Freimann. »Er hatte die Idee, Klangholz hierher zu verlegen. Gegenüber der Oper wäre doch auch ein sehr passender Standort für eine Musikalienhandlung gewesen.«

Vandendaele nickte und schrieb »Schönwald« in sein Notizbuch. Ihm fiel ein, dass er ihn noch immer nicht nach seinem Alibi gefragt hatte. Wegen des zu erwartenden Wutanfalls hatte er einen neuen Besuch bei Klangholz hinausgezögert.

»Müsste er denn nicht auch Gelder von der Stadt erhalten?«, fragte Vandendaele.

»Leider nein. Sein Umbau steht nicht dem Weltkulturerbe im Weg, sondern ist ein Problem für den Denkmalschutz. Die Vorschriften der Behörde waren schon vor dem Umbau bekannt. Geld kann man da keins erwarten. Schönwald sagt, er hat nur noch die Möglichkeit, seinen Architekten zu verklagen, aber wie er das wirtschaftlich durchhalten soll, weiß er nicht.«

Jetzt war Vandendaele klar, warum der Name Schönwald nicht auf der Liste des Rathauses auftauchte. Es war ein Fehler gewesen, sich auf den engen Kreis der Kulturerbe-Geschädigten festzulegen. Sie mussten das Netz weiter auswerfen.

Anstatt den direkten Weg zurück zur Polizeidienststelle zu nehmen, fuhr Vandendaele einen kleinen Umweg und hielt vor Klangholz. Das Geschäft und die Werkstatt hatten bereits geschlossen. Niedermeier beobachtete, wie Vandendaele durch die Schaufenster ins Ladeninnere spähte und dann an der Privatwohnung läutete. Niemand öffnete. Er versuchte es mehrmals und ließ den Zeigefinger dabei immer länger auf der Klingel. Dann ging er vor dem Schaufenster auf und ab, bis er endlich eine Vorladung in den Briefkasten steckte.

Niedermeier atmete auf. Für ihn war es ein Glück, dass die Schönwalds nicht zu Hause waren. Seit dem frühen Morgen war er im Dienst und hatte zu Mittag lediglich eine Bratwurst gegessen. Es wurde Zeit, dass er nach Hause kam. Für heute hatte er genug. Er gehörte nicht zu denen, die sich in einen Fall derartig verbissen, dass sie Hunger und Müdigkeit völlig vergaßen. Alles zu seiner Zeit, war seine Devise.

Doch als Vandendaele sich wieder hinter das Steuer setzte, schlug er nicht den Weg zum Büro, sondern zum Neuen Schloss ein. Niedermeier ärgerte sich. Zumindest hätte er ihn fragen können, fand er und presste die Lippen zusammen, bis sie weiß wurden. Nie hätte er gewagt, sich zu beschweren.

Wie zu erwarten hing das Tuch, von dem Heinrich Cor, der Leiter der Spurensicherung, heute Morgen gesprochen hatte, nicht mehr da.

»Ich versuche, etwas über den Verbleib herauszubekommen. Willst du mit, oder soll ich dich erst nach Hause fahren?«

»Ich komme natürlich mit«, sagte Niedermeier und öffnete die Wagentür.

Sie gingen in den Museumsshop. Die LKA-Beamtin hinter der Kasse wusste nichts von einem Aushang. Sie verwies auf den Hausmeister, der an jenem Abend auch die Aufgabe gehabt hatte, den Durchgang zum Hofgarten abzusperren. Vandendaele und Niedermeier nahmen den kurzen Fußweg durch den Hofgarten. Kaum hatten sie die Haustür erreicht, öffnete ein hochgewachsener, breitschultriger Mann in Freizeitkleidung. Die fettigen Haare umrahmten das fleischige Gesicht wie eine Badekappe. Er war leicht außer Atem und sein Hemd verschwitzt. Offensichtlich war er gerade vom Sport zurückgekehrt. Einen athletischen Eindruck machte er trotzdem nicht. Eher wirkte er schwerfällig.

»Ich habe doch schon ausgesagt, dass ich an diesem Abend durch ein dummes Versehen nicht zugesperrt habe. Ich habe den Hausmeisterposten vor einem Monat übernommen und sonst immer daran gedacht. Es soll nicht wieder vorkommen«, sagte der Mann und knetete seine roten Hände, als ob er die Sätze herauspressen müsste.

»Wir haben Ihre Aussage gelesen«, sagte Niedermeier. »Heute sind wir auf der Suche nach einem Tuch, das zur Zeit des Anschlags an der Fassade hing.«

»Ein Tuch?«, fragte der Mann und kratzte sich an der Badekappe. Nach längerem Nachdenken sagte er: »Stimmt. Das Radio hatte eine Aufnahme auf dem Vorplatz geplant, aber wegen des Anschlags wurde die Veranstaltung abgeblasen. Ich habe die Fahne gleich am nächsten Tag wieder abgenommen.«

»Und wo ist sie jetzt?«, fragte Vandendaele und wunderte sich, wie lange der Mann für die Antworten brauchte.

»Im Textilschrank.«

Die beiden Polizeibeamten folgten dem Hausmeister in das geräumige Untergeschoss des Schlosses. Die Fahne befand sich in dem Wandschrank, in dem auch die zweite Garnitur der Vorhänge, Kissenbezüge und der anderen Stoffe des Schlosses aufbewahrt wurde.

»Ich habe sie hier hineingepackt, weil ich davon ausging, dass der Rundfunk sie abholt oder für einen neuen Termin benötigt. Aber es hat sich seit letztem Samstag niemand gemeldet«, sagte der Hausmeister.

»Welcher Rundfunk?«

Wieder knetete der Mann die Finger.

»Auswendig kann ich Ihnen das nicht sagen, aber ich habe es aufgeschrieben. Soll ich schnell nachsehen?«, fragte er und machte Anstalten, nach Hause zu laufen.

»Ich würde gerne zunächst einen Blick auf die Fahne werfen«, erwiderte Vandendaele.

Der Hausmeister zog den kupferfarbenen Stoff aus dem Fach und breitete die lange, schmale Bahn auf einem Tapeziertisch aus.

Vandendaele und Niedermeier sahen die Noten sofort. Die Aufschrift lautete: »INDIA MEETS CLASSIC«. Im kleingedruckten Impressum stand: »AF18 – Deine Szene. Deine Musik!« Darunter war eine Adresse mit Telefonnummer angegeben.

Niedermeier kannte sowohl den Sender als auch die Sendereihe. »Antenne Franken. AF18 ist ein Forum für junge Musiker. Meistens wird live aus Konzertsälen, Proberäumen oder von Open-Air-Veranstaltungen gesendet.«

Vandendaele zog sein Handy aus der Hosentasche und wählte die angegebene Telefonnummer. Sein Gefühl sagte ihm, dass mit diesem Aushang etwas nicht stimmte. Die Noten und der Verweis auf Indien waren schon ein sehr merkwürdiger Zufall. Als er die Warteschleife beim Sender endlich passiert hatte, meldete sich die zuständige Redaktion. Von einem Konzert und einer Live-Aufnahme in Bayreuth hatte niemand etwas gehört.

NEUN

Azar Alt stellte Emma ihren abendlichen Besucher vor: Daniel Kress, ein alter Bekannter. Erst vor Kurzem hatte er die Berufungskommission von sich überzeugen können und war einstimmig auf Platz eins für die neue Professur bei den Musikwissenschaftlern gewählt worden. Jetzt war es nur noch eine Frage der Zeit, bis er die Stelle in Bayreuth antreten würde.

Obwohl Kress älter als Martin war, erinnerte er Emma an ihren Ex-Mann. Hochgewachsen und sympathisch lächelnd stand er vor einer Fotografie, die Alt in der Heimat ihrer Eltern aufgenommen hatte. Kress' Gesichtszüge waren denen der abgebildeten Personen gar nicht so unähnlich. Er hatte eine Pizza von der Größe eines Wagenrads mitgebracht, die verführerisch nach zerlaufenem Käse und Thymian roch.

Emma lief das Wasser im Mund zusammen. Seit dem Frühstück hatte sie nichts Richtiges mehr gegessen. Höflichkeitshalber machte sie trotzdem Anstalten zu gehen. Es war offensichtlich, dass Kress erwartet worden war.

»Kommt nicht in Frage«, sagte Alt und drückte ihr den Pizzaschneider in die Hand. »Wir sind noch nicht fertig mit der Arbeit. Nach der Pause geht's weiter. Es ist genug zu essen da.«

Sie deckte den Tisch und holte Wein aus dem Keller.

Emma ließ sich gern überreden. Sie half, die Pizza auf den Teller zu schieben, und zerteilte sie in gleichmäßig große Segmente. Zum Essen gab es reichlich Rotwein und jede Menge unglaublicher Geschichten, die Daniel Kress aus der Musikszene zu erzählen wusste.

Für die beiden Wissenschaftler schien es kaum ein anderes Thema zu geben. Musik war ihr Schlüssel zum Verständnis der Welt, ihr Zugang zur Geschichte und ihre Verbindung untereinander. Kress berichtete von der neuen Vielfalt der Indie-Rockgruppen in Oberfranken, die sich mit ihren jungen Talenten der Kommerzialisierung entzogen und in elterlichen Wohnzimmern originelle Auftrittsstile ins Leben riefen. Außerdem schossen Doom-Metal-Bands mit betont düsterer Musik aus dem fränkischen Boden. Die langsamen, nur im Zeitlupentempo veränderten Gitarrenriffs riefen verzerrte Tieffrequenztöne hervor, die im Stande waren, jugendliche Aggressionen wie Gehirnwellen und Körperfunktionen bis zum Nirwana herunterzufahren. Alt und Kress stellten fest, dass es diesen jugendlichen Musikexperimenten sehr viel besser gelang, Zuhörer zu fesseln, als etwa den zeitgenössischen Klassikern wie Schönberg oder Stockhausen, deren Publikum kaum mehr als die ersten Parkettreihen füllte. Sie waren das Spezialgebiet des Kollegen Ansporn, und Professorin Alt nahm die Gelegenheit wahr, diesen Mangel an öffentlichem Interesse in aller Breite herauszustreichen.

Dem Gespräch entnahm Emma, dass jeder Hochschullehrer ein Spezialgebiet abdeckte, das gleichsam ihm allein gehörte. Alt unterrichtete epochenübergreifend Musiktheater, Daniel Kress war wie sein Amtsvorgänger ein Spezialist für Kirchenmusik, und Alois Ansporns Schwerpunkt lag auf Orchestermusik. Die Positionen für Musikethnologie und Systematische Musikwissenschaft waren seit Jahren unbesetzt, was jedoch nicht allein an den Sparmaßnahmen seitens der Universitätsverwaltung lag. Die Professoren hatten sich schlicht nicht auf eine passende Besetzung einigen können, weil es weniger um die Qualifikation der Kandidaten als um die Stärkung eigener Interessen ging. Die Einigung auf Daniel Kress war eine Ausnahme gewesen. Ihr war die Nominierung von Alois Ansporn zum Dekan des Fachbereichs vorausgegangen. Zur Freude von Alt steckte er seitdem weniger Energie in die Institutspolitik.

Kress deutete auf seine Armbanduhr. Es war schon spät, und er war neugierig auf die Fotos von den Tatorten.

»Zum Glück sind die Leitmotive aus der Eremitage und vom Festspielhaus vergleichsweise eindeutig«, sagte Alt und hob die Weinflasche an, um nachzuschenken.

Kress bedeckte das Glas mit der Hand. »Nein danke. Ich verliere in eurem verrückten Fall sonst den Faden.«

»So ähnlich hat es der Täter auch ausgedrückt«, sagte Alt und blinzelte vielsagend zu Emma herüber.

»Wie meinen Sie das?«, fragte sie.

»Auf dem Zettel, den Sie in der Eremitage fotografiert haben, findet sich das Leitmotiv der Todesklage zusammen mit dem Nornengesang. Die Todesklage erscheint insgesamt sieben Mal im ›Ring‹, aber im Kontext des Nornengesangs kommt nur die Stelle im Vorspiel der Götterdämmerung in Frage. Diese Szene gehört zum letzten Aufführungstag der Tetralogie. Kurz gesagt geht es um die berühmte Schicksalsfrage der Nornen ›Weißt du, wie das wird?‹.«

Emma zuckte zusammen. Genau das hatte sie vor Kurzem schon einmal gehört. In den Ausstellungsräumen der Villa Wahnfried. »Ist etwas nicht in Ordnung?«, fragte Kress, der ihre Reaktion beobachtet hatte.

»Nein, alles okay, aber wer sind denn jetzt schon wieder die Nornen?«, wollte Emma wissen.

»Das sind germanische Wesen, die rückblickend die Vorgeschichte zu dem ganzen Opus erzählen. Sie sitzen im Paradies am Baum der Weisheit. Jede von ihnen hat ein Seil um den Lebensbaum geschlungen, durch das ihnen das Wissen um die Ordnung der Welt zuströmt.«

»Aber die Zukunft können sie wohl nicht vorhersehen, oder warum stellen sie sonst die Schicksalsfrage?«

»Die Quelle der Weisheit ist in dieser Szene schon dabei, auszutrocknen. Der Gott Wotan hatte, um seine Macht zu vergrößern, gegen Gesetze verstoßen. Daraufhin welkte der Lebensbaum, und die Nornen sahen das Ende kommen.«

»Das Verderben stand also noch bevor. Warum heißt das Leitmotiv dann Todesklage?«, insistierte Emma.

»Die Nornen haben die Katastrophe eben schon vorhergesehen«, antwortete Alt und lächelte.

»Man könnte auch sagen, Wagner hat das Ende mit dieser Szene dramaturgisch geschickt angekündigt«, ergänzte Kress.

Emma nickte langsam. »Auf unseren Fall übertragen heißt das, der Täter kündigt dramaturgisch geschickt den nächsten Anschlag an. Wahrscheinlich ist das die Botschaft der Noten, die wir suchen. Die nächste Tat wird angekündigt!«

Daniel Kress riss die Augen auf. »Wo war denn der nächste Anschlag?«, fragte er.

»Am Neuen Schloss. Zum Glück konnte er vereitelt werden. Nach der Sprengstoffmenge zu urteilen, hätte er großen Schaden angerichtet und mit Sicherheit viele Menschen getötet.«

Es entstand eine Gesprächspause. Jeder trank einen Schluck Wasser und horchte auf den gerade einsetzenden Regen. Emma vervollständigte ihre Notizen, Kress klimperte auf dem Klavier, und Alt starrte auf das letzte Foto.

»Also, auf dem Balkon des Festspielhauses hat der Täter den letzten Hinweis gegeben. Es ist das Leitmotiv von Mord. Im ›Ring‹ kommt das Motiv insgesamt in vier Szenen vor. Wenn wir davon ausgehen, dass er wieder etwas ankündigen wollte, passt dazu diese Stelle«, sagte Alt und zeigte auf die Partitur. »Hier wird Siegfrieds Tod beschlossen. Seht ihr die absteigende Linie? Wagner hat damit grundsätzlich etwas Negatives wie Tod und Verfall oder auch schlechte Charaktere wie den Zwerg Alberich beschrieben.«

»Das heißt, der Täter plant jetzt einen Mord«, sagte Kress.

Emma erschrak. Sie hatte gerade das Gleiche gedacht, aber als Kress den Gedanken aussprach, wurde er zum Fakt. Alt nahm sich noch mal die Partitur vor und las Noten und Libretto gründlich durch. Es durfte keine Andeutung auf die Identität des Opfers übersehen werden.

»Viel mehr kann ich leider nicht sagen. Es sieht so aus, als ob der Brandstifter plane, einen Mann zu töten. Vielleicht ist er für ihn gefährlich, oder er besitzt etwas, was ihm schaden könnte. Jedenfalls scheint er bereit zu sein, dafür einen Mord zu begehen.«

Emma notierte diesen Hinweis. Hoffentlich konnte Vandendaele mehr damit anfangen.

Der Regen draußen wurde stärker. Kress und Emma liehen sich einen Schirm und beschlossen, trotz der Dunkelheit zu Fuß zum nächsten Taxistand zu laufen. Ein Verdauungsspaziergang tat gut, und das Fahrrad konnte Emma auch morgen noch abholen. Als sie aus dem Haus traten, schien die ganze Stadt zu schlafen. Es fuhr kein Auto mehr, und die Straße war schlecht beleuchtet. Emma spitzte die Ohren und schaute in das Dunkel der Nacht. Die jahrelangen Erfahrungen als Kriminalistin hatten sie keineswegs abgestumpft, sie war eher aufmerksamer und ängstlicher geworden. Wäre Kress nicht gewesen, hätte sie sich von Alt ein Taxi rufen lassen. Unter tropfnassen Bäumen gingen sie von Laterne zu Laterne.

Die Nacht war still und friedlich. Kein Lufthauch wehte, die

Tropfen fielen senkrecht zu Boden. Daniel Kress hielt den Schirm und summte leise ein Lied. Allmählich verflogen Emmas Ängste, und sie begann, den Nachtspaziergang zu genießen. Am liebsten hätte sie einen kleinen Umweg gemacht, die Zeit angehalten oder die Richtung gewechselt. Kress strahlte eine Sicherheit aus, nach der sie sich so lange gesehnt hatte.

Plötzlich war da ein Geräusch. Auch Kress drehte sich um.

»Was war das?«

»Nichts«, sagte er, ging aber ein wenig schneller.

Emma dachte an den Überfall im Felsengarten von Sanspareil. Wurde jetzt die ganze Stadt vom LKA beobachtet? Dann fiel ihr der Sohn von Azar Alt ein.

»Komisch, dass sich Laurenz den ganzen Abend nicht hat blicken lassen«, sagte sie. Er war schon auf seinem Zimmer gewesen, als sie am Nachmittag geklingelt hatte.

»Ich glaube, das ist zurzeit normal bei ihm«, entgegnete Kress. »Er steckt noch immer in der Pubertät. Bei manchen dauert es halt länger, außerdem hat er vor drei Jahren seinen Vater bei einem Autounfall verloren. Der Junge war dabei, blieb aber wie durch ein Wunder unverletzt. Seitdem kapselt er sich ab. Auch die psychotherapeutische Behandlung konnte daran bislang nicht viel ändern. Der tragische Tod hat ihn in einer schwierigen Entwicklungsphase getroffen.«

»Armer Kerl. Das wusste ich gar nicht.«

In der Nähe des Bahnhofs wurde es zum Glück wieder heller. Die Straßenlaternen standen in kürzeren Abständen, Schaufenster waren erleuchtet, und Autos mit Scheinwerfern fuhren vorbei.

»Glauben Sie eigentlich, mit dieser Notenspur die Zahl der Verdächtigen einkreisen zu können?«, fragte Kress unvermittelt.

»Ich hoffe es, besser gesagt. Zumindest ist es ein Anhaltspunkt.«

»Davon bin ich nicht überzeugt.«

»Ach nein, wieso denn nicht?«

»Meiner Meinung nach könnte es jeder gewesen sein. Nicht dass ich mich für jeden Kollegen verbürgen würde, aber um so eine Spur zu legen, braucht man kein Musiker oder Musikwissenschaftler zu sein. Jeder Laie ist heute in der Lage, sich über die wagnerischen Leitmotive schlauzumachen und die entsprechenden Takte aus einer Partitur zu kopieren. Gerade hier in Bayreuth sind die Buchläden voll mit Wagner-Literatur.«

»Texte sind aber noch keine Noten. Nicht jeder kann Noten lesen und erst recht keine Leitmotive identifizieren.«

»Es gibt Opernführer und andere populärwissenschaftliche Publikationen, die man zurate ziehen kann, auch wenn man nicht gelernt hat, Noten zu lesen. Außerdem kann sich jeder Wagners Kompositionstechnik auf einer der Einführungsveranstaltungen während der Festspiele erklären lassen. Vorkenntnisse braucht man dafür keine.«

»Einführungsveranstaltungen?«

»Das sind Matineevorträge, die die Aufführung desselben Tages erläutern. Es werden nicht nur Inhalt und Dramaturgie der Musikdramen erklärt. Es geht auch um Tonarten und selbstverständlich um die Einsichten in die Gestaltung der Leitmotive.«

»Sie meinen also, jeder interessierte Laie kommt als Täter in Frage?«

»Er oder sie muss lediglich gewusst haben, dass es die Leitmotive gibt. Und das ist Allgemeinwissen.«

Emma starrte in die Leere. »Danke für den Hinweis.«

Kress hielt ihr die Taxitür auf.

»Morgen fahre ich für ein paar Tage nach Köln«, sagte er. »Ich melde mich, sobald ich zurück bin. Du bist auf jeden Fall zum Essen eingeladen.« Er lächelte. »Dann zeige ich dir etwas, was dich interessieren könnte.«

Emma nickte kurz. Das unerwartet vertrauliche Du traf sie mitten ins Herz. Sie erschrak und wich automatisch ein Stück zurück. Aus der Erfahrung hatte sie gelernt, solchen unkonkreten Versprechungen zu misstrauen.

»Ich freue mich«, quetschte sie heraus und lächelte zurück.

Der Fahrer stellte den Taxameter ein und gab Gas. Sie winkte und beobachtete, wie Kress über die Straße lief. Bis zum Hotel Lohmühle, wo er wohnte, war es nicht mehr weit. Er hatte auf ein Taxi verzichtet.

***

Als Vandendaele am nächsten Morgen ins Büro kam, beauftragte er die Sekretärin Veronika Braun, die Liste mit den Kulturerbe-Geschädigten um alle größeren Konfliktfälle zwischen dem Rathaus und Bayreuther Geschäftsleuten zu erweitern. Danach sollten die jungen Polizisten Axel Bauer und Michaela Vogt die Alibis überprüfen.

Franz-Joseph Schönwald, der Eigentümer der Musikalienhandlung Klangholz und Vater des genialen Geigenbauers Leo Schönwald, saß schon seit den frühen Morgenstunden im Warteraum des Polizeipräsidiums. Er trug einen hellgrauen Anzug mit jägergrüner Krawatte und blätterte zum wiederholten Mal durch die umherliegenden Zeitschriften. Er hatte gestern die Vorladung der Polizei in seinem Briefkasten gefunden, wusste allerdings nicht, was ihn erwartete. Offenbar war er nervös, denn er war lange vor dem Termin erschienen. Der Portier hatte ihn kurz nach Schichtbeginn eingelassen und ihm einen Kaffee aus seiner Thermoskanne angeboten.

Als Vandendaele auf dem Weg in sein Büro einen Blick in das ungemütliche Wartezimmer geworfen hatte, hatte Schönwald höchst angespannt ausgesehen. Als Niedermeier ihn jetzt um neun Uhr abholte, verschaffte sich Schönwald gerade Bewegung auf dem leeren Flur des Erdgeschosses und warf immer wieder einen Blick auf seine Armbanduhr. Niedermeier trat auf ihn zu und führte ihn in den Vernehmungsraum.

Es war eine seiner ersten großen Zeugenbefragungen bei der Kriminalpolizei. Auf Vandendaeles Anordnung hin hatte er gestern Abend noch einen Fragebogen angefertigt, eine Arbeit, die ihn über zwei Stunden gekostet hatte. Aber das gehörte zu den Arbeitstechniken, die Vandendaele so erfolgreich gemacht hatten.

Vernehmungen hatten gewöhnlich den Charakter eines offenen Interviews, aber in schwierigen Fällen fand er es nötig, einen Leitfaden in der Hinterhand zu haben, um im Laufe des Gesprächs die für den Fall wichtigen Eckpunkte nicht aus den Augen zu verlieren. Er hatte die Erfahrung gemacht, dass eine gut vorbereitete und strukturierte Befragung im Allgemeinen beruhigend sowohl auf den Zeugen als auch auf den Polizisten wirkte. Im Fall von Franz-Joseph Schönwald konnte das besonders wichtig werden. Vandendaele war gespannt, wie Niedermeier mit dem schwierigen Charakter umgehen würde. Er nahm sich einen Hocker und setzte sich an die Wand.

Niedermeier schaltete den Rekorder an, nannte die Namen der Anwesenden, Datum, Uhrzeit und den Grund der Vorladung.

»Danke, dass Sie sich die Zeit genommen haben, Herr Schönwald«, begann er und versuchte vorbildlich durch alltägliche Floskeln eine angenehme Einstiegsatmosphäre zu schaffen. Nichtsdestoweniger lief Schönwald schon bald rot an und entledigte sich seines Jacketts. Kurz darauf löste er den Knoten seiner Krawatte und öffnete den Hemdkragen.

Vandendaele erinnerte sich an seinen alten Lehrer aus der Polizeischule. Er war nicht müde geworden, auf die Bedeutung des Ortes hinzuweisen. Die Schnelligkeit, mit der sich ein Streit entwickele, hänge nicht zuletzt von der Größe des Raums ab, in dem man eine Befragung durchführe. Menschen seien wie Stachelschweine, die sich umso mehr stachen, je näher sie miteinander zu tun hätten. Der Raum war offensichtlich zu eng für diesen Zeugen.

Einen größeren Vernehmungsraum hatte die Bayreuther Polizei aber nicht zu bieten. Allenfalls konnte man für frische Luft sorgen. Vandendaele stand auf und öffnete das Oberlicht, aber es war schon zu spät. Bereits als Niedermeier sachlich erklärte, dass Schönwald im Rahmen der Anschlagsserie und wegen seines Konflikts mit der Denkmalschutzbehörde einige Fragen zu beantworten habe, konterte Schönwald mit der ersten Wutrede.

Niedermeier wusste nicht, wie ihm geschah. Wegen der Supervision durch Vandendaele zusätzlich verunsichert, reagierte er zu schnell und verteidigte seine Position. Die Wut des Cholerikers steigerte sich daraufhin derart, dass das Gespräch innerhalb kürzester Zeit außer Kontrolle geriet. Schönwald schimpfte auf die Bürokratie im Allgemeinen und die Polizei im Besonderen. Er ballte die Fäuste, spottete und lachte über Niedermeier, dessen Unsicherheit plötzlich eine ideale Angriffsfläche bot. Als Kriminalist sei er völlig ungeeignet, weil er den Blick zu häufig senke und es daher mit Leuten seiner Preislage niemals aufnehmen könne, schimpfte er.

Niedermeier konterte geschickt, aber unnötig. Um es Schönwald zu beweisen, starrte er ihm nun unablässig in die Augen, was sein Gegenüber zusätzlich provozierte.

Vandendaele saß wie gebannt an der Wand und wusste, dass er bald eingreifen musste. Niedermeier war in einen Krieg gezogen, der nicht zu gewinnen war. Obwohl er Verhörsituationen auf der Polizeischule mehrfach eingeübt hatte, schienen ihm Schönwalds verbale Attacken, die sein Selbstbewusstsein wie Nadelstiche traktierten, den Verstand zu blockieren. Anstatt Ruhe zu bewahren, zog er alle Register. Als Niedermeier schließlich aufsprang und kurz davor war, handgreiflich zu werden, ging Vandendaele ruhig, aber bestimmt dazwischen. Er ergriff seinen Kollegen, begleitete ihn hinaus und setzte sich nun selbst Schönwald gegenüber.

Es dauerte keine fünf Minuten, dann hatte sich der Choleriker beruhigt. Vandendaele hörte ihm zu und ließ ihn ausreden. Er hielt sich an die Regeln zur Deeskalation und ignorierte alle Beleidigungen. Als er schließlich das Wort ergriff, sprach er langsam und mit tiefer Stimmlage, was sein Gegenüber sichtlich beruhigte und den Druck herausnahm.

»Ich kann mir vorstellen, dass es nicht einfach ist, sich im Paragraphendschungel der Denkmalschutzbehörde zurechtzufinden. Leider können wir Ihnen hier aber nicht helfen. Ich empfehle Ihnen, sich einen guten Anwalt zu nehmen«, sagte Vandendaele betont freundlich. Er wusste, dass es wichtig war, ein gewisses Verständnis für Schönwalds Sicht der Dinge zu signalisieren.

Schönwald nickte stumm. Er hatte sich ausgetobt. Die friedliche Art, mit der Vandendaele sprach, verblüffte und beschämte ihn.

»Uns interessiert, was Sie vergangenen Freitag gemacht haben«, fuhr Vandendaele fort.

»Ich habe kein Alibi, falls Sie das meinen. Ich war im Geschäft, aber es kamen kaum Kunden. Leo war den ganzen Tag außer Haus, um die Musiker auf ihren Proben zu begleiten. Am Abend war ich daheim, habe aufgeräumt, Bürokram erledigt und ferngesehen.«

»Welche Filme?«

Schönwald überlegte. »Es war ein Monumentalschinken. ›Die zehn Gebote‹ hieß er, glaube ich.«

»Das heißt, Sie können sich an den Titel nicht mehr erinnern?«

»Ich habe nur mit halbem Ohr zugehört. Das Fernsehen lief nebenher. Ich habe, wie gesagt, Hausarbeiten und die Steuererklärung gemacht. Einen Steuerberater können wir uns jetzt ja nicht mehr leisten.«

Franz-Joseph Schönwald war sein Wutausbruch inzwischen peinlich. Ausführlich erläuterte er, wie es zu dem Verstoß gegen die Denkmalschutzauflagen gekommen war. Demnach hatte der Architekt vorgegeben, sich mit den Bestimmungen auszukennen.

»Er hat erklärt, er habe schon mehrfach denkmalgeschützte Häuser umgebaut. Nie wäre ich auf die Idee gekommen, an Brüggemanns Worten zu zweifeln.«

Vandendaele stutzte und schrieb »Brüggemann« in sein Notizbuch.

»Wenn der Fall so klar liegt, warum haben Sie dann nicht schon längst rechtliche Schritte eingeleitet?«, fragte er.

»Karl Brüggemann ist doch der Bruder des OB, Herr Vandendaele. Da warte ich lieber mit der Anzeige. Welcher Richter würde ihm in der Trauerzeit schon am Zeug flicken wollen?«

***

Emmas Fahrrad stand noch bei Azar Alt im Garten, und sie machte sich zu Fuß auf den Weg. Unterwegs hatte sie Zeit zum Nachdenken. Das war gut so. Der Hinweis von Daniel Kress, dass das Auslegen der Notenspur jedem interessierten Laien möglich sei, hatte ihre Hoffnungen auf baldige Aufklärung zerstört. Auch die Deutung der Noten gestern Abend hatte sie im Nachhinein eher verwirrt als weitergebracht. Die mögliche Vorankündigung, die sie auf dem Balkon des Festspielhauses gefunden hatten, hätte zynischer kaum sein können. Durch das Leitmotiv »Mord« ahnten sie jetzt zwar, dass der Täter womöglich plante, jemanden zu töten, aber verhindern ließ sich die Tat trotzdem nicht. Wer sollte ermordet werden und warum?

Vandendaele hatte sie für überspannt gehalten, als sie ihn heute Morgen in aller Frühe angerufen und ihm eröffnet hatte, dass die Spur auf einen geplanten Raubmord hinweise. Noch nie hatte er ein Telefongespräch so schnell beendet.

Der Regen hatte aufgehört. Aber die Luft lag jetzt schwer auf

Bäumen und Vorgärten, und die Feuchtigkeit schluckte fast alle Geräusche. Es war nicht mehr weit. Das Haus von Azar Alt war schon zu sehen. Sie legte einen Schritt zu. Als sich das Gartentor öffnete, zerriss eine schrille Stimme wie eine Kreissäge die Ruhe. Dicke Luft, dachte Emma und überlegte einen Moment, ob sie ihr Fahrrad einfach aufschließen und wegfahren sollte. Im zweiten Stock wurde das Klappfenster geöffnet. Laurenz war also auf seinem Zimmer und nicht im Streit mit seiner Mutter. Sie klingelte.

Als Azar Alt öffnete, hielt sie den Telefonhörer noch ans Ohr gepresst. Ihr Gesicht war mit weißer Creme bedeckt. Nur die Augenpartie hatte sie ausgespart. Der Streit dauerte wohl schon länger, die Maske war eingetrocknet und erinnerte an die in einzelne Schollen zerbrochene Oberfläche einer Salzwüste. Emma trat ein, legte den Regenmantel ab und ließ sich ins Wohnzimmer führen.

»Das war's«, sagte Alt, nachdem sie abrupt aufgelegt hatte. Sie warf das Telefon auf den Couchtisch und ließ sich in den Sessel fallen. »Ich hätte schon viel früher Klartext reden müssen.«

Emma schwieg.

»Die letzten Wochen gingen an die Substanz«, fuhr Alt fort und berichtete von ihrem beinahe fünfzehn Jahre jüngeren Liebhaber, dem sie soeben den Laufpass gegeben hatte. Schon seit geraumer Zeit hatte sie sich mit diesem Gedanken getragen, aber zum Handeln niemals durchgerungen. Noch bevor Emma etwas erwidern konnte, sprang sie wieder auf und ging ins Bad, um sich die Creme aus dem Gesicht zu waschen. In diesem Augenblick kam Laurenz beinahe vollständig in Schwarz gekleidet aus dem Zimmer des zweiten Stocks. Sorgfältig gekämmt verdeckte der gezackte pechschwarze Haarschnitt das rechte Brillenglas. Für seine achtzehn Jahre war er schon ungewöhnlich breitschultrig. Wohlerzogen gab er Emma die Hand, stellte sich vor und erklärte, er sei in der Schule der Zwillinge. Dann ging er in die Küche, schmierte sich Butterbrote und packte die Tüte in den Rucksack.

»Wo gehst du hin?«, fragte Alt und stürzte aus dem Badezimmer.

»Gratuliere, dass du ihn endlich los bist«, sagte Laurenz, ohne auf ihre Frage einzugehen. Er öffnete die Haustür und verließ das Haus. Seine Mutter folgte in den Vorgarten, ließ dann aber ab, um nicht die Nachbarschaft aufmerksam zu machen. Eine Frau von gegenüber hing bereits im Fenster.

Emma beobachtete, wie Laurenz nach ein paar Schritten zu humpeln begann. Im Schmerz verzog er das Gesicht, das eine tief eingeschriebene Trauer verriet.

»Er ist verletzt«, sagte sie.

»Ich weiß«, antwortete Alt und krempelte die Ärmel ihres Pullovers bis zu den Ellbogen hoch. »Er weigert sich, zum Arzt zu gehen. Ich habe noch nicht einmal herausbekommen, was eigentlich passiert ist. Seit dem Tod seines Vaters ist der Junge völlig unzugänglich. Seit Neuestem will er noch nicht einmal mehr zum Therapeuten. Was soll man da noch machen?«

Emma dachte an die Screamo-Band und an ihr Vorhaben, sich so bald wie möglich in den Kellerräumen der Auferstehungskirche umzusehen. Bisher war sie noch nicht dazu gekommen.

Das Handy klingelte. Der Name Vandendaele erschien auf dem Display.

»Das Labor hat die Fahne freigegeben. Die Noten dürften dich interessieren. Hast du Zeit?«, fragte Vandendaele und klärte Emma in kurzen Zügen über den Fund am Neuen Schloss auf.

Hab ich's doch gewusst, dachte sie. »Wie hat er das Tuch denn befestigt? Dafür müsste es doch Zeugen geben!«

»Leider nein. Der Stoff kam per Post mit falschem Absender. Der neue Hausmeister hat ihn im Glauben an eine Open-Air-Veranstaltung höchstpersönlich aufgehängt«, antwortete Vandendaele.

Emma stöhnte. Bald hatte sie keine Lust mehr, dieser Fata Morgana hinterherzujagen. »Die Notenspur läuft immer wieder ins Leere. Es ist zum Auswachsen. Langsam kommt es mir so vor, als ob es dem Täter nur darum geht, Zeit zu schinden und die Ermittlungen zu verwirren. Zum Glück bist du nicht darauf reingefallen.«

»Schmeiß nicht die Flinte ins Korn, wenn sie noch geladen ist«, entgegnete er, obwohl er selbst längst vermutete, dass es sich um ein Verwirrspiel handelte. Nichtsdestoweniger lang ihm viel daran, dass Emma am Ball blieb. Die Polizei hatte nicht genug Personal, und ihm selbst fehlte jede Ader für diese Art von Musik. Oper erinnerte ihn nur immer an eine Zeile von Wilhelm Busch: »Beim Duett sind stets zu sehn – zwei Mäuler, welche offen stehn.«

»Selbst wenn es so sein sollte, wie du sagst«, fuhr er fort »unsere Chance ist mit den Noten immer noch größer als ohne. Je mehr Indizien wir haben, desto besser. Die Dechiffrierabteilung hat übrigens bestätigt, dass es sich um Leitmotive von Wagner handelt. Inhaltlich können sie aber nichts damit anfangen. Am besten schaust du dir die Fahne mal an und machst selbst ein paar Fotos.«

Kurz entschlossen begleitete Azar Alt Emma, die ihr Fahrrad wieder bei Alt stehen ließ, ins Polizeipräsidium. Als der Pförtner die Journalistin erkannte, griff er zum Hörer. Wenig später erschien Vandendaele im Foyer und führte die beiden Frauen in die Asservatenkammer.

»Hier ist also das gute Stück für unsere Wagner-Experten«, sagte er und rollte den kupferfarbenen Stoff auseinander. Auf diese Bemerkung erntete er einen Blick von Azar Alt, der klarstellte, dass sie für Spott nicht zu haben war und er für ihre Unterstützung dankbar zu sein hatte.

»Feuerzauber«, sagte sie kurz.

»Feuerzauber?«, fragte Emma und sah von einem zum anderen.

»Ja, wieder ein Leitmotiv aus dem ›Ring‹. Die Frage ist nur, aus welcher Szene. Das Motiv kommt öfter vor: in der Walküre, im Siegfried und auch mehrmals in der Götterdämmerung.«

Vandendaele bemerkte, dass ihn Alt keines Blickes mehr würdigte. Empfindlich und nachtragend wie ein indischer Elefant, dachte er.

Emma biss nervös auf ihr Kaugummi. »Der Name passt. Erinnerst du dich noch, wie fasziniert Niedermeier von dem Feuer am Festspielhaus war, Georg? Das Leitmotiv am Neuen Schloss sollte das bengalische Feuer am Festspielhügel ankündigen.«

Vandendaele nickte.

»Hätte es eine Chance gegeben, den Brandanschlag zu verhindern, wenn wir die Noten eher gefunden hätten?«, fragte er und schaute auf Azar Alt, die sich wieder in das Notenbild vertieft hatte.

»Wir müssen den Knoten vorsichtiger aufdröseln, Herr Hauptkommissar. Wie präzise der Hinweis war, können wir erst feststellen, wenn wir genau wissen, in welchem Kontext die Takte stehen«, gab die Professorin zur Antwort. Sie wollte sich von dem Kriminalbeamten offensichtlich nicht unter Druck setzen lassen. »Ich habe keine Unterlagen dabei, aber das Motiv scheint aus dem dritten Aufzug der Walküre zu stammen. Die Stellen im Siegfried und in der Götterdämmerung kommen meines Erachtens vom Notenbild her weniger in Frage«, fuhr sie an Emma gewandt fort.

»Darf man fragen, was diese Szene in der Walküre beinhaltet?«, fragte Vandendaele.

»Der Gott Wotan bestraft seine Tochter Brünnhilde. Er degradiert sie als Göttin, versenkt sie in einen tiefen Schlaf und umschließt ihren Körper durch ein Feuer. Nur Siegfried kann sie daraus befreien.«

»Erst der Gordische Knoten und jetzt der Dornröschenschlaf«, sagte Vandendaele und begann, den Stoff am oberen Ende wieder zusammenzurollen.

»Was hat Brünnhilde denn getan? Wofür wird sie bestraft?«, fragte Emma, noch bevor Alt auf Vandendaeles erneuten Spott reagieren konnte.

»Kurz gesagt, hat sie sich dem Befehl des Vaters widersetzt und sich als Göttin zu stark auf das Niveau der Menschen begeben.«

Alle drei schwiegen.

»Das ist nichts Neues«, sagte Vandendaele jetzt ernster. »Dass er es auf die Stadt einschließlich aller Leute, die mit dem Festspielhaus zu tun haben, abgesehen hat, wussten wir schon die ganze Zeit. Komisch finde ich nur, dass er hier als Gott auftritt. In Sanspareil war er noch ein Zwerg! Schlüpft er in verschiedene Figuren oder handelt es sich um zwei Täter?«

Azar Alt machte ein überraschtes Gesicht und zuckte mit den Schultern.

»Gibt es eigentlich überhaupt etwas, was wir aus den Noten erfahren haben?«, fragte Emma.

»Festhalten können wir, dass die Noten als Ankündigung zu lesen sind. Der oder die Täter sind darauf aus, eine Frau zu bestrafen und einen Mann aus dem Weg zu räumen, der etwas Wertvolles besitzt«, antwortete Vandendaele.

Alt nickte nach kurzem Zögern.

»Trotzdem bringt uns das nicht weiter.« Vandendaele wurde plötzlich von Ungeduld gepackt und bedeutete Emma, endlich mit dem Fotografieren zu beginnen. Er hatte einen Termin mit dem Architekten Karl Brüggemann, dem Bruder des getöteten OB. Die Zeit wurde knapp.

»Haben wir denn gar keinen Anhaltspunkt, welche Frau er bestrafen will?«, bohrte Emma weiter und stieg des besseren Winkels wegen auf einen Stuhl.

»Es scheint auf jeden Fall dieselbe zu sein, von der er sich betrogen fühlt. Er will sie degradieren, im Feuermeer einschließen und von anderen fernhalten«, antwortete Alt.

»Und Siegfried? Am Festspielhaus spielt er die Rolle des feuerfesten Prinzen und befreit Brünnhilde aus den Flammen, nur um gleich danach ermordet zu werden?« Vandendaele rollte die Fahne ein und drehte den beiden Frauen den Rücken zu, um einen Anruf aus der Zentrale entgegenzunehmen.

Im Wald hatte man eine männliche Leiche gefunden.

ZEHN

»Na endlich, wo bleibst du denn?«, fragte Vandendaele, als Emma Schiller mit der Kamera in der Hand am Tatort erschien. Vor mehr als einer Stunde hatte sie ihm versprochen, Fotos zu machen, aber der Weg zu Azar Alt, die anschließende Fahrradfahrt nach Hause und die Strecke hierher zur Hohen Warte hatten doch länger gedauert als geplant, zumal sie unterwegs eine Kleinigkeit essen musste.

»Wo ist denn das Opfer?«

»Im Gebüsch hinter der Absperrung. Es handelt sich um einen Mann, Ende vierzig, erdrosselt.«

Emma zog den Fotoapparat aus der Tasche. Sie liebte diese Arbeit nicht, wollte Vandendaele den Gefallen aber nicht abschlagen.

»Ein Draht hat den Hals zerquetscht. Sieht aus wie die Instrumentensaite, die wir auf dem Balkon des Festspielhauses sichergestellt haben.«

»Bist du sicher?«

»Nein, natürlich nicht, aber es gibt Übereinstimmungen. Wir werden erst überprüfen müssen, ob das der angekündigte Mord ist.«

Emma bekam eine Gänsehaut.

»Habt ihr sonst noch was?«

»Keine Noten, wenn du das meinst. Die Spurensicherung hat die Taschen geleert. Ich hab den Inhalt selbst noch nicht gesehen. Noten waren jedenfalls nicht dabei. Auch kein Personalausweis, Führerschein oder ein anderer Hinweis auf die Identität des Opfers.«

»Und wer hat den Toten gefunden?«

»Eine ältere Frau, die ihren Mann im Krankenhaus besucht hat. Als sie herauskam, führte sie ihren Hund Gassi. Er hatte die ganze Zeit im Auto gewartet.«

Emma sah, dass die junge Polizistin Michaela Vogt mit bleichem Gesicht an einem Baum lehnte. Sie hatte sich gerade übergeben. Es war ihr erstes Gewaltverbrechen. Reiner Niedermeier brachte einen Becher Wasser und redete ihr gut zu.

Die Ärmste, dachte Emma. Sicher fühlt sie sich, als ob sie versagt hätte. So ein Schwächeanfall wurde unter den Kollegen bei allem Verständnis nicht gern gesehen. Allzu schnell geriet man in den Ruf, unzuverlässig zu sein. Die Mannschaft musste sich auf den Einsatz jedes Polizisten verlassen können, zumal die Personaldecke von Jahr zu Jahr immer stärker gestreckt wurde.

Emma kannte den Zustand nur allzu gut. Als Polizistin hatte sie mit ähnlicher Übelkeit zu kämpfen gehabt, bis sie eines Tages auf die Idee mit der Kamera kam. Sie stellte fest, dass der Blick durch das Objektiv die Distanz zum Geschehen vergrößerte. Durch den Sucher war sie in der Lage, Ruhe zu bewahren und sich auf Details zu konzentrieren. Seither hatte sie mit dieser Methode gearbeitet und durch Dokumentarfotos überrascht, die neue Perspektiven offenbarten und ungeschminkte Wahrheiten ans Licht zerrten.

Schon auf dem Weg zum Gebüsch, wo der Tote lag, machte Emma Aufnahmen von Spuren am Boden und von Auffälligkeiten ringsum. Als sie durch die Absperrung ging und einen unverstellten Blick auf das Opfer hatte, war sie trotz aller Vorkehrungen tief getroffen. Sie erkannte die Kleidung. Schnell zoomte sie so weit wie möglich heran, um gegen ihr Entsetzen anzukämpfen. Die Methode funktionierte. Bald war der Ausschnitt derart verkleinert, dass er mit der Wirklichkeit kaum noch etwas zu tun hatte. Mechanisch glitt sie mit dem Objektiv über den Körper und drückte ab und zu auf den Auslöser. Sie registrierte beinahe jede Fluse auf der dunkelbraunen Hose und dem braun karierten Jackett. Langsam fuhr sie an den Ärmeln entlang. An der linken Manschette fehlte ein Knopf, und die blutbeschmierte Hand lag in Pfötchenstellung neben dem Kragen. Das weit aufgerissene Hemd gab den Blick auf den Hals frei. Der Draht hatte sich tief eingeschnitten und dunkelblaue Blutergüsse um die Wunde verursacht. Der Mann hatte also noch gelebt, als er brutal erdrosselt wurde. Sonst wäre das Blut nicht in die Haut eingedrungen. So viel wusste sie noch aus ihrer Polizeipraxis.

Vor dem Gesicht schreckte sie zurück. Der Kopf war unnatürlich nach oben verdreht. Sie gab sich einen Ruck und schwenkte die Kamera über das glatt rasierte Kinn. Der Mund war weit aufgerissen und zeigte nichts mehr von dem, was ihr gestern noch so gefallen hatte. Sie stutzte. Lag da nicht etwas unter der Zunge? Sie beugte sich herunter und stellte auf Makromodus. Um ihr Zittern zu unterdrücken und die Aufnahmen nicht zu verwackeln, hielt sie den Atem an.

Der Arzt war noch immer zugegen. Vielleicht war ihm die Anspannung nicht entgangen, jedenfalls wiederholte er seinen Bericht für die Journalistin.

»Wahrscheinlich wurde er mit einem Schlag auf den Hinterkopf betäubt und dann mit dem Draht und diesem Knüppel hier erdrosselt.« Der Arzt deutete mit dem Fuß auf einen Holzstab neben der Leiche. »Der Tod ist durch die Unterbrechung des Blutstromes zum Gehirn eingetreten.«

»Sie meinen, mit diesem Knüppel wurde er vorher niedergeschlagen?«, fragte Emma und fotografierte das Holz, dessen Rinde seltsam abgewetzt war.

»Wahrscheinlich. Die Kopfwunde muss bei der Obduktion aber noch genauer untersucht werden. Ich vermute, dass der Täter den Stab benutzt hat, um die Drahtschlinge rücklings zuzudrehen. Eine beinahe mittelalterliche Methode.«

Emma nahm die Kamera herunter und starrte dem Arzt ins Gesicht. »Zuzudrehen«, wiederholte sie und schluckte. »Ist der Mord denn hier geschehen?«

»Die Spurensicherung sagt, es gibt keine Schleifspuren.« Der Arzt zuckte mit den Schultern. »Sicher ist jedenfalls, dass es heute Nacht passiert ist. Zwischen zwölf und eins, würde ich sagen. Der Täter muss schon einen triftigen Grund gehabt haben, ihn hierherzulocken. Vielleicht hatte er einen Hund dabei.«

Als sich Emma abwandte, wanderte ihr Blick versehentlich ungeschützt über den leblosen Körper. Sofort schossen ihr die Tränen in die Augen, und ihr wurde flau im Magen. Mit letzter Kraft schob sie sich durch die Absperrung und setzte sich neben die junge Polizistin Michaela Vogt, unfähig zu denken oder sich mitzuteilen.

Vandendaele hatte sie beobachtet. Langsam ging er auf sie zu und legte ihr eine Hand auf die Schulter. Durch das laute Brausen in ihren Ohren verstand sie kein Wort. Der Notarzt kam und brachte sie in den Krankenwagen.

»Ich glaube, sie hat den Mann erkannt«, sagte Vandendaele zu Niedermeier.

»Dann wären wir ein gutes Stück weiter.«

»Was war eigentlich in den Taschen des Opfers?«

Niedermeier schlug seinen Notizblock auf. »Eine Brieftasche mit etwa fünfzig Euro, Familienfotos und abgelaufenen Kinokarten. In der Innentasche des Jacketts steckte ein Manuskript. Cor hat schon alles für die Laboranalyse sichergestellt.«

»Was für ein Manuskript?«

»Ein getippter Text, nichts Besonderes.«

Vandendaele wollte sich gerade zum Lieferwagen der Spurensicherung begeben, als Kriminaloberrat Hollschefler-Engelbrecht hinzutrat. Er schien nicht in bester Laune.

»Darf ich Sie einen Augenblick sprechen, Vandendaele?«, fragte er und führte ihn etwas abseits. »Hat Frau Schiller den Toten gekannt?«

»Sie hat noch nichts gesagt, aber es sah so aus.«

»Geben Sie mir sofort Bescheid, wenn sie vernehmungsfähig ist. Das sind mir langsam zu viele Zufälle.«

Vandendaele runzelte die Stirn. Als er etwas erwidern wollte, fuhr der Chef fort: »Ihre Freundschaft in allen Ehren, Vandendaele, aber Frau Schillers Nähe zu diesem Fall macht mir langsam Kopfzerbrechen. Erst findet sie all diese Noten, dann legt sie sich mit dem LKA an, und jetzt kannte sie womöglich auch noch das Opfer.«

Vandendaele glaubte, nicht richtig gehört zu haben. »Wann hatte sie denn Probleme mit dem LKA?«

»In Sanspareil. Dort hatte sie einen unangenehmen Zusammenstoß mit Klaus Krings. Den kennen Sie doch. Wir haben dafür eine offizielle Beschwerde kassiert. Schließlich handelt es sich um eine ehemalige Kollegin.«

»Mit Klaus Krings? Es war Klaus, mit dem sie zusammengestoßen ist?«

»So ist es.«

Vandendaele nickte und ahnte jetzt, worauf der Chef hinauswollte. Emma hätte ihren Besuch in der Eremitage bei der Zentrale melden müssen.

»Das LKA will, dass wir Frau Schiller stärker auf Distanz halten«, fuhr der Chef fort. »Und ich muss sagen, dass ich mich dem ausnahmsweise anschließe. Es mag zwar schade sein, aber sie gehört nun mal nicht mehr dazu. Wir haben einen Fotografen, und das muss reichen – zumindest so lange, bis dieser Fall aufgeklärt ist.«

Vandendaele nickte. Er wusste, es hatte keinen Zweck, zu widersprechen.

»Schon so mancher ist über einen bloßen Verdacht gestolpert, Vandendaele. Das LKA ist nervös und kann es dementsprechend nicht vertragen, wenn ihm jemand zwischen die Füße läuft.«

»Wie meinen Sie denn das?«

»Krings fühlte sich wohl von ihr belächelt, um nicht zu sagen verspottet. Dabei tat er vorschriftsmäßig seinen Dienst in wichtiger Mission, nämlich Menschenleben zu schützen und ein Kunstwerk zu bewahren, das vielleicht einmal Aussicht darauf hat, als UNESCO-Weltkulturerbe eingestuft zu werden. Überlegen Sie sich das mal, Vandendaele. Wenn wir alle Journalisten derart in unsere Arbeit integrierten, gäbe es ein ziemliches Chaos bei der Polizei, und der Schutz des Landes wäre nicht mehr zu gewährleisten.«

»Ich habe die Nervosität des LKA unterschätzt«, gab Vandendaele zu, obwohl er nicht verstand, warum der Chef die ehemalige Kollegin mit den anderen Journalisten in eine Schublade steckte. Und was hieß überhaupt Verdacht? Das war doch lächerlich. Schließlich war er es gewesen, der die Noten auf dem Balkon des Festspielhauses und am Neuen Schloss sichergestellt hatte. Nein, es konnte kein Verdacht gegen Emma vorliegen; das Argument war vorgeschoben. Es ging nur darum, der Anordnung, sie aus den Ermittlungen herauszuhalten, Nachdruck zu verleihen.

»Noch ist gar nicht erwiesen, ob dieser Fall etwas mit den Anschlägen zu tun hat«, sagte er.

»Dann machen Sie mal Ihre Hausaufgaben, Vandendaele. Richten Sie Ihre Augen künftig weniger auf Frau Schiller als zum Beispiel auf den Tascheninhalt des Opfers. Ab sofort übernehmen Sie offiziell die Ermittlungen in diesem Mordfall hier. Damit haben Sie die volle Verantwortung, die Sache so schnell wie möglich aufzuklären. Stellen Sie ein Team zusammen und machen Sie sich unverzüglich an die Arbeit. Sollte das LKA den Fall haben wollen, bekommen Sie Bescheid«, sagte der Chef und ging, ohne sich zu verabschieden, zurück zu seinem Auto.

Derart zurechtgestutzt hatte ihn der Chef noch nie. Bisher war Vandendaele wie auch schon zuvor in seiner alten Dienststelle für seine Arbeit immer anerkannt worden. Die Kollegen beneideten ihn um seinen hohen Aufklärungserfolg und schrieben das der langen Erfahrung und dem ausgezeichneten Spürsinn zu, den man auf der Polizeischule nicht erlernen konnte. Mit anderen Worten, Kritik an seiner Arbeit hatte es bislang nur selten gegeben. Aber anstatt sich beleidigt oder verunsichert zurückzuziehen, beschloss er, dem Rat des Chefs zu folgen und sich in die Arbeit an dem neuen Fall zu stürzen. Er wusste, was er zu tun hatte, und informierte Niedermeier über den Einsatzbefehl.

»Auch wenn es heute Abend noch spät werden sollte, treffen wir uns gleich morgen früh zur Besprechung im Büro«, sagte Vandendaele und ging zum Lieferwagen der Spurensicherung hinüber. Er traf auf Heinrich Cor, der noch immer seine Schutzkleidung trug und sich erste Notizen zu den Indizien machte. Vandendaele kannte Cor noch nicht lange, trotzdem hatte er spontan Freundschaft mit ihm geschlossen. Cor war der Kopf und das Herz der Bayreuther Spurensicherung. Im Rahmen seiner technischen Möglichkeiten blieb er flexibel und kreativ. Außerdem mochte er American Football und spielte im selben Club wie Vandendaele.

»Hallo, Heinrich. Kann ich einen Blick auf den Tascheninhalt werfen?«

»Kannst du. Zieh dir aber bitte die Schutzkleidung über. Wir sind gerade erst mit der Spurenaufnahme fertig. Eine Heidenarbeit. Wir haben jede Art von Fußspuren, Fasern und Haaren sichergestellt. Außerdem gab es Urin an den Bäumen. Vermutlich alles Hinterlassenschaften von Hunden«, antwortete Cor und reichte Vandendaele zwei Plastiktüten, in denen sich die Brieftasche und die Papiere aus den Jacketttaschen befanden.

»Wir haben noch nichts genauer untersucht«, fuhr Cor fort.

Vandendaele kleidete sich ein und zog neue Handschuhe über. Wie Niedermeier gesagt hatte, enthielt die Brieftasche nichts Besonderes. Bei den alten Familienfotos befand sich eine ältere Aufnahme eines Kindes am Klavier. Vielleicht das Opfer. Komisch, wie rührend so ein dressiertes Kind wirkt, dachte er und nahm sich die nächste Tüte vor. Sie enthielt einen kleinen Stapel unordentlich zusammengefalteter Papiere.

»Die Brieftasche war innen, die Papiere befanden sich in der rechten Außentasche seines Jacketts«, erklärte Cor.

»Ach, übrigens, der Zettel aus der Eremitage ist noch im Labor. Wir haben es bisher nicht geschafft, uns darum zu kümmern. Nach Sanspareil sind wir auch nicht mehr gekommen, sorry. Die Genehmigung von der LKA-Zentrale steht noch aus. Vielleicht haben sie vor, sich das Schild selbst noch einmal anzuschauen.«

»Schon gut, vielen Dank. Wir müssen die Untersuchungen ohnehin einstweilen zurückstellen und uns um den Toten hier kümmern. Das hat jetzt Priorität. Ich werde das LKA selbst noch einmal auf die Bedeutung des Schildes aufmerksam machen«, sagte Vandendaele und faltete die Papiere auseinander.

Das Manuskript trug den Titel »Musik als Text. Wandlungen musikalischer Kommunikationskonzepte im 19. Jahrhundert«. Vielleicht ein wissenschaftlicher Vortrag, vom Opfer selbst verfasst. War der Mann also Musikwissenschaftler gewesen? Das war es wohl, worauf der Chef angespielt hatte. Auch der Draht deutete auf den Zusammenhang mit der Anschlagsserie. Vandendaele blätterte weiter, aber in dem Manuskript fanden sich keine Noten.

»Habt ihr irgendwo einen Zettel mit Noten gefunden?«, fragte er.

»Nein, nichts«, antwortete Cor, während er diverse Döschen mit Kleinteilen vom Fundort beschriftete.

Vandendaele sah ein, dass er sich gedulden musste. Er stand auf, zog die Schutzkleidung aus und beobachtete, wie Niedermeier mit ein paar Streifenpolizisten auf der Suche nach Zeugen die Besucher des Krankenhauses abfing. Er selbst ging zum Krankenwagen hinüber, wo Emma noch immer versorgt wurde. Hoffentlich war sie jetzt ansprechbar. Zu seiner Freude saß sie aufrecht und trank ein Glas Wasser. Sie hatte schon wieder Farbe im Gesicht, aber ihre Augen verrieten, dass sie geweint hatte.

»Es ist Daniel Kress«, sagte sie leise.

Vandendaele erinnerte sich. Sie hatte von ihm erzählt. Er war der Wissenschaftler, den sie bei Azar Alt kennengelernt hatte. Vandendaele setzte sich neben sie. Aus Andeutungen hatte er entnommen, dass der Mann ihr nicht ganz gleichgültig gewesen war.

»Die Spurensicherung glaubt, dass er selbst oder der Täter einen Hund gehabt hat. Wer geht sonst mitten in der Nacht ins Gebüsch? Weißt du da Näheres?«

Emma schüttelte den Kopf. Dann berichtete sie, was ihr beim Fotografieren aufgefallen war. Sie öffnete eine Klappe an ihrer Kamera und übergab den Chip einem Beamten der Spurensicherung.

»Nach dem fehlenden Knopf suchen wir noch. Aber was war denn komisch an seinem Mund?«, fragte Vandendaele.

»Irgendwie zu weit aufgerissen. Ich fand das ungewöhnlich. Die Muskeln erschlaffen doch beim Sterben. Es sah aus, als hätte man den Mund erst nach Eintreten des Todes geöffnet. Außerdem war da etwas unter der Zunge.«

Vandendaele sprang auf und rannte ins Gebüsch, aber die Leiche war schon abgeholt worden. Er tippte auf die Telefonnummer des Rechtsmediziners, der den Anruf sofort entgegennahm.

»Mach ich«, sagte dieser mehrfach, als Vandendaele ihm erklärte, wonach er suchen sollte. »Machen Sie sich keine Sorgen, ich hab noch keine Leiche schlucken sehen.«

***

Weitere Noten. Am nächsten Morgen saß Vandendaele an seinem Schreibtisch und ging den Obduktionsbericht durch. Emma hatte richtig vermutet. Der Mund der Leiche war post mortem geöffnet worden, um den Notenzettel unter die Zunge zu schieben. Vandendaele stützte seinen Kopf auf beide Hände. Was bezweckte der Täter nur mit diesen verfluchten Noten? Er dachte an die Anweisung des Chefs, die Journalistin nicht in die Ermittlungen einzubinden. Doch was sprach dagegen, zweigleisig zu fahren? Er ging zum Kopierer und machte Duplikate von dem Notenbild – eines für die Dechiffrierabteilung und eines für Emma Schiller. Bei Gelegenheit wollte er ihr die Kopie persönlich zukommen lassen.

Er wollte keinen Streit. Die Ermahnung des Chefs beschäftigte ihn noch, und er überlegte, ob er den neuen Fund bei der Mitarbeiterbesprechung überhaupt erwähnen sollte. Er schaute auf die Uhr. Es war schon fast so weit; nach dem Geräuschpegel zu urteilen, befand sich ein Großteil der Kollegen schon im Besprechungsraum.

Vandendaele griff nach den Sitzungsunterlagen, holte sich ein Glas Wasser und nahm vor dem Whiteboard am Kopfende des Konferenztisches Platz. Als der Staatsanwalt, Xaver Hecht, zusammen mit dem Chef eintraf, eröffnete Vandendaele die Sitzung.

Die Erwartungen aller Mitarbeiter waren groß. Doch als Vandendaele den Obduktionsbericht referierte und Cor die vorläufigen Ergebnisse der Spurensicherung vom Fundort und dem verwüsteten Hotelzimmer des Opfers zusammenfasste, machte sich Enttäuschung breit.

»Wir haben jede Menge Fußabdrücke und Faserspuren sichergestellt. Viele waren schon alt und sind für den Mordfall ohne Bedeutung. Im Wald haben wir abgesehen von der Zeugin, die die Leiche gefunden hat, drei neuere Spuren – möglicherweise von zwei Männern und einer Frau. Ob die drei eine Gruppe bildeten, wissen wir nicht. Sie kamen aus unterschiedlichen Richtungen. Einer ging querfeldein durch den Wald, die beiden anderen kamen vom Weg. Außerdem gab es rund um den Fundort jede Menge Hundespuren und Reste von Urin an den Bäumen.«

Niedermeier rümpfte die Nase.

»Welche Spur könnte denn die des Mörders sein?«

»Schwer zu sagen. Am deutlichsten sind die Spuren aus dem Wald. Dieser Mann war möglicherweise der Letzte, der an die Stelle kam. Als Täter kommt er aber meines Erachtens nicht in Frage. Es gibt keine Schleifspuren. Getragen hat er die Leiche auch nicht. Dafür sind die Eindrücke seiner Schuhe nicht tief genug.«

Cor machte eine Pause und wartete auf eine Reaktion. Doch keiner sagte etwas. Die Sekretärin projizierte einige Fotos von Emma Schiller auf die Leinwand.

»Wenn er also nicht der Mörder war, warum hat er den Fund dann nicht gemeldet?«, fragte Cor.

»Entweder war er vorher da, oder er hat einfach nichts gesehen. Es war ja Nacht«, sagte der junge Streifenpolizist Axel Bauer.

Alle lachten.

»Was ist mit den beiden anderen, die vom Weg kamen – könnten sie die Leiche getragen haben?«, fragte Vandendaele.

»Möglich. Leider ist der Boden am Waldrand ziemlich fest, und es hat in der Nacht stark geregnet. So genau lässt sich das also nicht sagen.«

»Wenn ich mich richtig erinnere, fehlten der Leiche die Schuhe. Vielleicht stammt eine der Spuren vom Opfer selbst«, sagte Axel Bauer und erntete diesmal anerkennende Blicke für seine Bemerkung.

»Stimmt«, antwortete Cor. »Die Schuhgröße könnte passen. Außerdem haben wir die Schuhe noch nicht gefunden. Der Täter hat sie wohl mitgenommen, um die Ermittlungen zu erschweren.«

»Genau wie bei den Noten«, stieß Axel Bauer hervor, beflügelt von seinem eben gelandeten Treffer.

Alle schauten ihn erstaunt an.

»Die Noten sind meines Erachtens reines Verwirrspiel. Jedenfalls ist er bei den Ermittlungen zurzeit damit recht erfolgreich.«

Der Chef nickte zögernd, und Vandendaele ärgerte sich. Er sah sich nun gezwungen, über den Notenzettel im Mund des Opfers zu berichten. Wie zu erwarten mahnte der Chef erneut zur Zurückhaltung gegenüber Emma. Mit ihrem letzten Zeitungsartikel habe sie sich und den Beamten in Bayreuth keinen Gefallen getan.

»Worum ging es denn?«, fragte Michaela Vogt, die noch keine Zeit gehabt hatte, in die Bayreuther Nachrichten zu schauen.

»Es waren haltlose und völlig spekulative Verdächtigungen. Es wird Zeit, dass wir Miss Marple in die Schranken weisen«, antwortete der Staatsanwalt kurz.

»Sie wird es uns noch danken. Schließlich hat Agatha Christie Journalisten nicht gemocht und sie in ihren Büchern alle sterben lassen«, sagte Klaus Krings vom LKA, der gerade hereingekommen war.

Einige lachten.

»Zur Sache, Kollegen«, mahnte der Chef in scharfem Ton. »Hier geht es nicht um Frau Schiller, sondern um die Klärung eines Mordfalls.«

Die darauffolgende Pause füllte der Staatsanwalt mit dem Kratzgeräusch, das er seit Beginn der Sitzung auf seinem Notizblock verursachte. Dann legte er seinen Füllfederhalter beiseite und wandte sich an Heinrich Cor:

»Gab es biologische Spuren?«

»Wir haben Hautpartikel unter den Fingernägeln und ein fremdes Haar an der Leiche. Die DNA der Hautzellen wird gerade untersucht. Vermutlich stammen die Zellen aber vom Opfer selbst. Seine Beine weisen jede Menge Kratzspuren auf. Kress litt unter Neurodermitis. Es muss höllisch gejuckt haben. Das Haar stammt dagegen definitiv nicht von ihm selbst. Leider war es ausgefallen. Das heißt, an der Haarwurzel haften kaum noch Körperzellen, und die DNA-Analyse wird schwierig. Wahrscheinlich ist das Material geschädigt.«

»Was soll das heißen?«

»Der DNA-Strang ist zerstört und besteht nur noch aus Bruchstücken. Wir hoffen jedoch, mit neuen Analyseverfahren das Profil erstellen zu können. Allerdings ist das eine Frage des Budgets. Wir müssten Spezialisten einschalten. In unserer Kriminaltechnik haben wir diese Möglichkeit nicht.«

»Was sind denn das für neue Methoden? Wir brauchen keine Interpretationen des Materials, sondern einwandfreie Ergebnisse, Herr Cor«, sagte der Staatsanwalt.

»Wie Sie wissen, werden die DNA-Abschnitte üblicherweise mit circa hundert Basenpaaren analysiert und mit Hilfe der Polymerasekettenreaktion vermehrt. Gewöhnlich kann man aber in einem Multiplex nur fünf bis sieben Merkmale unterbringen. In der neuen Methode vereinigt man zwei Multiplexe für die Polymerasekettenreaktion. Um sie untersuchen zu können, muss man sie aber wieder trennen, was ein besonderes Verfahren erfordert. Bei der Analyse lassen sich dann elf DNA-Abschnitte identifizieren. Das heißt, im Schnitt haben wir drei Anhaltspunkte mehr als bei der üblichen Vorgehensweise.«

Vandendaele verstand kein Wort, fragte aber trotzdem: »Und dafür reicht ein einzelnes Haar?«

»Richtig. Mit nur einem einzigen telogenen Haar lassen sich sehr viele Merkmale erheben, weil die Vervielfältigung der DNA-Abschnitte in einem Schritt und nicht mehr nacheinander erfolgt. Ich kann Ihnen gerne einen Artikel aus der Fachzeitschrift Forensic Science International fotokopieren, falls es Sie interessiert.«

Der Staatsanwalt schüttelte den Kopf. »Lassen Sie uns lieber die Kosten wissen. Wichtig wäre auch das Zeitfenster. Wir brauchen Informationen über die Dauer des Verfahrens.«

»Im Hotelzimmer hat der Täter wohl keine Haare verloren?«, fragte Niedermeier.

»Natürlich gibt es dort welche, aber es sieht nicht so aus, als ob sie mit dem Haar an der Leiche identisch sind. Wir haben auch jede Menge Fingerabdrücke und Fasern gefunden, aber welche davon vom Täter stammen, können wir natürlich nicht sagen«, antwortete Cor.

»Zeugen gibt es keine. Weder im Wald noch im Hotel hat jemand etwas beobachtet. Videokameras auf den Hotelfluren sind geplant, aber noch nicht installiert«, ergänzte Niedermeier.

»Und was ist mit Autospuren am Fundort?«

»Fehlanzeige. Der Regen war zu stark, und der Weg ist asphaltiert. Es handelt sich ja um die Zufahrt zum Krankenhaus.«

Vandendaele stöhnte, als die Sekretärin jetzt die Aufnahmen aus dem Hotelzimmer auf die Leinwand projizierte. Die Qualität der Bilder ließ stark zu wünschen übrig. Bei einigen Fotos hatte sogar der Blitz versagt. Trotzdem wurde deutlich, was er schon vor Ort festgestellt hatte: Der Täter hatte nach einem größeren Gegenstand gesucht. Die Seitentaschen des Koffers waren geschlossen. Weder den Kulturbeutel noch den flachen Spiegelschrank oder den Wassertank im Bad hatte er berührt. Es deutete auch nichts darauf hin, dass sich der Täter an dem Tresor, der Minibar oder an versteckten Ecken des Zimmers zu schaffen gemacht hätte. Also war er offenbar nicht hinter Geld, Schmuck oder Drogen her gewesen.

Vandendaele stand auf und zeichnete eine Graphik an die Tafel. »Also, viel haben wir nicht, aber einiges wissen wir doch. Wir kennen das Opfer und können mit großer Sicherheit sagen, dass die Tat im Zusammenhang mit den Anschlägen verübt wurde. Dafür sprechen die Noten und die Instrumentensaite, mit der Kress erdrosselt wurde. Der Graphologe sagt aus, dass alle aufgefundenen Noten dieselbe Handschrift haben. Auch die Melodie auf der Fahne stammt von derselben Person. Davon ausgenommen ist das Schild aus dem Felsengarten von Sanspareil. Wer das Metall bearbeitet hat, wissen wir noch nicht, aber es sieht nach professioneller Arbeit aus.«

»So ein Auftrag könnte ins Ausland gegangen sein – vielleicht nach Tschechien oder Polen«, warf Cor ein und versprach, dem genauer nachzugehen.

»Die Instrumentensaite stammt von der Sitar, die dem indischen Musiker Suryakant Bachchan gestohlen wurde«, fuhr Vandendaele fort. »Sowohl Bachchan als auch der Geigenbauer Leo Schönwald sind sich da sicher. Leider verlief die Fahndung nach dem Instrument bisher erfolglos. Niemand hat den Diebstahl beobachtet oder kann Hinweise auf den Verbleib des Instruments geben.«

Krings widersprach ihm: »Das Instrument ist in München aufgetaucht. Kinder haben es im Englischen Garten gefunden und in die Schule gebracht. Die Saiten fehlen. Herr Bachchan wurde heute informiert. Es handelt sich tatsächlich um seine Sitar. Sobald das Labor fertig ist, erhält er sie zurück.«

Dem Chef war anzusehen, dass er sich ärgerte, nicht eher in Kenntnis gesetzt worden zu sein. Aber er hielt sich zurück.

»Bachchan ist nicht tatverdächtig. Er hat ein Alibi«, ergänzte Krings.

»Das ist uns bekannt«, sagte Vandendaele, der wegen der Sache mit Emma nicht mehr gut auf Krings zu sprechen war. »Leider ist er nicht der Einzige. Die meisten unserer Zeugen haben hieb- und stichfeste Alibis. Und diejenigen, die keins haben, haben kein Motiv.«

Vandendaele schrieb verschiedene Namen an die Tafel und erklärte ihr Verhältnis zum Opfer.

»Wie sieht es mit den Chemiestudenten aus?«, fragte Niedermeier.

»Mussten wir laufen lassen. Aber wir behalten sie weiterhin im Auge. Sie haben Kontakt zu bestimmten Rockgruppen, mit denen auch die Jugendlichen am Festspielhaus in Zusammenhang gebracht werden. In dieser Richtung ermitteln wir gerade«, antwortete Krings.

»Mit anderen Worten, um die brauchen wir uns nicht zu kümmern«, sagte Vandendaele und machte sich eine Notiz.

Heinrich Cor schob Krings den Hefter mit den ersten Laborergebnissen zu.

»Vielen Dank. Bitte halten Sie mich auf dem Laufenden«, sagte Krings und gab ihm seinerseits Telefonnummer und E-Mail-Adresse.

»Welche der zahlreichen Spuren tatsächlich vom Täter oder von den Tätern stammen, wissen wir nicht, aber mit etwas Glück haben wir das Mordmotiv«, sagte Vandendaele jetzt und schaute in erstaunte Gesichter.

»Gestern Abend habe ich noch jemanden in der Uni Bayreuth erreicht. Das Opfer, Daniel Kress, lebt derzeit in Köln und war zur Vertragsunterzeichnung in Bayreuth. Vor einiger Zeit hatte er sich auf eine Professur beworben und landete nach einstimmigem Votum der Berufungskommission auf Platz eins.«

»Sie meinen, die Konkurrenten um die Stelle haben ein Mordmotiv?«, fragte der Chef.

»Möglich«, antwortete Vandendaele. »Eine solche Position ist heiß begehrt. Das Auswahlverfahren nimmt viel Zeit in Anspruch. Angeblich gab es anfangs fünfundachtzig Bewerbungen. Die sechs qualifiziertesten wurden zum Vortrag eingeladen, und drei davon kamen schließlich auf die Berufungsliste. Wir sollten in Erfahrung bringen, wer Platz drei und vor allem wer Platz zwei belegt.«

Der Staatsanwalt nickte zufrieden und drängte zum Aufbruch. Der Chef skizzierte die anstehenden Aufgaben. Das LKA übernahm weiterhin die Sicherung der öffentlichen Gebäude und verstärkte die Ermittlungen unter den Jugendlichen. Vandendaele sollte sich um die Konkurrenten von Daniel Kress kümmern, und Cor würde die Katalogisierung der aufgefundenen Spuren vervollständigen und nach dem Herstellungsort des Schildes aus Sanspareil suchen.

Die Sitzung war aufgehoben. Es war Mittag. Ein Telefon klingelte bis auf den Flur.

***

Vandendaele folgte den anderen in die Kantine. Er holte sich eine mit Ingwer und Knoblauch exotisch verfeinerte Tomatensuppe und ein Sandwich. Der Hauptgang, der derzeit unter dem Motto »Indische Woche« stand, war leider schon aus. Cor und Niedermeier warteten, bis er sich zu ihnen setzte. Vandendaele gefiel Cor mit seinem breiten Mund und der Zahnlücke zwischen den Schneidezähnen, die er beim Lachen unbekümmert aufblitzen ließ. Auch Niedermeier mochte er immer mehr. Er schätzte vor allem seinen sicheren Fahrstil und seine profunde Ortskenntnis.

Sobald Vandendaele sich gesetzt hatte, sagte er zu den Kollegen: »Eben war übrigens Emma Schiller am Apparat. Es ging um den Journalisten, Frank Landmann, der seit der Explosion in der Eremitage schwer verletzt im Krankenhaus liegt. Er ist jetzt endlich aus dem Koma erwacht.«

»Wie geht es ihm?«, fragte Niedermeier.

»Leider gar nicht gut. Möglicherweise querschnittsgelähmt.« Vandendaele machte eine Pause, bevor er weitersprach. »Er hat auch Probleme, sich zu artikulieren. Im Kopf scheint er aber klar zu sein. Frau Schiller glaubt, er will auf eine SMS aufmerksam machen, die er kurz vor der Explosion erhalten hat«, sagte Vandendaele und aß einen Löffel Suppe. »Konntet ihr die letzten Anrufer auf dem Handy identifizieren?«

»Keine Chance«, antwortete Cor. »Wir haben alles versucht. Es lag zu lange im Wasser. Ärgerlich, dass wir den Brunnen erst so spät untersucht haben.« Er schob das Essen fort und sah die beiden Kommissare ernst an.

»Wann sehen wir endlich Land? Ich kenne Frank schon lange. Er hatte noch so viel vor auf seine alten Tage.«

Alle schwiegen und schauten auf ihre Teller.

»Es gibt Fortschritte«, sagte Niedermeier plötzlich. »Als ich eben ins Sekretariat ging, sagte Frau Braun, dass sich der Bruder des OB, Karl Brüggemann, selbst angezeigt hat. Angeblich hat er bei der Restauration von Schönwalds Haus das erste und einzige Mal gegen den Denkmalschutz verstoßen.«

»Wer's glaubt«, erwiderte Cor.

»Immerhin ist es ein Anfang und könnte für die Schönwalds die Rettung aus dem finanziellen Desaster werden.«

»Es wird eine Kommission zur Untersuchung des Vorfalls eingerichtet. Jedes Projekt dieses Architekturbüros kommt auf den Prüfstand«, sagte Vandendaele und legte die aktuelle Ausgabe der Bayreuther Nachrichten auf den Tisch.

Niedermeier ergänzte: »Die Presse spekuliert sogar schon über Korruption im großen Stil. Eine Beteiligung des OB ist zwar nicht ausdrücklich erwähnt, aber zwischen den Zeilen lauert der Verdacht, dass er über die Machenschaften des Architekturbüros seines Bruders die Hand gehalten hat.«

»Ist das der Artikel von Frau Schiller, von dem vorhin die Rede war?«, fragte Axel Bauer, der mit Michaela Vogt am Nebentisch saß.

Vandendaele nickte und reichte ihm die Zeitung hinüber. Sein Sandwich wickelte er in eine Serviette. Er wollte sich so schnell wie möglich selbst einen Eindruck von Karl Brüggemann verschaffen. Niedermeier folgte ihm unaufgefordert und ließ den Dienstwagen an.

Nobel, dachte Vandendaele, als sie vor dem Haus des Architekten in der Nähe des Festspielhauses hielten. Die Villa lag am Hang. Von hier hatte man einen herrlichen Ausblick auf das Tal und das Festspielhaus. Eine Freitreppe führte zum Wintergarten, der zugleich als Windfang für die Eingangstür diente. Vandendaele klingelte, im Lautsprecher meldete sich eine tiefe Männerstimme. Die Polizisten stellten sich vor und hielten ihre Ausweise vor das Auge der Kamera. Die Tür sprang auf.

»Ich habe Sie schon erwartet«, sagte der hochgewachsene Mann im Rentenalter und hielt die Eingangstür auf. Er hatte seine weiße Golfkappe so weit nach hinten geschoben, dass der Schirm beinahe senkrecht in der Luft stand. Schon wieder ein Golfer, dachte Vandendaele. Sie gaben sich die Hand und wurden in die Wohnräume geführt.

Die Polizisten sahen sich eilig um. Am Tisch im Esszimmer saß die Witwe des Oberbürgermeisters zusammen mit einem Vertreter des Beerdigungsinstituts und sichtete das Angebot. Hinter ihrem Stuhl kauerte ein alter Terrier, der lediglich eine Augenbraue hob, als sie ins angrenzende Wohnzimmer traten.

»Nehmen Sie Platz. Darf ich Ihnen etwas zu trinken anbieten?«, fragte Brüggemann und schloss die Tür zum Esszimmer.

Beide Polizisten ließen sich ein Glas Wasser reichen.

»Sie sind sicher wegen meines Geständnisses hier«, begann Brüggemann und setzte sich in den Sessel gegenüber. »Ich kann mich nur wiederholen: Unsere Projekte laufen sonst immer legal. Nur dieses eine Mal wurde die Behörde erst im Nachhinein informiert. Es war ein Versehen unseres Azubis. Er hat den Antrag in die Ablage gesteckt, anstatt ihn für den Kurier fertig zu machen.«

»Das hielt Sie aber nicht davon ab, schon mal mit den umfangreichen Umbaumaßnahmen zu beginnen«, sagte Niedermeier und trank einen Schluck.

»Wir standen unter Zeitdruck. Von Rechts wegen hätten wir den Schönwald-Auftrag ablehnen müssen. Da der Junior aber mit unserer Tochter in die Grundschule ging und wir die Familie dementsprechend lange kennen, haben wir akzeptiert.«

Vandendaele nickte und fragte sich im Laufe des Gesprächs immer öfter, was er hier eigentlich machte. Wenn es tatsächlich Betrügereien im großen Stil gab, welchen Nutzen hätte der Architekt dann vom Tod seines Bruders, der ihn deckte, haben sollen? Die Kuh, die man melkt, schlachtet man doch nicht. Das Gespräch war Zeitverschwendung. Dank Emmas Zeitungsartikel würde das Betrugsdezernat schon morgen gründlich aufräumen.

Vandendaele war froh, dass sie den Ermittlungsdruck erhöht hatte. Er selbst musste sich jetzt auf die Musikwissenschaftler konzentrieren und so schnell wie möglich die beiden Konkurrenten von Daniel Kress ausfindig machen.

Als sie sich verabschiedeten, erhob sich auch der Vertreter des Beerdigungsinstituts aus seinem Sessel. Zu dritt verließen sie die Villa.

»Manchen Leuten wünscht man wirklich, dass sie sich so schnell nicht wieder melden«, sagte der Vertreter beiläufig.

»Wie meinen Sie das?«, fragte Niedermeier.

»Na ja, wie ich es sage, Herr Kommissar. Natürlich haben wir nichts gegen gute Geschäfte, aber bei einigen Familien häufen sich die Aufträge derart, dass es einem schon leidtut.«

»Sie meinen, bei den Brüggemanns?«

Der Vertreter nickte.

»Erst hat der Architekt beide Eltern verloren, dann den Neffen und jetzt auch noch den Bruder.«

»Sie meinen, der OB hatte einen Sohn?«, fragte Niedermeier.

»Ich weiß nicht mehr, ob es sein leiblicher Sohn war, aber bezahlt hat der OB jedenfalls. Der Junge ist vor ein paar Monaten im Behindertenheim ›Herz Jesu‹ gestorben.«

ELF

»Herr Hauptkommissar?«, fragte die junge Wissenschaftlerin erstaunt, als sie den beiden Polizisten die Eingangstür aufschloss. Wegen des heutigen Feiertags waren die Universitätsgebäude geschlossen, nur die Wissenschaftler hatten Zutritt zu ihren Büros. Vandendaele war nicht minder verblüfft, hier auf die junge Frau mit den roten Locken und den großen blauen Augen zu treffen, die er von den täglichen Busfahrten kannte. Er hatte eigentlich vorgehabt, sie bei der nächsten Begegnung nach der Geige zu fragen, die sie neulich von Klangholz abgeholt hatte.

»Sie sind also Frau Clarissa Becker, mit der ich gestern telefoniert habe?«

»Ja, die bin ich«, antwortete sie errötend. »Was für ein Zufall!«

Sie lachten, und Vandendaele stellte Reiner Niedermeier vor.

»Schade, dass wir uns unter so ernsten Umständen wiedersehen. Wir sind hier, um uns ein genaueres Bild von Daniel Kress zu machen. Wenn wir das Umfeld des Opfers kennen, ist es in der Regel leichter, den Mörder zu fassen«, sagte Vandendaele.

»Das kann ich mir denken«, sagte sie und führte die Polizisten in den zweiten Stock. »Fragen Sie nur, wenn Sie glauben, dass ich Ihnen weiterhelfen kann«, fuhr sie fort und holte die Bewerbungsunterlagen von Daniel Kress hervor, die zusammen mit anderen Personalakten in einem Archivschrank aufbewahrt wurden. Vandendaele verschlug es die Sprache, als Becker den Umschlag öffnete und Kress' beruflichen Werdegang erläuterte. So etwas hatte er noch nie gesehen. Die Publikationsliste allein füllte mehrere DIN-A4-Seiten, es war unglaublich, wie viel dieser Mann in seinem kurzen Leben geleistet hatte. Doch wo konnte die Verbindung zu den Anschlägen liegen?

»Wir benötigen die Namen der anderen Bewerber«, sagte er schließlich.

»Alle fünfundachtzig?«

»Nein, zunächst nur die beiden, die ebenfalls in die engere Auswahl kamen und die Listenplätze belegen.«

»Tut mir leid, Herr Vandendaele, aber ich glaube, ich bin nicht befugt, über das Berufungsverfahren Auskünfte zu erteilen. Da muss ich Sie bitten, sich persönlich an Herrn Professor Ansporn zu wenden. Er müsste jeden Moment eintreffen. Zumindest sagte er gestern, dass er den vorlesungsfreien Tag zum Schreiben nutzen wollte. Ich rufe ihn gleich an«, sagte sie und begleitete die beiden in die Bibliothek, wo sie auf Ansporn warten sollten.

»Kannten Sie Daniel Kress persönlich?«, fragte Niedermeier noch.

Sie nickte. »Er war ein sehr netter Mensch. Ich kann das alles noch gar nicht glauben. Es ist wie ein Alptraum. Eben, als Sie vor der Tür standen, dachte ich kurz, er ist es.« Sie fuhr mit einem Taschentuch unter die Nase. »Wer kann denn bloß so etwas Schreckliches tun und warum?«

»Es gibt viele Gründe für eine solche Tat. Die Liste ist lang: Neid, Eifersucht, Erpressung und so weiter«, antwortete Niedermeier und hielt einen kurzen Vortrag über statistische Zusammenhänge. Er liebte Zahlen.

»Ich hoffe, Sie vermuten hier nicht etwa ein Motiv, Herr Hauptkommissar. Wenn doch, kann ich Ihnen jetzt schon sagen: Die beiden anderen Kandidaten haben nichts damit zu tun. Vor allem nicht die Frau. Ich kenne sie seit vielen Jahren«, sagte Becker und trat einen Schritt zurück.

»Hat sie hier studiert?«

»Studiert nicht, aber sie hat bei Frau Professorin Alt promoviert und hatte dann eine Juniorprofessur inne. Sie ist meine Vorgängerin. Fragen Sie Frau Alt. Ich bin sicher, auch sie legt für sie ihre Hand ins Feuer. Es ist vor allem ihr zu verdanken, dass sie den zweiten Listenplatz bekommen hat.«

»Wie meinen Sie das?«

»Das ist eine lange Geschichte.« Becker seufzte laut und vernehmlich. »Ursprünglich stand der Kandidat, der jetzt auf Platz drei ist, an erster Stelle. Der zweite Platz blieb frei. Daniel Kress und meine Vorgängerin teilten sich Platz drei. Das bedeutete, dass die Kommission den Kandidaten auf dem ersten Platz unbedingt favorisierte und zu keiner anderen Lösung bereit war. Es war Professor Ansporn, der das durchgesetzt hatte. Nach beinahe zweijährigem Gerangel um die Stelle sollte nun endlich die Besetzung erfolgen.«

»Warum favorisierte Herr Ansporn denn den anderen Kandidaten?«

»Frau Alt hat mir im Vertrauen erzählt, dass er sich bei einem Kollegen revanchieren wollte, der zuvor einen seiner Schüler berufen hatte. So einfach ist das manchmal.«

»Ist das denn möglich bei einer Kommission mit mehreren Mitgliedern?«

»Ach, Herr Kommissar, möglich ist vieles. Was glauben Sie? Wenn Frau Alt sich nicht derart ins Zeug gelegt hätte, wäre die Kommission den Weg des geringsten Widerstandes gegangen. Eine Krähe hackt der anderen kein Auge aus. Es gibt auch unter den Professoren eine Hierarchie, und da steht Professor Ansporn ziemlich weit oben.«

»Und wieso das?«

»Er ist Dekan des Fachbereichs. Außerdem ist Herr Ansporn wissenschaftlich hoch angesehen – auch international. Er hat viele Forschungsprojekte durch Drittmittelanwerbung und politischen Einfluss in der Universität. Und er mischt in vielen Gremien und Organisationen mit. Keines der Kommissionsmitglieder will sich die Finger verbrennen. So groß ist das Interesse auch gar nicht, weil die meisten Mitglieder von anderen Fächern gestellt werden.«

Niedermeiers Stift flog über den Notizblock, und Vandendaele dachte nach. Er kannte sich in diesem Universitätsgeschäft nicht aus und musste sich, um die Geduld der Juniorprofessorin nicht zu überfordern, auf die wichtigsten Fragen konzentrieren.

»Wie kam denn Daniel Kress ins Spiel, wenn Frau Alt sich lediglich für Ihre Vorgängerin starkgemacht hat?«, fragte er weiter.

»Er war der Kompromisskandidat. Abgesehen davon hat er eine brillante Karriere gemacht und soll der qualifizierteste von allen Bewerbern gewesen sein.«

»Und das ließ sich nicht sofort feststellen?«

»Es wurde ihm ein Plagiat vorgeworfen. Am Ende einer langwierigen Überprüfung wurde der Verdacht zwar fallen gelassen, trotzdem landete er eben nur auf Platz drei der Berufungsliste.«

»Das ist ja ein Ding! Wie kam Herr Kress dann schließlich doch noch auf den ersten Platz?«

»Durch das Veto des Präsidenten. Wegen des Missverhältnisses auf der Liste der Bewerber hatte der Präsident der Universität die Berufungsliste an die Kommission zurückgegeben. Danach dauerte es noch mal mehrere Monate, bis die neue Liste endlich vorlag.«

»Das ist ja nervenaufreibend«, sagte Niedermeier.

Clarissa Becker nickte.

»Das können Sie laut sagen. Der Verlust von Daniel Kress trifft uns in jeder Beziehung. Abgesehen von der Trauer um den Kollegen geht die Diskussion um die Berufung jetzt weiter. Glauben Sie bloß nicht, dass meine Vorgängerin selbstverständlich nachrückt. Sie steht zwar auf Platz zwei, aber eine Garantie ist das nicht. Möglich ist sogar, dass der Präsident die Stelle wegen der neuerlichen Mittelkürzungen nun ganz und gar streicht.«

Sie stöhnte laut und fuhr fort: »Glauben Sie mir, meine Herren, der Verdacht gegen die beiden Mitstreiter ist abwegig. Sie vertun Ihre Zeit. Eher könnte ich mir noch einen Zusammenhang mit dem angeblichen Manuskript zusammenreimen.«

»Welchem Manuskript?«

»Nicht Manuskript, Entschuldigung. Es war von einer Partitur die Rede, einer unveröffentlichten Partitur von Richard Wagner.«

Vandendaele und Niedermeier starrten sie an.

»Ach, das ist ja interessant«, sagte Niedermeier.

»Davon hören wir zum ersten Mal«, ergänzte Vandendaele. »Bitte erläutern Sie das näher.«

»Daniel Kress sprach während des Vortrags im Rahmen seiner Bewerbung von der Existenz einer unveröffentlichten Wagner-Partitur. Hat man Ihnen das nicht erzählt?«

»Nein, meines Wissens haben weder Professor Alt noch Professor Ansporn davon gesprochen. Frau Schiller hätte es mir gesagt.«

»Seltsam. Wahrscheinlich schien es ihnen nicht wichtig genug. Und damit haben sie auch recht. Die Geschichte ist völlig abwegig. Es gibt kein unbekanntes Werk von Wagner. Irgendein Wagnerianer wäre in all den Jahren der Forschung bestimmt über einen derartigen Hinweis gestolpert. Wenn jetzt plötzlich etwas auftaucht, dann ist es eine Fälschung. Erinnern Sie sich an die angeblichen Hitler-Tagebücher vor ein paar Jahren?«

»Klar, ich erinnere mich.«

»Genauso wird es mit der Wagner-Partitur sein. Irgendwer will sich wichtigtun, und Daniel ist ihm auf den Leim gegangen. Dabei hätte er es besser wissen müssen. Es gab niemanden in der Kommission, der Interesse an diesen Behauptungen gehabt hatte. Im Gegenteil, alle ärgerten sich, als er darüber berichtete. Manche fanden ihn verblendet. Andere hielten es für einen Trick, um auf sich aufmerksam zu machen. Dabei hatte er so etwas gar nicht nötig! Am Ende war das Gegenteil erreicht. Die Sache war einer der Gründe, warum er trotz der Rehabilitierung nach dem Plagiatsverdacht nicht sofort auf Platz eins der Berufungsliste landete«, sagte Becker.

»Die Partitur könnte aber ein Motiv für den Mord oder zumindest für den Streit gewesen sein, den er kurz vor seinem Tod gehabt hat. Wissen Sie, dass sein Hotelzimmer durchsucht wurde?«, fragte Vandendaele.

»Sie meinen, der Täter könnte die Partitur gesucht haben?«

Niedermeier erklärte: »Selbst wenn sie nicht echt ist, könnte der Täter sie für authentisch halten und versuchen, damit eine Stange Geld zu verdienen.«

»Die Partitur, ob echt oder nicht, wurde vielleicht verkauft oder als Belohnung für etwas versprochen. Hat Kress etwas Näheres erwähnt?«, wollte nun Vandendaele wissen.

»Leider nein. Er nannte nur die Umstände, wie und warum die Partitur angeblich entstanden war. Er sagte, Wagner habe die Oper für die Tochter seiner ersten Frau komponiert. Das war in Paris, als er erfolglos und bettelarm aus der Innenstadt in einen Vorort zog.«

»Als Geschenk?«

»Angeblich zum Trost. Wagner hatte Mitleid, denn seine Frau behandelte ihre uneheliche Tochter wie eine schäbige Dienstmagd. Sie war das Produkt einer einmaligen Liaison – eine Schande in der damaligen Zeit. Zeitlebens wurde sie von ihr als Schwester ausgegeben.«

»Passte denn solch ein Mitgefühl zu Wagners Charakter?«

»Vorstellbar ist das schon. Er galt als kinderlieb. Auch die Töchter seiner zweiten Frau behandelte er wie seine eigenen Kinder. Er spielte gern mit ihnen und soll sogar auf dem Fußboden herumgetollt haben.«

»Könnte das Mitleid mit der ersten Stieftochter so weit gegangen sein, dass er nur für den Privatgebrauch komponierte?«

»Sein allererstes Werk schrieb er als Neunzehnjähriger und widmete es seiner Mutter. Es war eine Sinfonie in C-Dur, die für lange Zeit verschwand. Erst fünfzig Jahre später, kurz vor seinem Tod in Venedig, spürte seine zweite Frau die Noten in einem vergessenen Koffer bei Verwandten auf. Aus Dankbarkeit machte er ihr die Wiederaufführung zum Weihnachts- und Geburtstagsgeschenk. Er mietete dafür sogar das Teatro La Fenice in Venedig.«

»Das war sehr generös, ist aber, glaube ich, etwas anderes.«

»Stimmt, mir fällt aber noch etwas ein. Er schrieb ein Geburtstagsständchen für seine zweite Frau Cosima und vertonte Gedichte von Mathilde Wesendonck. Sie war seine Geliebte in Zürich. Ja, ich würde sagen, er konnte überschwänglich sein. Es ist nicht ganz abwegig, dass er eine Kinderoper schrieb, um seine Stieftochter aufzuheitern. Er war sicher in der Lage, kürzere und einfachere Kompositionen schnell nebenbei zu erledigen.«

»Warum zweifeln Sie dann trotzdem an der Existenz einer solchen Partitur?«, fragte Niedermeier.

»Sie wäre schon viel früher aufgetaucht. Wagner war in den Jahren von 1839 bis 1842 in Paris. Natalie, seine Stieftochter, lebte nach der Scheidung und nach dem Tod ihrer Mutter in ärmlichen Verhältnissen. Sie heiratete spät und landete, nachdem die Ehe gescheitert war, schließlich in einem sogenannten ›Damenhaus‹. Wenn es eine Partitur gegeben hätte, hätte sie sie in ihrer Not verkauft.«

»War Wagner zu der Zeit denn schon so angesehen, dass es sich gelohnt hätte, die Partitur zu verkaufen? Vielleicht wollte sie auf bessere Zeiten warten«, schlug Niedermeier vor.

»Unwahrscheinlich. Zu der Zeit hatte sie bereits verschiedene Dokumente gegen Geld an Wagner und seine Erben zurückgegeben. Ich glaube nicht, dass sie an eine Wertsteigerung glaubte. Cosima, die zweite Frau von Wagner, zahlte gut, denn sie arbeitete am Image ihres Mannes für die Nachwelt.«

»Wie meinen Sie das?«, fragte Vandendaele.

»Sie zensierte den privaten Nachlass rigoros. Alles, was nicht in ihr Bild von dem großen Komponisten passte, wurde verbrannt.

Aber eine Partitur hätte sie bestimmt nicht vernichtet. Und die Öffentlichkeit hätte längst davon erfahren.«

Niedermeier wollte wissen: »Wem könnte die Stieftochter die Noten sonst vermacht haben?«

»Natalie hatte eine Abneigung gegenüber Cosima. Als Wagner starb, verkaufte sie Briefe und andere Unterlagen an Mary Burrell. Auch sie zahlte gut, denn sie hatte ebenfalls großes Interesse an dem Nachlass. Anders als Cosima plante sie jedoch keine Huldigung, sondern wollte eine wahrheitsgemäße Biographie über Richard Wagner verfassen.«

»Sie meinen also, es ist unwahrscheinlich, dass Natalie die Partitur behalten und irgendwo als eine Art eiserne Reserve auf einem Dachboden versteckt hat«, sagte Niedermeier.

»Während zweier Weltkriege soll sie unbeachtet irgendwo herumgelegen haben?« Clarissa Becker lachte.

»Warum nicht? Es wäre nicht das einzige Dokument, das nur darum gerettet wurde, weil es in Vergessenheit geraten war«, insistierte Niedermeier. »Eben erwähnten Sie doch Wagners erste Sinfonie, die satte fünfzig Jahre verschollen blieb. Hätte man davon gewusst, wäre sie vielleicht in falsche Hände geraten und gar nicht mehr aufgetaucht.«

»Sie sind aber hartnäckig!« Becker stöhnte laut auf.

»Das ist es, was die Polizei interessiert, Frau Becker«, erklärte Vandendaele. »Unter welchen Umständen wurde die Partitur gefunden? War es am Ende vielleicht sogar Daniel Kress selbst, der darauf gestoßen ist?«

»Sie kommen auf Ideen!« Clarissa Becker schüttelte den Kopf. »Das ist ja Spekulation. Daniel hat dazu nichts gesagt. Auch inhaltlich konnte oder wollte er zu der Komposition keine Angaben machen.«

Inzwischen traf Professor Ansporn ein. Seine schweren Schritte waren aus dem Treppenhaus zu hören. Nachdem er Mantel und Tasche abgelegt hatte, begrüßte er die beiden Polizisten. Ohne Umschweife nannte er die Namen der beiden Kandidaten auf der Berufungsliste und suchte ihre Adressen heraus. Niedermeier schrieb in sein Notizbuch: »Erika Sommer auf Platz zwei, Hermann Kaiser, Platz drei«.

Vandendaele rief im Präsidium an und beauftragte Veronika Braun, die beiden ausfindig zu machen. Dabei erfuhr er, dass die Eltern von Kress im Sektionssaal zusammengebrochen waren. Sie hatten ihren Sohn identifiziert. Clarissa Becker, die Teile des Gesprächs aufgeschnappt hatte, fing an zu weinen.

***

Die Trauer um Daniel Kress und das Entsetzen über die mögliche Querschnittslähmung von Frank Landmann war einer Wut gewichen, die für Emma zur treibenden Kraft beim Schreiben wurde. Bis ins Mark hatten sie die Verbrechen getroffen. Schon lange hatte sie nicht mehr so intensiv gearbeitet wie in diesen Tagen. Mit treffsicherer Einschätzung kommentierte sie die Fortschritte der Kommission bei der Untersuchung des Architekturbüros Brüggemann. Mit klarer journalistischer Sprache nannte sie die Dinge beim Namen und drängte auf das Aufdecken tiefer liegender Missstände. Erstmalig war es Emma gelungen, sich von dem Mobbing in der Redaktion zu distanzieren. Es war ihr egal, was die Kollegen dachten und wie sie ihre Texte beurteilten. Sie wollte eine lückenlose Aufklärung und überwand mit diesem Ziel vor Augen alle Unsicherheiten. Auch das Kellergeschoss der Redaktion störte sie nicht mehr. Im Gegenteil. Hier hatte sie Ruhe, und das fehlende Tageslicht potenzierte nur ihre Arbeitswut. Gnadenlos legte sie den Finger in alle Wunden, immer mehr Fälle flogen auf, und der Denkmalschutzbehörde wurde eine Mittäterschaft nachgesagt. Der Mantel des Schweigens hatte sich gelüftet. Es zeichnete sich ab, dass der verstorbene Oberbürgermeister wohl tatsächlich nichts mit den Machenschaften seines Bruders zu tun gehabt hatte. Im Kreuzfeuer der Kritik stand jetzt die Amtsleiterin Bettina Blumensaat. Zwei ihrer Mitarbeiter waren wegen des dringenden Verdachts auf Korruption festgenommen worden. Seitdem forderten viele mehr oder weniger offen ihren Rücktritt.

»Was ist, wenn der OB doch kurzfristig Wind von der Sache erhalten und seinen Bruder zur Rede gestellt hat?« Emma sah Vandendaele an, der ihr gegenübersaß. »Hätten Brüggemann und die

Denkmalschützer dann nicht ein Motiv?« Sie aß einen Löffel von ihrer Minestrone.

»Möglich, ja. Aber warum Daniel Kress? Der Mörder hatte es auf ihn abgesehen, weil er das, was er suchte, nicht im Hotelzimmer fand«, sagte Vandendaele und vernahm mit Interesse, dass Kress vorgehabt hatte, Emma etwas zu zeigen.

Vandendaele trank einen großen Schluck Wein und stocherte in der Vorspeise herum. Um den heutigen Feiertag nicht ganz zu übergehen, hatte er endlich sein Versprechen wahr gemacht und Emma zum Italiener eingeladen. Aber für das mächtige Abendessen war es schon reichlich spät. Außerdem war er katholisch erzogen und fühlte sich nicht wohl dabei, dass er am Karfreitag Fleisch bestellt hatte. Fisch war aber nun mal nicht sein Ding.

»Alle drei haben ein Alibi«, fuhr er fort, »Die Denkmalschützer haben am letzten Freitag gearbeitet und sind am Abend verreist. In der Mordnacht waren sie gemeinsam beim Bowling. Das haben wir überprüft. Brüggemann hat lange geschwiegen, aber inzwischen wissen wir auch, warum. Er hat ein Verhältnis mit seiner Schwägerin. Angeblich waren sie zur fraglichen Zeit zusammen.«

»Mit der Frau des OB?«

Vandendaele nickte und schnitt jetzt doch mit Appetit in das Steak, das ihm gerade serviert worden war.

»Brüggemann hat also kein wasserdichtes Alibi, dafür aber zwei starke Motive. Habt ihr überprüft, ob eine der Fußspuren im Wald zu ihm oder zu den beiden Denkmalschützern gehört?«

Vandendaele lachte auf.

»Willst du mich beleidigen? Natürlich haben wir alles verglichen – jeder verdammten Spur sind wir nachgestiegen. Nichts. Wir sitzen fest.«

Er bestellte ein Bier und leerte es in einem Zug. Wein war auf die Dauer etwas für den hohlen Zahn, fand er.

»Wieso bist du inzwischen eigentlich so sicher, dass der Mord an Kress mit dem OB und den Anschlägen zu tun hat?«, fragte Emma, während Vandendaele in die Tasche seines Jacketts griff und ein Papier auf den Tisch legte.

»Das ist eine Kopie der Noten, die wir bei dem Toten gefunden haben. Der Graphologe bestätigt, dass es sich in allen Fällen um dieselbe Handschrift handelt.«

Emma starrte auf die Melodie.

»Was, ihr habt Noten bei Kress gefunden? Warum sagst du das denn erst jetzt?«

»Wir haben uns nicht eher getroffen.«

Emma beherrschte sich. Vandendaeles ausweichende Antwort konnte nur bedeuten, dass eine offizielle Kooperation vonseiten der Polizei im Augenblick unerwünscht war. Sie wollte nicht fragen. Es hätte nur zu Streit geführt.

»Es kommt noch besser, Emma«, fuhr Vandendaele fort und berichtete in kurzen Zügen von dem Gespräch mit Clarissa Becker.

»Ich weiß nicht, was ich von der Geschichte halten soll. Trotzdem will mir die Partitur nicht mehr aus dem Kopf«, sagte er und schloss seinen Bericht, indem er Emma die Kopie des Gesprächsprotokolls herüberschob.

Georg selbst ist also weiter an einer Zusammenarbeit interessiert, dachte Emma und las Zeile für Zeile, während sie sich immer dringlicher fragte, warum Professor Alt diese Partitur nicht schon längst erwähnt hatte.

»Wer weiß, was Frau Alt sonst noch alles verschweigt«, sagte Emma und schaute auf.

»Sie glaubt nicht an eine unveröffentlichte Partitur und wollte dich nicht verrückt machen. Darum hat sie nichts gesagt«, antwortete Vandendaele, obwohl er sich dieselbe Frage stellte.

»Danke für den Trost. Trotzdem bin ich enttäuscht. Sie hätte sich doch denken können, dass das wichtig ist.«

Er zuckte die Achseln.

»Was hältst du eigentlich von ihr? Manchmal habe ich das Gefühl, du misstraust ihr«, sagte Emma.

»Stör dich nicht daran. Das tut nichts zur Sache. Ich misstraue grundsätzlich allen Vegetariern. Sie essen meinem Essen das Essen weg«, sagte er ausweichend, leerte sein Glas und zahlte die Rechnung.

»Da ist noch was«, sagte Emma, als sie aufstanden und nach ihren Jacken griffen. »Vielleicht passt das zur Partitur. Frank Landmann erinnert sich jetzt an die anonyme SMS. Jemand wollte ihm eine Neuigkeit im Wert von einer halben Million verkaufen.«

***

Als Vandendaele am nächsten Tag verspätet im Präsidium eintraf, hatte Niedermeier die beiden Musikwissenschaftler, die zusammen mit Daniel Kress auf der Berufungsliste standen, bereits vernommen. Niedermeier drückte ihm die Protokolle in die Hand.

»Sind noch nicht unterschrieben. Sommer und Kaiser sitzen im Wartezimmer«, sagte er.

»Danke. Was haben sie angegeben?«

»Kaiser ist zur Tatzeit auf dem Weg nach München gewesen. Er behauptet, am Stadtrand geblitzt worden zu sein. Wenn das stimmt, ist er aus dem Schneider. Die Anfrage an die Verkehrspolizei ist schon raus.«

»Gut! Und was ist mit Frau Sommer?«

»Ziemlich billig. Angeblich war sie zu Hause und hat geschlafen. Sie fing während des Verhörs immer wieder an zu weinen. Ich bin nicht besonders gut mit ihr klargekommen.« Niedermeier errötete.

»Das bedeutet also, ich muss vor allem mit Erika Sommer reden«, sagte Vandendaele und wies Niedermeier an, Hermann Kaiser einstweilen nach Hause zu schicken und sich noch mal um das Handy von Landmann zu kümmern. Vielleicht konnten Experten außerhalb des Polizeiapparates doch noch etwas herausholen. Er musste wissen, wer die SMS geschrieben hatte.

Dann führte er Erika Sommer in den Vernehmungsraum. Die beiden jungen Polizisten Michaela Vogt und Axel Bauer folgten. Es gehörte zur Ausbildung, bei Verhören zu hospitieren und Protokolle anzufertigen.

»Sie haben also am Mittwoch schon um neunzehn Uhr geschlafen?«, fragte Vandendaele die Wissenschaftlerin, die sich seit dem Tod von Kress Hoffnungen auf eine Berufung machen konnte.

»Ja, auch wenn das nicht sehr überzeugend klingt, Herr Hauptkommissar. Ich kann es leider nicht ändern. Am Nachmittag fühlte ich mich nicht gut, daher bin ich ins Bett, habe ferngesehen und bin darüber eingeschlafen.«

»Welche Sendungen haben Sie sich angeschaut?«, erkundigte sich Vandendaele und schrieb seine Notizen auf die Rückseite des Protokolls.

»Erst liefen die Nachrichten und danach ein paar Serien.«

»Können Sie sich an die Titel erinnern?«

Sommer dachte nach, schüttelte dann aber den Kopf.

»Versuchen Sie es bitte«, insistierte Vandendaele.

»Fest steht, ich war nicht wählerisch. Ich hatte die Fernbedienung verlegt und war zu faul, mich auf die Suche zu machen«, sagte sie zögernd. »Nach den Nachrichten kam, glaube ich, ›Verbotene Liebe‹ und danach der ›Marienhof‹. Irgendwann habe ich dann doch auf ZDF umgeschaltet und die ›Küstenwache‹ geguckt. Aber die Titel weiß ich beim besten Willen nicht mehr.«

Vandendaele staunte über den Fernsehkonsum der Wissenschaftlerin. So dumm machte Fernsehen also doch nicht. Den Krimi hatte er selbst gesehen und fragte nach einigen Details, die Sommer einwandfrei beantworten konnte. Er glaubte ihr, dass sie zur Tatzeit tatsächlich zu Hause gewesen war, auch wenn sie die Sendungen später über Internet angesehen haben konnte. Den Staatsanwalt würde das nicht überzeugen.

»Hat Sie an dem Abend jemand zu Hause angerufen und kann bezeugen, dass Sie dort waren?«, fragte er weiter.

»Leider nein. Im Gegenteil. Es hat jemand angerufen, vielleicht Daniel, aber ich wollte weder ihn noch irgendjemand anderen sprechen. Das bereue ich jetzt natürlich. Das können Sie mir glauben.«

»Grundsätzlich glauben wir immer, was uns die Zeugen sagen, Frau Sommer. Wir müssen es nur verstehen. Außerdem suchen wir nach eindeutigen Belegen, die vor Gericht verwertbar sind. Dafür brauchen wir Ihre Hilfe. Wollen Sie einen Anwalt anrufen? Es steht Ihnen ein Rechtsbeistand zu, bevor wir weitermachen.«

»Ich brauche keinen Anwalt. Ich habe Daniel nicht getötet!«, sagte sie und fing leise an zu weinen.

»Natürlich. Das wissen wir«, sagte Vandendaele so einfühlsam wie möglich. »Überlegen Sie jetzt bitte noch einmal genau. Sie haben also das Telefon nicht abgenommen, warum?«

»Ich wollte niemanden sprechen – schon gar nicht Daniel. Sie müssen wissen, ich kenne ihn schon lange. Wir haben zusammen studiert und uns gegenseitig über die zähe Zeit des Schreibens an der Doktorarbeit hinweggeholfen. Kurzzeitig waren wir ein Paar, bis wir in unterschiedlichen Städten eine Stelle bekamen. Ganz aus den Augen verloren haben wir uns deswegen aber nicht. Erst vor etwa einem Jahr, als man ihm die Plagiatsvorwürfe machte, war plötzlich Schluss. Er antwortete auf keine E-Mails mehr und rief auch nicht zurück. Zunächst dachte ich, er hätte eine Freundin. Aber inzwischen weiß ich, dass er mich verdächtigt hat, das Gerücht gestreut zu haben.«

»Das Gerücht von der Wagner-Partitur?«

»Nein, davon habe ich erst vor ein paar Tagen gehört. Ich meine das Plagiat. Er dachte, ich hätte ihn angeschwärzt.«

»Und, war es so?«

»Natürlich nicht! Warum sollte ich so etwas Niederträchtiges tun? Erstens weiß ich, dass er nirgendwo abgeschrieben hat, und zweitens hätte ich gar keinen Nutzen davon gehabt, ihm etwas anzuhängen. Hermann Kaiser war der Kronprinz für die Stelle in Bayreuth. Das wussten alle. Was hätte es also für einen Sinn gehabt, Daniels Ruf zu ruinieren?«

»Vielleicht, um ihn für alle Zukunft als Konkurrenten auszuschalten?« Vandendaele schaute in Sommers weit aufgerissene Augen.

»Nein, auf diese Idee wäre ich nie gekommen!«, entgegnete sie und beteuerte erneut ihre Unschuld. »Ich bin nicht so ehrgeizig, wie Sie vielleicht denken. Da gibt es ganz andere. Ich habe immer gehofft, dass sich unser Verhältnis wieder bessert, wenn er einen Ruf erhält. Aber weit gefehlt. Als ich ihn anrief, um ihm zu gratulieren, ließ er mich mehr oder weniger abfahren. Das Gespräch dauerte keine fünf Minuten. Er hat mir nie erklärt, warum er mich eigentlich verdächtigte. Es fällt schwer, trotzdem akzeptierte ich es allmählich, ohne die Gründe zu kennen. Ich möchte darüber nun auch nicht mehr reden. Das Kapitel ist abgeschlossen.«

»In der Tat«, sagte Bauer, der bis dahin schweigend zugehört hatte. Er saß mit Vogt am anderen Ende des langen Tisches.

»Nicht was Sie jetzt wieder denken, Herr Kommissar. Ich meine, ich habe aufgegeben, mir Hoffnungen zu machen«, ergänzte Sommer schnell.

Vandendaele gab dem jungen Polizisten ein Zeichen. Er wusste, Provokationen würden Sommer nicht zum Sprechen bringen. Dann lächelte er verbindlich und nahm den Stift zur Hand.

»Sie sagten eben, dass Sie nicht so ehrgeizig sind wie andere. Wie meinen Sie das?«

Erika Sommer erklärte, sie habe eine zusätzliche Ausbildung als Gymnasiallehrerin und stehe weniger unter Erfolgsdruck. Daher habe sie das zähe Berufungsverfahren vergleichsweise gelassen verfolgt. »Sie können sich sicher schwer vorstellen, was so eine schier endlose Zitterpartie für die Kandidaten bedeutet.«

»Frau Becker hat uns schon darüber aufgeklärt, wie nervenaufreibend das Verfahren gewesen sein muss«, sagte Vandendaele. »Sie war heilfroh, nicht betroffen gewesen zu sein.«

Sommer lachte laut auf. »Ausgerechnet Clarissa. Die muss gerade reden«, sagte sie und fuhr sich mit einer fahrigen Handbewegung über den Mund. »Es war für sie eine große Enttäuschung, nicht auf die Liste gekommen zu sein. Wahrscheinlich hatte sie gehofft, dass Frau Alt sie stärker unterstützt.«

Gedankenverloren unterstrich Vandendaele den Namen Becker. Hatte er etwas übersehen? Er musste noch einmal mit Professor Alt sprechen. Er sah auf die Uhr. Schon wieder Mittag. Die Stunden verflogen wie nichts. Die ersten Ermittlungstage waren normalerweise die ertragreichsten, aber diesmal suchte er immer noch nach echten Anhaltspunkten. Dabei wuchs der Druck. Der Chef, der Staatsanwalt und die Öffentlichkeit drängten auf Ergebnisse. Mit Recht. Vandendaele lehnte sich zurück. Plötzlich hatte er das Gefühl, die Unterredung mit Erika Sommer war nichts als Zeitverschwendung. Entweder hatte sie zur Tatzeit tatsächlich im Bett gelegen, oder er stellte die falschen Fragen.

»Nur noch eins, Frau Sommer. Warum sind Sie eigentlich am Mittwoch so früh zu Bett gegangen?«, sagte er, um das Gespräch abzuschließen.

»Ich war völlig fertig«, erklärte sie lebhaft, als hätte sie auf diese Frage gewartet. »Wie ich eben schon sagte, setze ich nicht nur auf die Unikarriere. Ich fahre zweigleisig. Am Dienstag hatte ich eine Lehrprobe am Markgräfin-Wilhelmine-Gymnasium. Das können Sie nachprüfen. In der Nacht davor konnte ich vor Aufregung kaum schlafen. Trotzdem verlief alles besser als erwartet. Noch am selben Tag machte mir der Direktor der Schule ein Angebot. Mit der guten Nachricht fuhr ich zu meinen Eltern nach Bamberg und kehrte erst gegen Mitternacht zurück. Als ich ins Bett ging, war ich noch immer so aufgekratzt, dass ich wieder kaum schlafen konnte. Am nächsten Morgen, also am Mittwoch, war ich entsprechend gerädert. An Arbeiten war nicht zu denken. Ich beschloss, Daniel anzurufen, um ihm zu gratulieren und bei der Gelegenheit endlich die Missverständnisse auszuräumen. Aber der Vorstoß ging nach hinten los. Er überhörte meine Fragen einfach, bedankte sich für die Glückwünsche und legte auf. Das war alles.«

Sie schnäuzte sich die Nase.

Vandendaele rieb sich das Kinn. Emma hatte Daniel Kress viel sympathischer beschrieben. Vielleicht hatte der Mann zwei Gesichter oder einen triftigen Grund gehabt, auf Abstand zu Sommer zu gehen.

»Nach dem Gespräch war ich ziemlich niedergeschlagen«, fuhr Sommer fort und zog ihre Schultern so weit hoch, als müsste sie ihren Hals vor dem nächsten Biss schützen. »Auch körperlich war ich völlig fertig. Die beiden durchwachten Nächte machten sich bemerkbar. Außerdem wurde ich immer unsicherer, je länger ich nachdachte. Am Ende machte ich mir Vorwürfe, Daniel bedrängt zu haben. Bis zum Abend überlegte ich, ob ich ihn noch einmal anrufen sollte. Schließlich entschied ich mich aber dagegen und brühte mir einen Beruhigungstee auf. Als es dämmerte, verkroch ich mich ins Bett und schaltete den Fernseher ein, um zu vergessen. Den Rest kennen Sie ja.«

Vandendaele ging mit den beiden Polizisten auf den Flur, um sich auszutauschen.

»Was halten Sie von Sommers Aussage?«, fragte er Michaela Vogt, die sich während der Befragung zahlreiche Notizen gemacht hatte und nun verwirrt auf ihren Zettel schaute.

»Ich denke, sie lügt«, fuhr Axel Bauer dazwischen, dessen Protokoll sich auf wenige Spiegelstriche beschränkte. »Sommer ist nach dem Telefongespräch mit Kress nicht nur niedergeschlagen, sondern wütend. Sie kann es nicht ertragen, derart abgelehnt zu werden. Nachdem sie vergeblich versucht hat, sich mit Fernsehen abzulenken, geht sie in sein Hotel, um eine Aussprache zu erzwingen. Sie wartet bis nach Mitternacht. Als er endlich eintrifft, drängt sie ihn zu einem Spaziergang. Er lehnt ab, denn er ist müde, und es regnet. Außerdem hat er nach dem netten Abend mit Alt und Emma keine Lust auf eine Auseinandersetzung. Es kommt zum Streit. Sommer verliert die Kontrolle und schlägt ihm auf den Hinterkopf. Dabei wird er schwer verletzt. Sie bekommt es mit der Angst zu tun und fährt ihn zum Krankenhaus. Unterwegs verliert Kress das Bewusstsein. Sie hält ihn für tot und gerät in Panik. Das Einzige, was ihr jetzt einfällt, ist, einen Mord im Wald vorzutäuschen.«

»Und die Noten, die wir bei ihm gefunden haben, hatte sie zufällig in der Tasche?«, fragte Vandendaele.

Michaela Vogt schüttelte den Kopf. Sie hielt Bauers Einschätzung für abwegig. »Die Noten bei Kress deuten auf einen geplanten Mord hin. Und den traue ich Erika Sommer nicht zu. Genauso wenig glaube ich, dass sie etwas mit den Anschlägen zu tun hat.«

Bauer widersprach: »Wer kann schon hinter die Stirn eines anderen schauen. Außerdem, wer sagt, dass sie allein ist? Sicher hat sie Komplizen, die aus was für Gründen auch immer die Stadt in die Luft jagen. Vielleicht war wirklich alles geplant. Sommer liefert den Attentätern die Notenspur als Verwirrspiel und darf dafür ihren Konkurrenten Kress aus dem Weg schaffen.«

Vandendaele gab zu, dass er inzwischen ebenfalls von mehreren Tätern ausging. Aber er bezweifelte, dass Erika Sommer abgebrüht genug war, eine solche Schuld bei der Vernehmung zu verbergen. Trotzdem beauftragte er Heinrich Cor, das Auto der Wissenschaftlerin nach Spuren abzusuchen, und veranlasste eine Hausdurchsuchung. Man wusste ja nie. Den beiden Streifenpolizisten gab er ein Foto von Sommer. Vielleicht war die Wissenschaftlerin in der Nacht zum Donnerstag tatsächlich im Hotel oder in der Nähe gesehen worden.

ZWÖLF

Emma Schiller saß am Schreibtisch und versuchte zu arbeiten, aber ihre Gedanken wanderten hartnäckig zu den Kindern, die jetzt schon seit einer Woche mit Martin und seiner neuen Flamme in Italien waren. Eben hatten sie angerufen und in allen Farben von einem Fest in La Spezia erzählt. Emma stöhnte. Hier regnete es, und der Himmel war ausgerechnet am Karsamstag grau in grau, so weit das Auge reichte. Gut, dass die Zwillinge es besser getroffen hatten. Martin hatte Emma anvertraut, dass er sogar heimlich Ostereier bemalt habe, um sie am Sonntag zu verstecken. Die neue Freundin tat ihm offensichtlich gut und schien sich mit den Kindern zu verstehen. Auch wenn es Emma einen Stich versetzte, musste sie zugeben, dass diese neue Harmonie ein Vorteil für alle Beteiligten war. Nicht zuletzt profitierte auch sie, denn Zeit für ein Osterfest hätte sie selbst derzeit gar nicht gehabt.

Wieder blätterte sie in den Notizen auf der Suche nach einem Aufhänger für ihren Artikel. Sie nahm die Kopie zur Hand, die Vandendaele ihr gestern gegeben hatte. Zu ärgerlich, dass er ihr diesen Notenfund so lange vorenthalten hatte. Wertvolle Zeit war verstrichen. Professor Alt stand nicht mehr zur Verfügung, sie fuhr heute für mehrere Tage zu Vorträgen nach Zürich und Venedig.

Emma warf das Papier auf den Tisch, marschierte in die Küche und öffnete den Kühlschrank. Seit Tagen hatte sie nur noch das Notwendigste eingekauft. Solange sie allein war, wollte sie ein paar Pfund abnehmen. Da es weder Brot noch Aufschnitt gab, griff sie nach einer roten Paprika, öffnete eine Wasserflasche und nahm mehrere Schlucke. Zwei Liter am Tag schaffte sie nie. Dabei war das das Minimum bei einer Diät. Sie stellte die Flasche neben den Computer und strich das Kopierpapier glatt. Vandendaele musste es schon länger mit sich herumgetragen haben. Sie sah den leicht korpulenten Mann vor sich, in der braunen Lederjacke, die er fast immer trug. Möglich, dass er tatsächlich geplant hatte, sie früher zu treffen. Als sich aber keine Gelegenheit ergab, hatte er es nicht für nötig gehalten, sie anzurufen, um ihr diese Mitteilung zu machen. Erst jetzt, nachdem er von der angeblichen Partitur erfahren hatte, sah auch er in den Noten eine wichtige Spur.

Die Geschichte mit der Partitur wurmte Emma. Warum hatte ihr Azar Alt nichts davon erzählt? Sie konnte sich das nicht erklären. Gedankenverloren blätterte sie im Opernführer und verglich die Melodie des neuen Hinweises mit den abgedruckten Partiturauszügen. Die Noten fanden sich nicht. Was sollte sie tun? Und was, wenn ausgerechnet dieser Schnipsel mehr verriet als all die anderen zuvor? Ob sie Alt doch noch zu Hause erreichte? Sie wählte ihre Nummer und erfuhr, dass sie den Nachtzug nach Zürich nehmen wollte und erst am Abend aufbrechen musste.

»Ich habe meinen Vortrag noch nicht fertig«, sagte sie, als Emma sie um ein Treffen bat.

»Es dauert nicht lange. Sie brauchen ja nur einen Blick auf die Melodie zu werfen«, erwiderte die Journalistin.

Alt seufzte und gab nach. Auch sie war neugierig auf die neuen Noten. »Wir können uns allenfalls kurz in der Pfeffermühle zum Mittagessen treffen. Ich muss wegen dem Fest zu Laurenz' achtzehntem Geburtstag ohnehin mit der Wirtin sprechen. Sagen wir, gegen vierzehn Uhr?«

Emma kannte die Pfeffermühle. Im Sommer ging sie dort gern in den Biergarten. Innen fand sie es zu gediegen. Außerdem war der Raum so dunkel, dass man schon am Tag bei Kerzenlicht dasaß. Sie schaute auf die Uhr, nur noch eine halbe Stunde. Den Notenzettel steckte sie in den Opernführer und zog sich den Regenmantel über. Das Auto parkte in der Einfahrt. Beim Starten blinkte die Tankleuchte, sie würde unterwegs tanken müssen. Als sie auf den Hohenzollernring einbog, schüttete es plötzlich wie aus Kübeln. Selbst dem Sprecher im Radio verschlug es die Sprache. Scheibenwischer und Ventilator liefen auf Hochtouren, trotzdem sammelte sich Kondenswasser auf den Scheiben. Wischen half nichts, damit verschmierte sie nur den Schmutzfilm, der von innen auf den Fenstern lag. Am liebsten wäre sie stehen geblieben, aber bei der schlechten Sicht fürchtete sie einen Auffahrunfall. Sie heftete sich an die Rückleuchten eines Autos, das sich vor ihr einen Weg durch die Sintflut bahnte. Die Strecke zog sich. Kreuzungen waren kaum zu erkennen. Sie musste aufpassen, nicht die Abfahrt zu verpassen. Endlich erreichte sie das Restaurant und fand einen Parkplatz direkt vor der Tür. Alt verhandelte schon mit der Wirtin. Emma suchte einen Tisch am Fenster und vertiefte sich in die Tageskarte.

»Alles erledigt«, sagte Alt ein paar Minuten später und küsste Emma zur Begrüßung überschwänglich auf beide Wangen. »Ich habe den Saal noch bekommen. Ausgerechnet am Konfirmationswochenende wird er achtzehn! Da sind viele Restaurants schon seit einem Jahr ausgebucht.«

Für Emma und ihre Zwillinge stand zwar in nächster Zeit kein Fest an, trotzdem willigte sie ein, sich den Saal nach dem Essen einmal anzusehen.

»Sauerbraten mit Kloß und Kraut. Dazu einen Schnitt, bitte«, sagte Alt mit fränkischem Zungenschlag, als die Wirtin schweren Schrittes an den Tisch kam.

Also doch keine Vegetarierin, dachte Emma.

»Ich nehme den Spargel und ein Wasser«, fügte sie hinzu. Auf die Salzkartoffeln und die Sauce Hollandaise wollte sie verzichten. Hoffentlich war die Portion groß genug. Den immer üppig servierten einheimischen Spargel gab es um diese Jahreszeit leider noch nicht.

»Sehr gern, meine Damen, aber es dauert eine Weile. Der Mittagstisch ist eigentlich schon aus«, sagte die Wirtin und stellte eine Kerze in die Mitte.

»Wir können auch eine einfache Brotzeit nehmen«, lenkte Alt ein.

»Basst scho«, antwortete die Alte gutmütig, stapelte die Speisekarten aufeinander und ging mit der Bestellung in die Küche.

»Übrigens, heute Morgen hat mich dieser Polizist, dieser Vandendaele, angerufen – wegen der angeblichen Partitur, Sie wissen schon«, sagte Alt. »Es stimmt, ich hätte Ihnen früher davon erzählen können. Aber die ganze Sache ist Unsinn, und ich wollte dem Gerücht keine neue Nahrung geben. Inzwischen sehe ich ein, dass das ein Fehler war. Tut mir leid.«

Emma nickte und war froh, dass Alt so offen sprach.

»Dieser Vortrag von Daniel ist außerdem schon eine Weile her. Ich will nicht behaupten, dass ich ihn völlig vergessen hatte, aber nachdem Daniel nicht mehr davon anfing, ließ ich es gut sein.«

Emma nickte wieder und lächelte. An seinem letzten Abend hatte Kress die Partitur tatsächlich nicht erwähnt, obwohl sie doch lange über Wagners Leitmotive geredet hatten.

Alt griff nach dem Zettel mit den Noten. Es war keine Zeit zu verlieren. Kaum hatte sie die Lesebrille aufgesetzt, presste sie die Serviette an den Mund. Dann geschah etwas, was Emma noch nie gesehen hatte. Alt, deren Gesicht normalerweise einen dunklen Teint aufwies, verlor schlagartig an Farbe. Ihre Haut wurde allerdings nicht weiß, sondern gelblich. Mit einer kurzen Entschuldigung griff sie nach ihrer Handtasche und rannte auf die Toilette. Emma blieb verblüfft zurück und schaute auf die Kopie. Was hatte Alt gesehen? Es dauerte, bis die Professorin endlich an den Tisch zurückkehrte.

»Geht es Ihnen wieder besser?«, fragte Emma besorgt.

»So einigermaßen. Ich muss dringend etwas essen«, antwortete Alt, deren Gesicht beinahe wieder die normale Bräunung aufwies. »Dieser Vortrag! Ich habe das Thema völlig unterschätzt und viel zu spät angefangen. Jetzt sitze ich ununterbrochen am Schreibtisch und vergesse zu essen. Heute hatte ich außer einer Kanne Kaffee noch gar nichts. Kein Wunder, dass der Magen nicht mehr mitmacht.«

Emma dachte an den Sohn Laurenz. Kochte denn keiner von beiden? Alt nahm ein Buch aus der Tasche, setzte die Lesebrille wieder auf und verglich die Melodie auf dem Papier mit mehreren Stellen.

»Das ist nicht von Wagner«, sagte sie langsam.

Emma stöhnte. Das hatte jetzt noch gefehlt.

»Zumindest nicht ganz«, verbesserte sich Alt. »Es handelt sich um zwei verschiedene Leitmotive, die neu miteinander verknüpft wurden. Das Entzückungsmotiv ist hier durch eine Art Brücke mit dem Hochzeitsruf kombiniert.«

Emma horchte auf. »Brücke, was heißt das? Sind Noten hinzugefügt worden?«

»Ganz genau. Es ist zwar ganz gut gemacht, trotzdem sieht man deutlich, dass der Übergang zwischen den beiden Motiven nicht aus Wagners Feder stammt.«

»Das bedeutet, der Täter hat doch mehr Ahnung von Musik, als wir bisher angenommen haben.«

Alt nickte langsam und nahm die Brille ab. »Wahrscheinlich spielt er ein Instrument oder singt in irgendeinem Chor.«

»Oder wir müssen ihn unter den Musikern und Musikwissenschaftlern suchen.«

»Auf keinen Fall«, widersprach Alt schnell und erklärte, warum. Die Übergänge zwischen den Motiven waren musikalisch schlecht gelöst worden. »Für jemanden vom Fach wäre das viel zu dilettantisch.«

Emma war verblüfft über die Entschiedenheit, mit der Alt für ihre Kollegen einstand. Oder hatte sie etwa einen konkreten Verdacht? Emma beschloss, auf der Hut zu sein.

»Die Zusammenstellung der Leitmotive Entzückung und Hochzeitsruf wäre vielleicht sinnig, wenn es um dieselbe Frau ginge«, fuhr Alt fort.

»Ich verstehe nicht«, sagte Emma. »Zwei Frauen?«

Alt nickte. »Es gibt ein Libretto dazu. ›O Heil der Mutter, die mich gebar!‹, singt Siegfried, als er Brünnhilde aus dem Feuer erweckt und sich spontan in sie verliebt. Das ist die Entzückung.« Dann zeigte Alt auf die letzten Takte. »Hier empfängt er Gutrune und singt: ›Heiß mich willkommen, Gibichskind! Ein guter Bote bin ich dir.‹ Da hat Siegfried bereits einen Vergessenheitstrank getrunken. Er hat seine Gefühle für Brünnhilde vergessen und plant, Gutrune zu heiraten.«

»Also Eifersucht?«

»Vielleicht. Ich würde aber eher Ihrer früheren Lesart folgen und von einer Ankündigung ausgehen«, schlug Alt vor.

»Sie meinen, er will uns wissen lassen, dass er sich für eine andere entschieden hat?«

Beide Frauen schauten sich ratlos an.

Emma sagte: »Irgendwie seltsam, dass er die Mutter erwähnt, finde ich. Sie muss eine bedeutende Rolle für den Täter spielen.«

»Ein Psychopath«, erklärte Alt.

Die Wirtin brachte die Getränke und das Essen. Emma freute sich über die große Portion Spargel. Typisch fränkisch, dachte sie und schielte auf Alts Sauerbraten, der zusammen mit einem faustgroßen Kloß in einer breiten Saucenlache schwamm. Ob das das Richtige auf nüchternen Magen war?

»Ein'n Gud'n wünsch ich!«, sagte die Wirtin.

Sie aßen schweigend.

»Tut mir leid, dass ich im Augenblick nicht mehr sagen kann.« Alt schaute betreten drein. »Wahrscheinlich habe ich den Kopf heute einfach nicht frei genug. Wenn mir im Zug noch etwas einfällt, rufe ich Sie an. Unabhängig davon können Sie sich natürlich gerne auch an Clarissa Becker wenden. Sie ist meine rechte Hand an der Uni und kennt sich sehr gut mit Wagner aus. Sie ist über die ganze Geschichte informiert. Vielleicht hat sie eine Idee zu diesem neuen Hinweis.«

Alt zahlte und zeigte Emma den Saal, den sie für die Geburtstagsfeier ihres Sohnes reserviert hatte. Emma schaute sich um. An den Wänden hingen Hochzeitsfotos, die vom früheren Glanz des Restaurants zeugten. Die Wirtin erklärte, welche Berge von Geschenken ein Hochzeitspaar damals mitunter erhalten hatte. Häufig hätten die Familien sogar für den Kauf eines Hauses oder einer Wohnung zusammengelegt.

Azar Alt fasste sich plötzlich an die Stirn. Wieder wich die Farbe aus ihrem Gesicht, bis die gelbliche Haut einen starken Kontrast zu den schwarzen Haaren bildete. Emma dachte an den Sauerbraten.

»Mir fällt etwas ein«, stieß Alt hervor und fasste Emma an den Arm. »Die Oper. Die Motive könnten auf die Oper deuten!«

»Das Festspielhaus?«

»Nein, die Markgräfliche Oper!«

»Wie kommen Sie denn darauf?«

»Die Markgräfin Wilhelmine hatte das Opernhaus ihrer Tochter zur Hochzeit geschenkt. Verstehen Sie?«

Alt zog Emma zum Ausgang. Es regnete noch immer. Gut, dass Emmas Peugeot direkt vor dem Eingang des Restaurants stand. Es konnte Alt nicht schnell genug gehen. Das Opernhaus galt als Juwel unter den Theaterbauten, weltweit war es eines der wenigen noch gut erhaltenen Opernhäuser aus dem 18. Jahrhundert. Errichtet im Stil des italienischen Spätbarock und vollständig aus Holz gefertigt, war das Logentheater wie durch ein Wunder über Jahrhunderte von Bränden und Kriegen verschont geblieben. Es konnte und durfte nicht sein, dass es ausgerechnet jetzt, wo sich die Stadt bemühte, es als Weltkulturerbestätte anerkennen zu lassen, in Flammen aufging. Alt trieb zur Eile an. Sie rasten in Richtung Innenstadt, doch die gelbe Tankleuchte blinkte, und der Zeiger bewegte sich gefährlich am Limit der rot schraffierten Reserve. Emma fuhr an die nächstbeste Tankstelle. Alt erbleichte erneut, zog das Handy aus der Hosentasche und alarmierte mit dünner Stimme die Feuerwehr. Dann hielt sie sich die Hand vor den Mund und stürzte aus dem Wagen.

Als die beiden Frauen schließlich in der Opernstraße eintrafen, war bereits abgesperrt. LKA-Beamte und Sprengstoffexperten durchsuchten das Gebäude. Azar Alt hatte sich gefasst und gab bei der polizeilichen Befragung zu Protokoll, warum sie mit einem Anschlag auf die Oper rechnete. Emma machte Fotos. Vandendaele hielt sich im Hintergrund, er wurde von Schaulustigen bedrängt.

»Das Gebäude wird seit einer Woche rund um die Uhr bewacht. Es handelt sich aller Wahrscheinlichkeit nach um einen Fehlalarm«, sagte ein LKA-Beamter den Leuten von der Presse, die in Scharen herbeigeeilt waren und jetzt die Fußgängerzone zwischen den parkenden Krankenwagen und den Feuerwehrautos belagerten. Auch bei falschem Alarm würde es diese Meldung auf die erste Seite schaffen. Ein Raunen ging durch die Menge, als zwei Männer in Schutzanzügen aus dem Haupteingang kamen. Der eine war Veit Funke, der auch die vorherigen Branduntersuchungen geleitet hatte. Er trug einen kleinen blauen Behälter. Ihm folgte der Sprengstoffexperte mit einer etwa handtellergroßen Schale, die er vorsichtig zum Lieferwagen brachte.

Emma fing die Situation mit dem Teleobjektiv ein. Ein Kollege neben ihr behauptete, dass es sich bei dem Behälter um einen Benzinkanister handelte. Dann kam Vandendaele ins Bild. Er hatte sich zum Auto durchgedrängt und fragte Funke nach Ergebnissen.

»Der Sprengsatz war in der Damentoilette. Die Zusammensetzung ist wie am Neuen Schloss. Sehen Sie hier«, antwortete Funke und öffnete den Behälter. Bis auf ein paar Knallkörper war er fast leer. In der Ecke lag ein in Zeitungspapier gewickeltes Päckchen. Diesmal war es eine Seite aus den Bayreuther Nachrichten.

»Das ist wohl Dynamit. Wieso so wenig?«

»Wenig? Was glauben Sie, welche Wucht Dynamit entwickelt? Der Phosphor allein hätte schon ausgereicht, die Oper in Brand zu stecken. Alles ist aus Holz! Die Zündschnüre des Feuerwerks sind mit dem weißen Phosphor verbunden, genau wie in den anderen Fällen. Es hätte nicht mehr lange gedauert, und das Wasser in der Schale wäre verdunstet gewesen. Ich frage mich, wer hier geschlafen und diese Beinahe-Katastrophe zu verantworten hat.« Mit diesen Worten wandte er sich an Klaus Krings, Vandendaeles Verbindungsmann vom LKA.

»Das wird ein böses Nachspiel haben, keine Frage. Niemand kann sich erklären, wie der Sprengsatz in die Oper gelangte. Alle Eingänge wurden strengstens bewacht. Manche reden schon von einem Phantom. Nur ist der Sprengsatz leider keine Einbildung. Keller wird Konsequenzen ziehen«, sagte Krings.

»Habt ihr auf der Toilette einen Zettel mit Noten gesehen? Oder gibt es Graffiti an den Wänden?«, fragte Vandendaele dazwischen, ohne sich weiter um Krings zu scheren.

Funke verneinte. »Schmierereien gibt es zwar vereinzelt, aber Noten sind nicht dabei. Ich habe extra darauf geachtet.«

Die Männer nickten und schwiegen. Niemand erlaubte sich eine abschätzige Bemerkung. Die Noten zählten von nun an zu den wichtigsten Indizien.

Funke verstaute den Sprengsatz im Wagen. »Das geht direkt ins Labor. Keller hat den Bericht morgen auf dem Schreibtisch«, sagte er knapp.

»Besser wär's, wenn ihr auch gleich eine Kopie an uns schickt«, sagte Vandendaele, als ihm ein Bühnenarbeiter von hinten auf die Schulter tippte:

»Fragten Sie eben nach Noten?«

»Ja, ganz recht«, mischte sich Professor Alt ins Gespräch, nachdem sie sich durch die wachsende Zahl der Schaulustigen an die Seite von Vandendaele vorgedrängt hatte.

»Gestern gab es etwas Merkwürdiges«, fuhr der Bühnenarbeiter fort und zeigte Vandendaele seinen Ausweis. »Ich arbeite nicht nur auf der Bühne, sondern auch als Filmvorführer. Sie wissen vielleicht, dass die öffentlichen Führungen durch die Markgräfliche Oper von Licht- und Toninszenierungen begleitet werden?«

»Ist mir bekannt«, antwortete Vandendaele.

»Gestern, ausgerechnet am Karfreitag, mussten wir die Vorführungen absagen. Der Film war verschwunden und ist bis jetzt nicht wieder aufgetaucht. Wir haben überall gesucht. Nichts. Seit Jahren zeige ich denselben Film. Nie gab es irgendwelche Probleme. Ich war völlig perplex. Als ich das Vorführgerät einschaltete, wurde anstelle des Films ein Dia auf die Leinwand projiziert. Es waren Noten. Ich habe das Foto zuvor noch nie gesehen.«

»Dürfen wir uns das einmal anschauen?«, fragte Alt.

Vandendaele nickte zustimmend.

»Gerne«, antwortete der Bühnenarbeiter. »Ich wäre froh, wenn Sie bestätigen könnten, dass der Film gestohlen wurde. Die Sache ist mir sehr unangenehm.« Er führte die beiden zu den Sicherheitskontrollen. Auch Emma kämpfte sich zu ihnen vor.

Dann mussten sie allerdings eine volle Stunde warten, bis das LKA, das noch mit der Sicherung der Spuren beschäftigt war, den Weg freigab. Unterdessen tauschten Krings und Emma böse Blicke. Sie konnte ihm nicht verzeihen, dass er ihr durch seine offizielle Beschwerde Schwierigkeiten gemacht hatte.

Als sie endlich durchgelassen wurden, wies ihnen der Bühnenarbeiter den Weg durch das dunkle Treppenhaus und öffnete einen kleinen Raum. Dort schaltete er ein Filmvorführgerät ein, das andernorts längst ausgemustert worden wäre. Das Licht des Projektors warf ein Dia des mit Noten beschriebenen Papierschnipsels an die Leinwand. Azar Alt und Emma erkannten die Schrift.

»Dieselbe Handschrift, derselbe Täter«, sagte Emma und fotografierte.

Die Professorin schrieb die Noten mangels Notizbuch auf einen Zettel, den ihr Vandendaele zusteckte. »Es handelt sich um das Waldvogelmotiv«, sagte sie. »Es ist schon erstaunlich, dass es möglich war, nicht nur den Brandsatz abzulegen, sondern auch an dieser Maschine zu hantieren. Der Täter muss jede Menge Zeit gehabt haben. Hoffentlich überprüft die Polizei auch das Personal, das hier Wache hält, Herr Hauptkommissar.«

»Worauf Sie sich verlassen können«, bestätigte Vandendaele prompt.

Alt schaute auf die Uhr. Es war spät geworden, und sie musste sich beeilen, den Zug zu erreichen.

»Meine Kollegin Frau Becker steht bei allen Fragen gern zur

Verfügung. Ich komme erst in circa einer Woche zurück«, sagte sie und schüttelte Vandendaele die Hand.

Dann wandte sie sich an Emma: »Kommen Sie doch nach und spannen Sie über die Ostertage mal aus. Ich würde mich freuen!«

»Ausgeschlossen. Ich kann hier doch nicht alles liegen und stehen lassen!«

»Das würden Sie auch gar nicht«, beharrte Alt. »Am Canal Grande gibt es ein kleines Richard-Wagner-Museum mit Archiv, in dem ich auch noch nie gewesen bin. Sie könnten sich dort umschauen.«

»In Venedig?«

»Ja. Wagner reiste häufig nach Venedig und ist dort auch gestorben. Sein Sterbezimmer im Palazzo Vendramin Calergi ist heute eine Gedenkstätte.«

»Und Sie sind noch nie dort gewesen?«

»Nein, es gab bislang nur eine sehr kleine Sammlung. Schon vor Jahren habe ich mit der Leitung der Gedenkstätte korrespondiert. Es war nichts für mich dabei. Außerdem hatte das Spielcasino einen Großteil der ehemaligen Wagner-Wohnung in Beschlag genommen.«

»Ausgerechnet ein Casino. Das hätte Wagner bestimmt gefallen!«, sagte Emma.

Alt nickte und lächelte.

»Das Casino gibt es noch immer, aber es wurde umgeräumt, um Platz für ein kleines Museum zu schaffen. Seitdem entwickelt sich die Gedenkstätte und nennt sich verheißungsvoll ›Centro Europeo di Studi e Ricerche Richard Wagner‹. In Zusammenarbeit mit dem Theater La Fenice veranstalten sie sogar alljährlich eine Konzertreihe. Und neuerdings wird auch zu Vorträgen geladen. Einen davon werde ich morgen Abend halten.«

»Das heißt, Venedig hat Wagner quasi wieder neu entdeckt. Gab es denn einen Anlass für diese plötzliche Aufwertung?«, fragte Vandendaele.

»Den gab es, aber ganz so plötzlich verlief das nicht. Die Erweiterung der Gedenkstätte war schon viele Jahre geplant. Erst als die Stadt die Stiftung eines privaten Sammlers erhielt, wurde man konkret. Jetzt sind die Materialien bald der Öffentlichkeit zugänglich. Es sollen wertvolle Archivalien darunter sein, unter anderem Originalmanuskripte und signierte Briefe, die seit dem Krieg als verloren gelten. Ich bin gespannt.«

»Das hört sich interessant an.«

»Ist es auch. Lassen Sie uns das Material zusammen sichten, Frau Schiller. Mir macht es mehr Spaß, und Sie hätten Gelegenheit, der mysteriösen Partitur nachzuspionieren.«

Damit verabschiedete sich die Professorin und verließ die Oper.

Vandendaele bedankte sich bei dem Bühnenarbeiter und trat mit Emma auf die Straße, die noch immer voller Menschen war. Ein roter Haarschopf stach aus der Menge hervor. Es war Clarissa Becker im Gespräch mit einem Polizisten. Als Vandendaele auf sie zusteuerte, bemerkte Emma ein leichtes Flackern in seinen Augen. Er stellte ihr die Juniorprofessorin als seine Busbekanntschaft vor.

»Ich bin schon gespannt auf Ihren Artikel«, sagte Becker freundlich und gab Emma die Hand. »Wer weiß, was geschehen wäre, hätten Sie nicht trotz des allgemeinen Widerstandes an die Bedeutung der Noten geglaubt.«

»Danke, aber ohne den Beistand von Frau Alt hätte mir das gar nichts genutzt«, antwortete Emma.

»Die einen erkennt man an ihren Taten, die anderen an ihrem Getue«, ergänzte Vandendaele.

Sprachlos starrte Emma ihn an.

»Das war ein Kompliment, Emma. Im Unterschied zu euch steht die Polizei in der Öffentlichkeit jetzt bedeutend schlechter da als zuvor. Für das Sicherheitsgefühl der Bevölkerung ist das kein unerhebliches Problem«, sagte Vandendaele schnell.

Clarissa Becker fasste ihn am Arm und sagte ein paar aufmunternde Worte. Dann wandte sie sich wieder an die Journalistin. »Sie werden weitsichtig genug sein und diese Panne nicht in der Zeitung ausschlachten. Damit wäre wirklich kaum jemandem gedient. Ich denke, die Leute erwarten keine Abrechnung, sondern endlich Aufklärung über die Noten. Warum haben Sie eigentlich bisher so wenig darüber berichtet?«

»Wir haben uns mit der Veröffentlichung bedeckt gehalten, weil wir uns selbst über die Bedeutung der Spur und die Interpretation im Unklaren waren«, erwiderte Emma. »Auch jetzt bin ich mir noch unsicher, ob wir wirklich jeden Hinweis richtig gedeutet haben.«

»Was würden Sie sagen, wenn Sie die Aussage der Notenindizien auf den Punkt bringen müssten?«, bohrte Becker weiter.

Emma dachte nach. Auf diese Frage war sie nicht gefasst gewesen. Dann hob sie den Kopf und erklärte, dass es dem Täter ihrer Meinung nach darum ging, einer bestimmten Frau eine Lektion zu erteilen.

»Die Lösung liegt, glaube ich, schon in der ersten Melodie, die auf dem Schild in Sanspareil eingraviert war. Man kann aus den Leitmotiven schließen, dass sich der Täter von einer Frau betrogen fühlt. In seiner Wut plant er, das Verhältnis zu ihr durch eine Heldentat zu kitten und in einen aus seiner Perspektive paradiesischen Zustand zurückzuführen.«

»Dieses Beziehungstheater ohnegleichen widmet er dann der Freilichtbühne Sanspareil«, ergänzte Becker.

Emma nickte, während Vandendaele Notizbuch und Kugelschreiber aus der Jackentasche zog.

»Mit der Schicksalsfrage in der Eremitage kündigt er einen tödlichen Anschlag an und droht, seine ehemalige Frau oder Freundin zu degradieren«, fuhr Becker fort.

»Ihre Identität bleibt unklar, aber der Täter vergleicht sie an mehreren Stellen mit Brünnhilde. Das könnte bedeuten, dass es sich um eine sehr angesehene Frau handelt.«

»Vielleicht erpresst er sie«, warf Vandendaele ein.

»Davon steht in den Noten nichts.«

»Zumindest hat er sie in der Hand, denn sie kann aus dem Flammenmeer allein nicht mehr entkommen«, bestätigte Becker.

Vandendaele klopfte ungeduldig mit dem Kuli auf den Block. »Also: Eine Frau von hohem gesellschaftlichem Ansehen hat den Täter betrogen. Er inszeniert die Anschläge, um ihr zu imponieren, und erpresst sie, damit sie zu ihm zurückkommt? Scheint mir übertrieben. Eine solche Zerstörungswut als reine Beziehungstat ist mir in meiner ganzen Laufbahn noch nicht untergekommen.«

Auch Clarissa Becker schüttelte den Kopf. »Es muss um mehr gehen.«

Emma beobachtete eine Gruppe LKA-Beamter, die Nachtsichtgeräte ins Foyer der Oper brachten.

»Vielleicht hatte Kress ja doch die unveröffentlichte Partitur oder etwas anderes für die Frau aufbewahrt und musste deshalb sterben«, warf sie ein.

»Oder er ist bei einem der Anschläge zum unfreiwilligen Zeugen geworden. Der Täter geht kein Risiko ein, tötet ihn und holt das belastende Material aus dem Hotelzimmer«, ergänzte Vandendaele.

»Sie meinen, Daniel könnte den Mörder erpresst haben?« Wieder schüttelte die Juniorprofessorin den Kopf. »Wenn er zum Zeugen geworden wäre, hätte er sofort die Polizei informiert. Dafür lege ich meine Hand ins Feuer. Schließlich kannte ich ihn lange genug.«

Die letzte Aussage brachte Vandendaele aus dem Konzept. Er musste daran denken, dass auch Erika Sommer den Toten lange gekannt hatte. Was war eigentlich die Rolle von Clarissa Becker in diesem Spiel? Irgendwie hatte er plötzlich das Gefühl, dass sie mehr wusste, als sie sagte. Bisher waren lediglich die Alibis der Listen-Kandidaten überprüft worden. Was aber, wenn es bei dem Mord an Kress gar nicht um die Besetzung der Professur ging?

»Ich würde gerne ein längeres Gespräch mit Ihnen führen, Frau Becker. Könnten Sie morgen ins Präsidium kommen, so gegen drei Uhr?«

Becker stutzte. »Soll das ein Verhör werden?«

»Wir wissen noch viel zu wenig über das Umfeld des Opfers und benötigen Sie als Zeugin«, antwortete Vandendaele und schrieb den Termin in seinen Kalender.

Emma fror, als sie daran dachte, wie sie zusammen mit Daniel Kress in der Mordnacht Azar Alts Haus verlassen und Geräusche aus der Dunkelheit gehört hatte. Ob der Täter auf ihn gewartet hatte? Auch jetzt hatte sie wieder das unbestimmte Gefühl, beobachtet zu werden. Sie schaute sich um, aber niemand schien Notiz von ihr zu nehmen. Die Schaulustigen verfolgten das Treiben der LKA-Beamten am Lieferwagen. Jeder trug einen gelben Sturzhelm mit Grubenlampe – offensichtlich eine Spezialeinheit. Sie räumten Scheinwerfer und jede Menge Kabel aus dem Auto, dann verschwanden sie mit den Nachtsichtgeräten und den Werkzeugkästen im Gebäude. Vielleicht gibt es einen großen Keller unter der Oper oder sogar einen Zugang zu den unterirdischen Verbindungswegen aus dem Dreißigjährigen Krieg, dachte sie.

Eine Gruppe Jugendlicher hatte die Vorbereitungen der Beamten von der anderen Seite der Absperrung aus verfolgt. Unter ihnen erkannte Emma plötzlich die beiden Emos, die sie vor ein paar Tagen im Richard-Wagner-Museum kennengelernt hatte. Es schien ihr ewig her, dass sie versprochen hatte, zu den Proben in die Auferstehungskirche zu kommen. Bisher war nichts daraus geworden. Gut, sie wiederzutreffen. Sie schob sich durch die Menge, bis sie endlich vor dem Mädchen Emily stand, die ihren Künstlernamen vom Hersteller ihrer Lieblingstasche ableitete. Sie erkannte Emma sofort und schien kein bisschen verärgert. Im Gegenteil. Hocherfreut warf sie beide Arme um Emmas Nacken und hielt sie für eine Weile fest umschlungen. Ihr Freund, der junge Sänger mit dem Künstlernamen Nemo, der im Museum einen bleibenden Eindruck hinterlassen hatte, lud sie spontan auf ein Konzert ein, das in Kürze beginnen sollte.

»Es spielt die Indie-Band ›Real in Grief‹«, sagte er. »Sie haben sich gerade erst gegründet und sind wirklich gut. Es lohnt sich.«

Emma wollte das Treffen mit den beiden nicht erneut verschieben und sagte zu. Emily und Nemo stellten sie den anderen Jugendlichen als Journalistin vor, die versprochen habe, den Indie-Rock aus Oberfranken groß herauszubringen. Sie klopften ihr auf die Schulter und nahmen sie in die Mitte, als sie sich auf den Weg zum Jugendzentrum machten. Emma spürte, wie sich ein Blick in ihren Rücken bohrte. Jemand sah ihr nach.

***

Als sie das Jugendzentrum erreichten, glaubte sich Emma im falschen Film. Die verschiedenen Gruppen, je nach Outfit und Haarstyling bestimmten Jugendkulturen zugehörig, passten nicht so recht in die idyllische Umgebung aus gepflegten Grünanlagen und einem friedlich dahinfließenden Bach. Mit ihren mehr oder weniger aufwendigen Piercings und Tattoos unterschieden sie sich deutlich von der üblichen Bayreuther Bevölkerung. Obwohl die Musik für Emmas Geschmack draußen schon laut genug war, drängten alle Besucher in die weit geöffneten Türen des Gebäudes.

An der Kasse wartete die nächste Überraschung. Sie musste zweimal hinschauen, bevor sie es glauben konnte. Es war tatsächlich Laurenz Alt, der umringt von Freunden das Geld entgegennahm, rote Dinos auf Unterarme stempelte, alkoholische Getränke konfiszierte und freundlich, aber bestimmt jene zurückwies, die nicht bereit waren, den Eintritt zu zahlen.

»Das ist Laurenz. Er geht ebenfalls ins GMG, aber in die Oberstufe«, erklärte Emily, der Emmas Staunen nicht entgangen war. »Seitdem er diese Konzerte organisiert, kommen auch Gothics und Metaller zu unseren Treffen«, fuhr sie fort und erklärte, wie schwer es die Emos hatten, in der Szene anerkannt zu werden. Laurenz saß also, entgegen der Annahme seiner Mutter, ganz und gar nicht untätig oder depressiv auf seinem Zimmer. Über das Internet plante er von zu Hause aus Großveranstaltungen und vernetzte mit durchschlagendem Erfolg Hunderte von Jugendlichen. Emma war beeindruckt.

»Sie gehen auf mich«, sagte Laurenz, als sie an der Reihe waren, nahm aber das Eintrittsgeld für Emily und Nemo dankend entgegen.

Von hinten schoben andere Besucher nach. Es gab keine Zeit, zu reden, und Laurenz schien auch nicht darauf aus zu sein. Er hatte sich schon den Nächsten zugewandt und versorgte sie mit den Flugblättern von »Real in Grief«.

Im Konzertsaal war es beinahe stockfinster. Lediglich die Bühne wurde von roten Scheinwerfern bestrahlt, die im Takt mal purpur-, mal violettrot flackerten. Der Lärm war ohrenbetäubend. In tief-dumpfen Tönen grölte und grunzte das Publikum mit den Lautsprechern um die Wette. Emma musste sich beherrschen, um sich nicht die Ohren zuzuhalten. Emily und Nemo trafen Freunde und tauchten in der tanzenden Menge unter. Emma zog sich die Jacke aus. Die Hitze war unerträglich. Die Bässe quirlten die dicke Luft gegen die Wände, was ihr auf Magen und Darm schlug. Vorsichtshalber hielt sie nach den Notausgängen Ausschau.

Dabei geriet ihr auf einmal Klaus Krings ins Blickfeld. Er trug einen Rucksack und machte sich an einer der Türen zu schaffen. Was suchte er hier? War er im Dienst? Sie hielt nach weiteren LKA-Beamten Ausschau, sah aber keine. Vielleicht waren sie jung genug, um nicht aufzufallen. Plötzlich kam ihr ein böser Gedanke, und sie zuckte zusammen. Der Waldvogel, schoss es ihr durch den Kopf. Sie zerrte das Flugblatt aus der Hosentasche und überflog die Lyrics der Band. Nichts, soweit sie sehen konnte. Als sie wieder aufschaute, starrte Krings sie mit weit aufgerissenen Augen an und verschwand in der Menge. Emma quetschte sich durch die hereinströmenden Massen zum Ausgang.

»Kommt ein Waldvogel in den Songtexten vor?«, fragte sie, als sie sich endlich zu Laurenz durchgedrängt hatte.

»Waldvogel?« Ein paar Jugendliche kicherten und musterten Emma von oben bis unten.

»Die Lyrics sind keine Fantasygeschichten, sondern handeln vom Leben. Ich kenne zwar nicht alle, aber von einem Waldvogel habe ich noch nie gehört«, antwortete Laurenz und blieb ernst, als er die Panik in ihren Augen sah.

Emma rannte um das Gebäude und überprüfte die Notausgänge. Alles war in bester Ordnung. Für einen kurzen Augenblick hatte sie tatsächlich geglaubt, Krings habe eine der Türen zugesperrt. So ein Unsinn! Außer Atem lehnte sie sich gegen eine Wand und wählte Vandendaeles Nummer.

»Mach Schluss. Fahr nach Hause oder komm zu mir. Du siehst ja schon Gespenster«, sagte er, nachdem er sich ihren Bericht angehört hatte. »Natürlich überwacht das LKA die Veranstaltung, was denkst du denn?«, fuhr er fort, aber Emma hatte bereits aufgelegt.

Ihr Akku war leer, außerdem tauchte gerade Krings am Hintereingang auf und schaute sich um. Es war offensichtlich, dass er sie suchte. Aus einem Impuls heraus sprang sie hinter eine Mülltonne und beobachtete, wie Krings in Richtung Autohaus Wedlich lief. Wo waren seine Kollegen? Wenn es stimmte, was Vandendaele sagte, arbeitete er doch nicht allein!

Zu Fuß nahm Emma die Verfolgung auf und ging im sicheren Abstand bis zu einer Pension auf der Bahnhofstraße hinter ihm her. Für die Dauer der Ermittlungen war hier die Einsatzzentrale des LKA, das Polizeipräsidium hatte die zusätzlich benötigten Räume so schnell nicht zur Verfügung stellen können. Es war bereits dunkel, die Straßenlaternen brannten. Von der gegenüberliegenden Straßenseite beobachtete Emma, wie Krings zunächst klingelte. Als niemand öffnete, schloss er auf und ging nach oben. Im ersten Stock machte er Licht und zog die Vorhänge zu.

Emma rannte über die Straße und erreichte die Haustür gerade noch, ehe sie zufiel. Die Rezeption war klein und unbesetzt. Auch im Treppenhaus war niemand zu hören. Leise ging sie den schmalen Flur entlang. Eine Tür hatte die Nummer 05, obwohl auf diesem Stockwerk gar keine weiteren Gästezimmer zu sehen waren. Eine andere führte zum WC, und gegenüber befand sich wohl eine Küche. Emma zögerte nicht lange, sondern drückte die Klinke herunter. Das LKA hatte hier ein Fotolabor eingerichtet. An einem Vergrößerungsgerät brannte ein Licht, was bedeutete, dass der Fotograf gleich zurückkommen würde. Seltsam, dass er noch mit analogen Verfahren arbeitete. Sie schaute auf die klein- und großformatigen Fotos, die zum Trocknen an der Leine hingen. Es waren Aufnahmen von der Markgräflichen Oper am heutigen Nachmittag. Sie unterschieden sich nicht wesentlich von ihren eigenen, außer dass sie selbst auf mehreren Bildern zu sehen war. Die Kartons auf dem Tisch enthielten Entwicklungslösungen und Fotopapier. Schränke und Schubladen waren gefüllt mit Küchengeräten des Restaurants.

Sie hatte genug gesehen. Leise ging sie zum Ausgang zurück, hielt dann aber inne. Von irgendwoher kam ein Geräusch. Schnell drückte sie sich in eine Ecke hinter der Tür. Dann hörte sie, wie jemand die alte Treppe herunterkam und die Haustür ins Schloss fallen ließ. Wenn sie Glück hatte, war Klaus Krings wieder gegangen und hatte sie in der Pension allein zurückgelassen.

Emma wusste, dass es illegal und ein großes Risiko war, aber der Gelegenheit, sich in der LKA-Zentrale einmal umzuschauen, konnte sie nicht widerstehen. Um ein Knacken der alten Holztreppe zu vermeiden, stieg sie möglichst dicht an der Wand entlang nach oben. Im ersten Stock stand die Tür offen. Die Wohnung war mit alten Teppichen ausgelegt, sie wurde sonst wohl während der Festspiele an Künstler vermietet. Ein Konzertflügel beherrschte das Wohnzimmer. Er war geschlossen und unter einer Vielzahl von Akten, Fotos und Grafiken begraben, die für die LKA-Mitarbeiter zur Einsicht auslagen. Im Esszimmer war der Tisch ausgezogen und zu sechs Arbeitsplätzen umfunktioniert. Auf den Betten lagen Stapel von Zeitungen und Zeitschriften mit Berichten von der Anschlagsserie in Bayreuth. Jemand hatte sich die Mühe gemacht, ihre eigenen Beiträge zu fotokopieren und an die Schrankwand zu kleben.

Als Emma sicher sein konnte, dass sie allein war, zog sie sich Handschuhe über, startete die Computer und ging zum Flügel zurück, um sich den Stapel Sammelmappen näher anzuschauen. Zu ihrer Enttäuschung enthielten sie keine Berichte, sondern nur handschriftliche Notizen einzelner Mitarbeiter. Zum Indie-Konzert im Jugendzentrum gab es keine Akte oder zumindest noch nicht. Emma zog den Ordner mit der Aufschrift »Markgräfliche Oper« hervor. Hoffentlich gab es einen Eintrag über den geplanten Spezialeinsatz im Keller. Zu gern hätte sie gewusst, was die Gruppe dort zu finden hoffte.

Sie klappte den Pappdeckel auf, fand aber leider nur die Fotos, deren Vergrößerungen in der Küche trockneten. Mehrere Gesichter waren hervorgehoben. Plötzlich stutzte sie, nahm die Lupe von der Arbeitsplatte und kniff die Augen zusammen. Es war kein Zweifel möglich, auch um ihren Kopf war ein roter Kreis gezogen. Damit nicht genug, am Bildrand stand der Vermerk »s. Fall Schiller«. Was sollte das bedeuten?

Emma brauchte ein paar Sekunden, um zu begreifen: Das LKA hatte eine Akte über sie angelegt. Der Schreck fuhr ihr in alle Glieder.

Mit dem Foto in der Hand lief sie durch die ganze Wohnung. Sie musste die Akte finden. Eilig riss sie Schubladen und Schränke auf, die mit allerlei Material gefüllt waren, nur nicht mit den Unterlagen, die sie suchte. Keine Spur vom »Fall Schiller«. Hatte sie den Verweis doch falsch interpretiert?

Sie setzte sich an einen PC. Vielleicht war der Ordner virtuell angelegt. Ein Passwort gab es nicht. Sie klickte sich durch mehrere Ebenen und probierte es dann mit der Suchfunktion. Nichts. Emma schaute auf die Uhr. Die Zeit war knapp. Wenn sie sich noch einen Überblick über die Arbeit des LKA verschaffen wollte, musste sie es dabei belassen.

Alle Computer waren miteinander vernetzt und auf demselben Stand. Systematisch ging sie Ordner für Ordner durch, überflog Protokolle, Laboruntersuchungen und Berichte. Unter »Sanspareil« fand sie eine seitenlange Zeugenaussage des Fremdenführers Michael Kronberg, der den Brandanschlag im Wald gemeldet hatte. In aller Ausführlichkeit erklärte er, was für ein Verlust die Zerstörung des Parks für den Landkreis bedeutete. Emma sah den Mann leibhaftig vor sich und lächelte. Er musste eine Bürde für den Protokollanten gewesen sein.

Der Ordner »Eremitage« enthielt die Gästeliste des OB sowie die Vernehmungsprotokolle der Angestellten des Hotel- und Gaststättenbetriebs. Das LKA hatte sogar die Schauspieler aufgespürt, die das Krimidinner inszenierten. Mit geübtem Auge fraß sie sich durch die Texte. Brauchbare Hinweise gab es jedoch keine. Sie gelangte zum Bericht »Festspielhügel«. Die Spurensicherung des LKA hatte in der Brandnacht mikroskopisch kleine Reste des Sprengsatzes sichergestellt, dessen Zusammensetzung bis ins Detail den anderen Brandkörpern glich. Auch das war nichts Neues. Im Verzeichnis »Schloss« fanden sich die Laborergebnisse der Fahne, die der Hausmeister an Vandendaele übergeben hatte. Es waren jede Menge Pollen und Staubpartikel festgestellt worden. DNA-taugliches Material war nicht dabei.

Enttäuscht guckte Emma auf die Uhr. Es war zehn. Der Vollständigkeit halber legte sie die CD ein, die auf dem Rechner lag. Die Datei »Internet-Fahndung« bestätigte, was sie schon lange vermutet hatte. Das BKA unterstützte die Ermittlungen des LKA mit umfangreichen Recherchen im Internet. Im Visier waren religiöse Sekten und Fanatiker, politische Extremisten und diverse Social-Media-Instrumente wie Facebook, Twitter und Blogs. Man hatte Telefongespräche abgehört, Wohnungen durchsucht und religiöse Anführer beschattet. Kaum zu glauben, dass es trotz dieses Aufwands noch zu keiner Festnahme gekommen war. Die beiden Chemiestudenten, die zu Beginn der Ermittlungen in Gewahrsam genommen worden waren, befanden sich aus Mangel an Beweisen längst wieder auf freiem Fuß.

Plötzlich hörte sie ein Geräusch von unten. Jemand schloss die Haustür auf und stieg die Treppe herauf. Emma trat auf den Schalter der Mehrfachsteckdose. Alle Computer gingen gleichzeitig aus.

Einen Notausgang gab es nicht, aber im Zimmer nebenan war ein Wandschrank. Sie schob die Mäntel beiseite und lauschte. Offensichtlich war Krings zurück und begann zusammen mit einem Kollegen den Nachtdienst. Es würde nicht lange dauern, bis sie entdeckten, dass die Computer nicht ordnungsgemäß heruntergefahren waren.

Tatsächlich merkten sie es sofort. »Schon wieder abgestürzt«, sagte Krings und stöhnte.

Der Kollege betrat das Zimmer mit dem Wandschrank, holte etwas aus einer Schublade, die Emma nur quietschen hörte, und zog die Zimmertür hinter sich zu. Jetzt konnte sie dem Gespräch der beiden kaum noch folgen. Sie ärgerte sich. Nichts hatte sie erreicht und saß zu allem Überfluss auch noch in der Falle. Es gab keine Chance, unbemerkt an den Polizisten vorbeizukommen. Anstatt sich zu verstecken, hätte sie besser behauptet, sie würde auf Krings warten. Schließlich war die Tür unverschlossen gewesen. Jetzt war es zu spät. Sie musste wohl die ganze Nacht hier ausharren.

Auf der Suche nach einem Sitzplatz rutschte sie an der Wand entlang. Dabei spürte sie eine kleine Erhebung im Rücken. Es war zu dunkel, um festzustellen, was das war. Sie tastete über die Fläche, bis sie eine etwa münzgroße, mit Folie überklebte Metallfassung fand. Was war das? Etwa ein Schlüsselloch? Ihr Herz schlug bis zum Hals. Das Haus war alt. Ungewöhnlich wäre es nicht, wenn man einen ehemaligen Dienstboteneingang mit einem Schrank verkleidet hätte. Langsam fuhr sie über die Folie und entdeckte eine senkrechte Spalte, die oben und unten im rechten Winkel an waagerechte Fugen stieß.

Emma öffnete ihre Tasche, deren Riemen quer über der Brust hingen. Wenn sie nur nicht ausgemistet hätte! Die Nagelfeile war nicht mehr da, aber sie bekam den Schlüsselbund zu fassen. Zum Geburtstag hatten ihr die Zwillinge ein Miniatur-Taschenmesser als Anhänger geschenkt. Nie hatte sie erwartet, es einmal zu brauchen. Mit der kleinen Klinge stach sie zunächst in das Schlüsselloch und pulte Papier heraus, bis ein leichter Luftzug zu spüren war. Es blieb jedoch dunkel. Behutsam begann sie, die Türspalte auszukratzen. Ganz ohne Geräusche ging das nicht. Schon bald kam einer der Polizisten in das Zimmer. Emma vergrub sich hinter den Mänteln und hielt den Atem an.

»Es kommt aus dem Schrank«, sagte Krings und öffnete die Tür.

»I wer narrisch.« Sein Kollege zeigte auf die perforierte Schrankwand. »Schau dir das mal an. Ein Hintereingang! Wusstest du davon?«

»Keine Ahnung«, antwortete Krings. »Mich interessiert vor allem, wer sich hier gerade einen Zutritt zur Einsatzzentrale verschaffen wollte.« Er beeilte sich, einen Dietrich aus dem Nebenzimmer zu holen, und steckte die Dienstwaffe in die Halterung.

»Das haben wir gleich.« Geschickt stocherte er in dem Schloss herum, bis es aufschnappte. Dann schnitt er den Rest der Folie ein und zog die Tür einen Spalt weit auf. Der andere leuchtete mit der Taschenlampe. Mit einem kraftvollen Ruck schob er die Mäntel in die rechte Ecke, bis der Durchgang passierbar war. Flach wie ein Brett an die Wand gedrückt, hörte Emma, wie die beiden LKA-Beamten durch die Öffnung stiegen und die Wendeltreppe hinuntergingen.

»Hier sind ja auch die Zimmernummern 01 bis 04!«, sagte Krings und zog seine Waffe.

»Fürs Personal?« Der Kollege stieß eine der Türen auf. Während die Polizisten die Zimmer inspizierten, schlüpfte Emma leise durch die Vorderseite des Schranks, schlich durch die zum Büro umgebaute Wohnung und entkam auf die Straße. Für den Fall, dass sie jemand gesehen hatte, lief sie um die nächste Ecke und ging erst dann auf Umwegen zurück nach Hause.

Als sie die Wohnungstür öffnete, beschlich sie schon wieder ein merkwürdiges Gefühl. Es herrschte zwar keine Unordnung, trotzdem spürte sie, dass jemand hier gewesen war. Sie schaute sich um. Wertsachen fehlten keine, auch das Geld in der Küche war noch da. Aber als sie im Arbeitszimmer die Schreibtischschublade aufzog, wusste sie, dass sie sich nicht getäuscht hatte. Es war jemand an den Sparbüchern gewesen. Alle Hefte steckten in den Umschlägen. Das tat sie selbst nie. Auch ihr Ex-Mann Martin war nicht so ordentlich, außerdem war er in Italien. Sie überlegte. Oft genug hatte sie die Spuren eines Diebs erfolgreich verfolgt. Doch hier war nicht klar, was der Täter überhaupt gewollt hatte. Sicher war nur, dass er äußerst bedacht und gezielt vorgegangen war. Die Spur eines Profis.

Vielleicht ein Detektiv von Martin? Nein, sie konnte sich nicht vorstellen, dass er dahintersteckte. Wenn er die Scheidung wirklich wollte, würde er offen darüber sprechen. Niemals würde er Geld für einen Detektiv ausgeben, wenn es nicht unbedingt nötig war. Eher kam noch der Mörder von Daniel Kress in Frage. Vielleicht war er auf der Suche nach der Partitur gewesen oder nach anderen Unterlagen, die er im Hotelzimmer nicht gefunden hatte? Ein kalter Schauder lief ihr über den Rücken. Unwillkürlich spitzte sie die Ohren. War der Eindringling noch in der Wohnung? Sie musste Vandendaele dazu bringen, die Spurensicherung vorbeizuschicken. Aber es war schon nach Mitternacht. Anrufen konnte sie niemanden mehr. Sie packte ein paar Sachen und machte sich auf den Weg zum Röhrensee. Vandendaele würde ihr aufmachen. Ob er von der Schiller-Akte wusste?

Dann fiel ihr ein, dass Krings für eine Weile verschwunden gewesen war, als sie sich in der LKA-Zentrale umgesehen hatte.

***

Als sie am Morgen erwachte, glaubte sie einen Moment lang, sie hätte im Zimmer ihres Sohnes geschlafen. In der Mitte stand ein großer Kickertisch, der beinahe den gesamten Raum ausfüllte. Die ausgezogene Schlafcouch hatte zwischen den Beinen des Kickers und der Wand kaum noch Platz. Sie schaute auf die Unterseite der Platte. Solide Arbeit. Wahrscheinlich brauchte Vandendaele einen Kran beim Umzug. Auf der anderen Seite des Zimmers stapelten sich die Sportsachen auf dem Boden: Fußballschuhe, Schienbeinschoner, Hockeyschläger, Footballhelm mit Gesichtsgitter. Auf dem Computertisch stand eine Xbox, und das Regal darüber war übervoll mit Spielen und DVDs.

Emma gähnte. Kaffeegeruch stieg ihr in die Nase. Georg war also schon auf. Wahrscheinlich hatte er die Spurensicherung verständigt. Sie drehte sich zur Wand und machte die Augen wieder zu. Im Grunde wollte sie gar nicht wissen, wer gestern bei ihr eingestiegen war.

»Osterfrühstück«, rief Vandendaele durch die Tür und klopfte. Jetzt roch es auch nach Spiegeleiern. Ihr lief das Wasser im Mund zusammen. Seit gestern Mittag hatte sie nichts Richtiges mehr gegessen. Sie zog Vandendaeles Bademantel über und kämmte sich die Haare. Dann nahm sie ihre Zahnbürste und verschwand im Bad. Vandendaele wirbelte in der Küche herum und deckte den Tisch. Als sie eintrat, streute er gerade ein rotes Pulver auf das Ei.

»Das ist Tandoori, eine indische Gewürzmischung. Schmeckt super zu Ei«, sagte er gleich.

»Guten Morgen und frohe Ostern, Georg. Ich wusste gar nicht, dass du so eine Küchenfee bist.«

Er grinste und belud ihren Teller mit Bratkartoffeln, Bacon und zwei Spiegeleiern. Die Schnittlauchgarnierung kam frisch aus dem Garten. Toast, Kaffee und Orangensaft standen auf dem Tisch. Emma nahm Platz und ließ sich bewirten. Vandendaele setzte sich ihr gegenüber und rührte fünf Löffel Zucker in seinen Kaffeebecher.

»Das Frühstück ist das Beste an Amerika«, begann er. »Ich kann mich mit Gelbwurst und Semmeln nicht zufriedengeben.«

Sie schaute auf seinen Bauch und dachte an ihren eigenen Speckgürtel. Trotzdem schmeckte es, und sie langte zu.

»Es ist übrigens, wie du sagst. Das war ein Vollprofi in deiner Wohnung gestern: keine Fingerabdrücke, keine Haare. Wenn wir Glück haben, vielleicht ein paar Fasern.«

»Das heißt, du hast schon die Ergebnisse?«

»Was heißt ›schon‹ – schau mal auf die Uhr!«

Emma erschrak. Wie konnte sie nur so lange schlafen?

»Keine Panik, Emma. Noch bevor ich heute Morgen los bin, habe ich deinen Chef informiert. Er hat vollstes Verständnis dafür, dass du heute bei eurer Sonderschicht ausfällst.«

»Ich falle aus?« Emma wusste so schnell gar nicht, ob ihr das recht war. Doch bevor sie etwas erwidern konnte, klingelte ihr Handy.

Es war Azar Alt. Wie versprochen rief sie aus Zürich an. Als sie hörte, was vorgefallen war, versuchte sie Emma nochmals zur Reise nach Venedig zu bewegen. Vandendaele hörte mit und nickte heftig mit dem Kopf.

»Sie müssen sich beeilen, wenn Sie heute noch ankommen wollen. Der letzte Zug fährt um zwölf Uhr acht von Bayreuth ab.

Nach ein paarmal Umsteigen sind Sie noch vor Mitternacht da. Schwingen Sie sich auf, es lohnt sich. Ich komme Sie um dreiundzwanzig Uhr vierzig am Bahnhof Venezia Santa Lucia abholen. Abgemacht?«

Emma fühlte sich schon wieder überrumpelt. Es gab auch noch in Bayreuth diverse Spuren, denen sie nachgehen wollte. Da musste sie sich nicht auf ein solches Großunternehmen einlassen.

»Sag zu! Wenn man den Sumpf trockenlegen will, sollte man nicht die Frösche fragen«, flüsterte Vandendaele und schob seine zu Schneeschaufeln geformten Hände vor sich her.

Sie musste lachen, und gleichzeitig kam ihr der Gedanke, dass er vielleicht ganz froh war, wenn sie für ein paar Tage aus der Stadt verschwand und dem Partiturgerücht hinterherspionierte. Es war offensichtlich gewesen, dass ihm eine Zusammenarbeit mit ihr untersagt worden war und er sich mit vollem Risiko darüber hinweggesetzt hatte.

»Also gut, abgemacht, Frau Alt. Ich werde versuchen, einen Reportageauftrag über die Wagner-Gedenkstätte zu bekommen. Wenn nicht, nehme ich ein paar Tage Urlaub. Aber Sie brauchen mich nicht mitten in der Nacht abzuholen. Ich finde mich schon allein zurecht. Ich rufe Sie an, wenn ich es nicht schaffe, ansonsten treffen wir uns morgen im Museum«, sagte Emma und kam sich auf einmal ungeheuer unternehmungslustig vor.

Vandendaele klatschte vor Freude in die Hände. Er stand sofort auf und packte Emmas Kleidung in ihre Reisetasche.

»Ich fahre dich zum Bahnhof, dann schaffst du es noch«, sagte er.

DREIZEHN

Emma setzte sich auf eine der harten Bänke des Nahschnellverkehrszugs und stellte die Tasche neben sich. Es waren kaum Passagiere im Waggon. Sie schaute aus dem Fenster, während der Zug die Stadt verließ und wolkenverhangene Landschaften vorüberzogen. Es hatten sich neue Regenpakete aufgetürmt, die aussahen, als wollten sie Bayreuth ertränken. Wie jedes Mal, wenn sie diesen Zug nahm, ärgerte sie sich über das gemächliche Tempo und die Tatsache, dass man in Nürnberg umsteigen musste. Auf der Schwelle zum ehemaligen Ostblock gelegen, war Bayreuth bis heute aus dem Schienennetz des Fernverkehrs ausgegliedert. Dabei gab es das Zonenrandgebiet – wie es damals genannt worden war – längst nicht mehr, und die EU-Außengrenze befand sich auch nicht mehr direkt hinter der Stadt.

Noch zwölf Stunden bis zum Wiedersehen mit Azar Alt. Ihre Freundschaft hatte eine rasante Entwicklung durchlaufen, nicht selbstverständlich für eine ehrgeizige Karrierefrau und eine unstete Journalistin, die es privat wie beruflich nirgendwo lange aushielt. Seit ihrer ersten Begegnung war viel geschehen.

Heute hatte Emma sogar den Eindruck, als hätte sie allmählich spürbaren Erfolg. Als sie am späten Vormittag in die Redaktion gekommen war, war die Sondersitzung schon vorüber. Die verbliebenen Kollegen hatten sie entgegen ihrer sonstigen Gewohnheit freundlich gegrüßt und sie unverzüglich zum Chefredakteur vorgelassen. Dieser reservierte gerade ihrem eilig zusammengeschriebenen Artikel über die Rettung der Markgräflichen Oper Platz auf der ersten Seite. Wider Erwarten unterstützte er die Reportage über die Wagner-Gedenkstätte in Venedig und genehmigte sogar die Übernahme von Reise- und Aufenthaltskosten. Leider war die Zeit zu knapp gewesen, um das Staunen der Kollegen auszukosten.

Ihre Reiselektüre, einen dicken Unterhaltungsroman, kaufte sie während ihres Zwischenstopps in Nürnberg an einem Bahnhofskiosk und legte das Buch für Stunden nicht mehr aus der Hand.

Als der österreichische Bahnschaffner die Fahrkarten kontrollierte, waren sie schon beinahe an der italienischen Grenze.

»Unwetter in Venedig«, sagte der Schaffner, »hoffentlich haben Sie regenfeste Sachen dabei.«

Die beiden Frauen in ihrem Abteil verneinten erschrocken. Sie selbst hatte natürlich auch nichts mit, schließlich hatte sie erwartet, jenseits der Alpen den Wolken zu entkommen. Sie verkroch sich in den letzten Teil des Wälzers. Als sie auf den letzten Seiten war, fuhr der Zug über die Ponte della Libertà in den Kopfbahnhof von Venedig.

Es war fast Mitternacht. Emma war trotz der langen Reise überrascht, schon angekommen zu sein. Sie benötigte eine Weile, um sich von den Romanfiguren zu trennen und in die Realität zurückzufinden. Um sich nicht gleich ins Getümmel zu stürzen, beschloss sie, zunächst die anderen Passagiere aussteigen zu lassen. Als sie das Fenster aufmachte und nach der rot-orangefarbenen Jacke Ausschau hielt, die Alt beim Abschied in Bayreuth getragen hatte, warteten auf dem Bahnsteig nur grün-graue Regenmäntel. Lediglich am Starbucks-Café stand eine Gruppe unerschrockener Touristinnen, die dem Wetter in sommerlichen Flip-Flops trotzten. Amerikanerinnen sind aus sehr zähem Holz geschnitzt, hatte Vandendaele einmal gesagt.

Als sich das Gros der Passagiere bereits Richtung Ausgang bewegte, stieg auch Emma endlich aus. Erwartungsvoll schaute sie sich um. Azar Alt war nirgends zu sehen. Offensichtlich war sie auf ihren dämlichen Vorschlag eingegangen, sie sich selbst zu überlassen. Hätte sie doch wenigstens nach dem Namen des Hotels gefragt! Mitten in der Nacht und hundemüde musste sie nun versuchen, ein Zimmer zu finden. Sie stellte sich in die Reihe für Hotelreservierungen und beobachtete mit Sorge, wie einer der beiden Schalter bereits geschlossen wurde. Der Angestellte platzierte ein eindeutiges Schild hinter der Glasscheibe: »Chiuso«. Offensichtlich waren die Hotels bereits ausgebucht und nur noch Notquartiere zu vergeben.

Emma stöhnte. Niedergeschlagen ließ sie ihre Reisetasche auf den Boden gleiten und schob sie vorwärts, sobald der Vordermann einen Schritt vorrückte. Es würde mindestens eine halbe Stunde dauern, bis sie an die Reihe kam.

Plötzlich fasste sie jemand am Arm. Sie drehte sich um. Vor ihr stand ein großer, attraktiver Mann, dessen extravagante Kleidung auch unter dem durchsichtigen Regencape Aufmerksamkeit erregte. Anstelle eines Jacketts trug er eine dunkelgrüne Weste über einem schneeweißen, mit feinen Stickereien überzogenen Hemd.

»Grüß Gott, sind Sie Frau Schiller?«, fragte er mit deutlich bayerischem Tonfall und hielt ein Foto von ihr in der Hand, das sie selbst noch nie gesehen hatte.

»Ja, die bin ich«, antwortete sie verdutzt.

»Herzlich willkommen in Venedig!«, sagte der Mann und gab ihr die Hand mit einem Lächeln, das in einer solchen Nacht nicht selbstverständlich war. »Mein Name ist Karstendorf, Karsten Karstendorf.«

Emma stutzte. Ihr war, als hätte sie den Namen schon einmal gehört.

»Frau Alt lässt sich entschuldigen. Sie ist noch immer von Wagner-Fans umringt und hat mich gebeten, Sie zu Ihrer Unterkunft zu bringen. Bitte folgen Sie mir.«

Karstendorf bot ihr einen Schirm, nahm das Gepäck und führte sie quer über den Bahnhofsvorplatz geradewegs auf eine Motorgondel zu, die die Aufschrift »Casino di Venezia« trug. Er sprang hinter das Steuer, verstaute die Reisetasche und half Emma, die vor dem Wellengang des Hochwassers zurückschreckte, beim Einsteigen.

Langsam steuerte er die Gondel über den Canal Grande, vorbei an den weltbekannten Palästen, deren Pracht all die Jahre, die Emma nicht mehr in Venedig gewesen war, nichts eingebüßt hatte. Im Gegenteil. Der Kanal wirkte schöner als je zuvor. Die unermüdliche Renovierung der Altstadt hatte sich gelohnt.

»Sie haben Glück, das Gewitter scheint vorbei zu sein. Bis eben hat es noch gehagelt«, sagte Karstendorf und knöpfte seine Regenjacke auf. Dann machte er an der Anlegestelle des Casinos fest. »Wir sind da. Im Ca' Vendramin gibt es einige VIP-Gästezimmer.«

Angenehm überrascht kletterte Emma an Land und trat durch die Eingangspforte.

»Das Erdgeschoss ist das sogenannte ›Portego‹. Hier befinden sich die Vorratsräume. Wegen des Wassers gibt es in Venedig ja keine Unterkellerung«, erklärte Karstendorf.

Emma nickte, darüber hatte sie noch nie nachgedacht. Neugierig schaute sie sich um. Auf einem Architrav stand die Aufschrift »Bacchus Dulce Venenum!«. Wohl der Weinkeller, dachte sie und ließ sich über eine repräsentative, mit rotem Teppich ausgelegte Treppe in den ersten Stock führen.

»Das ›Piano nobile‹«, sagte Karstendorf.

Emma hatte noch nie einen venezianischen Palast von innen gesehen und machte aus ihrem Staunen über die prunkvolle Ausgestaltung der Räume keinen Hehl. Sie durchquerten eine große Halle, die mit ausladenden Malereien geschmückt und mit cremefarbenen Sitzgarnituren möbliert war.

»Meine Güte, ist das herrlich!«, sagte sie.

»Sie haben recht, Frau Schiller, Ca' Vendramin Calergi gehört zu den schönsten Renaissance-Palästen Venedigs. Er hat sogar einen Garten, was hier auf dem Wasser natürlich eine Rarität ist.«

»Das kann ich mir denken!«

»Wenn Sie sich frisch gemacht haben, sind Sie herzlich eingeladen, sich unserer Abendrunde im Richard-Wagner-Restaurant anzuschließen. Der hiesige Wagner-Verein hat zu Ehren von Frau Professorin Alt einen Empfang gegeben. Er dauert zur Stunde noch an. Haben Sie etwas Festlicheres dabei?« Geringschätzig musterte er ihre Jeans.

»Ich habe ein Sommerkleid.«

»Gut. Das Restaurant liegt auf diesem Stockwerk im Gartentrakt.« Er zeigte nach rechts. »Ich schlage vor, wir gehen zunächst nach oben. Im zweiten Stock ist das städtische Casino, und im hinteren Teil liegen die Gästeräume. Darf ich vorausgehen?«

»Einverstanden«, sagte Emma überflüssigerweise, denn Karstendorf war schon auf der Treppe.

»Übrigens, keine Sorge wegen des Casinos«, fuhr er fort. »Es hat nur im Winter geöffnet. In den warmen Monaten ist der Betrieb wegen des saisonbedingten Touristenansturms an den Lido verlegt. Es wird also niemand Ihren Schlaf beeinträchtigen.«

Emma folgte dem Mann über einen kleineren, aber nicht weniger prunkvollen Aufgang zu einer Galerie, von der mehrere mit Nummern versehene Türen abgingen. Er zog einen Schlüssel aus der Hosentasche und öffnete mit großer Geste die Tür des Zimmers Nummer 7.

»*Prego, signora!* Hier werden Sie sich hoffentlich wohlfühlen. Ich wünsche einen schönen Aufenthalt«, sagte er mit gewinnendem Lächeln und stellte die Reisetasche ab, die in dieser Umgebung mit einem Mal klein und schäbig wirkte.

Emma bedankte sich und gab sich selbstbewusst. Als Karstendorf die Tür geschlossen hatte, spazierte sie bewundernd durch die geräumige Suite, die sparsam, aber geschmackvoll eingerichtet war. Das Beste war die Aussicht auf den Kanal. Woher kenne ich nur den Namen Karstendorf?, überlegte sie wieder. Aber es wollte ihr nicht einfallen.

Von der langen Reise übermüdet, schlüpfte Emma aus ihrer verschwitzten Jeans und stieg unter die Dusche. Am liebsten hätte sie sich gleich danach ins Bett gelegt, aber sie fühlte sich verpflichtet, der Einladung Folge zu leisten. Widerwillig streifte sie das helle Sommerkleid über und parfümierte sich mit dem herben Duftwasser, das im Bad bereitstand. Ein letzter Blick in den Spiegel, dann zog sie die Zimmertür hinter sich zu.

Auf dem langen Korridor war niemand zu sehen. Sie konzentrierte sich, denn Orientierung war nicht ihre Stärke. Über das Treppenhaus gelangte sie in das elegante »Piano nobile«. Die vielen großen Räume und der ungewöhnliche Grundriss des Hauses verwirrten sie. Erst als sie in den hallenähnlichen »Salone« kam, wusste sie wieder, wo sie sich befand und in welche Richtung sie zum Wagner-Restaurant gehen musste. Sie durchquerte eine Bar mit dem Namen »Sala Palma« und betrat das Restaurant durch einen großen, menschenleeren Vorraum, als sie endlich Stimmen hörte. Es roch nach Fisch. Der Wagner-Verein hatte offensichtlich ein Essen zum Empfang spendiert. Ihr Magen knurrte, aber vermutlich würde die Küche um diese Uhrzeit schon geschlossen sein. Im »Sala Rossa« traf sie dann auf die zu dieser vorgerückten Stunde bereits abgebröckelte Gesellschaft.

Der Star des Abends war unverkennbar Azar Alt. Als sie Emma sah, sprang sie auf und kam ihr entgegen. Sie trug ein weit ausgeschnittenes Abendkleid, das hervorragend mit ihrem dunklen Haar harmonierte und sogar zu der roten Textiltapete des Saals passte.

»Na endlich«, sagte sie beschwipst und streckte kichernd die Arme vor, um die Journalistin auf beide Wangen zu küssen. »Ich hatte schon Sorge, dass Karsten den Bahnhof nicht findet. Das hätte ihm mal wieder ähnlich gesehen.«

Alt nahm Emma bei der Hand und führte sie an das Käsebüffet, das für den Mitternachtsimbiss hergerichtet worden war. Erleichtert stellte sie sich einen Teller zusammen, während Alt, ohne ein weiteres Wort zu verlieren, leicht schwankend an ihren Platz zurückkehrte. Emma ließ sich auf einem der freien Stühle nieder, wo sie sogleich von zwei älteren Herrschaften auf Wagners einzigartigen Parsifal angesprochen wurde. Geistesabwesend und übermüdet ließ sie das Gespräch über sich ergehen und beobachtete, wie sich Alt angeregt mit einem jüngeren Paar unterhielt. Immer wieder lachte sie merkwürdig aufreizend und warf Karstendorf, der am Eingang stehen geblieben war, bitterböse Blicke zu. Was war bloß in sie gefahren?

Der Mann wirkte zunehmend genervt. Schließlich trat er an ihren Tisch und unterbrach unvermittelt Alts koketten Redeschwall.

»Komm jetzt!«, sagte er in der Annahme, die anderen verstünden kein Deutsch. Alt erschrak, aber im nächsten Augenblick hielt sie sich die Hand vor den Mund und lachte.

»Entspannen Sie sich, lieber Karsten, und genießen Sie die venezianische Nacht.« Sie nippte am Weinglas.

Karstendorf drehte sich auf dem Absatz um und verschwand. Auch Emma stand auf und entschuldigte sich. Sie war todmüde und wollte in ihre Suite zurück. Aber sie hätte gerne begriffen, was da gerade vor sich gegangen war.

***

Am nächsten Morgen hatten sich die Regenwolken verzogen, und die Stadt in ihren leicht transparenten Farben sah aus wie frisch gewaschen. Es war Ostermontag, und Emma hielt es in ihrem Zimmer nicht länger aus. Ihr erster Weg führte zur Brücke an der Accademia, von wo aus sie das Treiben auf dem Canal Grande beobachten und das prächtige Panorama im Licht der Morgensonne genießen konnte. Es war erst sieben Uhr. Sie hatte Zeit und schlenderte zur Piazza San Marco, wo außer ein paar Frühaufstehern noch niemand zu sehen war. Sogar die Tauben saßen schläfrig zwischen den filigranen Ornamenten der Fassaden. Frühstück gab es noch nirgends. Sie fuhr den Kanal auf und ab, ohne sich sattzusehen. Entgegen ihrer üblichen Gewohnheit machte sie keine Fotos.

An jeder Haltestelle nahm der Wasserbus mehr Menschen auf. Viele unterhielten sich überraschenderweise auf Venezianisch. Sie hatte nicht damit gerechnet, auf so viele Einheimische zu treffen, die auch heute zur Arbeit fuhren. Zu anderen Tageszeiten war dieser Bevölkerungsanteil wegen der dichten Touristenströme und des babylonischen Sprachgewirrs beinahe unsichtbar.

An der Rialtobrücke öffnete gerade ein Café. Sie war die Erste auf der Terrasse, trotzdem hatte sie plötzlich wieder das Gefühl, beobachtet zu werden. Im vorbeifahrenden Wasserbus entdeckte sie dann tatsächlich Karstendorf auf dem Deck. Sie trank ihren Kaffee aus und machte sich auf den Weg zurück zum Vendramin-Palast.

Für den regulären Besucherverkehr war das Museum noch geschlossen, aber der Richard-Wagner-Verein hatte Azar Alt im Vertrauen auf die sachgerechte Behandlung der Exponate den Schlüssel überlassen. Die Tür stand offen. Alt war bereits im Archiv und sichtete die jüngst gestiftete Sammlung. Sie grüßte flüchtig und zeigte keine Bereitschaft, über die gestrige Nacht zu reden. Emma beließ es dabei und besichtigte die im Stil des 19. Jahrhunderts spärlich eingerichteten Räume, um zu fotografieren. Der Konzertflügel im Wohnzimmer und Azar Alt bei der Arbeit waren genau die Bilder, für die sich die Redaktion interessierte. Vielleicht fand sich noch ein Dokument aus der neuen Sammlung, das sich aufzunehmen lohnte. Sie trat an die aufgestapelten Kisten.

»Wo soll ich anfangen?«, fragte Emma.

»Mir wäre es am liebsten, Sie würden sich die Schuhkartons vornehmen und den Inhalt sortieren«, antwortete die Professorin prompt. »Fotos, Briefe, Notizen, Theaterzettel et cetera fliegen völlig ungeordnet herum. Schauen Sie sich die Schlamperei mal an.« Sie runzelte die Stirn und griff wahllos ein Notenheft heraus.

»Leider leer. Aber wenn Sie aufpassen, finden Sie vielleicht die Partitur!«, sagte sie lachend.

Weit weg von Bayreuth und den Ermittlungen kam Emma diese Idee absurd vor.

»Im Ernst«, fuhr Alt fort. »Diese Archivalien hat schon lange keiner mehr in der Hand gehabt, geschweige denn aufgearbeitet. Es gibt eine reelle Chance, dass wir etwas Interessantes für Ihre Reportage finden. Zunächst müssen wir uns aber einen Überblick verschaffen.«

Alt stellte eine zweite Pappkiste auf den Schreibtisch und zog die Kordel ab. »Am besten, Sie ordnen die Briefe und Fotos gleich chronologisch, sofern Daten vorhanden sind. Das würde mir sehr helfen.«

Emma setzte sich und nahm den ersten Stapel heraus. »Sütterlinschrift. Tut mir leid, kann ich leider nicht lesen.«

»Mit einem bisschen Übung haben Sie das schnell gelernt«, entgegnete Alt und schrieb das Alphabet auf einen Zettel. »Übrigens ist das nicht Sütterlin, sondern Kurrentschrift. Nehmen Sie sich Zeit und lesen Sie einfach mal ein paar Briefe durch.«

Emma begann erst mühsam, dann aber tatsächlich immer schneller zu lesen. Es war das erste Mal, dass sie so einen alten Brief in Händen hielt. Schwierigkeiten machte ihr nicht nur die Schrift. Auch die Sprache kam ihr fremd vor.

»Meine Güte, ist das eine schwülstige Ausdrucksweise!«, sagte sie nach einer Weile in die Stille hinein. »Hier ist ein Brief von Wagner an eine Minna. Er schreibt zum Beispiel: ›… ich flehe Dich an, ich umfasse Deine Knie, mach es möglich, biete Alles auf, strenge Alles an, um mich bald nach Königsberg, zu Dir, zu Dir zu bringen. Ich trage es nicht, ich kann es nicht tragen – ich fürchte im Ernst eine Gemüthskrankheit …‹«

Alt kam zu ihr herüber und schaute auf das Kuvert.

»Das ist ein Volltreffer, Frau Schiller.« Die geröteten Wangen verrieten eine Aufregung, die Emma nicht nachvollziehen konnte.

»Dieses Schreiben passt zu einer Serie von Briefen, die Wagner seiner ersten Frau von Berlin nach Königsberg geschickt hat. Das Datum ist nicht zu erkennen, aber wenn mich nicht alles täuscht, war es 1836, als Minna eine Anstellung am Theater von Königsberg erhielt. Sie war eine gefeierte Schauspielerin und Wagner extrem eifersüchtig. Er ertrug die Vorstellung nicht, seine attraktive

Verlobte könnte zum Objekt der Begierde anderer Männer werden.«

»Warum hat er sie dann gehen lassen?«

»Sie brauchten die Gage. Minna hatte eine uneheliche Tochter, und sein Einkommen reichte nicht, um die Familie zu ernähren. Damals war Wagner noch vergleichsweise unbekannt und lebte von nur gelegentlichen Engagements.«

»Die Distanz von Berlin nach Ostpreußen war bestimmt schwieriger zu überwinden als die nach Kaliningrad heute.«

»Das können Sie laut sagen. Eine Reise von Berlin nach Königsberg dauerte zwei oder drei Tage. Im Winter war es ganz unmöglich. Wagner hatte Angst, Minna zu verlieren. Er wusste sehr genau, dass sie aus Vernunftgründen ein bürgerliches Leben bevorzugt hätte. Wenn ihr ein wohlhabender Mann einen Heiratsantrag gemacht hätte, wäre sie für den mittellosen Wagner unerreichbar geworden. Das war klar. Damals erhofften sich viele Frauen von einer Ehe vor allem gesellschaftlichen Aufstieg und eine gesicherte Existenz.«

»Da sie ihn am Ende doch geheiratet hat, erschien wohl kein Traumprinz?«

»Nein. Finanziell kamen schwere Zeiten auf sie zu. Wagner machte Berge von Schulden, und mehrmals musste das Paar vor den Gläubigern fliehen. Am schlimmsten war aber, dass er nach einigen Jahren auch noch untreu wurde. Um kreativ arbeiten zu können, brauchte er erotische Spannung. Das konnten ihm weder Minna noch seine zweite Frau Cosima dauerhaft bieten«, erklärte Alt und setzte sich wieder.

Je weiter sie sich durch die Sammlung arbeiteten, desto gelöster wurde Alt. Sie hatte sich vor dem Chaos im Archiv gefürchtet, das die Journalistin so geschickt zu ordnen verstand, und genoss es nun, auf ihre neugierigen Fragen zu antworten. Schneller als gedacht kamen sie voran, gönnten sich eine Mittagspause in einer nahe gelegenen Osteria und arbeiteten weiter, bis der Inhalt der Schuhkartons fast vollständig neu organisiert war. Ein Handy klingelte. Azar Alt schaute auf das Display und verließ den Raum. Merkwürdige Geräusche ließen Emma kurz darauf aufhorchen. Sie ging zum Bad und klopfte an. Als keine Antwort kam, trat sie ein und sah, wie Alt vor der Toilette kauerte und sichtlich geschwächt Wasser und Galle hervorwürgte. Ihre Augen hatten jeden Glanz verloren.

»Ich rufe den Arzt!«

»Nein, bitte nicht. Nicht nötig«, stieß sie hervor und schüttelte den Kopf. »Es geht schon wieder. Der Wein von gestern – ich darf gar nicht daran denken.«

Emma befeuchtete ein Handtuch mit kaltem Wasser, betupfte ihre Stirn und legte es der Professorin in den Nacken. Schließlich half sie ihr aufs Sofa und wartete, bis sie eingeschlafen war.

Emma machte sich Sorgen, aber sie wollte die Zeit nicht ungenutzt verstreichen lassen. Während sie Alt nicht aus den Augen ließ, sah sie sich im Archiv des Museums um und öffnete eine mit Büchern gefüllte Kiste. Das Einfachste war, sie nach Autoren alphabetisch geordnet in die leeren Regalschränke zu stellen. Systematisch packte sie ein Buch nach dem anderen aus. Gelegentlich blätterte sie einen Band durch, wenn sie den Titel interessant fand oder auf eine ungewöhnliche Ausstattung aufmerksam wurde. Viele der Bücher enthielten handschriftliche Anmerkungen oder mit Notizen vollgeschriebene Lesezeichen. Soweit sie erkennen konnte, waren die meisten erst nach 1883 erschienen und konnten daher nicht aus dem persönlichen Besitz Richard Wagners stammen. Es handelte sich vor allem um Biographien und Werkinterpretationen, die vermutlich vom Großvater des Stifters angeschafft worden waren. Nur wenige Bände waren älter und konnten tatsächlich zum Nachlass Wagners gehören. Einen davon sah sich Emma gründlicher an. Es war die Biographie des Dresdner Opernkomponisten Johann Adolf Hasse, der nur wenige Schritte vom Palazzo Vendramin entfernt, hundert Jahre vor Wagners eigenem Tod, in der Kirche San Marcuola beigesetzt worden war. Irgendwer – vielleicht Wagner selbst – hatte manche Stellen doppelt und dreifach unterstrichen und mit Ausrufungszeichen versehen. Zwei dicke Linien hoben beispielsweise eine Bemerkung des Autors über Hasses Erstaunen während der Uraufführung einer Komposition des fünfzehnjährigen Wolfgang Amadeus Mozart heraus. Angeblich war Hasse begeistert gewesen und hatte selbstkritisch kommentiert: »Dieser Knabe wird uns alle vergessen machen.«

Emma staunte. Erst jetzt wurde ihr klar, wie viele Komponisten es früher gegeben hatte, über die man heute nicht mehr sprach.

Obwohl Hasse offenbar in Italien und Deutschland sehr populär gewesen war, hatte er anders als beispielsweise Händel oder Bach seine Zeit kaum überdauert. Sie blätterte vorsichtig weiter. Das Buch war trotz des soliden Ledereinbands in keinem guten Zustand und machte einen zerlesenen Eindruck. Der Umstand, eines Tages in Vergessenheit zu geraten, musste den Leser stark bewegt haben. In der hinteren Umschlagtasche des Einbands befand sich ein kleiner, an Richard Wagner adressierter Brief. Emma zog ihn heraus und stellte verwundert fest, dass er ungeöffnet war. Als Absender fand sie den Namen Mathilde Wesendonck mit Berliner Adresse. Laut Poststempel war er am 3. Februar des Jahres 1883 eingeworfen worden. Sie öffnete den Umschlag, überflog den Brief und schob ihn dann wieder zurück. Gespannt blickte sie sich zu der Professorin um.

Azar Alt hatte die Augen aufgeschlagen.

»Wie geht es Ihnen?«, fragte Emma und überlegte wieder, ob sie nicht doch einen Arzt rufen sollte.

»Schon besser. Dieser verdammte Alkohol. Ich habe viel zu viel getrunken. Nach dem Stress in Bayreuth und dem gestrigen Vortragsmarathon war das absehbar. Tut mir leid, dass ich Ihnen das zugemutet habe.«

»Schon gut, lassen Sie uns lieber von etwas anderem sprechen.« Emma reichte ihr den Brief. »Ich habe inzwischen angefangen, die Bücherkisten auszuräumen, und bin dabei auf dieses Schreiben gestoßen. Es war ungeöffnet.«

Alt drehte den Umschlag mehrmals hin und her, dann setzte sie sich auf.

»Das gibt's nicht, Frau Schiller. Wo haben Sie ihn gefunden?«

»Hier drin.« Emma zeigte ihr die Biographie über Hasse.

»Das ist ein Brief von Mathilde Wesendonck. Wissen Sie, wer das ist?«

»Leider nein.«

»Sie war eine Freundin von Wagner. Was steht denn drin?«

»Ich habe ihn bisher nur flüchtig gelesen, aber soweit ich sehen konnte, nichts Besonderes – außer dem üblichen Geplänkel.«

»Schade. Wesendonck dichtete und hatte eine Liebesbeziehung zu Wagner. Verheiratet war sie mit einem deutschen Großkaufmann in Zürich. Er unterstützte Wagner finanziell und bot ihm eine Art Refugium im Nebenhaus seiner Villa, als dieser aus politischen Gründen ins Exil floh. In dieser Zeit vertonte Wagner einige Gedichte von Mathilde.«

»Warum hat er ihren Brief dann nicht gelesen?«

»Vielleicht traf er erst nach seinem Tod hier ein«, antwortete Alt.

Emma schaute noch einmal auf den Poststempel. Das Schreiben war zehn Tage vor Wagners Tod in Berlin aufgegeben worden.

»Ich kann mir nicht vorstellen, dass die Post länger als eine Woche lief. Wenn doch, hätte man ihn beim Packen gefunden.«

»Bestimmt wäre er dann geöffnet worden. Cosima kannte Frau Wesendonck persönlich und wusste von ihrem Verhältnis zu Wagner«, bestätigte Alt und überlegte weiter. »Drei Tage nach Wagners Tod verließ die Familie Venedig mit Sack und Pack.«

»Das heißt, der Brief kam entweder erst danach an, oder er erreichte Wagner noch zu Lebzeiten. Vielleicht hat er ihn vor seiner Frau versteckt und kam nicht mehr dazu, ihn zu öffnen.«

»Mag sein. Warten Sie mal, mir fällt da gerade etwas ein«, sagte Alt und fuhr nach kurzer Pause fort. »Es gibt eine Stelle am Ende von Cosimas Tagebuch, die dazu passen könnte. Der Eintrag war kurz vor seinem Tod, denn danach schrieb sie kein Tagebuch mehr.«

Alt suchte in dem Papierberg, den sie auf den Boden gehäuft hatte. Dann hielt sie triumphierend ein ledergebundenes Buch hoch.

»Ich hab's!«, sagte sie und blätterte. »Hier ist es. Es ist ein Vermerk vom 11. Februar, also zwei Tage vor Wagners Herzattacke. Cosima schreibt, dass er vor seinem geistigen Auge alle Frauen Revue passieren ließ, die er in seinem Leben geliebt hat. Hier ist sogar ein Zitat von ihm: ›All mein Weibsen gehn jetzt an mir vorüber.‹«

»Ist ja verrückt«, sagte Emma.

»Warten Sie, jetzt kommt's. Cosimas Tochter Daniela hat hier etwas eingefügt und den Eintrag ihrer Mutter ergänzt: ›In den zwei letzten Nächten träumte er, Briefe von Frauen erhalten zu haben. Einer war von Frau Wesendonck und ein anderer von einer Frau, an die sich weder Papa noch Mama erinnern konnten. Keinen machte er auf, sondern legte sie zu beiden Seiten auf den

Tisch und sagte zu sich selbst: Wenn nun Cosima eifersüchtig wird.‹« Alt zeigte auf die Textstelle.

»Sie meinen, was Daniela für einen Traum hielt, war Wirklichkeit? Hatte Wagner die Briefe versteckt und später vielleicht nicht mehr die Kraft gehabt, sie zu lesen?«

»Das ist eine unglaubliche Entdeckung, Frau Schiller! Es sieht tatsächlich so aus, als ob der Brief von Frau Wesendonck mehr als hundert Jahre in der Biographie von Hasse geschmort hat!«

Emma fragte sich, warum er ihn ausgerechnet dort hineingesteckt hatte.

»Beim Durchblättern bekam ich den Eindruck, dass Hasse gegen Ende seines Schaffens ernüchtert war und die Kurzlebigkeit seiner Werke befürchtete. Selbstzweifel waren bei Wagner aber doch eher kein Problem, oder?«

»Gegen Ende schon. Es hatte ihn stark verunsichert, als der durchschlagende Erfolg bei der Uraufführung des Parsifal ausblieb. Plötzlich fand er die Festspiele absurd und bereute, nach Bayreuth gegangen zu sein. Gut möglich, dass er sich Hasse, der um die Ecke begraben lag, am Ende seines Lebens nahe fühlte.«

Professor Alt faltete den leicht vergilbten Bogen vorsichtig auseinander. Sie wollte sich selbst ein Bild vom Inhalt des Briefes machen. Nachdem sie die ersten Sätze bedächtig gelesen hatte, flog sie mit weit aufgerissenen Augen über die Zeilen.

»Das ist doch nicht möglich! Und das nennen Sie ›nichts‹?«

Emma verstand nicht.

»Hier steht doch, dass Natalie ihr aus Geldnot etwas verkauft hat, was sie auf der Flucht zurücklassen musste!«

Emma begriff noch immer nicht. »Wer ist denn Natalie?«

»Die Tochter von Minna!«

»Sie meinen, dieser Brief ist ein Hinweis auf die Partitur, von der Daniel sprach?«

»Nein, von einer Partitur schreibt sie nichts. Aber sie sagt, dass sie etwas versteckt hat, weil sie ihren Mann, der von ihrer Affäre zu Wagner erfahren hatte, nicht beunruhigen wollte«, antwortete Alt und las die Textpassage vor: »›Die Aufzeichnungen verbarg ich aus Rücksicht auf Leo, der an einen Vorwand für ein Wiedersehen geglaubt hätte. Erinnerst du dich noch an den kleinen Verlegfehler im Durchgang zum Boudoir? … Als wir so plötzlich die

Villa verlassen mussten, packten wir nur das Notdürftigste zusammen in der Hoffnung, die verbliebenen Gegenstände später nachzuholen. Leider kam es nicht mehr dazu ...‹«

Alt nickte. »Es ist historisch belegt, dass die Wesendoncks aus Zürich fliehen mussten. Leo, Mathildes Mann, hatte anlässlich des Sieges der Preußen über die Franzosen ein rauschendes Fest gegeben. Die Bevölkerung war darüber derart erbost, dass es zu antideutschen Demonstrationen kam. Zum Schluss drohte die Menge sogar, die Villa in Brand zu setzen.«

Emma fotografierte den Brief und notierte sich den Wortlaut der Stelle in ihrem Notizbuch.

»Vielleicht finden wir das Versteck. Wir müssten in der Villa nachschauen«, sagte sie nachdenklich.

»Einbrechen und nachschauen?«

»Nein, natürlich müssen wir die Bewohner einweihen, wenn das Haus überhaupt noch steht.«

Gerade hatten sie die Kartons verstaut, als Karsten Karstendorf, wiederum betont bayerisch gekleidet, das Archiv betrat. Er hatte einen Koffer dabei und erklärte, er werde in zwei Wochen wieder zurück sein. Freundlich interessiert erkundigte er sich nach der Einschätzung der Wissenschaftlerin zum Wert der Sammlung.

Alt erklärte: »Es sind eine Reihe interessanter Dokumente dabei, die ich mir bald noch genauer anschauen werde. Leider ist gerade ein dringender Termin dazwischengekommen. Frau Schiller und ich müssen noch heute nach Zürich.« Den Brief erwähnte sie mit keiner Silbe.

Karstendorf bedauerte, das zu hören. »Ich fahre gleich nach Bayreuth zurück, um den Umzug des Golfclubs abzuschließen«, sagte er. »Ich könnte einen kleinen Umweg über Zürich machen und Sie beide mitnehmen.«

Azar Alt wehrte vehement ab. Offensichtlich wäre ihr diese Reise sehr unangenehm gewesen. Später erklärte sie Emma, sie habe eine Aversion gegen Jeeps; sie seien ein Relikt aus der Zeit ungebremsten Ölkonsums. Emma hingegen fand es schade, dass sie nun keine Gelegenheit hatte, länger mit Karstendorf zu sprechen. Jetzt wusste sie auch wieder, woher sie den Namen kannte: Er war der Besitzer des Bayreuther Golfclubs! Erst kürzlich hatte Vandendaele über den tragischen Unfall von Karstendorfs Frau gesprochen. Von ihm wusste sie auch, dass Karstendorf geschäftlich bei der Spielbank von Venedig eingestiegen war.

»Künftig werden wir nicht nur ein Wagner-Archiv, sondern auch noch gute Kontakte zum Spielcasino haben, Frau Schiller«, sagte Alt scherzend und riss sie aus ihren Gedanken. »Wir haben also viele Gründe, zurückzukommen. Herr Karstendorf wird die Bayreuther bestimmt bevorzugt behandeln und mit lukrativen Tipps versorgen.«

Karstendorf lachte höflich.

»Das heißt, der Golfclub spielt ab jetzt lieber drinnen als draußen?«, fragte Emma, nur um etwas zu sagen.

Karstendorf schüttelte den Kopf. »Nein, der Platz in Bayreuth existiert nach wie vor. Wir sind nur umgezogen. Die Stadt hat in Bindlach ein großes Gelände zur Verfügung gestellt, viel größer als das alte an der Eremitage. Von dort kann man abends sogar den Sonnenuntergang verfolgen. Wir überlegen derzeit, ob wir nicht das Clubhaus zu einem Ausflugslokal ausbauen sollen. Ich schicke Ihnen eine Einladung, wenn wir eröffnen. Vielleicht kann ich Sie ja noch für Golf begeistern.«

»Warum nicht?« Emma lachte, ließ sich aber nicht aus dem Konzept bringen. »Trägt die Stadt die Kosten für die Erschließung des neuen Platzes? Ich stelle mir das ziemlich kostspielig vor.«

»Das Rathaus war außergewöhnlich großzügig. Es gab sogar eine nicht zweckgebundene Aufwandsentschädigung«, antwortete Karstendorf und zwinkerte dabei mit einem Auge, als ob seine Kontaktlinse festgeklebt wäre. Dann schaute er auf die Uhr und hatte es plötzlich eilig. Mit dem Hinweis auf das wartende Wassertaxi verabschiedete er sich und verschwand.

VIERZEHN

Azar Alt und Emma Schiller kamen erst am Abend in Zürich an. In der Touristenzentrale des Hauptbahnhofs erfuhren sie, dass die ehemalige Villa Wesendonck von der Familie Rietberg übernommen und schließlich von der Stadt aufgekauft worden war. Die Kulturbehörde hatte die Privatvilla in ein öffentliches Museum umgewandelt und die Sammlung für außereuropäische Kunst darin untergebracht. Gespannt nahmen die beiden Frauen ein Taxi und fuhren den Hügel zum Museum Rietberg hinauf. Es dämmerte bereits, als sie am Haupteingang anlangten. In dem modernen, grünlich verglasten Neubau schaltete sich gerade das Licht ein. Alt rüttelte an der Tür.

Emma las die Anschlagtafel. »Es ist schon geschlossen! Das Museum macht erst morgen um zehn Uhr wieder auf.«

»Lassen Sie uns ein Hotel in der Nähe suchen«, schlug Alt vor.

Die Reisetaschen geschultert liefen sie durch den Park hinunter Richtung Stadt und mieteten sich in der nächstbesten Pension ein.

»Jetzt verstehe ich, warum Wagner das Haus, das er hier bewohnte, ›das Asyl auf dem Grünen Hügel‹ nannte«, sagte Alt, von dem Fußmarsch sichtlich erschöpft.

Sie nahmen noch einen Imbiss im Hotel und zogen sich dann in ihre Zimmer zurück.

Es war schon dunkel, als sich Emma allein noch einmal auf den Weg zum Museum machte. Sie hatte viel gegessen und musste sich vor dem Schlafengehen bewegen. Außerdem war sie neugierig, zumindest von außen wollte sie sich die Villa in aller Ruhe ansehen. Sie lief durch den Park. Das schwache Licht der Laternen beleuchtete die Gehwege nur leidlich. Schon von Weitem erkannte sie den gläsernen Pavillon des Museums, der an ein tropisches Gewächshaus erinnerte. Gleich gegenüber erhob sich das größte Gebäude der Anlage – die ehemalige Villa Wesendonck. Emma schritt auf den Eingang zu. In der Hoffnung, durch ein Fenster spähen zu können, ging sie um das Haus herum. Doch hier gab es kaum noch Licht. Lediglich die mit Stuck geschmückte Vorderfront wurde von zwei Scheinwerfern angestrahlt.

Plötzlich hörte sie ein Geräusch und hielt inne. Es war ein merkwürdiges Kratzen und Schaben an der Hauswand. Sie dachte an Katzen oder an ein Liebespaar, das sich hier vergnügte. Vorsichtig schlich sie zur Ecke, von der sie die Rückseite des Hauses einsehen konnte. Sie erschrak, als sie eine Gestalt sah, die gerade damit beschäftigt war, eine Leiter unter ein Fenster zu stellen. Eine Taschenlampe lag auf dem Boden und beleuchtete gedämpft und in einem klar begrenzten Lichtkegel nur die Stelle, wo die Person hantierte.

Entweder ein neues Fabrikat oder eine mit Folie geschickt abgedunkelte Halogenleuchte, schoss es Emma durch den Kopf. Ihr Blick fiel auf das Fenster. Die Scheibe war eingeschlagen. Ein jahrelang erprobter Widerstand gegen instinktives Fluchtverhalten ließ die ehemalige Polizistin stehen bleiben. Stattdessen folgte sie ihrem angelernten Impuls, dazwischenzugehen, und beging einen Fehler.

»Was machen Sie denn da?«, rief sie und trat beherzt aus der Deckung.

Der Mann stutzte. Blitzartig zog er seine Maske zurecht, die zuvor nicht das ganze Gesicht bedeckt hatte. Dann zog er eine Waffe und schoss. Emma hatte gerade noch rechtzeitig reagiert. Sie sprang hinter die Hauswand, drehte sich um und rannte, Haken schlagend, von einem Busch zum anderen auf die Straße. Weitere Schüsse verfehlten sie, aber sie musste damit rechnen, verfolgt zu werden.

Scheinwerfer kamen auf sie zu. Sollte sie das Auto anhalten oder in Deckung gehen? Das Fahrzeug fuhr den Berg hoch, kam also aus der Stadt. Es konnte kaum etwas mit dem Einbruch zu tun haben. Atemlos stellte sie sich dem Wagen in den Weg.

»Bewaffneter Einbruch in der Villa Wesendonck – rufen Sie die Polizei!«, rief sie dem Fahrer durch das geschlossene Fenster zu. Von den Scheinwerfern geblendet sah sie erst jetzt die Uniform und realisierte, dass es sich um eine Polizeistreife handelte. Es dauerte keine fünf Minuten, bis Verstärkung anrückte und Polizeisirenen den gesamten Hügel beschallten. Die Beamten durchkämmten das Gebiet, doch der Maskierte hatte das Gelände samt Leiter und Werkzeug in welche Richtung auch immer verlassen.

***

»Ich frage mich, was der Einbrecher gewollt hat – wer bricht schon in ein Völkerkundemuseum ein?«, fragte Emma am nächsten Morgen, als sie Azar Alt von ihrem aufregenden Abendspaziergang erzählte.

»Vielleicht hatte er es auf die Partitur abgesehen?«, sagte Alt.

»Woher sollte er denn davon wissen?«

»Daniel hat kein Blatt vor den Mund genommen. Er sprach öffentlich über die angebliche Existenz einer unbekannten Wagner-Partitur. Soweit ich weiß, geschah das zwar nur vor wissenschaftlichem Publikum, aber wer kann die Dynamik einer solchen Behauptung schon kontrollieren? Ein Gerücht wächst bekanntlich im Laufen.«

Emma benötigte eine Weile, um zu begreifen. Alt schien insgeheim also gar nicht auszuschließen, dass es sich bei den im Brief erwähnten Aufzeichnungen doch um eine Partitur handeln könnte.

Gleich nach dem Frühstück brachen die beiden Frauen auf. Das Museum öffnete gerade seine Pforten. Die Polizei war noch auf Spurensuche und hatte das Gelände rund um die Villa Wesendonck abgesperrt.

An der Rezeption lösten sie Eintrittskarten. Ohne Umschweife fragte Alt sofort nach dem Boudoir in der Villa Wesendonck, was Emma ziemlich voreilig fand. Schließlich wollten sie keine Aufmerksamkeit erregen und möglichst ungestört nach dem Versteck der alten Aufzeichnungen suchen, soweit das nach dem Einbruchsversuch gestern überhaupt möglich war.

»Der Salon der Frau Wesendonck?«, fragte die Empfangsdame erstaunt. »Nein, wo der ist, kann ich Ihnen nicht sagen. Aber wenn Sie sich für die Villa interessieren, sie liegt gleich gegenüber. Sie ist das Herzstück des Museums. Das Gelände umfasst insgesamt fünf Bauten.« Eilig holte sie einen Lageplan aus dem Schubfach. »Sie befinden sich jetzt hier im Smaragd-Neubau, der gerade eröffnet wurde. Die Ausstellungen zu Afrika, China und Japan sind unterirdisch und mit der Villa Wesendonck durch einen Gang verbunden. In der Villa können Sie dann die Kunst aus Indien, Alt-Amerika und Ozeanien besichtigen.«

»Ein gelungenes Entree.« Emma schaute sich anerkennend im Glaspavillon um und versuchte von dem Eindruck abzulenken, sie seien ausschließlich an der Villa interessiert.

»Die Architekten haben es unter das Motto ›Baldachine von Smaragd‹ gestellt. Sie spielten damit auf ein Gedicht von Mathilde Wesendonck an, das Richard Wagner vertont hat«, erklärte die Empfangsdame stolz und lächelte.

»Stimmt, ich erinnere mich«, bestätigte Alt. »Das Lied heißt, glaube ich, ›Im Treibhaus‹. Mir fällt sogar die erste Strophe ein, die wirklich gut hierhin passt: »Hochgewölbte Blätterkronen, Baldachine von Smaragd, Kinder ihr aus fernen Zonen, Saget mir, warum ihr klagt?«

»Sie haben ein Gedächtnis – sagenhaft!« Emma staunte.

Die Dame an der Rezeption nickte beeindruckt und fuhr fort: »Bestimmt wissen Sie, dass die Familie Wesendonck Richard Wagner vorübergehend aufgenommen hatte. Er bewohnte mit Frau und Kind die Villa Schönberg nebenan. Heute sind dort die Präsenzbibliothek und die Räume für die Administration untergebracht.«

Zielstrebig durchquerten Emma und Azar Alt die unterirdischen Ausstellungsräume und betraten die Villa durch den ehemaligen Keller. Die Museumsaufseher hatten gerade aufgesperrt, jetzt standen sie im Eingangsbereich und unterhielten sich über den versuchten nächtlichen Einbruch. Lautstark diskutierten sie über die wachsende Kriminalität in Zürich, während Alt und Emma ohne Schwierigkeiten das ehemalige Wohnzimmer mit dem Durchgang zum Boudoir ausmachten. Das zerbrochene Fensterglas war notdürftig durch eine Plastikfolie verschlossen. Zwei Säulen schmückten das Entree zum Salon. Ohne zu zögern, ging Azar Alt in die Knie und klopfte den Parkettboden ab. Sie hat es wirklich eilig, dachte Emma und schaute sich nach Kameras um. Die Räume waren natürlich videoüberwacht, aber es war nicht klar, ob die Aufseher die Geräte schon eingeschaltet hatten. Sie mussten es riskieren. Schlimmstenfalls konnten sie die Kopie des Briefes vorzeigen und ihr Handeln erklären.

»Ausgerechnet hier ist die indische Kunst ausgestellt«, stellte Alt flüsternd fest.

Emma stutzte. Sie hatte recht, ein merkwürdiger Zufall, wenn man an das bengalische Feuer in Bayreuth dachte.

Als Alt resigniert aus der Hocke kam und stöhnend ihre Knie massierte, war es an Emma, den Boden abzutasten.

»Behalten Sie bitte die Aufsicht im Auge«, sagte sie und begann gezielt nach Unregelmäßigkeiten zu suchen. Sie fuhr über alle Fugen und Fußleisten. Aber einen Verlegfehler entdeckte sie nicht. Schon wollte sie aufgeben, als sie zwischen Säule und Wand einen Spalt fand, der überlackiert worden war.

Emma zog ihren Schlüssel aus der Handtasche, klappte das Messerchen des Anhängers heraus und kratzte damit vorsichtig im Lack des Sockels. Es war etwas mühsam, da der Zwischenraum zur Wand kaum Platz bot und sie mit der linken Hand arbeiten musste. Sie versuchte es von der anderen Seite und schob die Vitrine mit dem tanzenden Shiva kurz entschlossen ein Stück zur Seite. Jetzt gelang es ihr, den Lack aus der Ritze zu lösen. Als sie mit dem Messer zwischen Boden und Leiste entlangfuhr, schnappte plötzlich ein Verschluss auf und gab ein Stückchen Zierholz am Fuß der Säule frei. Ihr Herz pochte.

»Ich hab's!«, flüsterte sie und fingerte nach dem Papier, das in dem Hohlraum steckte. Als sie die Säule nun aus der Nähe betrachtete, realisierte sie erst, dass es sich gar nicht um tonnenschweren Marmor, sondern um eine vergleichsweise leichte Holzsäule handelte, die mit einem Marmormuster bemalt worden war. Eine perfekte Täuschung, dachte sie und zog das in Packpapier eingewickelte Päckchen heraus. Alt beobachtete sie mit weit aufgerissenen Augen.

»Lassen Sie sehen!« Sie nahm den Fund entgegen. Emma schob die Vitrine wieder auf ihren Platz.

»Viele Jahre hat Shiva dieses Geheimnis gehütet«, sagte Alt so feierlich, dass es beinahe ironisch klang.

Erst in der Pension öffneten sie das Päckchen. Azar Alt wickelte die Rolle aus, bis Notenpapier zum Vorschein kam. Auf den ersten Blick war zu erkennen, dass es sich um sehr altes Papier handelte.

»Die Partitur!«, flüsterte Emma und sah Alt über die Schulter. »Das ist ja Wahnsinn.«

Alt nickte und schnäuzte sich die Nase.

»Hier ist irgendetwas faul, Frau Schiller. Die Sache stinkt zum Himmel. Ich darf gar nicht daran denken, dass Daniel vielleicht deswegen sterben musste.«

Emma schwieg.

»Wagners Handschrift ist das nicht«, fuhr Alt fort.

Emma erinnerte sich noch gut an die eng beschriebenen Zeilen, die sie im Richard-Wagner-Museum gesehen hatte. Die Noten hier wirkten tatsächlich viel ordentlicher und waren eher locker auf dem Papier verteilt.

Alt ergänzte: »Leider heißt das aber noch nichts. Früher war es allgemein üblich, dass man eine Komposition von einem Kopisten in Reinschrift übertragen ließ.«

Emma beobachtete die Professorin, während sie die Partitur prüfte und jede einzelne Note in sich aufnahm. Ob sie in der Lage war, die Melodie beim Lesen zu hören? Wie erstarrt saß Azar Alt vor dem Werk, das den Namen »Stadtmusikanten« trug. Als sie endlich weiterblätterte und die einzelnen Seiten auf den Tisch legte, fotografierte die Journalistin sie und übertrug den Liedtext in ihr Notizbuch.

»Eine direkte Anspielung auf die Bremer Stadtmusikanten der Gebrüder Grimm«, sagte Emma nach einer Weile in die Stille hinein.

»Soweit ich sehen kann, setzt sich die Komposition musikalisch aus den Natur- und Tiermotiven zusammen, die vor allem im ›Ring‹ vorkommen. Der Waldvogel, den wir in der Markgräflichen Oper gefunden haben, ist übrigens auch dabei«, antwortete Alt. »Die Partitur sieht aus wie eine Collage aus Wagners Leitmotiven.«

»Glauben Sie, dass das Dokument authentisch ist?«

»Wenn ich das wüsste!«, sagte sie kopfschüttelnd.

»Warum zweifeln Sie noch?«

»Es sind die Motive. Einige stammen – soweit ich das jetzt schon beurteilen kann – aus viel späteren Werken. In seiner Pariser Zeit hatte Wagner sie noch gar nicht komponiert.«

»Vielleicht hat er sie erfunden, als er die Märchenoper komponierte, und später dann einzelne Passagen daraus entnommen, um sie in andere Werke einzubauen. Die Frage ist doch nur, was war zuerst da.«

»Das sagen Sie so leicht dahin. Ich muss das erst im Einzelnen prüfen.« Alt stöhnte und machte ein schmerzliches Gesicht. Sie wusste, dass sich in naher Zukunft Kollegen aus der ganzen Welt auf diese Partitur stürzen würden und sie ihre Einschätzung reiflich überlegen und absichern musste.

»Wenn das die Abschrift eines Kopisten ist, müsste sich logischerweise Wagners Original auch noch irgendwo befinden«, sagte sie.

»Gut möglich, aber für die Aufklärung des Mordes ist das nebensächlich. Der Täter hält die Komposition für authentisch und hat sehr wahrscheinlich bei Daniel danach gesucht. Ob er etwas gefunden hat, wissen wir erst, wenn er geschnappt ist.«

Emma ging in ihr Zimmer und rief Vandendaele an, um ihn über die Ereignisse in Venedig und Zürich zu unterrichten. Dass auf sie geschossen worden war, verschwieg sie. Es war unprofessionell gewesen, sich unbewaffnet in eine solche Situation zu begeben. Das wusste sie selbst, sie wollte sich seine Kritik ersparen.

Als Vandendaele von der Entdeckung der Partitur erfuhr, war er froh, dass endlich Bewegung in den Fall kam. Bestimmt würde der Täter reagieren, sobald sich die Medien auf diese Nachricht stürzten.

In Bayreuth gab es mittlerweile keine nennenswerten Fortschritte. Im Gegenteil, bei den Ermittlungen war es immer wieder zu Rückschlägen gekommen. So war Clarissa Becker trotz schriftlicher Vorladung nicht zum Gespräch im Präsidium erschienen, sie war seit Samstag verschwunden. Ihre Mutter glaubte an eine Entführung und hatte in ihrer Not eine Vermisstenanzeige aufgegeben.

Auch mit der Untersuchung des Anschlags in der Markgräflichen Oper waren sie noch nicht weitergekommen. Ein Bauunternehmen war dabei, die unterirdischen Gänge der Innenstadt zu stabilisieren. Die Begehung des mehrstöckigen Kellers hatte ergeben, dass die Oper an die Katakomben angeschlossen war und die Bombe über diesen Weg in das Gebäude gelangt sein musste. Wegen akuter Einsturzgefahr verliefen die Bauarbeiten schleppend. Heute waren sie nur einige Zentimeter vorangekommen.

Nach dem Gespräch mit Vandendaele setzte sich Emma an den Schreibtisch und verfasste Artikel für die Bayreuther Nachrichten und mehrere überregionale Zeitungen. Da sie in den letzten Tagen bereits verschiedene Entwürfe geschrieben hatte, ging die Arbeit schnell voran, und die Auswahl der Fotos war einfacher als gedacht. Als sie gerade die letzte E-Mail abschickte, klopfte Azar Alt an der Zimmertür.

»Was machen Sie denn die ganze Zeit?«, fragte sie, als sie den aufgeklappten Laptop sah. »Sie wollen doch hoffentlich nicht schon jetzt über die Partitur berichten?«

»Soeben geschehen«, antwortete Emma.

»Sind Sie verrückt?«, schrie Alt und setzte sich aufs Bett. »Wie konnten Sie nur? Ich bin doch noch längst nicht bereit, Rede und Antwort zu stehen.«

»Ich bin Journalistin.« Emma schaute auf die Uhr. Sie hatte ein schlechtes Gewissen. Es wäre fairer gewesen, das Vorgehen mit Professor Alt abzustimmen. Aber sie hatte nichts anderes als Ablehnung erwartet.

»Gleich habe ich einen Termin mit dem Museumsdirektor wegen der gestrigen Schießerei. Er wird wissen wollen, warum ich nachts um die Villa herumgeschlichen bin. Ich werde ihm die Wahrheit sagen müssen, Frau Alt. Diesen Fund kann man nicht lange geheim halten, und damit keine Sensationsgeschichte daraus wird, habe ich den Text lieber selbst verfasst.«

»Sie haben es für Ihre Karriere getan. Seien Sie wenigstens ehrlich«, sagte Alt und raufte sich die Haare.

Sie stritten sich weiter, während sich Emma umzog und die Bermudajeans gegen ihr olivgrünes Sommerkleid eintauschte.

***

Der Direktor des Museums Rietberg hatte sein Büro in der Villa Schönberg, dem ehemaligen Wohnhaus von Richard Wagner. Im Vergleich zu der großzügigen Raumaufteilung der Residenz der Wesendoncks war dieses Haus nicht gerade das, was sich Emma unter einer Villa vorstellte. Schon der Eingang war eng und schmucklos und der Treppenaufgang schmal und niedrig. Die fensterlosen Flure sahen wegen der metallenen Magazinschränke an der linken Seite lang und trostlos aus wie bei einer Behörde. Rechts reihte sich Tür an Tür. Emma blieb vor dem Namensschild des Direktors, das den Zusatz »Indologe« trug, stehen und klopfte. Eine dünne Stimme rief sie herein. Der unerwartet große helle Raum war mit Regalen gefüllt. Hinter dem Schreibtisch thronte ein hagerer Mann und schaute mit seinen langen grauen Locken von einem Buch auf. Mit breitem Lächeln kam er auf Emma zu.

»Was für ein Glück, dass Sie unverletzt geblieben sind!«, sagte er und bot ihr einen Platz in der Sitzecke an. Sie sprachen über die nächtliche Schießerei und die Pressekonferenz, die im Anschluss an das Gespräch stattfinden würde. Dann berichtete Emma von dem morgendlichen Fund in der Villa Wesendonck. Wie vorauszusehen, zeigte sich der Direktor nun höchst irritiert.

»Wie soll ich das verstehen? Auf einen bloßen Verdacht hin gehen Sie in die Ausstellung und schneiden ins Parkett?«

»Es ist kein nennenswerter Sachschaden entstanden. Es war ohnehin schon eine Ritze da.«

»Ritze? Wir haben den Holzbelag nach den großen Bauarbeiten gerade neu überholen und lackieren lassen. Das Parkett war in tadellosem Zustand!«

»Ich verstehe Ihren Ärger«, sagte Emma. Sie wollte keine Anzeige bei der Schweizer Polizei riskieren.

»Was war denn mit der Aufsicht? Die haben wohl bis jetzt noch nichts bemerkt.« Er griff zum Telefon.

»Ich glaube, die Männer waren durch die nächtliche Schießerei abgelenkt und haben sich darüber ausgetauscht.«

Er legte den Hörer wieder auf die Gabel und starrte sie an. »Ach ja? Das bedeutet wohl, dass die ganze Sache von Ihnen genau zu diesem Zweck inszeniert wurde.«

»Nein, mit dem Einbruchsversuch habe ich nichts zu tun. Es ist aber gut möglich, dass der Maskierte es ebenfalls auf die Partitur abgesehen hat.«

»Mit diesem Verdacht hätten Sie gleich zu mir kommen müssen.«

»Natürlich. Aber wir hätten viel Zeit verloren. Ich fürchtete, dass uns der Unbekannte zuvorkommen könnte.« Sie räusperte sich und fuhr fort: »Vielleicht kann man in diesem Fall sagen, dass der Zweck die Mittel heiligt. Immerhin haben wir, so wie es im Moment aussieht, in Ihrem Haus eine bislang völlig unbekannte Partitur von Richard Wagner sichergestellt. Wir sollten jetzt so schnell wie möglich abklären, ob es sich um eine Fälschung handelt«, sagte Emma und legte die Noten auf den Tisch. Als sie erklärte, sie sei in Begleitung eines Vorstandsmitglieds des internationalen Wagner-Verbandes, schien sich der Direktor zu beruhigen.

Er schaute auf die Noten. »Nun gut. Aber was geschieht jetzt mit diesem Dokument? Wollen Sie es nach Deutschland überführen?«

»Weder Frau Professorin Alt noch ich selbst melden irgendwelche Besitzansprüche an. Wir haben bereits Fotokopien angefertigt. Die genügen für unsere Zwecke.«

»Wenn Sie die Sache nachher auf der Pressekonferenz zum Besten geben, wird sich jeder sofort um die Geschichte und vor allem um die Partitur reißen.«

»Ich bin selbst Journalistin und habe die Medien bereits informiert. Natürlich sind viele Nachfragen zu erwarten. Es wäre deshalb wichtig, so schnell wie möglich die Authentizität der Partitur zu prüfen. Am besten wäre es, die Bestimmung des Alters von Papier und Tinte gleich heute noch in Auftrag zu geben«, sagte Schiller.

»Dabei kann ich helfen. Wir haben gerade einen ähnlich gelagerten Fall und arbeiten mit einem angesehenen Labor zusammen. Im Anschluss an die Pressekonferenz habe ich dort einen Termin und könnte Sie bei der Gelegenheit vorstellen.«

Der Direktor bot an, Emma und die Professorin im Auto mitzunehmen. Die Partitur verstaute er vorsichtig in einer Dokumentenmappe. Dann zeigte auf einen aus Elfenbein geschnitzten Zylinder, der seitlich zu öffnen war und den Blick auf eine Figur freigab.

»Dieses gute Stück ist uns zum Verkauf angeboten worden. Angeblich soll es über dreitausend Jahre alt sein und ist entsprechend teuer. Nach so langer Zeit müsste aber die Farbe des Elfenbeins viel stärker verändert sein. Darum lasse ich das Alter prüfen.«

»Die Figur sieht aus wie ein Lingam. Stellt sie die Erscheinung von Shiva dar?«

»Ganz genau!«, sagte der Direktor verblüfft. Emma konnte beinahe fühlen, wie sein Misstrauen ihr gegenüber plötzlich in sich zusammenbrach.

»Ich bin keine Expertin«, erklärte sie. »Aber ich habe in grauer Vorzeit ein paar Semester Archäologie studiert und hatte indische Kunstgeschichte im Nebenfach.«

Jetzt lächelte der Direktor und berichtete von der großen Indien-Ausstellung, die gerade im Aufbau war.

»Zum Glück wurde bei dem Einbruch gestern nichts gestohlen. Es wäre fatal gewesen, wenn der Dieb ausgerechnet die Stücke geklaut hätte, die wir für die Sonderausstellung benötigen«, sagte er.

Emma wunderte sich. »Einbruch? Ich dachte, ich hätte den Täter bei seinem Vorhaben gestört.«

»Das hat die Polizei zunächst auch angenommen. Inzwischen sieht es aber eher so aus, dass er tatsächlich eingestiegen war. Wahrscheinlich hat er Sie kommen sehen und ist getürmt. In diesem Fall haben Sie ihn nicht vor dem Einbruch, sondern danach erwischt. Mag sein, dass er es tatsächlich auf die Partitur abgesehen hatte und an den Kunstwerken gar nicht interessiert war. Aber offensichtlich hat er sie ja nicht gefunden.« Und nun hörte sich der Direktor sogar richtig zufrieden an.

Wie erwartet rissen sich die Journalisten auf der Pressekonferenz um die spektakuläre Nachricht. Die Neuigkeiten über die bislang gänzlich unbekannte Wagner-Partitur würde gleich am nächsten Tag die Kolumnen der lokalen und überregionalen Presse füllen, nach der nächtlichen Schießerei an der Villa hingegen wurde kaum gefragt. Keiner bezweifelte den Zusammenhang der Ereignisse von Zürich und Bayreuth.

Die übereinstimmende Meinung war, dass der Maskierte wohl auch die bengalischen Feuer gelegt hatte und in das Museum eingebrochen war, um die Partitur zu stehlen. Wegen der Vermummung konnte Emma jedoch der Polizei den Täter nicht näher beschreiben. Auch das Labor würde noch mehrere Tage brauchen, bis es zuverlässige Aussagen zur Authentizität des Dokuments liefern konnte.

Die aktuelle Berichterstattung beschäftigte sich einstweilen mit der Spurensuche und den erfolgreichen Finderinnen der Partitur. Ein abendliches Nachrichtenmagazin porträtierte Emma als unerschrockene Abenteuerjournalistin und Professor Alt als Musikexpertin von Weltrang.

Beiden war die ungewollte Publicity eher unangenehm. Besonders Alt blieb reizbar und nervös. In der Nacht ging sie, anstatt zu schlafen, in ihrem Zimmer auf und ab. Emma, die sie im Nebenzimmer hören konnte, wunderte sich. Sie fragte sich plötzlich, ob Alt vielleicht mehr wusste, als sie zugab.

Um dem Medienrummel zu entkommen, drängte Azar Alt auf eine schnelle Abreise am nächsten Morgen. Emma war einverstanden. Doch als sie am Nachmittag in Bayreuth aus dem Zug stiegen, wurden sie schon am Bahnhofskiosk von einschlägigen Schlagzeilen willkommen geheißen. Noch stärker als in Zürich beherrschte das Thema auch den regionalen Rundfunk und das Fernsehen.

Emmas Handy klingelte ständig, genau wie das von Azar Alt. Die meisten Anrufer waren Journalisten, die um Interviews baten.

»Diesmal war es der Wagner-Verband«, sagte Alt, stöhnte leise und schaltete ihr Telefon aus. »Sie drängen auf eine inhaltliche Stellungnahme. Das war abzusehen.«

»Und was bedeutet das?«, fragte Emma, während sie sich neben Alt auf den Rücksitz des Taxis setzte.

»Sie wollen eine erste Einschätzung und haben schon für Freitag, also übermorgen, einen Vortrag von mir eingeplant.«

Emma hielt den Atem an. »Warum denn diese Eile?«

»Es sind vor allem die Medien, die den Druck machen. Auch aus dem Ausland kommen schon die Nachfragen. Der Wagner-Verband ist in ein Netz von Schwesterorganisationen rund um den Globus eingebunden, jede will so schnell wie möglich die eigene Öffentlichkeit informieren.«

Emma nickte betreten. Sie war froh, nicht an Alts Stelle zu sein und hatte ein schlechtes Gewissen. Jetzt verstand sie, warum die Professorin so aufgebracht gewesen war, als sie die Presse informiert hatte.

»Nicht zu ändern«, fuhr Alt fort, als hätte sie Emmas Selbstvorwürfe gespürt. »Auf Dauer kann ich mich dem ja sowieso nicht entziehen. Es bedeutet nur, ich muss mich sofort dransetzen und etwas formulieren.«

Fahrig blätterte die Professorin in den Bayreuther Nachrichten, die sie eben am Kiosk gekauft hatte. Plötzlich hielt sie inne, schluckte und erbleichte. Mit weit aufgerissenen Augen las sie die Meldung über Clarissa Becker. Dann hielt sie Emma den Artikel hin.

»Clarissa«, sagte sie und tippte auf das Foto der Frau mit den roten Locken. »Jetzt ist auch noch Clarissa verschwunden. Das kann doch alles nicht wahr sein!« Ihre Augen füllten sich mit Tränen, als das Taxi vor ihrer Haustür anhielt.

»Darum kümmere ich mich«, sagte Emma eindringlich und reichte Alt die Reisetasche. »Ich rufe Sie an, sobald ich Näheres weiß.«

Azar Alt nickte stumm, gab dem Fahrer einen Zwanzig-Euro-Schein und schloss die Gartentür auf.

Es war nicht gut gewesen, ihr das spurlose Verschwinden der Juniorprofessorin zu verschweigen, dachte Emma. Wieder hatte sie ein schlechtes Gewissen. Schon in Zürich hatte sie ja von der Suche nach Becker erfahren, wollte aber Azar Alt nicht beunruhigen.

Betroffen schaute sie auf ihre Hände. Wenn sie ehrlich war, hatte sie gar nicht so selbstlos gehandelt. Es war eher die Sorge gewesen, Alt könnte Hals über Kopf nach Bayreuth zurückkehren, was sie davon abgehalten hatte, darüber zu sprechen.

Als Emma nach Hause kam, war die Wohnung kalt, still und einsam. Es wurde Zeit, dass die Kinder von den Ferien zurückkehrten. Sie warf die Reisetasche in die Ecke und drehte die Heizung hoch, dann schaltete sie den Fernseher ein und schaute in den leeren Kühlschrank. Es gab nur noch ein paar Eier und das Bier, das Vandendaele neulich nicht mehr getrunken hatte.

Von der langen Zugfahrt übermüdet, war sie zu faul zum Kochen. In ihrer Not nahm sie sich das Bier und mischte es mit einem Schluck alter Limonade, die noch im Kinderzimmer stand. Kohlensäure gab es kaum mehr, aber für ein Radler reichte es noch. Sie nahm einen Schluck und öffnete ein Glas saure Gurken. Weder das eine noch das andere hob ihre Stimmung.

Sie ging ins Bad, um sich die Kontaktlinsen herauszunehmen und die Wimperntusche abzuschminken. Dann wusch sie das Gesicht mit warmem Wasser, schmierte sich fettige Nachtcreme auf die Haut und setzte ihre alte Brille auf. Es war noch zu früh, um ins Bett zu gehen, aber da sie allein war, konnte sie es bequemer haben. Sie wechselte ihre Jeans gegen eine graue Baumwollhose und ließ sich in eine Kamelhaardecke gewickelt auf der Couch nieder.

Seit Wochen hatte sie es sich nicht mehr so gemütlich gemacht. Sie wusste, eigentlich hätte sie noch Vandendaele anrufen sollen, um in Erfahrung zu bringen, wie es inzwischen mit der Suche um Becker bestellt war. Aber im Moment hatte sie weder Lust zu sprechen, noch die Kraft, neue Hiobsbotschaften auszuhalten. Erst mal warm werden, dachte sie, nahm die Fernbedienung zur Hand und zappte durch die Kanäle.

Bei der »Frankenschau aktuell« blieb sie hängen. Azar Alt kam ins Bild und musste sich den Fragen der Journalisten stellen. Die Arme! Als wenn sie heute nicht schon genug geleistet hätte, dachte Emma und beobachtete bewundernd, wie geduldig die Professorin Auskunft gab und wie souverän sie die Live-Aufnahmen meisterte.

Gleich nach dem Beitrag raffte sich Emma auf, schaltete den Fernseher aus und wählte Vandendaeles Telefonnummer.

»Ich bin ganz in der Nähe und komme für einen Sprung hoch«, sagte er.

Das hat gerade noch gefehlt, dachte sie und befühlte die Fettschicht auf ihrem Gesicht. Zum Umziehen blieb keine Zeit. »Ich kann dir aber gar nichts anbieten, und kühl ist es auch noch hier oben. Gerade erst habe ich die Heizung angemacht«, sagte Emma, um ihn von seinem Besuch abzuhalten.

Wenig später klingelte es.

Emma stöhnte, schlug die Decke zurück und drückte auf den Türöffner. Als die Eingangstür aufsprang und Vandendaele sich mit schweren Schritten dem dritten Stock näherte, bemerkte sie, dass sie sich doch freute.

Als er die letzten Stufen nahm, hielt er zwei Döner hoch. Eine

Rotweinflasche baumelte in der ausgebeulten Tasche seiner Lederjacke. Er grinste unternehmungslustig. Keine Miene verriet, was er von ihrem Aufzug hielt. Es würde zu ihm passen, wenn er gar nichts bemerkt, dachte Emma. Dagegen erkannte sie an seinen dunklen Augenrändern sofort, wie es um die polizeilichen Ermittlungen stand.

Zielstrebig marschierte er ins Wohnzimmer und sank in den geblümten Omasessel, während Emma Teller und Gläser aus der Küche holte. Sie ließen es sich schmecken.

»Ich wünschte, ich hätte bessere Nachrichten«, begann Vandendaele. »Zunächst dachten wir, Becker verweigert die Aussage. Erinnerst du dich noch, wie ich sie gebeten hatte, am Samstag ins Präsidium zu kommen?«

Emma nickte. Das war noch vor Venedig gewesen. Sie sah die Situation an der Oper deutlich vor sich. Die Juniorprofessorin war über die offizielle Vorladung etwas pikiert gewesen.

»Frau Braun, unsere Sekretärin, versuchte noch am selben Tag vergeblich, sie zu erreichen. Ostermontag meldete ihre Mutter sie dann als vermisst. Wir nahmen die Suche auf und sahen uns zunächst in der Umgebung von Beckers Haus in der Lilienthalstraße um. Ohne Erfolg. Am Dienstag machte sich allmählich Unruhe breit. Rund sechzig Beamte kamen mit Fährtenhunden zum Einsatz, sie durchkämmten Keller, Dachböden und Garagen. Nichts. Keine Spuren, einfach nichts. Inzwischen ist die Fahndung auf ganz Deutschland ausgeweitet worden.«

»Was sagen Beckers Kollegen an der Uni?«

»Der Dekan, Alois Ansporn, ist zuversichtlich. Er hält die Suche für vergeudete Zeit. Seiner Meinung nach ist Becker vorzeitig in die USA aufgebrochen, um ihr Forschungsvorhaben voranzutreiben. Becker hatte ihm gegenüber ihre Sorgen wegen des Verhörs offenbart und den Entschluss gefasst, sich nicht als Sündenbock in die Fänge unfähiger Beamter zu begeben.«

»Könnte da was dran sein?«

»Ihre Mutter hält das für ausgeschlossen. Allerdings hatte Blumensaat in der letzten Zeit größere Konflikte mit ihrer Tochter.«

»Blumensaat? Etwa die Leiterin der Denkmalschutzbehörde?«
Vandendaele nickte.

»Was denn für Konflikte?«

Er zuckte mit den Schultern. »Darüber spricht sie aus irgendeinem Grund nicht. Vielleicht ist es eine Frauensache. Könntest du morgen mal bei ihr vorbeischauen?«

»Ausgerechnet ich?« Emma dachte an den Zeitungsartikel, der die Untersuchung an ihrer Behörde ins Rollen gebracht hatte.

»Es wäre einen Versuch wert«, beharrte Vandendaele. »Vielleicht verrät sie mehr, wenn sie im Gegenzug etwas über die Partitur erfährt und hofft, Clarissa Becker damit helfen zu können.«

***

Emma parkte ihren Peugeot am nächsten Morgen vor dem Haus von Bettina Blumensaat. Auf dem Beifahrersitz saß Azar Alt.

»Ich kann mir nicht vorstellen, dass Clarissa abgereist ist, ohne sich zu verabschieden«, sagte Alt, während sie ausstiegen. »Nicht einmal ihre Mutter wusste Bescheid! Und das Sommersemester beginnt in zwei Wochen.«

Frau Blumensaat öffnete ihnen mit geröteten Augen, Rock und Bluse hingen wie welk an ihrem Körper. Als sie Azar Alt erkannte, huschte ein Lächeln über ihr Gesicht, Emma hingegen beachtete sie kaum. Mit den langsamen Bewegungen einer älteren Frau führte sie die beiden herein und sprach von nichts anderem als von der Ohnmacht und der Trauer, die sie seit dem Verschwinden ihrer Tochter empfand. Heute sei sie nicht einmal mehr zur Arbeit gegangen.

Das Mitgefühl war Azar Alt anzusehen, beinahe zu deutlich, wie Emma fand. Sie weiß mehr, als sie zugibt, dachte sie erneut und beobachtete eine Weile, wie Alt und Blumensaat einander ihr Bedauern ausdrückten. Dann versuchte Emma, das Gespräch auf allgemeinere Themen zu lenken, um die lähmende Stimmung im Raum zu lösen. Mit aufgesetzter journalistischer Souveränität begann sie ihre Fragen zu stellen.

»Vielleicht hängt das Verschwinden Ihrer Tochter irgendwie mit dem Auftauchen der Wagner-Partitur zusammen, Frau Blumensaat. Was halten Sie eigentlich von der Kinderoper? Sie sind doch von Haus aus Volkskundlerin, wenn ich richtig informiert bin.«

Blumensaat nickte und schluckte. Auf solche forschen Töne war sie nicht eingestellt, außerdem war zu sehen, dass sie Emma nicht leiden konnte. Die Journalistin hatte ihr mit der Aufdeckung der Korruptionsaffäre bei der Behörde schon genug Ärger eingebracht.

»Das haben Sie korrekt recherchiert«, antwortete sie schnippisch und fuhr dann an Azar Alt gewandt fort: »Ich bin nicht nur Volkskundlerin, ich habe zufällig auch über deutsche Märchenforschung promoviert. Selbstverständlich habe ich die Berichterstattung in den Medien verfolgt. Ihre Ausführungen zur Dichtung der Märchenoper haben mich dabei besonders interessiert.«

Bei diesen Worten packte sie sich einen Stapel Zeitschriften auf den Schoß und blätterte eine Weile suchend darin herum.

»Neulich bin ich über eine Stelle im Libretto gestolpert, die meines Erachtens zur Frage der Authentizität der Partitur beitragen könnte«, fuhr sie dann fort und hielt einen Zeitungsausschnitt hoch. »Hier ist das Zitat: ›… etwas Besseres als den Tod findest du überall …‹« Blumensaat reichte der Professorin den Text und sagte:

»Dazu hätte ich eine Frage an Sie: Wenn ich mich recht entsinne, erschien diese Formulierung erst in der von den Brüdern Grimm zuletzt überarbeiteten Fassung der Bremer Stadtmusikanten. Haben Sie schon überprüft, ob Wagner während seines Pariser Aufenthaltes diese Version des Märchens bereits gekannt haben konnte? Die letzte Fassung wurde meines Wissens erst 1857 publiziert, also etwa fünfzehn Jahre nach der Komposition der sogenannten Stadtmusikanten-Oper.«

Emma bemerkte, dass Azar Alt die Frage wie ein Schlag traf. Sie beugte sich tief über den Zeitungsausschnitt und antwortete langsam: »Vielen Dank für diesen Hinweis, Frau Blumensaat. Es gibt leider noch viele Ungereimtheiten. Ich hatte einfach noch keine Zeit, den zahlreichen Fragen nachzugehen. Unglücklicherweise lässt sich der Vortragstermin nicht mehr verschieben, und ich kann nur hoffen, dass sich das Publikum mit einer ersten und vorläufigen Einschätzung zufriedengeben wird.«

»Das heißt, aus der Perspektive der Musik ist die Authentizität ebenso wenig eindeutig?«

»Zu meinem großen Bedauern, ja. Ich sehe beispielsweise einen starken Kontrast zwischen den musikalisch sehr ausgefeilten

Leitmotiven und den ausgesprochen flachen Übergängen dazwischen. Die Oper wirkt tatsächlich eher wie eine künstlich zusammengefügte Collage als wie ein organisches Ganzes, eher wie ein auf grobes Nähgarn aufgezogenes Perlencollier. Wenn man böse sein wollte, könnte man sagen, dass jeder erfahrene Komponist oder Musikwissenschaftler mit der entsprechenden Software heute im Stande wäre, ein solches Potpourri auf die Beine zu stellen.«

»Zumindest kann man aber doch sagen, dass es sich hier um Kunst handelt«, meinte Blumensaat. »Selbst wenn es ein Potpourri ist, wie sie meinen. Schließlich würde auch niemand bezweifeln, dass Collagen von Max Ernst, Pablo Picasso, Robert Rauschenberg und vielen anderen bildenden Künstlern Kunst sind.«

»Glauben Sie, dass Clarissa von der Existenz dieser Partitur gewusst hat?«, schaltete sich Emma ein, um das Gespräch auf die Geschehnisse in Bayreuth zurückzulenken.

Blumensaat zuckte die Achseln. »Mir gegenüber hat sie davon nichts erwähnt, aber ganz ausschließen würde ich es nicht. Schließlich hängt sie ja oft genug in dieser Musikalienhandlung Klangholz herum.«

»Mit dem Geigenbauer Leo Schönwald?«, fragte Alt.

»Richtig. Der Mann hat oft Streit mit seinem Vater, weil er so wenig Taschengeld bekommt. Taschengeld! Das muss man sich mal vorstellen. Mit seinem Talent saniert er den ganzen Betrieb und bekommt zum Dank ein Taschengeld.« Sie schüttelte den Kopf. »Anstatt etwas dagegen zu unternehmen, hängt er sich an Clarissa und schafft es immer wieder, ihr einen Großteil ihres Einkommens aus der Tasche zu ziehen.«

»Sind die beiden ein Paar?«, wollte Emma wissen.

»Das nicht gerade, aber ihre Beziehung geht mit Sicherheit über das normale Kundenverhältnis hinaus«, antwortete Blumensaat und schaute auf den Boden.

Emma bohrte nach: »Was meinen Sie damit?«

Blumensaat holte Teetassen aus der Vitrine und stellte sie auf den Tisch. Dann legte sie Löffel auf die Untertassen, drapierte die Blumen in der Vase und sagte endlich: »Clarissa hält ihn für ihren Bruder.«

Emma Schiller und Azar Alt blickten einander erstaunt an.

Blumensaat erläuterte: »Er wurde ebenfalls adoptiert, und zwar zur gleichen Zeit wie Clarissa. Die Sache ist natürlich trotzdem ein Hirngespinst.«

»Hat Clarissa noch ein Zimmer bei Ihnen?«, fragte Emma weiter.

»Ja, sie deponiert hier ihre Wertsachen. Manchmal bleibt sie auch über Nacht. Der Raum sieht bestimmt wüst aus. Ich bin ewig nicht mehr drin gewesen.«

Emma und Alt folgten Blumensaat durch die penibel aufgeräumte Wohnung, deren Wände mit unterschiedlichen Röschenmustern tapeziert waren. Nur Clarissas Zimmer hatte einen wohltuend einfachen Anstrich in Weiß. Die Zeit war wie in allen ehemaligen Jugendzimmern stehen geblieben, trotzdem sah der Raum belebter aus als die übrige Wohnung. Es roch muffig, und auf dem Tisch lagen alte Fotoalben.

Blumensaat zeigte auf den Couchtisch. »Diese Alben haben wahrscheinlich ihre biologischen Eltern zu Lebzeiten angelegt. Zu ihrem achtzehnten Geburtstag wurden sie ihr kommentarlos und anonym zugeschickt.«

»Anonym?«

»Ja. Es war kein Brief und kein Gruß dabei, nichts.«

»Das war sicher ein Schock für Clarissa.«

»Allerdings. Nicht nur für sie, es war schwierig für uns beide. Aber sprechen wir nicht mehr davon. Sie können die Alben gerne anschauen, wenn Sie möchten. Ich mache uns jetzt den Tee.«

Emma schaute Azar Alt über die Schulter, als sie in dem Album blätterte und ein Porträt von Clarissa mit ihrem Bruder fand. Während das Mädchen der heutigen Clarissa schon recht ähnlich sah, war der Bruder noch ein Baby. Man konnte beim besten Willen nicht entscheiden, ob er Leo Schönwald war oder nicht. Sie betrachteten das Foto, bis Emma plötzlich ein Gedanke kam.

»Laut Notenspur fühlt sich der Täter von einer Frau betrogen und will in den paradiesischen Urzustand zurückkehren. Erinnern Sie sich an das Schild am Felsentheater in Sanspareil?«

»Ja, natürlich«, antwortete Alt.

»Angenommen, Clarissa Becker und Leo Schönwald haben ihre Verwandtschaft inzwischen mittels DNA-Test festgestellt, dann wissen sie, dass sie als Kinder getrennt wurden. Vielleicht war Blumensaat dafür verantwortlich«, fuhr Emma leise fort.

»Sie meinen, sie könnte die Frau sein, von der sich der Täter betrogen fühlt?«, flüsterte Alt.

»Die Explosionen trafen Blumensaat als Leiterin des Amtes für Denkmalschutz ins Mark. Alle Augen richteten sich auf diese Behörde. In der Folge wurden Korruptionen und Misswirtschaft aufgedeckt. Jetzt sieht es so aus, als ob dadurch definitiv ihre Karriere beendet würde. Das heißt, der Täter zerstörte zwar nicht Walhall mit der ganzen degenerierten Göttergesellschaft, sprengte aber Schlösser und Gärten, um mit seiner Schwester in die Kindheit zurückzukehren, um die beide betrogen wurden.«

»Das halte ich für abwegig.« Alt schüttelte den Kopf. »Wo wäre Clarissa denn jetzt – vielleicht schon mal im Paradies?« Sie klappte das Fotoalbum zu. »Ich kann mir eher vorstellen, dass Schönwald senior über seine Kontakte in der Musikszene von der Wagner-Partitur erfahren hat. Als Musikalienhändler kennt er auch die entscheidenden Leute, um auf dem Schwarzmarkt ein solches Werk lukrativ zu Geld zu machen. Ich vermute, er hat das Dokument bei Daniel gesucht. Es kam zum Streit, wobei er ihn schwer verletzte. Auf dem Weg zum Krankenhaus verlor Daniel das Bewusstsein. Schönwald glaubt, er ist tot, bekommt Panik, wirft ihn in den Wald und täuscht zur Verwirrung einen Mord vor.«

»Mag sein, aber die Explosionen erklärt das noch nicht«, beharrte Emma und zog das Handy aus der Tasche.

Vandendaele war sofort am Apparat.

»Mir ist was eingefallen, Georg. Hast du was zum Schreiben?«, sagte sie und berichtete in kurzen Zügen von der möglichen Verwandtschaft zwischen Clarissa Becker und Leo Schönwald.

»Es wäre gut, so schnell wie möglich die DNA von Clarissa und Leo zu vergleichen. Die Fußabdrücke bei der Leiche könnten auch von ihnen stammen. Vielleicht passt auch das Haar, das Cor sichergestellt hat, zu einem der beiden.«

Vandendaele reagierte sofort und ließ den Geigenbauer Leo Schönwald festnehmen. Es stellte sich heraus, dass die Fußspuren, die aus dem Wald querfeldein zum Tatort führten, tatsächlich von ihm stammten. Außerdem unterstellte er ihm, Clarissa Becker entführt zu haben, und versprach Strafmilderung, wenn er ihn zu ihr bringen würde. Überraschenderweise akzeptierte Schönwald sofort.

»Sie ist in den Katakomben«, sagte er und ließ das Polizeifahrzeug vor einer kleinen Brauerei im Stadtteil St. Georgen halten.

Der Wirt wunderte sich nicht, als sie in den Keller gingen. Schönwald war hier hinreichend bekannt. Über eine Treppe gelangten sie zu einer Brandtür, hinter der sich ein schmaler Gang befand. Die Tür fiel automatisch zu.

»Vorschrift«, sagte Schönwald und knipste seine Taschenlampe an. Die grob verputzten Wände schluckten einen Großteil des schwachen Lichts.

Vandendaele wusste, dass sich auch unter dem Stadtteil St. Georgen Katakomben befanden. Es gab hier sogar Geschichten von einem großen unterirdischen See, auf dem kühne Seefahrer allerlei Abenteuer bestehen mussten, um einen uralten Schatz zu heben. Gesehen oder betreten hatte Vandendaele diese Gänge aber noch nie.

Er zögerte. Seine Waffe hatte er wie üblich nicht dabei. Vorsichtshalber durchsuchte er deshalb die Taschen des Geigenbauers, bevor er ihm folgte. Anders als Schönwald, der kleiner war, musste Vandendaele die Strecke in gebückter Haltung zurücklegen. Außerdem musste er aufpassen, wohin er trat. Der Boden war stufig, und es lagen immer wieder Steine herum, die ihn zum Stolpern brachten. Bald kamen sie an eine Geröllwand, durch die lediglich ein Kriechtunnel hindurchführte. Wahrscheinlich war er während des Krieges gegraben worden, nachdem Bombenangriffe den Gang unterbrochen hatten. Der Gedanke, dass einige Meter über ihnen Häuser standen und Autos fuhren, machte Vandendaele Angst. Es war ein Wunder, dass so wenig über nachrutschendes Erdreich in Bayreuth berichtet wurde. Schönwald war schon ein Stück vorausgegangen. Vandendaele musste sich beeilen, ihm zu folgen.

»Wie weit ist das Versteck denn noch?«, rief Vandendaele.

»Der Gang führt direkt dorthin. Es ist in der Nähe des Festspielhauses.«

»Unter der Stadt hindurch, die ganze Strecke bis zum Festspielhaus?«

Der Geigenbauer schwieg.

»Warum haben wir nicht den Eingang vom Festspielgelände aus genommen?«, wollte Vandendaele wissen.

»Ich weiß nicht genau, wo der Einstieg dort ist. Außerdem habe ich keinen Schlüssel«, rief Schönwald zurück und war schon wieder ein gutes Stück weiter.

Georg Vandendaele stolperte dem immer schwächer werdenden Schein der Lampe hinterher. Bald wurde der Gang noch enger. Er musste nun beinahe laufen, um Schönwald noch einzuholen, aber auch der beschleunigte seine Schritte. Vandendaele durchfuhr eine Ahnung. Er rannte los.

»Bleiben Sie stehen, sofort!«, schrie er, aber Leo Schönwald nutzte seine Chance. Er war nicht das erste Mal hier. Schon als Schüler hatte er die Katakomben erkundet und kannte jeden Winkel. Wild entschlossen drehte er sich um und blendete den Polizisten.

»Ich habe Clarissa nicht. Keine Ahnung, wo sie ist. Fragen Sie doch mal die feine Professorin. Würde mich nicht wundern, wenn sie mehr wüsste!«, schrie er zurück. »Und noch eins: Ich bin in der Nacht durch den Wald gegangen, ja. Als ich auf den Mann traf, war er schon tot.« Mit diesen Worten knipste Schönwald die Lampe aus und verschwand um die nächste Ecke.

Vandendaele blieb allein im Dunkeln zurück und lauschte. Schönwalds Schritte entfernten sich schnell und waren bald kaum noch zu hören. Er holte Luft, um laut zu schreien, aber dann unterließ er es. Es hatte ja doch keinen Zweck. Diese Runde geht an dich, dachte Vandendaele und schlug sich gegen die Stirn. Wie hatte er nur glauben können, Schönwald würde ihn zu Becker führen? Warum hatte er nicht wenigstens Niedermeier informiert?

Er griff in die Hosentasche und klappte das Handy auf. Kein Empfang. Natürlich. Aber für einen Moment hatte er ein bisschen Licht, ein schwaches Licht auf dem Display. Dann wurde es wieder dunkel. Es war stickig hier unten, und er hatte das dringende Bedürfnis, sich mal wieder zu strecken. Sein Rücken schmerzte. Er musste hier raus.

Vorsichtig drehte er sich um und tastete, beide Arme auf Augenhöhe vor sich ausgestreckt, den Weg zurück, den sie gekommen waren. Es dauerte eine halbe Ewigkeit, aber die Methode funktionierte. Dann kam eine Weggabelung. Eine Gabelung? Auf dem Hinweg waren sie an keiner vorbeigekommen. Was jetzt? Er setzte sich, um endlich den Kopf anzuheben und in der aufkommenden Panik nichts Falsches zu tun. Wenn er sich recht erinnerte, war Schönwald immer rechts an der Wand entlanggegangen, das hieß, er musste sich links halten. Er überlegte ein zweites Mal. Einen Irrtum durfte es nicht geben.

Plötzlich kam ihm Jimi Hendrix in den Sinn. *»Once you're dead, you're made for life«*, hatte er kurz vor seinem Tod noch gesagt. Ein schwacher Trost, dachte Vandendaele, wischte sich den Schweiß von der Stirn, stand auf und ging weiter. Nach circa hundert Metern stieß er mit dem Fuß gegen einen Widerstand. Das musste der Kriechtunnel sein. Vorsichtig tastete er die groben Steine ab. Ja, das war die Stelle. Er war also auf dem richtigen Weg. Behutsam kletterte er in das enge Rund und schob sich hindurch. Hängen bleiben durfte er nicht, das Geröll konnte nachrutschen. Jetzt war es nicht mehr weit. Verdreckt und verschwitzt erreichte er die Kellertreppe und öffnete die Brandtür. Endlich Licht. Er griff zum Handy.

Niedermeier traf nach wilder Fahrt mit Blaulicht und Krankenwagen ein und ließ wegen Schönwald sofort alle bekannten Katakombenausgänge von Polizeibeamten besetzen. Vielleicht war der Geigenbauer ja noch immer dort unten.

Der Chef persönlich organisierte den Suchtrupp, der das aus fünfzehn Gebäuden bestehende Festspielgelände durchkämmte. Zwei Teams nahmen sich die Neubauten und das große Außengelände vor, Niedermeier schloss sich der Gruppe an, die den zentralen Altbau durchstöbern sollte. Der Festspielleiter Thomas Planer verteilte Generalschlüssel und den Grundriss der Anlage an die Gruppenleiter, dann brachen sie auf. Unruhig liefen die Fährtenhunde hin und her, aber keiner konnte eine Witterung von Clarissa Becker oder Leo Schönwald aufnehmen.

Vom Westtrakt aus betraten sie das Festspielhaus und durchsuchten Verwaltungsbüros und Garderobenräume nach verborgenen Verbindungstüren zu den Katakomben. Schönwald kannte das Haus gut, er hätte sich hier leicht verstecken können. Sie schauten in jede noch so kleine Kammer, hinter die Kleiderständer und

Stoffballen der Kostümabteilung sowie unter die Pappkartons in den Abstellkammern der verschiedenen Werkstätten. Von der Hinterbühne aus gelangten sie auf die Hauptbühne mit dem Orchestergraben und dem Zuschauerraum, der durch seine Schlichtheit gut überschaubar war. Niedermeier erfasste mit einem Blick, dass hier niemand sein konnte, und schickte zwei Beamte auf den etwa fünfundzwanzig Meter höher gelegenen Schnürboden. Die Obermaschinerie mit ihren zahlreichen Seilen verstellte den Blick in den nochmals zehn Meter höheren Giebel.

Er selbst ließ sich mit zwei Beamten über eine der Bühnenversenkungen zur Unterbühne hinab. Hier unten war es wegen der blau lackierten Eisenstangen und der hydraulischen Druckstation unübersichtlich. Die Lichtanlage glich mit ihren zahlreichen Computern und Schaltbrettern dem Steuerungszentrum des Raumschiffs Enterprise. Alle Nebenräume und Abstellkammern ließen sich öffnen, nur eine Tür war verschlossen.

Niedermeier fuhr mit der Hand über den Rahmen und stieß tatsächlich an den passenden Schlüssel. Hinter der Tür befand sich eine Kellertreppe. Einen Lichtschalter gab es nicht, die Lampen wurden von der zentralen Lichtanlage gesteuert. Niedermeier horchte in das Dunkel hinein, hörte aber keinen Laut. Ein Beamter reichte ihm eine Taschenlampe, und gemeinsam stiegen sie die Treppe hinunter. Der Gang war länger als erwartet und endete schließlich an einer grünen Stahltür. Sie öffneten und standen vor der Klimaanlage.

***

Vandendaele fuhr unterdessen zum Büro. Als er durch die Drehtür des Polizeipräsidiums trat, musterte ihn der Pförtner erstaunt von oben bis unten. Der Staub der Katakomben klebte ihm noch an Kleidung und Haaren. Vandendaele ahnte, wie er aussah, aber es war ihm egal.

Ihm ging vielmehr durch den Kopf, was Leo Schönwald gesagt hatte. Warum sollte er die Professorin fragen, was wusste sie? Zur Zeit der Anschläge war sie mit ihrem Ex-Freund Karsten Karstendorf in Indien gewesen, um die neue Zweigstelle des Wagner-Verbands ins Leben zu rufen. Sie hatten die Reise lückenlos nachweisen können, weil Alt die Belege für die Reisekostenabrechnung an der Uni gesammelt hatte. In der Nacht, als Daniel Kress starb, war sie zu Hause gewesen. Mit Clarissa Beckers Verschwinden konnte sie auch nichts zu tun haben, weil sie zu der Zeit zusammen mit Emma verreist war. Was also sollte diese Andeutung von Schönwald – was war es, was er wusste und was Alt bislang verschwieg?

Die Räume der Kriminalpolizei waren wie ausgestorben. Nur Frau Braun war zugegen.

»Das LKA will Sie sprechen. Sie sollen zurückrufen. Es klang eilig«, sagte sie und hielt Vandendaele den Zettel mit der Telefonnummer hin.

Es war die Nummer von Klaus Krings. Wahrscheinlich hatte sich die Pleite mit Leo Schönwald schon herumgesprochen. Jetzt war er neugierig zu erfahren, wie es dazu gekommen war. Vandendaele wählte widerwillig.

»Gut, dass du dich meldest. Ich wollte dir sagen, dass wir die Journalistin Emma Schiller verhaftet haben«, sagte Krings sofort.

»Ihr habt was?«

»Schiller steht im Verdacht, Daniel Kress ermordet zu haben und für die Anschläge verantwortlich zu sein.«

Vandendaele war sprachlos. Dann musste er unwillkürlich lachen.

»Schön, dass es dich amüsiert«, fuhr Krings fort. »Ich hatte schon befürchtet, du machst ein Fass auf.«

»Das wird nicht nötig sein. Jeder wird euch für verrückt erklären!«

»Ganz und gar nicht. Das Haar, das die Spurensicherung auf der Leiche sichergestellt hat, stammt nämlich von ihr. Schiller war an allen Tatorten und hat dort angeblich die Noten entdeckt. Wir gehen inzwischen davon aus, dass sie die Spur selbst gelegt hat. Überall hatte sie die Gelegenheit dazu. Es war ein Fehler, ihr so lange zu vertrauen. Als ich sie im Wald von Sanspareil erwischte, war mir schon klar, dass etwas nicht stimmen konnte. Zwei Kollegen bewachten den Parkeingang. Als ehemalige Polizistin wusste sie ganz genau, wie man eine Absperrung ungesehen passiert. Seit zwei Wochen versuche ich bereits, euch das zu erklären.«

Gekränkte Eitelkeit, dachte Vandendaele und ärgerte sich.

Krings fuhr fort: »Zur Zeit der Anschläge war sie in Bayreuth und kann keine Alibis nachweisen. Im Gegenteil.«

»Wieso denn?«, entgegnete Vandendaele. »Das Haar kam auf das Jackett von Kress, weil Emma Schiller sich auf dem Weg zum Taxi bei ihm eingehängt hatte. Es regnete, und der Taxifahrer bestätigt, dass sie unter einem Schirm gingen.«

»Möglich, aber es gibt auch noch andere Belege.«

»Darf man fragen, welche?«

»Irgendwie steckt sie mit den schwarz gekleideten Jugendlichen unter einer Decke. Wir beschatten die Gruppe seit geraumer Zeit. Dabei stellten wir fest, dass sich Schiller mit zwei von ihnen in der Villa Wahnfried getroffen hat. Sie kopierten dort Noten und zerstörten eine Vitrine. Das Personal konnte sie gerade noch davon abhalten, Originalhandschriften zu entwenden.«

»Ist das alles?«

»Wart mal ab, jetzt kommt's. Als wir sie nach den Alibis fragten, behauptete sie, während des Anschlags in der Eremitage auf der Baustelle in der Maxstraße 48 gewesen zu sein. Das ist der eingezäunte Gebäudekomplex, der in eine Passage verwandelt werden soll. Angeblich hat sie dort für die Zeitung recherchiert.« Jetzt lachte Krings. »Und weißt du, was wir dort gefunden haben?«

»Nein.«

»Jede Menge Sprengstoff, Feuerwerkskörper und weißen Phosphor!«

Vandendaele schwieg.

»Das Zeug befand sich im Keller. Die Tür im Innenhof war zwar durch einen Steinhaufen verrammelt, ließ sich aber ganz leicht nach innen öffnen. Und nun das Beste: Der Keller der Maxstraße 48 ist mit den Katakomben verbunden. Ein Gang führt direkt zur Markgräflichen Oper. Damit wäre geklärt, wie der Sprengstoff trotz der Vierundzwanzig-Stunden-Bewachung in die Oper gelangen konnte.«

Vandendaele biss sich auf die Unterlippe. Emma als Täterin? Das konnte er sich beim besten Willen nicht vorstellen.

»Welches Motiv soll sie denn gehabt haben?«, wollte er wissen.

»Schiller brauchte Schlagzeilen. Sie musste es auf die erste Seite schaffen, um ihren Arbeitsplatz zu retten. Ich habe Zeugenaussagen von Redakteuren und anderen Journalisten. Schiller war auf der Abschussliste und durfte lediglich im Archiv arbeiten. Von Anfang an hatte es Vorbehalte gegen ihre Einstellung gegeben, die Redakteure wollten keine Ex-Polizistin im Team. Sie versuchten stattdessen, die Wiedereinstellung ehemaliger Kollegen zu erreichen, die wegen der Umstrukturierung der Zeitung kurz zuvor entlassen worden waren. Der Chefredakteur, der Schiller eingestellt hatte und ihr anfangs den Rücken stärkte, war dabei, einzulenken. Schließlich wollte er eine teure Journalistin nicht auf Dauer im Archiv arbeiten lassen.«

»Du meinst, sie hat die ganze Geschichte inszeniert, nur um sich als Journalistin durchzusetzen?« Vandendaele konnte immer noch nicht glauben, was man ihr da unterstellte.

»Ein journalistischer Erfolg wurde existenziell wichtig für die alleinerziehende Mutter. Früher oder später hätte man sie entlassen«, antwortete Krings.

Die Argumente, die Klaus Krings hervorbrachte, waren nicht so leicht von der Hand zu weisen. Darum versuchte Vandendaele es mit Überzeugungskraft.

»Zugegeben, das würde alles zusammenpassen. Du kannst dich aber trotzdem darauf verlassen, dass Emma nicht die Täterin ist.«

»Hast du Beweise?«

»Nein, aber einen Riecher. Nenn es, wie du willst. Emma ist nicht die Täterin.«

»Dein Riecher hat dir bei Schönwald heute auch nicht viel genutzt. Deine Nase scheint derzeit ganz schön verschnupft.«

Jetzt hatte Vandendaele genug. Er verabschiedete sich und legte auf.

Unruhig lief er zwischen Kaffeemaschine und Schreibtisch hin und her. Das LKA hatte seinen Sündenbock gefunden. Das war ein starkes Stück. Mit Sicherheit waren nicht alle von Emmas Schuld überzeugt, aber sie hatten der Verhaftung zugestimmt, um sich Luft zu verschaffen. Zu Recht forderte die Öffentlichkeit immer dringlicher die Aufdeckung des Mordes und die Überführung der Attentäter. Fast zwei Wochen dauerten die Ermittlungen nun schon an, aber vorzeigbare Ergebnisse gab es kaum. Auch eine erneute Verhaftung von Leo Schönwald würde daran nichts ändern.

Vandendaele gab zu, dass er nicht wirklich an seine Schuld glaubte. Auch Schönwald war ein Sündenbock, nur eben für die örtliche Polizei. Seit der Verhaftung von Emma war das noch wichtiger geworden, denn es stellte die Schuldzuweisungen des LKA in Frage.

Vandendaele wies Frau Braun an, den neuen Besitzer der Maxstraße 48 ausfindig zu machen. Erst gestern hatte er gehört, dass der Gebäudekomplex verkauft worden war, nachdem es im Zuge der Bewerbung für das Weltkulturerbe zu kostspieligen Auflagen gekommen war. Dann setzte sich Vandendaele an den Schreibtisch und blätterte erneut alle Zeugenaussagen, Briefe und Berichte durch. Irgendetwas hatte er übersehen. Doch was es war, konnte er nicht erkennen.

Neuigkeiten gab es lediglich von der kriminaltechnischen Untersuchung. Die Laboranalyse in Zürich hatte ergeben, dass das Notenpapier der Partitur tatsächlich aus der Zeit von Richard Wagner stammte. Auch die Tinte war alt. Der Graphologe hatte in der Zwischenzeit die Kopie der Märchenoper mit den Notenschnipseln der Tatorte verglichen. Die Handschrift war dieselbe. In mühevoller Puzzlearbeit hatte er außerdem herausgefunden, dass die an den Tatorten hinterlegten Noten aus der Partitur abgeschrieben worden waren. Der Täter besaß also eine Kopie dieser Kinderoper oder vielleicht sogar das Original in Wagners Handschrift.

Vandendaele dachte an Azar Alt. Er musste herausfinden, was sie wusste. Zerstreut fuhr er sich durchs Haar und klopfte die Kleidung nochmals gründlich ab. Ein Hosenbein hatte beim Kriechen durch den Tunnel gelitten, aber zum Umziehen war jetzt keine Zeit.

Als Azar Alt die Haustür öffnete, trat Vandendaele erschrocken einen Schritt zurück. Vor wenigen Wochen noch das blühende Leben, schien die Professorin jetzt nur ein Schatten ihrer selbst. Sie sah aus, als wäre sie schwer krank.

Vorsichtig erkundigte sich Vandendaele nach ihrem Gesundheitszustand. Alt bestätigte, dass der Arzt ihr empfohlen habe, sich im Krankenhaus gründlich durchchecken zu lassen. Sie habe ihrem Sohn Laurenz versprochen, sich am Tag nach dem Vortrag sofort untersuchen zu lassen.

Vandendaele folgte Alt ins Arbeitszimmer. Die vollgestopften Bücherregale und die Fotos von Opernszenen an den Wänden waren durch den blauen Dunst, der in dichten Schwaden in dem kleinen Raum hing, nur unscharf zu erkennen. Vandendaele setzte sich in einen Sessel und schnappte nach Luft. Der Aschenbecher auf dem Couchtisch vor ihm quoll über. Die letzte, eilig ausgedrückte Kippe qualmte vor sich hin und drohte die alten Filter zu entzünden. Es stank widerlich.

Kurz entschlossen erhob er sich und öffnete beide Fenster. Azar Alt beobachtete ihn kommentarlos.

»Sie haben recht. Ich rauche zurzeit viel zu viel«, sagte sie schließlich und nahm sich eine neue Zigarette aus der Packung.

Schnell griff Vandendaele nach dem Feuerzeug und behielt es in der Faust. Jetzt nickte sie und steckte den Glimmstängel zurück. Stattdessen öffnete sie eine Tafel Schokolade und bot Vandendaele davon an. Während er dankend ablehnte, schob sie sich zwei Riegel auf einmal in den Mund.

»Nervennahrung.« Sie lachte.

Georg Vandendaele war weniger zum Lachen zumute. Er wollte endlich Klartext hören. Alts schlechter gesundheitlicher Zustand und ihre Nervosität bestätigten ihm, was Leo Schönwald behauptet hatte – Azar Alt wusste etwas Brisantes. »Fragen Sie doch mal die feine Professorin«, hatte er gesagt, und das war es, was Vandendaele jetzt vorhatte. Der Schonwaschgang war zu Ende.

»Wie tief stecken Sie selbst in dem Fall?«, fragte er ins Blaue hinein und schaute ihr dabei scharf ins Gesicht.

»Tief«, antwortete sie, ohne zu zögern, mit derselben Deutlichkeit. Ihm war, als hätte sie diese Offenbarung herbeigewünscht. »Sehr tief. Aber mehr kann ich Ihnen nicht sagen.«

Vandendaele legte die Stirn in Falten. Aus Erfahrung wusste er, dass das nur eins bedeuten konnte.

»Wer erpresst Sie und womit?«

»Ich weiß nicht, wer es ist. Ich bin schon alle Möglichkeiten durchgegangen, aber ich komme einfach nicht drauf. Mehr kann ich Ihnen zum jetzigen Zeitpunkt nicht sagen. Es geht um das Leben von Clarissa Becker.«

»Nehmen Sie Polizeischutz in Anspruch. Ich werde Sie persönlich zu allen Verabredungen begleiten.«

»Nein danke. Darum geht es nicht. Es wird gar kein Treffen geben. Ich muss es auf andere Art machen. Nach dem Vortrag morgen kann ich Ihnen hoffentlich alles sagen. Das wenige, was ich weiß, habe ich aufgeschrieben. Sollte mir etwas zustoßen, wird Ihnen ein Brief zugestellt«, sagte sie und ging leicht gebückt zur Tür. »Ach ja, noch etwas: Bitte keine Polizei morgen! Das könnte alles gefährden.« Sie reichte ihm die Hand und erklärte, sie müsse jetzt weiterarbeiten.

Vandendaele wusste, dass es keinen Sinn hatte, weiter in sie zu dringen. Er wollte den Vortrag abwarten, den Polizeischutz dafür musste er eben in Zivil organisieren.

Um keine Zeit zu verlieren, telefonierte er mit dem Chef, der mit seinen Leuten noch immer auf der Suche nach Leo Schönwald war. In Begleitung von Krankenwagen und Feuerwehr warteten die Bereitschaftspolizisten, dass etwas geschah. Alle zehn Minuten riefen sie mit Megaphonen in die unterirdischen Gänge und ermutigten Leo Schönwald, herauszukommen. Trotzdem rührte sich nichts.

»Vielleicht ist er längst über alle Berge«, sagte der Chef zu Vandendaele. »Gleich gebe ich an Niedermeier ab und fahre zurück ins Büro. Ich kümmere mich um die zivile Bereitschaft für morgen und um die Beschattung der Professorin. Meiner Meinung nach braucht das LKA diesmal keine detaillierten Informationen. Haben Sie schon gehört, dass sie Emma Schiller verhaftet haben?«

»Sie muss den Sündenbock abgeben«, sagte Vandendaele und vermied es, seiner Wut freien Lauf zu lassen. Er wusste, dass es wirksamer war, die Kritik am LKA dem Chef zu überlassen.

»So sehe ich das auch. Ich habe mich schon mit dem Einsatzleiter in Verbindung gesetzt, aber Sie wissen ja, Keller ist ein harter Knochen. Gleichwohl ist er jetzt zu weit gegangen.«

Vandendaele schwieg.

»Sind Sie heute Abend zu Hause zu erreichen?«, fragte der Chef. Offenbar ging er davon aus, Vandendaele wolle sich endlich umziehen und ausruhen.

»Rufen Sie mich auf meinem Handy an. Da erwischen Sie mich in jedem Fall«, antwortete Vandendaele.

»Das heißt, Sie haben noch etwas vor?«

Vandendaele überlegte, ob er zugeben sollte, dass er auf dem Weg zu Karsten Karstendorf war. Er erinnerte sich noch gut, wie enthusiastisch sich der Chef für seinen Golffreund eingesetzt hatte. Angesichts der großzügigen Entschädigung seitens der Stadt und des überprüften Alibis waren weitere Nachforschungen zunächst überflüssig erschienen.

»Eben habe ich mit Frau Braun telefoniert«, fuhr der Chef fort. »Sie bat mich, Ihnen auszurichten, dass die Maxstraße 48 kürzlich von Karsten Karstendorf aufgekauft wurde. Falls Sie also vorhaben, ihm einen Besuch abzustatten, haben Sie meine Unterstützung.«

Karstendorf war nicht zu Hause. Vandendaele klingelte erneut und ging um das Haus herum. Alle Fenster waren verschlossen. Durch das Tor konnte er erkennen, dass die Garage leer stand. Der Briefkasten ließ sich leicht mit einer Scheckkarte öffnen. Seit vorgestern staute sich die Post. Vandendaele blätterte durch den Papierhaufen. Sein eigener sah auch nicht viel anders aus, wenn er mal für ein paar Tage verreiste. Neben Werbung gab es vor allem Rechnungen. Schulden sind das Einzige, was man ohne Geld machen kann, dachte er. Dann nahm er die Karte zur Hand, die zuunterst lag. Es war ein Vordruck eines Steuerberaters, der Karstendorf darüber informierte, dass die Unterlagen an das Finanzamt weitergereicht wurden. Vandendaele stutzte und erinnerte sich an Michael Kronberg, den Landwirt in Sanspareil. Arbeitete er nicht beim Finanzamt?

Die Behörde war im Alten Schloss auf der Maxstraße untergebracht. Als Vandendaele an den Auskunftsschalter im Erdgeschoss trat, war die Öffnungszeit gerade vorüber. Michael Kronberg wurde telefonisch informiert und traf Vandendaele in der Kantine.

»Was kann ich für Sie tun?«, fragte Kronberg.

Vandendaele erzählte zunächst von Emma Schillers Verhaftung durch das LKA. Er ahnte, dass sie Kronberg nicht gleichgültig war, und hoffte auf gesteigerte Kooperationsbereitschaft.

»Ich würde gerne einen Blick auf die Steuererklärung von Karsten Karstendorf werfen und mir einen Überblick über seine Finanzen verschaffen. Genau weiß ich nicht, was ich suche, aber es könnte mich auf eine Idee bringen«, erklärte er dann.

Kronberg schüttelte den Kopf. Nach dem Ende der Urlaubszeit war aus ihm wieder der streng korrekte Finanzbeamte geworden.

»Leider fällt der Buchstabe K wie Karstendorf nicht in meinen Aufgabenbereich. Außerdem, Sie wissen ja, es gibt den Datenschutz.«

»Die nötigen Papiere werden nachgereicht. Wir brauchen jetzt Amtshilfe, Herr Kronberg. Es eilt!« Um seine Worte zu unterstreichen, wies Vandendaele mit dem Kopf auf das Foto des OB, das mit einem schwarzen Trauerrand und ein paar Blumen an der Wand hing.

Kronberg stand sofort auf. »Ich werde sehen, was ich tun kann. Der zuständige Kollege ist noch im Haus.«

FÜNFZEHN

Inzwischen war Freitag, seit den ersten Anschlägen waren zwei Wochen vergangen. Für den kurzfristig angesetzten Vortrag hatte Thomas Planer das Festspielhaus auf dem Grünen Hügel zur Verfügung gestellt. Der Ort zeigte die Bedeutung, die man dieser Veranstaltung zumaß. Üblicherweise öffnete das Musiktheater ausschließlich zu den Richard-Wagner-Festspielen im Sommer.

Man erwartete mit Spannung die Stellungnahme der Wagner-Expertin Azar Alt. Das Medieninteresse aus dem In- und Ausland war groß. Stiftungsmitglieder und Mäzene aus Industrie und Handel reisten an, Wagnerianer kamen von nah und fern. Sogar der jüngst gegründete Wagner-Club in Delhi hatte einen Vertreter geschickt. Für Simultan-Übersetzungen war gesorgt.

Lange vor Beginn füllte sich das Foyer des Festspielhauses, und es bildete sich eine Schlange vor dem Eingang zum Saal. An Bayreuther Prominenz waren wie üblich der inzwischen vier Generationen umfassende Wagner-Clan und diverse Geschäftsleute zugegen. Der Festspielleiter Thomas Planer heftete sich an die Seite von Franz Hollschefler-Engelbrecht, dem Leiter der örtlichen Kriminalpolizei. Nachdem Leo Schönwald im Morgengrauen durch eine Spürhundstaffel endlich gefasst worden war, hatte sie die gemeinsam durchwachte Nacht einander persönlich nähergebracht.

Vandendaele gesellte sich zu Dr. Bettina Blumensaat, die allein in einem jägergrünen Kostüm an einer Säule lehnte und das Geschehen vom Rande aus beobachtete. Sie grüßte freundlicher als erwartet und blieb auch neben ihm, als sich die Türen zum Konzertsaal öffneten und das Publikum die Plätze einnahm. Vandendaele schaute sich um. Karsten Karstendorf war nirgendwo zu sehen. Niedermeier saß ganz hinten in der Nähe des Eingangs, er hatte an jeder Tür zwei Bereitschaftspolizisten in Zivil postiert.

Sogar der Universitätspräsident hatte sich eingefunden und nahm in der ersten Reihe Platz. Von Haus aus Naturwissenschaftler, war er beeindruckt von dem lebhaften Interesse, das die Presse der Kollegin aus dem Orchideenfach Musiktheater entgegenbrachte. Ähnliches hätte er sich wohl auch für seine Forschungen über die Skyrmionen gewünscht.

Azar Alt, wie eine Bienenkönigin von Alois Ansporn und anderen Kollegen umgeben, begab sich auf die Bühne. Sie fand den Rummel unangenehm. Obwohl sie gründlich vorbereitet war und einen abwechslungsreichen Vortrag mit Lichtbildern und Musikbeispielen ausgearbeitet hatte, kreisten ihre Gedanken nur um zwei Fragen, die sie nicht zu beantworten wusste: Wie konnte sie verhindern, dass ihr guter Ruf Schaden nahm? Und welche Möglichkeiten blieben ihr, die Werke Wagners vor Fälschung und böser Nachrede zu schützen? Die Dynamik, die das Publikum am heutigen Abend entwickeln würde, war nicht abzuschätzen.

Emma schaute auf die Uhr. In zehn Minuten würde der Vortrag beginnen, aber sie suchte noch immer nach einem Parkplatz. Der Einspruch von Hollschefler-Engelbrecht beim LKA-Einsatzleiter hatte, obwohl sie noch lange nicht aus der Schusslinie war, überraschend ihre Entlassung bewirkt. Gerade noch rechtzeitig war ihr eine Eintrittskarte zugesteckt worden.

Am Festspielhaus waren längst alle Parkplätze besetzt, und auch am Bürgerreuth war es schon voll. Langsam fuhr sie durch die Seitenstraßen den Hügel wieder hinunter und hielt Ausschau. Ohne Erfolg – entweder waren die Lücken zu klein, oder es gab Parkverbot. In ihrer Not bog sie auf das Gelände der Porzellanfabrik ein, sprang aus dem Auto und schloss ab. Noch drei Minuten. Hoffentlich fing Alt nicht pünktlich an. Leider war ihr Telefon ausgeschaltet. Sie lief auf die Tristanstraße und nahm die Abkürzung durch den Park. Im Vorbeigehen fiel ihr ein Jeep auf. Karstendorfs Auto? Sie erinnerte sich daran, wie Alt auf den Jeep reagiert hatte.

Endlich erreichte sie das Festspielhaus, wo sich neben dem Restaurant eine Menge Menschen zum Public Viewing eingefunden hatte. Emma rüttelte vergeblich am Haupteingang. Dann sah sie einen Zettel, der im Fenster des Königsbaus klebte: ›Wegen Überfüllung geschlossen‹. Enttäuscht drängte sie sich zum Großbildschirm vor.

Die Kamera schwenkte von den voll besetzten Reihen auf die Bühne. Azar Alt arrangierte gerade ihre Notizen und hüstelte in das Mikrophon, um die Lautstärke zu testen. Der Festspielleiter stand daneben, er begann mit einer kurzen Ansprache. Unter Beifall stellte er die Professorin als herausragende Musikwissenschaftlerin vor, die sich mit der Wagner-Forschung weltweit einen Namen gemacht hatte. Danach berichtete Alt über die Entdeckung des Briefes im Archiv von Venedig und der Partitur im Züricher Museum Rietberg.

Als sie sich an den Konzertflügel setzte und ein Sängerduo die Bühne betrat, um eine ersehnte Kostprobe von der neuen Oper zu geben, hielt das Publikum den Atem an und lauschte gebannt den vertrauten Klängen mit ungewöhnlichem Libretto.

Vandendaele war, als könnte er die dichte Konzentration körperlich greifen. Er selbst aber wusste mit der Vorführung nichts anzufangen. Erstens kannte er keine Wagner-Opern und verstand daher nicht, was sich gerade auf der Bühne vollzog. Zweitens war er mit der Tatsache beschäftigt, dass Azar Alt ihre Verwicklung in den Fall zugegeben hatte. War es möglich, dass sie ihn und Emma getäuscht hatte, um die Ermittlungen zu ihren Gunsten zu manipulieren? Er erinnerte sich, wie sie die Notenhinweise souverän entschlüsselt und interpretiert hatte. Die Dechiffrierabteilung der Polizei dagegen hatte schon bald das Handtuch geworfen. Hinzu kam ihr schlechter Gesundheitszustand. War das alles gespielt, oder wurde sie tatsächlich erpresst? Er drückte sich gegen die Lehne, um das harte Holz im Rücken zu spüren und sich zur Ruhe zu zwingen. Im Augenblick konnte er nicht mehr tun als hoffen, dass sie sein Vertrauen nicht missbrauchte und Clarissa Becker nach dem Vortrag tatsächlich freikam.

Bettina Blumensaat neben ihm spürte seine Anspannung. Zu Vandendaeles Verwunderung legte sie ihm plötzlich die Hand auf den Arm und fuhr behutsam an seinem Ärmel entlang. Erst auf dem Handrücken spürte er das Papier und griff zu. Es war der Brief, den Alt ihm versprochen hatte. Sein Herz raste.

Blumensaat nickte und lächelte. Anscheinend hatte sie sich entschieden, ihm einen Vorsprung zu geben und nicht zu warten, bis das Kind in den Brunnen gefallen war. Vandendaele öffnete den Umschlag.

Azar Alt fuhr unterdessen mit ihrem Vortrag fort und interpretierte die neu entdeckte Partitur als Vertonung einer aus dem Mittelalter stammenden Fabel, die in abgewandelter Form als das Märchen von den Bremer Stadtmusikanten bekannt geworden war. In der älteren, von Wagner aufgegriffenen Version schlossen sich schwache und alte Tiere solidarisch gegen einen faulen, aber gefährlichen Drachen zusammen, der das Wappentier eines Adligen war. Dann setzte sich Alt wieder an den auf der Bühne bereitgestellten Flügel und führte mit virtuosem Spiel die entsprechenden Passagen aus dem ›Ring‹ und der neuen Partitur vergleichend vor. Das Publikum, hingerissen von dem unerwarteten Eindruck, klatschte begeistert.

Die starke Medienpräsenz mit Mikrophonen und Fernsehkameras hatte Alt anfänglich verunsichert, aber nun wusste sie die Zuhörer auf ihrer Seite und redete sich zunehmend frei. In glanzvollen Klaviereinlagen fuhr sie fort, das gesamte Werk als Collage von Leitmotiven zu analysieren, die dem kundigen Publikum als Tier- und Naturmotive aus den Werken Richard Wagners hinlänglich vertraut waren. Mit großem Engagement ließ sie den Bären, Brünnhildes Pferd Grane, den Waldvogel und den Schwan des Lohengrin im Kampf gegen den Drachen aufmarschieren. Der Vortrag endete mit rauschendem Applaus.

»Bravo! Eine Sensation!«, rief der Universitätspräsident aus der ersten Reihe und sorgte für einen anhaltenden Sturm der Begeisterung. Die Blitzlichter von Presse, Funk und Fernsehen ließen die abgedunkelten Ränge hell erstrahlen. Azar Alt schwamm auf der Welle des Glücks und wartete auf den unvermeidlichen Moment, an dem sie sich überschlagen würde.

In gelöster Stimmung trat Thomas Planer wieder auf die Bühne und leitete die Diskussion ein.

»Liebe Wagner-Freunde! Ausgerechnet hier im Festspielhaus haben wir heute offensichtlich die Geburt eines ganz neuen Kapitels der Wagner-Forschung miterlebt. Ich darf spontan ergänzen, dass mir die Märchenoper als musikalischer Beleg für Wagners Tierliebe erscheint, die ihn zum überzeugten Vegetarier und zum Aushängeschild der heutigen Tofu-Bewegung hat werden lassen.«

Das Publikum lachte und klatschte, bis Planer energisch um Ruhe bat und seine Freude darüber ausdrückte, dass der Komponist, ganz im Gegensatz zu seinen bisher bekannten Opernfinalen, die Helden bei den Stadtmusikanten hemmungslos triumphieren ließ. Auch die anschließenden Diskussionsbeiträge verstärkten den allgemeinen Zuspruch. Sogar Alois Ansporn, Alts sonst so kritischer Kollege, gratulierte überschwänglich, ließ sich jedoch die Frage nach den Belegen für die Authentizität der Partitur nicht nehmen. Professor Alt gelang eine Antwort, ohne sich festzulegen. Sie erklärte, dass es einen Tagebucheintrag gebe, der auf die Komposition hindeute.

»Bekanntlich lebte Wagner in Paris spätestens ab 1840 aus Mangel an künstlerischer Anerkennung in bitterer Armut. In seinem Tagebuch schreibt er, dass er anstelle von Weihnachtsgeschenken für Familie und Freunde tagelang musizierte und ihn seine Frau, von Beruf Schauspielerin, zum Gaudium aller szenisch begleitete«, sagte Alt und las verschiedene Textstellen vor, die das bestätigten.

Vandendaele saß wie festgefroren auf seinem Klappstuhl und hielt den Brief von Azar Alt in Händen.

Das überraschende Geständnis schlug ihm auf den Magen, er musste an die frische Luft, um nachzudenken. Als er auf den Vorplatz trat, lehnte er sich an die Mauer, atmete tief durch und beobachtete die Leute beim Public Viewing. Plötzlich bemerkte er Emma und winkte, als sie gerade den Kopf in seine Richtung drehte. Sofort löste sie sich aus der Menge und wedelte mit der Eintrittskarte.

»Leider zu spät gekommen. Sei froh, dass du einen Platz hast. Wieso kommst du denn so früh raus?«

»Ich hab etwas Besseres«, antwortete er und hielt ihr den Umschlag hin.

Sie verstand nicht. »Was ist damit?«

»Das ist das Geständnis von Alt.«

Sie lachte. »Geständnis? Erst werde ich festgenommen, und jetzt ist es Alt gewesen. So ein Affentheater! Was soll sie denn ausgefressen haben?«

»Emma«, sagte Vandendaele noch einmal und nahm den Brief

heraus, »Alt gesteht hier, die Partitur selbst geschrieben zu haben!«

Allmählich begriff Emma. »Bist du verrückt?«, schrie sie und starrte ihn an.

»Das ist doch gar nicht möglich. Was hat sie denn um Himmels willen geschrieben?« Sie griff nach dem Papier.

»Es klingt ganz einfach. Die Idee zu der Komposition kam ihr während eines verregneten Urlaubs vor einigen Jahren. In der Ferienwohnung stand ein Keyboard. Während ihr Mann mit dem Sohn zum Angeln ging, experimentierte sie mit den Leitmotiven des ›Ring‹ und komponierte die Stadtmusikanten. Angeblich war es ein Spiel, ein Zeitvertreib. Nicht im Entferntesten dachte sie daran, dass das Werk in falsche Hände geraten und als Vorlage zu einem Verbrechen dienen könnte«, erklärte Vandendaele.

Emma überflog die Zeilen. An der Universität hatte Alt damals ein Forschungsprojekt zum ›Ring‹, was sie auf den Gedanken brachte, Wagners Leitmotive aus dem Kontext zu lösen und neu zusammenzustellen.

»Das ist doch nicht verboten!«, sagte Emma. »Sie hatte ja nicht vor, das Experiment zu veröffentlichen und als Wagner-Partitur auszugeben.«

Emma las, wie aus dem Ferienspaß durch einen dummen Zufall Ernst geworden war. Clarissa Becker arbeitete damals an einer Textdatenbank für die Motivanalyse. Sie hatte Zugang zu allen Büros und entdeckte das Experiment eines Tages auf dem Schreibtisch der Professorin. Sie hielt es für authentisch.

»Warum hat Alt ihr nicht sofort die Wahrheit gesagt?«, fragte Emma.

»Weiter unten schreibt sie, dass es ein Kurzschluss war«, erklärte Vandendaele. »Sie hatte plötzlich Angst, Becker könnte ihr eine absichtliche Fälschung unterstellen. Als sie nach einiger Zeit versuchte, den Eindruck zu korrigieren, hatte sich der Irrtum bereits wie eine fixe Idee in Beckers Kopf festgesetzt. Sie glaubte, Alt habe eine Partitur Richard Wagners in der Institutssammlung entdeckt und wolle die Veröffentlichung so lange hinausschieben, bis sie sie in Ruhe ausgewertet hätte.«

»Das heißt, Daniel Kress hatte die Information über die Partitur von Clarissa Becker.«

»Und Kress versuchte Alt dann zur Herausgabe des Werkes zu zwingen, was ihm nicht gut bekam.«

»Nein, auf keinen Fall!«, widersprach Emma. »Sie hatten ein ausgesprochen freundschaftliches Verhältnis. Ich war doch bis zuletzt mit den beiden zusammen. Nein, das ist absurd. Außerdem würde sich Alt im Streit niemals physisch zur Wehr setzen.«

»Fest steht aber, dass sowohl Daniel Kress als auch Clarissa Becker von den Noten wussten.«

»Wahrscheinlich hatten noch viel mehr Leute von der Existenz der Partitur gehört. Glaub mir, Alt gibt zwar zu, die Noten geschrieben zu haben, aber mit den Anschlägen, dem Mord oder der Entführung hat sie garantiert nichts zu tun. Die Noten müssen ihr gestohlen worden sein. Als ich sie bat, mir bei der Interpretation der Schnipsel zu helfen, erkannte sie wahrscheinlich schon ihre ungewollte Verwicklung in den Fall. Sie versuchte, die Botschaften so schnell wie möglich zu entschlüsseln, um Schlimmeres zu verhindern. Im Fall der Markgräflichen Oper ist das ja auch geglückt.«

»Genauso gut kann sie die Spur selbst gelegt haben. Und dir hat sie ein paar plausible Erklärungen geliefert, damit du sie über den Fortgang der Ermittlungen auf dem Laufenden hältst.«

Emma schüttelte den Kopf und schnäuzte sich die Nase. »Nein. Der Täter muss derjenige sein, der das Experiment als Originalpartitur von Wagner ausgibt. Er hat die Notizen auf altes Notenpapier übertragen und hofft, damit viel Geld zu machen. Kress und Becker sind ihm dabei in die Quere gekommen. Ich mache mir immer mehr Sorgen um diese Juniorprofessorin.«

Vandendaele wurde nachdenklich. »Der Graphologe bestätigt, dass es sich um dieselbe Handschrift handelt. Insofern könntest du recht haben. Die Frage ist nur, woher man heute noch so altes Notenpapier bekommt.«

»Der Täter muss sich Zugang zum Richard-Wagner-Archiv verschafft haben«, überlegte Emma. »Es würde mich nicht wundern, wenn es dort Hefte von Wagner selbst gibt, die nicht oder nur zum Teil beschrieben sind.«

»Möglich. Aber das Archiv ist nicht öffentlich.«

»Richtig. Man muss einen Antrag stellen und braucht einen triftigen Grund.«

Vandendaele sagte: »Für einen Musikwissenschaftler dürfte das kein Problem sein. Es findet sich immer irgendein Forschungszweck. Ich muss mir unbedingt die Liste der Benutzer ansehen.«

Vandendaele griff nach dem Autoschlüssel, aber Emma hielt ihn zurück.

»Du glaubst doch nicht im Ernst, dass du jetzt ins Museum kommst«, sagte sie und zog ihn wieder zum Großbildschirm. »Erstens ist es schon nach sechs Uhr, und zweitens sind die entscheidenden Leute heute alle beim Vortrag. Auch der Täter ist hier, Georg. Bestimmt.«

Die Diskussion im Anschluss an Azar Alts Vortrag war noch immer in vollem Gange. Als sich Emma und Vandendaele endlich weit genug zum Public-Viewing-Bildschirm vorgedrängt hatten, fing die Kamera gerade Bettina Blumensaat ein, die sich als Leiterin der Denkmalschutzbehörde und Mutter der entführten Wissenschaftlerin Clarissa Becker vorstellte. Sie war aufgestanden, um sich besser Gehör zu verschaffen.

»Wir sollten auch einmal darüber reden, dass die Märchenoper als Vorlage für die Inszenierung der Anschläge in Bayreuth missbraucht wurde«, sagte sie.

Azar Alt nickte. Ein Raunen ging durch den Saal, bis sich Reiner Niedermeier zu Wort meldete. »Ich dachte, die Noten an den Tatorten beziehen sich auf die Leitmotive des ›Ring‹? So stand es zumindest in der Zeitung.«

»Sie beziehen sich auf den ›Ring‹ und, wie wir jetzt wissen, zugleich auf die Stadtmusikanten. Die verwendeten Leitmotive kommen in beiden Opern vor. Sie sind lediglich in unterschiedliche Kontexte eingebettet«, antwortete Alt. »Wir können die vom Täter hinterlegte Notenspur auf drei Ebenen interpretieren: im ›Ring‹, in der Märchenoper und der Realität. Nehmen Sie als Beispiel den Hinweis aus der Eremitage. Der Täter hinterließ dort das Leitmotiv der Nornenfrage ›Weißt du, wie das wird?‹. Im ›Ring‹ kündigen die Nornen damit den drohenden Untergang der Götterwelt an. Bei den Stadtmusikanten sehen die Tiere ihren eigenen Tod voraus, wenn sie nichts gegen das Wappentier unternehmen. In der Realität hat der Täter mit diesem Leitmotiv die Zerstörung des Neuen Schlosses angekündigt.«

»Was sich zum Glück nicht erfüllte, da die Bombe vorzeitig entdeckt wurde«, ergänzte Niedermeier, und der Chef nickte heftig mit dem Kopf.

»Der Täter trieb sein perverses Spiel noch weiter«, fuhr Alt fort. »Auf dem Transparent am Neuen Schloss hinterließ er das Leitmotiv der Waberlohe und kündigte damit das Feuer am Festspielhaus an. Im Libretto der Märchenoper greifen die Tiere beim Auftauchen dieses Leitmotivs den Palast des Fürsten an, um das Wappentier zu töten und sich des Goldschatzes zu bemächtigen. Und so weiter.«

Jemand aus dem Publikum meldete sich. »Ich sehe nach wie vor keinen Sinn in den Verbrechen. Wer ist der Täter, und was ist sein Motiv? Wozu versetzte er ganz Bayreuth mit diesen entsetzlichen Explosionen für zwei Wochen in Angst und Schrecken?«

»Das ist Sache der Polizei«, antwortete Alt. »Ich habe zwar einen Verdacht, aber der stimmt mit den bisherigen Ermittlungsergebnissen leider nicht überein.«

Vandendaele sah Emma erstaunt an. Sie zuckte mit den Schultern und war nicht weniger verblüfft als er. Welchen Verdacht hatte Azar Alt? Er musste dringend mit ihr sprechen.

Sein Telefon klingelte. Das umstehende Public-Viewing-Publikum beschwerte sich. Vandendaele trat zur Seite, ging ein Stück in den Park und nahm das Gespräch entgegen. Es meldete sich Michael Kronberg, der Finanzbeamte und Hobby-Touristenführer aus Sanspareil. Auf Bitten von Vandendaele war er die Steuererklärung von Karsten Karstendorf gründlich durchgegangen.

»Sie können sich die Akte selbst anschauen, Herr Hauptkommissar, aber meines Erachtens gibt es nichts zu beanstanden. Alles legal. Jeder versucht so viele Steuern zu sparen wie möglich. Da befindet er sich in guter Gesellschaft. Er hat alle Ausgaben bis ins Detail belegt.«

»Gab es größere Anschaffungen?«, fragte Vandendaele.

»Nein, das nicht. Die meisten Ausgaben waren für Reisen: Zweimal Indien, fünfmal Venedig, zweimal London et cetera. Es kommt einem fast so vor, als musste sich der Mann nach dem Tod seines Sohnes in Aktivitäten stürzen. Sie wissen doch, dass er im letzten Jahr seinen behinderten Sohn verloren hat?«

»Natürlich.«

»Der Vollständigkeit halber habe ich mir noch seine Steuererklärung aus dem letzten Jahr angesehen. Mich interessierte, wie er seine Reiseleidenschaft mit den Ausgaben für die Betreuung des Sohnes vereinbart hatte. Dabei entdeckte ich, dass er im Vorjahr kaum Geld ausgegeben hat – weder für Reisen noch für den Jungen.«

»Was ist denn mit den Kosten für das Betreuungsheim ›Herz Jesu‹? War das nicht sehr teuer?«

»Das habe ich mich auch gefragt. Ich rief den Heimleiter an und erfuhr, dass die Gebühr nebst Extras nicht von Karstendorf, sondern vom verstorbenen Oberbürgermeister getragen wurden!«

»Vom OB?«

»Ganz recht, vom OB.«

»Wieso denn das?«

»Der Leiter sagte, Karstendorf sei ein Schulfreund des OB gewesen. Mehr wusste er auch nicht. Man kann natürlich spekulieren, dass Karstendorf in Wahrheit gar nicht der leibliche Vater des Kindes war, aber Genaues weiß niemand.«

Vandendaele überlegte. Dann fiel ihm ein, dass der Vertreter des Beerdigungsinstituts, den sie beim Bruder des OB getroffen hatten, schon so etwas angedeutet hatte. Aber was sollte er mit dieser Information anfangen?

Karstendorfs tragische Familiengeschichte kannte er. Seine hochschwangere Frau war durch einen Unfall ums Leben gekommen. Wie durch ein Wunder rettete der Notarzt das Kind, doch später stellte sich heraus, dass der Sohn unter einer schweren spastischen Lähmung litt. Was bedeutete es für die Aufklärung des Falles, wenn der OB tatsächlich der Erzeuger von Karstendorfs Sohn sein sollte? Ein Verbrechen aus Eifersucht war nach so vielen Jahren auszuschließen. Niemand mordete mit elfjähriger Verspätung und schon gar nicht mit solch einer kriminellen Energie.

»Danke für Ihre Bemühungen, Herr Kronberg. Das war sehr freundlich von Ihnen«, sagte Vandendaele. »Eine Frage habe ich noch. Sagten Sie eben, dass Karstendorf zweimal nach Indien gereist ist? Wir wissen nur von einem längeren Aufenthalt zusammen mit Frau Professorin Alt.«

»Das ist richtig. Ein Flugticket ist auf vier Monate ausgestellt. Ein anderes, das in denselben Zeitraum fällt, nur für zwei Wochen. Die letzten beiden Flüge sind kurz hintereinander. Anscheinend ist er nur zurückgeflogen, um Frau Alt aus Indien abzuholen. Das muss Liebe gewesen sein!«, sagte Kronberg und lachte.

Das Alibi, schoss es Vandendaele durch den Kopf.

»Drei Monate lang war er mit Frau Alt in Delhi. Das belegen die Quittungen. Dann unternahm er eine Reise nach Goa und flog von dort zurück nach Deutschland. Zwei Wochen später kehrte er auf demselben Weg nach Delhi zurück«, setzte Kronberg hinzu und diktierte die genauen Daten, die Vandendaele in sein Notizbuch schrieb.

»Das ist wirklich interessant«, sagte Vandendaele. »Machen Sie bitte zwei Fotokopien von der Steuererklärung und allen Belegen. Die Staatsanwaltschaft wird morgen das Original anfordern. Ich wäre Ihnen dankbar, wenn Sie uns die Kopie zukommen lassen könnten.« Vandendaele bedankte sich für den Anruf.

Also doch Karstendorf, dachte Vandendaele. Sein guter Leumund und seine hochrangigen Kontakte hatten verhindert, dass das Alibi genauer unter die Lupe genommen worden war. Er konnte sich nicht erinnern, schon einmal einen solchen Fehler gemacht zu haben.

Wieder schaute er auf die Reisedaten. Karstendorf konnte in dieser Zeit die ersten Brandsätze gelegt haben. Vielleicht hatte er sich verkleidet, um nicht erkannt zu werden. Anschließend war er nach Indien zurückgeflogen und hatte Azar Alt in dem Glauben gelassen, von einer Reise durch Goa zurückzukehren.

Es bestätigte sich jetzt, was er von Anfang an vermutet hatte: Karstendorf wollte den Golfplatz in Wahrheit niemals und um keinen Preis nach Bindlach transferieren. Grund dafür war vermutlich die unattraktive Lage. Die Anfahrt von Bayreuth führte durch ein hässliches Industriegebiet, und von dem neuen Platz aus sah man auf die im Hintergrund emporragenden Container, Schornsteine und gesichtslosen Kastenbauten. Der Club hätte sein Ambiente verloren, und die bessergestellten Mitglieder wären wahrscheinlich zur Konkurrenz ins nahe gelegene Pottenstein übergelaufen.

Für Karstendorf musste eine Welt zusammengebrochen sein, überlegte Vandendaele weiter. In seiner Verzweiflung sann er auf Rache und versuchte, die ehrgeizige Bewerbung der Stadt auf Anerkennung zum Weltkulturerbe zu durchkreuzen. Dass dabei unschuldige Menschen sterben würden, nahm er in Kauf.

»Wo bleibst du – was ist los?«, fragte Emma, nachdem sie Vandendaele endlich im Park gefunden hatte. Sie setzte sich zu ihm und ließ sich von Kronberg und der Steuererklärung berichten.

»So weit scheint alles klar, nur die Notenspur macht mir noch Kopfzerbrechen. Es ist kaum anzunehmen, dass ein Mann wie Karstendorf auf so einen Gedanken kommt«, sagte Vandendaele.

»Denkst du schon wieder, Azar Alt macht uns was vor?«

»Vielleicht ist sie von Wagners Idee besessen und will beweisen, was sich hundert Jahre nicht erfüllte, nämlich dass seine Werke das Handeln der Menschen beeinflussen können. Gerade eben erst hat sie mehr als deutlich gesagt, dass die Stadtmusikanten als Vorlage für die Inszenierung der Anschläge dienten.«

Emma war sprachlos.

»Je länger ich darüber nachdenke, desto deutlicher sehe ich, wie perfekt sie ihre Rolle gespielt hat. Das muss ich schon sagen«, setzte Vandendaele hinzu. »Von wegen Ex-Freund! Natürlich sind sie noch immer ein Paar und haben die Sache gemeinsam durchgezogen. Karstendorf nimmt Rache an der Stadt, und Alt kopiert Teile aus ihrem angeblichen Experiment, die er auf ihre Anweisung an jedem Tatort hinterlässt. Während sie vielleicht wirklich nur von Wagners Idee besessen ist, verspricht sich Karstendorf, aus der Partitur jede Menge Kapital zu schlagen.«

»Du hast den Brief vergessen. Wenn sie das wirklich gewollt hätte, hätte sie doch kein Geständnis abgelegt«, widersprach ihm Emma.

Vandendaele holte das Schreiben aus der Jackentasche und faltete es auf. »Ein maschinengeschriebener Brief ist juristisch wertlos. Alt hat noch nicht einmal mit der Hand unterzeichnet.«

Emma musste zugeben, dass das seltsam war. Es war ihr zuvor gar nicht aufgefallen.

»Welchen Zweck soll der Brief denn deiner Meinung nach haben, wenn nicht als Geständnis?«

Vandendaele sagte: »Das weiß ich noch nicht, aber er gehört zu diesem verdammten Verwirrspiel.«

Sie schwiegen und überlegten beide. Dann fuhr sich Emma durch die Haare und straffte die Schultern.

»Ich glaube das alles nicht, Georg. Das würde ja bedeuten, dass Azar Alt mich über Wochen an der Nase herumgeführt hätte.«

»Sie hat es sogar geschafft, dich mit meiner Unterstützung nach Venedig und Zürich zu lotsen«, bestätigte Vandendaele. »Sie wollte die Sensation der Entdeckung gleich von einer Journalistin und ehemaligen Polizeibeamtin dokumentieren lassen. Unglaublich, dieser Plan.«

»Du meinst, sie ist in Zürich durchs Fenster geklettert, hat die Partitur versteckt und auf mich geschossen?«

»Nein, das war natürlich Karstendorf! Du hast ihn erwischt, als er das passende Versteck gefunden hatte, was gar nicht so einfach war. Das Museum war gerade renoviert, und jeder Kratzer wäre als nachträglicher Eingriff sofort aufgefallen. Die Schweizer Kollegen haben die Stelle inzwischen genau untersucht. Der Einbau des Schnappverschlusses im Parkett war professionell. Karstendorf ist gelernter Schreiner und arbeitete als Parkettverleger, bevor er nach dem Tod seiner Frau umsattelte und den Golfplatz etablierte. Das wissen wir auch erst seit heute Morgen.«

»Mag sein, dass er der Einbrecher in Zürich war. Aber wenn du mich fragst, finde ich es nicht überzeugend, dass er wegen seines Golfplatzes die Stadt in die Luft gesprengt haben soll. Das Motiv überzeugt mich nicht. Und noch viel weniger glaube ich, dass Alt derart von Wagner besessen ist. Das ist geradezu lächerlich. Du musst schon entschuldigen.«

Vandendaele stand auf. Emmas lautstark vorgetragener Widerspruch ärgerte ihn. Er wusste selbst, dass der Verdacht weit hergeholt war. Wütend machte ihn außerdem, wie lange er sich von diesen Männerfreundschaften um Karstendorf hatte blenden lassen. Wenn er auf sein erstes Gefühl gehört hätte, wäre der Fall längst aufgeklärt.

Er brauchte Bewegung. Während er durch den Park davonmarschierte, ging Emma langsam zurück zum Festspielhaus.

Die Menge vor dem Großbildschirm hatte sich gelichtet, Emma hatte jetzt freie Sicht. Die Kamera fuhr vom Publikum zurück auf die Bühne, wo Azar Alt gerade dabei war, auf Bitten der Stiftungsratsmitglieder eine abschließende Stellungnahme zu formulieren.

Plötzlich senkte sich ein Teil des Bühnenbodens ab. Verzweifelt klammerte sich Alt an das Rednerpult, das Wasserglas kippte, und der Inhalt ergoss sich über ihre Notizen. Der Bühnenvorhang schloss sich mit einem kräftigen Ruck. Kurz darauf hörte man ein Poltern und einen spitzen Schrei. Dann drang allmählich ein stechend weißer Qualm durch den Vorhang. Abermals hielt das Publikum den Atem an, als ein tiefes Lachen über die Lautsprecher kam.

»Wo bleibt der Beifall?«, hörte man und fühlte sich in einen Edgar-Wallace-Film versetzt. Emma erkannte Karstendorfs Stimme und überlegte fieberhaft, ob Alt in Gefahr war oder ob sie tatsächlich die Rolle des Opfers in einer Inszenierung spielte.

Entgeistert beobachteten die Umstehenden draußen vor dem Festspielhaus, wie Hauptkommissar Vandendaele vom Großbildschirm zum Eingang des Königsbaus rannte und mit voller Wucht gegen die Tür trat. Die Scheiben im Oberlicht klirrten und fielen zu Boden, das Holz brach und schlug mit einem Knall gegen die sorgfältig verputzte Mauer. Er stürmte durch das Foyer, sprang die Treppen hoch und riss alle Türen zum Zuschauerraum auf, wo das Publikum noch immer wie gelähmt an den Sitzen klebte.

»Feuer!«, schrie er, so laut er konnte, und endlich kam Bewegung in das Auditorium. Aufgeschreckt drängten die Leute aus den Reihen und liefen, angeführt von Emma, die Vandendaele gefolgt war, hinaus in den Park. Als die Feuerwehr das Löschwerkzeug in Stellung brachte, brannte der Bühnenvorhang bereits in allen Farben.

Veit Funke, der bereits die anderen Branduntersuchungen geleitet hatte, stieg mit Gasmaske und Wasserbehälter in die Unterbühne. Im dichten Qualm war die Brandquelle nicht leicht ausfindig zu machen. Endlich fand er ein Phosphorklümpchen von der Größe eines Kieselsteins und ließ es mit einer Spezialzange in den Wassereimer fallen.

Doch der Qualm legte sich nicht. Im Gegenteil, plötzlich loderten an mehreren Stellen gleichzeitig kleine Flammen auf. Das Löschwasser der Feuerwehr, das jetzt in großen Strömen von der

Hauptbühne nach unten floss, behinderte die Sicht zusätzlich. Funke war klatschnass und wischte sich über die Maske, um überhaupt noch etwas sehen zu können. Dann begab er sich auf die Suche nach den anderen Brandherden.

Niedermeier durchkämmte mit der zivilen Polizei zum wiederholten Mal das Festspielhaus, und Vandendaele sorgte mit den gerade eingetroffenen Bereitschaftspolizisten dafür, dass Karstendorf nicht in den angrenzenden Wald entkommen konnte. Krings brachte die Scharfschützen des LKA auf den Dächern des Festspielgeländes in Stellung.

»Georg!«, schrie Emma plötzlich laut und zeigte auf den olivgrünen Jeep, der in wilder Fahrt durch den Park schoss.

Krings griff nach dem Vergrößerungsglas.

»Becker am Steuer«, ließ er über Funk verkünden und wies die Scharfschützen an, das Auto ins Visier zu nehmen.

»Abwarten«, rief Vandendaele und rannte mit gezückter Waffe auf den Geländewagen zu.

Die großen Räder und der Vierradantrieb ermöglichten Clarissa Becker, in hohem Tempo über die Wiese zu rasen und ohne Schwierigkeiten Bäume und Sträucher mit engem Wendekreis zu umrunden. Mehrmals versuchte Vandendaele, ihr den Weg abzuschneiden, bis er plötzlich einen Schuss hörte und begriff, dass die Jagd nach dem Jeep ein Ablenkungsmanöver war. Er blieb stehen, überlegte, woher der Schuss gekommen sein mochte, und gönnte sich dabei eine kurze Verschnaufpause. Da knallte ein zweiter Schuss, und ein dumpfer Schrei quoll aus einem der Fenster.

***

Als der Boden unter ihr plötzlich ins Wanken geriet, war Azar Alt das Rednerpult auf den Kopf und auf den rechten Arm gefallen. Zunächst hatte sie nicht viel gespürt, aber nun schwoll ihr Ellbogen an, und starke Schmerzen verbreiteten sich bis in den Kopf. In ihren Ohren dröhnte es, als ob neben ihr ein Hubschrauber startete.

Schon eine ganze Weile hatte sie Karsten Karstendorf im Verdacht gehabt, aber sie war beim besten Willen nicht darauf gekommen, wie er es angestellt hatte. Erst als sie gestern zufällig nach Indien telefonierte, um letzte Hotelrechnungen zu begleichen, erfuhr sie, dass er sich während seiner Reise durch Goa vorsätzlich ein falsches Alibi verschafft hatte. Der Reiseleiter, der auf der Zahlung ungenutzter Hotelzimmer bestand, hatte ihr gestanden, dass Karsten ihn bestochen hatte.

Anstatt an der Studienreise teilzunehmen, hatte sich Karsten zwei Wochen von der Gruppe entfernt und den Mann beauftragt, im Voraus geschriebene Ansichtskarten von verschiedenen Orten aus zu verschicken. Weder sie selbst noch andere Freunde waren auf die Idee gekommen, dass er in der Zwischenzeit in Deutschland gewesen sein könnte. Alle hatten guten Gewissens sein Alibi bestätigt.

Erst jetzt, als Alt ihren Ex-Freund mit der Juniorprofessorin Clarissa Becker sah, begriff sie, dass das angebliche Entführungsopfer in Wahrheit Karsten Karstendorfs neue Freundin und Komplizin war. Sie konnte es noch immer kaum fassen. Warum nur hatte sie nicht mit Kommissar Vandendaele über ihren Verdacht gesprochen?

Aber seit gestern hatten sie die Ereignisse derart überrollt, dass sie nur noch in der Lage gewesen war, auf das Nächstliegende zu reagieren. Alles hätte sie getan, um Clarissa Becker zu retten, nie wäre sie auf ihre Mittäterschaft gekommen. Sie hatte die junge Kollegin immer gemocht. Jetzt schmerzte es sie, Clarissa ein letztes Mal in die Augen zu schauen.

Die junge Frau wandte sich ab. Sie rannte ins Freie, um den Jeep zu holen und die Polizei so lange abzulenken, bis es Karstendorf gelang, mit seiner Geisel die Straße zu erreichen.

»Komm endlich«, schrie Karstendorf und zerrte an Alt, die noch immer am Boden lag. Er riss sie hoch und schoss mit dem Gewehr in die Luft, um sie zum Gehen zu bewegen. Aber diese Demonstration roher Gewalt lähmte die Professorin erst recht und schlug ihr, nüchtern und geschwächt, wie sie ohnehin schon war, auf den Magen. Sie spuckte Galle. Erneut drohte Karstendorf mit der Waffe, realisierte jedoch, dass das im Augenblick gar keinen Eindruck auf sie machte.

»Warum denn, Karsten? Sag mir doch wenigstens, warum!« Sie weinte und sank wieder zu Boden.

»Warum? Willst du wirklich wissen, warum?« Karstendorf schäumte vor Wut, aber er kannte Alt gut genug, um zu wissen, dass sie für nichts in der Welt aufstehen würde, bevor sie nicht alles verstanden hatte. In kurzen Zügen erklärte er seine Sicht der Dinge.

»Letztes Jahr, nach dem Tod meines Sohnes, hat der OB jeden Kontakt zu mir abgebrochen und mir den Pachtvertrag über die Nutzung des Geländes an der Eremitage gekündigt. Während unseres letzten Treffens beschimpfte er mich und zog meine Familie in den Schmutz. Er behauptete genau wie damals, dass meine Frau ihn verführt habe. Als er ihr schließlich ins Schlafzimmer folgte, sei sie plötzlich aus dem Fenster gesprungen.«

Azar Alt kannte die Geschichte: Karstendorf war ein enger Schulfreund von Thomas Brüggemann, dem späteren OB, gewesen. Als er heiratete, wurde Brüggemann eifersüchtig. Er hatte Karstendorfs Frau erst verdeckt, dann offen und schamlos belästigt. Sogar während der Schwangerschaft verfolgte er sie mit seinen Zudringlichkeiten. Karstendorf hatte darum nicht einen Augenblick an Brüggemanns Schuld gezweifelt. Für ihn war klar, dass seine Frau aus Angst vor Vergewaltigung aus dem Fenster gesprungen war.

Die Obduktion hatte diesen Vorwurf jedoch nicht bestätigt. Es ließen sich auch keine Spuren von Fremdeinwirkung nachweisen, die zu dem Sturz aus dem Fenster geführt haben konnte. Aussage stand gegen Aussage.

Thomas Brüggemann, schon damals von politischen Ambitionen getrieben, bedrängte seinen Schulfreund, die Anklage fallen zu lassen, und versprach im Gegenzug, für die Pflege des behinderten Kindes lebenslang aufzukommen. Außerdem verschaffte er ihm einen vorteilhaften Pachtvertrag über das Gelände in der Nachbarschaft der Eremitage, um den seit langem geplanten Golfclub zu etablieren. In diesem aussichtlosen Kampf gab der zwischen Trauer und Wut zerrissene Karstendorf schließlich klein bei, und der Fall kam als Unfall zu den Akten.

»Die Ärzte sagen, der frühe Tod von Karlchen war eine Folge seiner schweren Behinderung«, ergänzte Karstendorf kleinlaut. »Noch am selben Tag rief mich Thomas an und erklärte, er habe nun lange genug gezahlt. Die Sache sei längst abgegolten, und ich sollte mir nicht einbilden, für alle Zeiten den Moralapostel spielen zu können. Kurz darauf kündigte er seine persönliche Mitgliedschaft im Golfclub und löste kraft seines Amtes den Pachtvertrag über das Gelände an der Eremitage.«

»Warum hast du mir nie davon erzählt?«

»Was hätte das geändert? Du hattest mit Laurenz deine eigenen Probleme.« Karstendorf fasste sich an die Stirn und hinterließ mit seinen schmutzigen Händen dunkle Streifen.

»Keiner der jahrelangen sogenannten Clubfreunde teilte meinen Schmerz. Im Gegenteil. Als die Entschädigungssumme bekannt wurde, erblassten sie vor Neid.« Karstendorf lachte. »Am liebsten hätte ich sie alle abgeknallt. Alle! Aber Clarissa hatte eine andere Idee. Darum sind sie noch am Leben.«

Sie schwiegen.

Dann fuhr Karstendorf fort: »Nachdem du Clarissa fallen gelassen hattest, hat sie jeden Glauben an sich selbst verloren.«

»Wieso denn fallen gelassen? Davon kann doch gar keine Rede sein!«

»Sie sagt, du hättest sie bei ihrer Bewerbung im Stich gelassen, und das, nachdem sie jahrelang Tag und Nacht für dich gearbeitet hat.«

Alt benötigte einen Augenblick, um zu begreifen. Dann fiel es ihr wie Schuppen von den Augen: Clarissa war für die mysteriöse Spur an den Tatorten verantwortlich, und die Frau, auf die die Noten immer wieder hingewiesen hatten, war keine andere als Azar Alt selbst.

Fahrig strich sie sich die Haare aus dem Gesicht. Sie wusste, dass Clarissa wegen der mangelnden Unterstützung im Berufungsverfahren wütend auf sie gewesen war. Aber nicht im Traum hätte sie daran gedacht, dass sie sich aus persönlicher Enttäuschung an einem Verbrechen beteiligen würde. Kalter Schweiß trat Alt auf ihre Stirn, aber sie kämpfte gegen den Schwächeanfall an.

Nur nicht ohnmächtig werden, dachte sie und versuchte sich zu konzentrieren. Ihre Kollegin hatte also das Ferienexperiment gestohlen und heimlich auf altes Papier kopiert. Clarissa kannte den Wert einer solchen Fälschung und wusste, wie man Alt zu einer öffentlichen Falschaussage zwingen konnte. Das hätte sie ihr niemals zugetraut.

Offensichtlich hatte sie ihre ehemalige Studentin ganz falsch eingeschätzt. Sie hatte Clarissa für selbstkritisch genug gehalten, um zu erkennen, dass sie im Berufungsverfahren mit ihrem kurzen beruflichen Werdegang nicht gegen gestandene Wissenschaftler wie Daniel Kress oder Erika Sommer ankommen konnte. Auch wenn sie sich noch so sehr für die Juniorprofessorin eingesetzt hätte, eine Chance auf die Professur hätte Becker trotzdem nicht gehabt.

Azar Alt bemerkte, wie Karstendorf sie beobachtete. Er schien den Schmerz, den er ihr mit der Eröffnung der Wahrheit zugefügt hatte, geradezu auszukosten. Das riss sie aus ihren Gedanken. Sie fing sich wieder.

»Hast du einen Moment an die vielen Unschuldigen gedacht, die bei den Explosionen getötet oder schwer verletzt wurden?«, schrie sie ihn an, doch Karstendorf gab keine Antwort. Erneut riss er sie in die Höhe und stieß ihr seine Waffe in den Rücken. Langsam schob er sie Richtung Ausgang. Alt verspürte keinerlei Angst. Immerzu musste sie an den grausamen Tod von Daniel Kress denken. Nur die Sorge um Clarissa Becker hatte diese Trauer vorübergehend überschattet. Jetzt aber wog der Verlust doppelt so schwer.

»Du bist ein Mörder! Warum Kress, sag mir, warum denn auch noch Daniel?« Sie weinte wieder und hielt sich an einem Pfeiler fest.

»Er kannte meinen Sohn. Sein jüngerer Bruder lebt im selben Heim. Wenn Kress ihn besuchte, spielte er für alle Patienten Orgel in der Kapelle. Karlchen liebte diese Musik. Eines Tages hat er Kress deine Noten gezeigt – ich hatte sie in seinem Zimmer versteckt, nachdem Becker die Partitur auf antiquarisches Papier übertragen hatte. Nie hätte ich angenommen, dass Karl den Zusammenhang von Noten und Tönen kannte. Natürlich war ich davon überzeugt, Kress hätte sich eine Fotokopie von der Partitur gemacht. Ich reiste nach Köln und durchsuchte seine Wohnung und sein Büro. Gefunden habe ich nichts, auch nicht in seinem Bayreuther Hotelzimmer. Trotzdem blieb er ein Risiko. Spätestens heute, nach der Veröffentlichung, hätte er die Zusammenhänge erkannt. Als dann Clarissa auch noch erfuhr, dass er die Existenz der Partitur während seines Vortrags zum Besten gegeben hatte, gab es keine andere Lösung mehr.«

Alt stöhnte. »Gib auf! Um Himmels willen, Karsten, gib endlich auf!« Sie umklammerte den Pfeiler, so fest sie konnte.

Karstendorf zögerte. Er schien für eine Sekunde nachzudenken. Draußen im Park heulte der Jeep auf. Clarissa Becker hatte Wort gehalten. Er musste handeln, doch Alt ließ sich nicht von dem Pfeiler lösen. Wertvolle Zeit ging verloren. Er setzte die Waffe an ihre Schulter und schoss. Mit lautem Schrei brach sie zusammen. Dann riss er sie wieder hoch und zerrte sie mit dem Gewehr im Rücken über die Wiese, bis sie den Jeep erreichten.

***

»Georg!«, schrie Emma. Vandendaele fuhr herum und sah, wie sie zusammen mit Niedermeier in Richtung Porzellanfabrik rannte, um Karstendorf und Alt zu verfolgen. Kurz bevor Niedermeier die Straße erreichte, stieß Karstendorf die blutüberströmte Professorin auf den Rücksitz des Jeeps, den Becker gerade vorfuhr.

Emma lief in den Hof der Fabrik, wo ihr Auto parkte. Sie öffnete die Türen und setzte sich auf den Beifahrersitz, während sich Niedermeier hinters Steuer warf. Er fuhr auf die Straße und hielt für Vandendaele, der jetzt ebenfalls aus dem Park gerannt kam. Kaum war Vandendaele in den Wagen gesprungen, gab Niedermeier Gas.

Auf dem Nordring entdeckten sie das Fluchtauto und folgten ihm. Wann immer sie konnte, lehnte sich Emma auf die Fahrerseite und hupte. Unbeteiligte Autofahrer lenkten geistesgegenwärtig zur Seite. Mit großer Konzentration verfolgte Niedermeier sein Ziel und verkleinerte kontinuierlich den Abstand zum Jeep.

Vandendaele telefonierte unterdessen mit dem Chef und beobachtete dabei gebannt, wie Häuser, Ampeln und Landschaften an ihnen vorüberflogen. Er wunderte sich, wie Niedermeier bei dieser Geschwindigkeit noch so sicher fahren konnte, und auch, wie Emma die Stirn besaß, über seine Arme hinweg auf die Hupe zu drücken. Es dauerte keine zehn Minuten, bis sie den Flugplatz auf dem Bindlacher Berg erreichten.

»Sie wollen zu den Flugzeugen«, rief Emma und deutete auf drei Propellermaschinen in der Nähe des Hangars.

»Das ist die Flotte der Flugschule. Karstendorf hat, soweit ich weiß, vor nicht allzu langer Zeit seinen Pilotenschein gemacht«, sagte Niedermeier und lenkte den Wagen quer über die Wiese. Sie waren schon recht nah, als Becker plötzlich anhielt, aus dem Auto stieg und auf das erste Flugzeug zurannte. Karstendorf blieb im Wagen und eröffnete durch das Seitenfenster das Feuer auf den heranbrausenden Peugeot.

»Halte Abstand!«, schrie Vandendaele von hinten, aber es war schon zu spät. Karstendorf schoss und traf Emma, die vor Schreck und Schmerz laut aufschrie. Sie sahen, wie sich die schwer verletzte Professorin in diesem Augenblick von der Rückbank aus an Karstendorfs Hals klammerte. Im Versuch, sie abzuschütteln, fiel Karstendorf der Revolver aus dem Wagen.

Niedermeier kam neben dem Jeep zum Stehen, sprang aus dem Auto, nahm die Waffe an sich und zwang Karstendorf, auszusteigen. Vandendaele gelang es in der Zwischenzeit, Becker zu fassen, noch ehe sie in der Pilotenkabine verschwinden konnte. Blitzschnell verdrehte er ihre Arme nach hinten und legte ihr die Handschellen an.

Die Sirenen von Polizei- und Krankenwagen kamen näher.

Vandendaele blickte sich schnell nach Emma und der Professorin um. Beide lehnten in ihren Sitzen. Aber sie hatten die Augen geöffnet und sahen ihn an.

SECHZEHN

Emma genoss es, Frank Landmann in der Reha-Klinik zu besuchen und mit ihm durch den Garten zu spazieren. Der Streifschuss, den Karstendorf ihr versetzt hatte, war abgeheilt, und Landmanns Genesung machte seit der Akupunkturbehandlung jeden Tag größere Fortschritte. Er freute sich, dass der Chefredakteur die Kollegin Schiller zu seiner Nachfolgerin bestimmt hatte. Sie hatte es verdient. Mit etwas mehr Erfahrung würde sie auch bei überregionalen Blättern bald Chancen haben, das wusste er. Ihm selbst hatte man in der Vergangenheit mehrfach einen Wechsel angeboten. Es wäre möglich gewesen, nach München, Berlin oder Zürich zu ziehen. Doch er war und blieb mit Herz und Seele Bayreuth verbunden, und seiner Frau ging es nicht anders.

»Was hältst du von dem Artikel?«, fragte Emma. Sie hatte eine Fotoreportage verfasst, die die Ereignisse der letzten Wochen zusammenfasste, und liebte es, sich mit Landmann über ihre Arbeit auszutauschen. Von niemandem konnte sie so viel lernen wie von ihm. Er hatte Zeit, Geduld und kannte vor allem keinen Neid unter Kollegen.

»Ein guter Beitrag«, lobte Landmann. »Ich habe dir hier und da ein paar Anmerkungen an den Rand gemacht, nichts Wesentliches. Das Einzige, was du vielleicht noch mal überarbeiten könntest, ist der Schluss. Azar Alt hat meines Erachtens keine derart engagierte Verteidigung ihres Rufes als Wissenschaftlerin nötig.«

Emma nickte. Sie hatte schon selbst daran gedacht, aber unter Zeitdruck war ihr nichts Besseres eingefallen. Die Reportage sollte noch in die Wochenendbeilage.

»Du brauchst am Ende noch einen neuen Gedanken, etwas, was die Diskussion in der Stadt anregt. Ein guter Schluss weist niemals nach hinten, sondern nach vorne, das heißt in die Zukunft.«

Emma nickte wieder. Natürlich hatte er recht, wie so oft. »Leichter gesagt als getan. Mir fällt da einfach nichts ein.«

»Wenn du das sagst, steckst du in einer Einbahnstraße und hast womöglich einen Lkw vor der Nase. Meiner Erfahrung nach lässt man dann lieber das Auto stehen, setzt sich ins Eiskaffee und beobachtet das Leben auf der Piazza. Die Themen liegen herum, man muss sie nur in die Schreibmaschine einspannen.«

Emma stöhnte.

»Clarissa Becker und Leo Schönwald sind übrigens tatsächlich Geschwister«, sagte sie dann. »Der DNA-Test ist eindeutig. Die beiden hatten es ja schon lange geahnt. Diese Familientragödie ist aber ein Thema, das nirgendwo reinpasst – erst recht nicht an den Schluss.«

»Stimmt«, gab Landmann zu. »Wen sollten solche Details noch interessieren? Sie könnten dem Geigenbauer sogar schaden.«

Sie schwiegen und betraten das reich bestückte Gewächshaus der Klinik, das bei dem warmen Wetter offen stand. Emma ging langsam durch die Blumenreihen und roch an der Jasminpflanze, die noch immer weiße Blüten trug. Der intensive Geruch erinnerte sie an ihre Räucherkegel, die sie aus Rücksicht auf die Familie schon lange nicht mehr angebrannt hatte. Auch der Sitarsaite vom Balkon des Festspielhauses hatte genau dieser Duft angehaftet.

»Vielleicht könnte ich zum Schluss noch auf das indische Konzert im Neuen Schloss verweisen. Sicher beruhigt es die Leute, wenn sie aus der Zeitung erfahren, dass die Musiker bereits in der Stadt sind und die Ankündigung diesmal keine Finte ist.«

»Zum Beispiel«, sagte Landmann und nickte langsam. »Du könntest auch über die Idee mit der indischen Filmgesellschaft schreiben, die der OB in seiner letzten Rede aufbrachte.«

»Indische Filmgesellschaft?«

»Genau. Diese Geschichte ist in der ganzen Aufregung um die Anschläge völlig untergegangen. Dabei hatte er vor, eine öffentliche Diskussion anzustoßen. Soweit ich mich erinnere, kam die Anfrage aus der Schweiz. Ein Produzent hatte genug von dem ewigen Bergpanorama und wollte zur Abwechslung eine Serie vor dem Hintergrund europäischer Architektur drehen. Barocke Fassaden gefielen ihm besonders gut. Der OB versuchte, ihn mit einem lukrativen Angebot nach Bayreuth zu locken.«

»Hältst du es für möglich, dass Karstendorf davon erfahren hat?«

»Natürlich. Er wusste mit Sicherheit durch Clarissa Becker und Azar Alt davon. Alt war von Anfang an bei den Verhandlungen zugegen und beriet den OB im Umgang mit den indischen Filmleuten. Von der Eremitage mit ihrem bunten Mosaik sollen sie begeistert gewesen sein. Das Halbrund der Schlossanlage mit Sonnentempel und Arkaden eignete sich vorzüglich für die Tanzeinlagen. Der Produzent hatte die Idee, hier eine Filmstadt aufzubauen.«

»Auf dem Gelände des Golfplatzes?«

»Du sagst es. Die Niederlassung der Filmgesellschaft hätte nicht nur hohe Einnahmen für die öffentlichen Kassen bedeutet, es stand auch der Wiederaufschwung der oberfränkischen Textilindustrie in Aussicht. Bei allem Zweifel an seinem Charakter hatte der OB eine Vision für Stadt und Landkreis. Das muss man ihm lassen.«